U0500934

最后的御厨

风·味·传·奇

圆太极 著

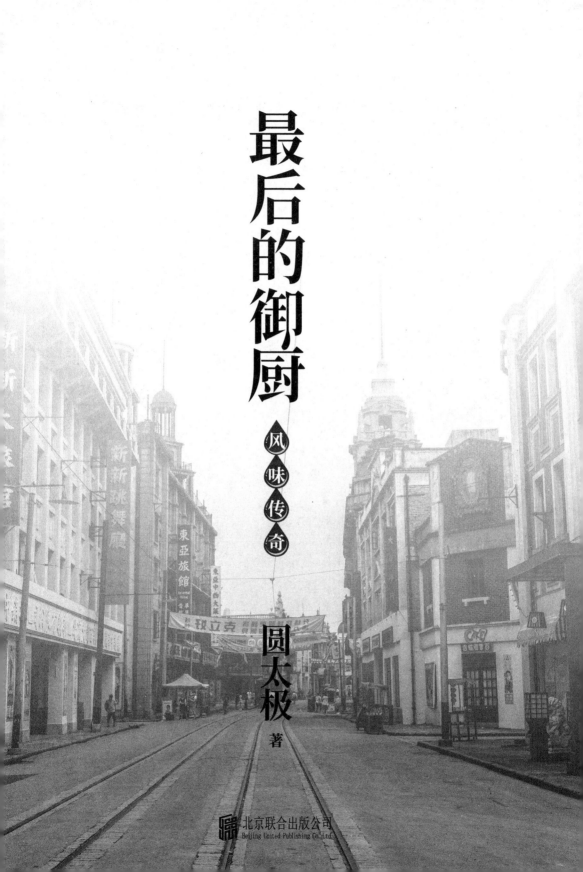

北京联合出版公司
Beijing United Publishing Co.,Ltd.

一未文化　　非同凡响

北京一未文化传媒有限公司
www.bjyiwei.com
出品

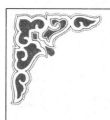

人生一世起伏跌宕、百味杂陈，能有几次真正得意？一次两次已足矣，一味两味亦足矣。

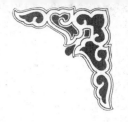

目录

楔子

　　从遭人陷害出走京城，到九死一生只身闯荡上海滩，又无心插柳和老乡祝昇蓬、蔡壬鑫联手在上海创立昇鑫馆，御厨许知味的前半生可谓起起落落，险象环生，几经周折终于打出一片天地，名震外滩。眼见着上海这边生意蒸蒸日上，不想在老家无锡，一场灾祸正悄然而至。而许知味怎么也不曾想过，这场祸事留下的恶果，之后将在上海掀起怎样一场惊涛骇浪……

　　才是惊蛰之后没几天，太湖边上就已经显得湿漉漉、软酥酥的了。无叶的桃树舒展着柔软的枝条，在青灰色的湖面和同样青灰色的天际衬托下，极力勾勒出一幅素雅的、层次不明的山水画。一旁的村庄显然不能放在这山水画里，那些歪歪斜斜的房屋会让这画显得有些破败。

　　画里画外都很沉寂，画里没有鸟儿没有风，草芽花儿也都还没有开始今年生长的挣扎和呻吟。画外的村庄看不到人，也没有人的声音，看上去更像一个坟茔群而不像一个村庄。就连门前趴着的一些看家狗，也都懒散得一动不动，不经意间会以为它们是守护墓门的石兽。

越是沉寂的地方，一旦出现声响就会越发显得突然和诡异，带来的惊吓和慌乱也是成倍的。

范阿大家巷子里发出的声响很硬朗，随后扬起的漫天灰尘也很干燥，这倒和湿漉漉、软酥酥的整体环境完全不同。不过一座房子突然间倒塌了，不管怎样都还是和湿漉漉、软酥酥有一定的关系。

倒塌的房子不是范阿大家的，但是随后传来的惊叫和呼救声里却全都是范阿大的名字。

"不好了，房塌了，范阿大被砸底下了。""快来救人啊！救救范阿大！""来人啊！快来人啊！""范阿大！你在哪里？回一声，回一声啊！"……

把范阿大砸了的是许知味家的老房子。范阿大觉得自家人多，孩子大了，不仅住得挤，而且还有诸多不方便，但是要新建几间房，他又没那么多钱，于是便想到隔壁许家的老院子。这院子虽然破落不堪、杂草丛生的，但房子的构造还算完整，看着也很结实的样子。只要将里外打扫整理一下，再找几个木工瓦匠加固粉刷下，应该还是可以住人的。

范阿大今天本来只是跑到隔壁去看看，估算下大概需要多少费用，都没来得及开始打扫，房子就在这时候塌了，把才动占别人房子念头的范阿大给砸在了下面，不得不说是太过意外了。

孟子曰：君子不立于危墙之下。范阿大绝对不是个君子，所以他砸在危墙之下也算不得意外。如果再联系之前范阿大对许家做的那些事情，在人们看来就完全不是意外而是诡异了。因为有着这样的想法，所以即便来了一大群人救助范阿大，但每个人心中的惊吓和慌乱都远远超过其他类似状况。这样一来，抢救的过程就变得小心谨慎，扒挖砖石梁木的速度也慢了许多。等把范阿大扒出来的时候，他已经浑身是血、奄奄一息了。

"先别动我，五儿，叫五儿过来。"范阿大可能知道自己不行了，虽然被扒了出来却没让人动他，仍是躺在废墟堆中，只是要见他家五儿。

五儿过来后一下扑在范阿大身边的碎砖堆上，想哭不敢哭，想动不敢动，只能慌乱而无助地看着范阿大。

"五……五儿，好好听我说。你还记……记得在咱家住过一段时间的许……许叔吗？做过御……御厨的那个。我床垫子下有一封他写的信，他现在在上……上海昇鑫馆做厨头，你满了十六岁后就带……带着信去上海找他，让他教你厨艺。一定要去，这是他欠……欠我的！是他欠我的！咳咳……"范阿大越说越激动，发出一阵急咳，随即一股深红的血液从嘴角流出来。

"阿爹，我记住了我记住了，我会去找他的，一定会去的。"五儿急忙回复着范阿大，但其实对于这个曾在自己家住过一段时间的御厨并没有多少印象，只记得许知味离开那天推搡范阿大的样子。除此之外，就剩范阿大时常讲起的那个在泥人街惠泉堂里风光无限的许知味。

"去……去学他的本事，别学他做人。他做人太弱，你要比……比他强！超过他！做最好的菜但不要永远做菜，要做老板。自己做……做老板！做有钱人，做高等人！咳。"说到最后范阿大又一次激动起来，努力地朝五儿伸出手，但指头才在五儿手腕上搭一下便随着一声重咳滑落，留下清晰的一抹血印。而这一回他只咳了一声，并没有咳出血来。估计那口血已经凝结成块堵在了他的喉咙，所以接下来再没有发出一丝声息，只有一双眼睛始终睁得大大的，瞪着五儿，也或许是盯着五儿身后上海的方向。

　　五儿的眼睛也睁得大大的，目光复杂而难以捉摸。范阿大最后的话他全记在了心里，但是他是怎么理解这些话的却没人知道，更没人知道，年幼的他竟然此刻就已经在心里确定了自己未来该走的路……

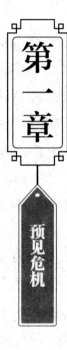

第一章

预见危机

上海这个地方真的太神奇也太诡谲了，什么样的事情都可能发生。昇鑫馆这一次就是如此，莫名其妙地就被卷入一摊浑水，并且被一股旋涡般的力量盘旋着、沉浮着，完全由不得自己……

咸入鲜

上海的天气和无锡很相似，或许因为更靠近大海，甚至比无锡显得更加湿漉漉、软酥酥。而短短两三年时间，上海出现了那么多西洋式的高楼，则让这湿漉漉、软酥酥的天气显得更加压抑。

许知味到上海之后就断了和无锡的联系，直到经过城隍庙"带家食"一战，昇鑫馆彻底站稳了脚跟，他才写了一封信寄给范阿大，告知其自己在上海昇鑫馆做厨头。许知味是个诚信之人，虽然他心里非常想摆脱范阿大，更是极度排斥范阿大家的那个孽种，但既然当初自己做出了承诺，那就一定要兑现。再者他也真是怕范阿大扒了自己家的祖坟，让父母的尸骨暴露荒野。范阿大这人面奸心狠，这种事情肯定做得出。

范阿大被自己家老房砸死的事情许知味倒真的不知道，一则是因为确实和无锡老家没什么联系，除了范阿大都没人知道他在上海，在昇鑫馆。再者许知味打心底很抵触那个曾经是他故乡的小村庄，那里让他感到龌龊不堪，所以根本没有闲心去打听那里一些本就不愿提及的人和事。

但其实最主要的原因是上海滩饮食业风云突变，此刻许知味自己也如同置身于危墙之下，再不能有丝毫分心顾及其他。君子不立于危墙之下。许知味、祝昇蓬、蔡壬鑫他们都还算得上是君子，但此时他们也像范阿大一样立于危墙之下了。上海的生意场像江湖，像沙场。你是否君子无所谓，只要别人不是君子，一样会将你无奈地拉到危墙之下。

凭着许知味的厨艺，还有祝昇蓬、蔡壬鑫真诚待客、童叟无欺的经营理念，昇鑫馆的经营已经进入良性循环的正轨。虽然到现在为止店才开了两年多，但一点不夸张地说，就算全上海的酒家菜馆都倒闭了，昇鑫馆也不见得会倒。但上海这个地方真的太神奇也太诡谲了，什么样的事情都可能发生。昇鑫馆这一次就是如此，莫名其妙地就被卷入一摊浑水，并且随着一股旋涡般的力量盘旋着、沉浮着，完全由不得自己。如果他们无法从这浑水中顺利脱身，那么昇鑫馆就算经营得再好也得从此关门倒闭。而面临这种危机的时间偏偏又是个最不合适的时间，祝昇蓬、蔡壬鑫刚刚听从了许知味的建议，将这两年多挣来的钱全部投入在昇鑫馆的扩大改造上了。如果真要是关了门，他们将再次回到原点，之前所有的努力和收获都会成为泡影。而更让他们感到悲哀的是，如果这次被淘汰出局，按照规则他们连东山再起的机会都没有。

其实许知味并不是很懂投资经营的事情，他建议祝昇蓬、蔡壬鑫扩大店铺、局部改造、提升档次也是别人告诉他的。而别人最初的用心也是好的，绝不是两年前"三巡会"给他们设"神鬼厌"死局那样。到底是怎样一摊浑水呢？这话还要从那天许知味发现有客人自改和菜的搭配说起……

昇鑫馆招牌打响之后，来点外卖和特色大众菜的人变得很多。外卖的柜台边常常要排起长队，而堂吃桌位和包厢也是需要预订的。不过不管是外卖、堂吃，还是包厢，基本都是以大众菜品为主，就连经济实惠的和菜平时也很少有人会点，除非是一些小宴请小聚会啥的。

这天中午的时候，有一桌堂吃点了和菜，这是比较少见的。中午点成套桌宴一般都是专门会朋友谈生意的，所以大多是放在包厢。这些人主要是为了说话而不是吃饭，所以一定会选在安静没有打扰的地方。如果包厢没有位子了，他们情愿去其他店里找包厢也不会选择堂吃。除非这些食客特别喜欢昇鑫馆的菜品，或者专程就是为了品菜来的，比如一些专业的品辨者和吃家，才不会介意坐在大堂里吃席。因此许知味特别关注了一下外面点的是哪套和菜。可当单子拿到手里后他一下呆住了，因为这套和菜不是他们预先搭配好的任何一套。不过那单子上的菜倒都是昇鑫馆的菜，而且有一部分是他们平时不放在和菜里的大众菜。

"倒也挺奇怪的，平时中午很少有人点和菜。今天那个客人一个人就点了一套和菜，而且啰里吧唆提了一堆要求。"旁边伙计见许知味在看和菜菜单赶紧把这个反常的现象告诉他。

"酱瓜毛豆、酱香牛肉、酱爆腰花、毛豆炒茶干、毛豆清水汤，这客人也奇了怪了，不是酱干就是毛豆，这几个菜怎么和？对了，他还提了些什么要求？"许知味觉得这个客人可能有些自作聪明，点的几个菜味道搭配上既别扭又重味，食材的选择也单一，估计是出于自身喜好。

"许厨头要不问我差点忘说了，那客人说酱瓜要用江北通州的，酱油要用高东'钱万隆'的，嗯……茶干要安徽采石的，还有……还有毛豆要常熟董浜的……"那伙计边说边想，总算是把客人的要求说了个八九不离十。

"这几道菜的口味依次是重咸、香酱、甜酱、淡酱、无酱，这搭配形式应该是脱咸入鲜……我可能知道是谁了！点和菜的客人是不是个女的？"许知味恍然大悟。

"应该是女的。虽然穿着男装，但是相貌太文弱秀气。我开始还说哪来这么清秀的男子，现在想来可能是女扮男装。"伙计也恍然大悟。

"这套和菜我来做，你们不用管，一个菜都别动。"许知味吩咐其他的厨师，转身走进后厨。

许知味做这套和菜用的时间很长，外面的客人也不急，一个菜一个菜很有耐心地等着。等到最后的毛豆清水汤上去时，整个大堂里已经没什么客人了。

劝高行

菜上完了，许知味洗净手脸走进大堂，朝着点和菜的那桌走去。虽然他心中已经有七八分确定来的是"一两味轩"的小先生蓝小意，可当看到蓝小意那张笑吟吟的俏脸后，仍由衷地涌出一种惊喜来。

蓝小意今天一身马褂小帽的男人打扮，将她婀娜的身姿彻底掩盖了。再加上许知味只是两年前见过蓝小意一次，又是在夜间，所以也是走近了才敢确认。

"蓝姑娘光临，真是给昇鑫馆面子。上次承蒙指教，一直想登门致谢，却又怕扰了蓝姑娘清静。"许知味边说话边连连作揖。

"我那地方你不登门就对了，'一两味轩'不去是无味，去了会变味。在那里我不知如何面对你，你也不知如何面对我，折损了你也折损了我。还是在人人坐得的饭桌旁好，你是做菜的，我是吃菜的，就着菜说话不会尴尬和介意。"蓝小意说话就像她论菜一样，句句透着深意，可见她原先绝非一般人家女子，却不知怎会落到如此地步，成了花楼小先生。

"不过姑娘你来也该提前招呼一声的，我好从买菜取料开始就给你预备到位。你这样突然地点一套脱咸入鲜的和菜，一个是上菜缓了，得一个个专心地定做；再一个材料没有那么齐全，蓝小姐要求的那几样未能完全按要求取料。虽然找了其他合适的材料代替，怕终究是达不到姑娘品味的意境，扫了兴致。"

"你能看出我这是脱咸入鲜的搭配路数，而且还能体会其中意思，每道菜的滋味以及菜与菜之间的关系也都把握得恰到好处。所以你现在不仅仅是个厨子了，还是个吃家，至少也是个懂得吃家心思的厨子。"蓝小意给出了极高的赞誉。

"不行不行，刚刚看到你重搭的和菜，还以为是自作聪明地瞎点配。幸亏伙计及时说了你的其他要求，这才品出其中脱咸入鲜的意境。蓝姑娘这一回是先用酱瓜之咸刺激味蕾，接下来的酱香牛肉咸味虽稍淡一些，肉质的香味和酱油的鲜浓味却是可以作为刺激味蕾的延续。酱爆腰花里有糖分加入，咸味更淡，但是酱汁多糖再加上腰花的腥鲜，可以让味蕾体会到更加浓郁丰富的味道。之后的茶干炒毛豆则是一个过渡，茶干制作需要刷酱，仍是之前味道的延续。但毛豆却不是了，它味道清爽，自身就有一种青涩的素鲜味。所以这道菜其实是让味蕾的感觉从连续的酱咸中开始感触到毛豆的素鲜。至于最后的毛豆清水汤，则完全为了表现清爽宜人的青涩意境。前面所有的重咸、香咸、甜咸、淡咸都是为了这个无咸而服务的。至于一些食材的特别要求，则是为了利用它们独有的特点和充裕的滋味来达到最佳的味中意境。"许知味侃侃而谈无丝毫保留，想从蓝小意那里印证自己的思路是否存在偏差。

"很对，你的厨道造诣本来就很高，现在更是由技艺提升到意境了。"

"蓝姑娘谬赞了。其实刚才即便是揣摩到了姑娘意图，仍是心紧手缓，菜都出慢了。这样一来几道菜的味道在连贯性和相互衬托上还是差了恰好的时机。"许知味不是客气，他说的全是真话。他知道在蓝小意面前说客气话还不如说真话。

"已经很不易了，我是将你原先错落交叉的菜品搭配换成了一顺的过渡搭配。这就如同是将合纵之势变换为连横之策，你在这么短的时间内变化自身烹饪习惯做出这么一套和菜来并不算难事，难的是你能将其中意境呈现得淋漓尽致。"能将厨技之道、品味之道与纵横之术联系在一起，蓝小意可能是自古第一人。

"高山流水但求知音，作为一个厨者，能有蓝姑娘这样一位食客真是毕生之幸。只可惜像蓝姑娘这样的吃家上海少有，天下也不多。"许知味很真诚地说。

"高山流水的妙音与美味佳肴的巧烹异曲同工，这一点我赞同。但是说上海甚至天下像我这样的吃家不多，那可就错了。要是没有会吃的吃家，我那一两味轩如何营生？要我说，天下任何人都是最会吃的吃家，他们都有自己最享受的味点。不同的味道冲击到这个味点就能让他们感受到不同的意境，关键是找到可以冲击味点的一两味合适的味道。但前提是食者必须是以吃为目的，而非果腹。"蓝小意纠正了许知味的说法。

"但是我们这样的馆子和蓝姑娘的一两味轩不同，客人多而杂，绝大部分是以吃饱、实惠为首要选择，味道真的只是其次。"

"这正是我今天来的目的。昇鑫馆现在可以说远近闻名，但这名气只是在家常菜、大众菜上，吸引的都是低端客户。生意虽然还不错，实际的利润其实并不高，卖几桌菜可能还抵不过人家高档店里的几个菜。"

"这我知道。"许知味怎么可能不知道，他可是在皇宫里做过御厨的，当然知道普通菜品和高档菜品之间的成本和利润差距。"高档菜我会做，而且不是说大话，在这上海滩，我做出的高档菜绝不比别人差。但是这种菜的销路不好，客源不多。"

"可能你我平时接触的客户不一样，所以知道的事情和现象也不一样。你有没有发现，上海各种洋楼越造越多。这些楼造了绝不会空摆着，将会有越来越多的人来到上海，进到那些洋楼里做事或居住。而能进到那些楼里的人，我想一般是不会跑到你昇鑫馆来吃大众菜的，哪怕你昇鑫馆再有名气。再者随着上海大兴土木，街市越发繁荣，对外贸易越发兴旺，看准这块地方挣钱发家的人也越来越多，各种店铺两三天就开一家，其中不乏大量的酒家菜馆。特别是江南制造总局近两年官员更换频繁，然后生产又大幅拓展，增加了许多官员兵卒，于是各地方特色的菜馆、酒家相应而出，其中就有很多是官员们从家乡带人过来开的店铺，或者索性就是他们自己投资入股的店铺。这样下去，不久之后势必会有很多店铺在大规模的商场竞争中被淘汰。"蓝小意平时接触的都是有一定层次的人，再加上自己的见识和思想，所预见的东西真不是许知味这种专心做菜的厨者所能想到的。

"现在我们昇鑫馆都是以低价大众菜为主，如果出现蓝姑娘所说的大规模竞争，我们还是有优势的。"许知味觉得自己最初抓住厨技之道的"需"字是正确的，只要将菜品做成人们日常所需，那就很难被淘汰和打压下去。

"如果真的出现竞争，我想最主要的手段就是压价。到时候各家店把高档菜和你们大众菜一样价钱去卖，你觉得还有优势吗？"蓝小意一下就点中了昇鑫馆销售模式的要害，许知味一下子愣住了。

蓝小意让许知味自己先考虑了一会儿，估计他想不出什么应对的方法后才又接着说："不过应对这种竞争其实有很讨巧的一种办法，而且我估计这方法和你所追寻的目的正好吻合。"

"什么办法？我什么目的？"许知味真的还没搞清楚自己追寻的目的是什么。

"就是将自己的菜做成一种标志。听清了，不是有名，而是标志。是要让各个阶层都承认的标志，当然，主要还是上层人的承认。那样即便发生大规模竞争，你们的生意也不会受太大影响。但这就要求你们必须推出高档菜品来，而且是独具特色的、精致细腻的高档菜品。有了标志性的高档菜品，才能吸引到那些上层人。因为只有上层人不会在意大规模竞争中的菜品价格，他们只会挑最好的、最有特色的、最有面子的去吃。"

"标志性的菜品？你是说我一直在寻找的上海味道吗？"许知味这才悟出些蓝小意的意思。

"太对了，现在上海的菜品味道汇聚了苏、锡、常、宁、徽等16个地方风味，已经形成了苏帮菜、徽帮菜等几大菜系。所以你应该在此时推出上海的本帮菜，上海自己的味道！到上海、在上海的都应该吃上海本帮菜，这不仅可以让你们昇鑫馆成为一个标志，而且可以在之后的竞争和洗牌中立于不败之地！"优雅娴静的蓝小意竟然越说越激动。

但是许知味却没有那么激动。他从最开始寻找上海菜品、推出上海味道，目的只是将昇鑫馆的生意做好，在上海稳稳立足，而这目的目前已经达到了。现在蓝小意建议扩大经营，提升档次，推出标志性的菜品，如果这件事全凭自己决定的话，那么他肯定会听从蓝小意的意见，全力以赴、义无反顾地去做。问题现在就算蓝小意所说是大好事，但同时也是好大的事，牵涉到整个昇鑫馆。而他在昇鑫馆只有小部分的股份在，凭他是做不了主也不应该做主的。而且如果这过程中搞出什么问题，店里一帮厨子、伙计的饭碗都会受牵连。

蓝小意似乎从许知味的表情中看出了什么，于是将语气重新放平和："我估计最开始你只是因为喜爱才去学厨研厨的，后来可能是为了荣耀和富贵而追求更高的厨艺。但人生并非如意而行，有颠簸有折转，很多宏大的目标最后都搁浅在挣钱生存的日常。我觉得你寻找上海味道绝不仅仅是为了把昇鑫馆开好，有些人经历过后常常连自己的本源初心都不敢相信，一些有意义的事情都是下意识中做成的。"

"我……我下意识做了什么吗？"

"你执着地寻找和追求，其实下意识里是在发掘一个地方的菜系。但这个菜系的基础状态不是你想象中的，是孤乏而混乱的。所以为何不借昇鑫馆的发展，直接创造一种菜系，留存给后人一个美食传承？那样不仅意义非凡，你自己还可以成为一代宗师，那才是一个厨者应该追求的境界。"

许知味的脑子在快速地运转，这话翁先生也和他说过。离开京城之后，得意之时心里也曾几次有这样的念头闪过。但是后来为了昇鑫馆的生存和发展，全力投入菜品和生意，反倒把这念头给搁在一边了。而今天蓝小意再次提起，与翁先生的意思又那么契合，莫非眼前的上海真就是自己开宗立派的一方新天地？

翁先生和蓝小意的话交替在许知味脑海中回荡。他之前放弃许多做到御厨，就是为了达到厨者的巅峰。但是那一条路被掐断了，自己再努力也是没用的。而开创一个菜系、成为一代宗师是达到厨者巅峰的另外一个路径，这个途径在他自己手里，凭着努力最终是有可能成功的。

一桌菜蓝小意只品尝了几口，但是和许知味不经意间就已经聊了两个多时辰。他们从上海各种吃家聊到食材的产地，从菜品的形式聊到古人的仪式，从最早的食品制作聊到将来的美食大统、中西结合等等。但不管怎么聊，有意无意间总会绕回研创本帮菜、开创新菜系上来。

临走时蓝小意要付账，许知味无论如何都不答应，说要是这样的话就是折损他许知味了，以后蓝小意再来自己将无脸面面对，会多了尴尬和介意，再不能就着菜说话。

蓝小意点点头，掏出一枚铜钱："我若付账你无法面对我，我不付账我无法面对你，这样吧，我只留下一个钱，你我就都能舒坦了。虽然此做法略有自欺欺人之嫌，但也不失外圆内方之智。再说你我本就是圆方不同、各循己规，能偶遇成交、知己相对，也正如这外圆内方的小钱一般，算是我两人自融的一个天地吧。"

许知味把那枚铜钱握在掌心许久，心头浮想许久，最终小心地藏于怀中。

上门婿

当天晚上店里歇业之后，许知味就马上找祝昇蓬、蔡壬鑫聊了聊，将白天蓝小意所说的意思讲述一遍。其实祝昇蓬和蔡壬鑫两人对搞什么上海本帮菜并不是很热心，他们只要店子经营得好，能多赚钱就行。不过许知味说到的不久之后会出现的大竞争和大洗牌对两人的触动很大，因为周围每天发生的变化他们都能看到。单是孔子街、万浜路、大莲花桥路、寺西街这一圈，最近就猛然间增加了十几家酒楼菜馆。加上前段时间东一家、西一家慢慢冒出来的，从昇鑫馆开业之后增加的酒楼菜馆就有三四十家。如果再算上原来就有的店铺，那真的就是"才闻此屋酒菜香，三两步后换他家"。

目前来看，上海虽然发展很快，不断有外来人口迁入，但迅速增长的菜馆饭店数量已经远远饱和。而且随着一些外来迁入者的职务、起居逐渐安定下来后，在馆子里解决三餐的人数肯定会大幅下降。虽然现在酒家菜馆满大街都是，但其实很多实力不够、没有特色的店铺已经举步维艰，经营岌岌可危。就像蓝小意说的，一些店铺不仅采用了搭戏台、抽奖、幸运免单、贴补车费等一系列手段抢夺客源，还有些店索性直接开始在价格上让利或变相让利。

"有道理的有道理的，那位蓝姑娘说得有道理。"蔡壬鑫听了许知味的话马上撇着嘴大声回应，"现在上海餐饮生意真有些搞七念三[1]的，老店难支撑，新店不断开。七贤路那边一家馆子才关，同一天另外两家馆子开业了，这生意真是一家压着一家地在做。最近西边的苏北酒店和淮南牛肉馆搞了个什么买单抽奖，把好些赌性大的客人都给拉走了。就算赌性不大的，花同样的饭钱当然也想多个撞大运的机会。这样一来挤对得周围店的生意都在下滑，我们昇鑫馆也一样。"

"的确如此，蓝姑娘说的大洗盘确实已经有些先兆了。但是我觉得凭昇鑫馆现在的名头和物美价廉的菜品，就算到那境地也不该是我们被洗掉。"祝昇蓬稳重心细，他心里其实不想乱动昇鑫馆的格局。

其实祝昇蓬的思路也不可谓不对。昇鑫馆刚刚立稳脚跟、有所积累，这个时候扩大经营推出系列上海本帮菜，相当于也开了一个新店。不仅需要投入大量资金，而且扩大装修啥的肯定会有一段时间影响到店里正常生意，等真的全搞好了，原来的老食客能不能拉回来都很难说。再者一个以大众菜出名的店铺增加高档菜品的销售，很难说是有利还是有弊。搞不好反而将原有的招牌定义给搅了，最后高不成低不就，两头的食客都不来。

"真到了那个时候谁都难说自己是赢是输。现在西边两家店搞了个抽奖我们这边就已经受了影响，等真的到了你死我活的时候，各种阴狠的手段全都使出来，我们就更不占上风了。你我本就是忠厚本分之人，虽说诚做菜品奸做商，但真正奸猾阴狠的招术估计我们都不会，会的话也玩不顺溜。所以我觉得蓝姑娘的主意倒是可以给我们占住个先机，做别人无法做的菜，那么别人就根本无法和我们竞争了。"许知味一半是觉得蓝小意的见解正确，一半是自己真的也想推出上海特色的菜品，并希望这些菜品最终发展成为人们承认的上海本帮菜系。

祝昇蓬皱眉想了好一会儿，再扭头看看蔡壬鑫，最终觉得还是顺从大家

----

[1]　吴语区方言用语，搞七搞八的意思，也作"搞七捻三"。

意见比较好："既然你们都觉得扩大经营、提高档次是应对大竞争的可靠办法，那我们明天先看看周边条件，有没有扩大的可能。不过我瞧可能性不大，我们店往西往北的相邻店房都租出去了。如今占到个铺面就像占到金矿一样，一般都是不肯让的。如果相邻店铺拿不下来，就只能另外找个地方开分店。不过那样一来的话就显得分散了，相互间照应不上，而且还要再雇用全套的后厨帮子。"祝昇蓬考虑的是实际问题。

"铺子的事情我倒是想过，我们其实不用往西或往北扩，我们可以往后扩。"许知味说到这儿轻敲了下桌子。

"往后扩？后面是水仙的家呀！"蔡壬鑫伸手拍了两下头上小帽。戴上帽子一段时间后，他已经将自己挠头的习惯动作改成拍小帽了。

"我说的就是水仙的家。他们家有前后两进，就水仙和他爷老子带个老佣妈住着，有最后一进的房子已经足够，完全可以将现在住的二进房腾出来租给我们。这样我们就可以利用二进房开一些包厢专做上海菜和高档菜，而前面的铺面仍以大众菜为主。这样一来不仅都能兼顾到，而且不要增加门面或另外开分店，费用上可以节省不少。"许知味把自己的想法说了。

"这个想法好，可以可以。"祝昇蓬马上表示赞同。

"不可以，绝对不可以，水仙她老子不肯的。"蔡壬鑫很肯定自己的判断。

"肯不肯明天我们两个先去试一试。"祝昇蓬对蔡壬鑫说。虽然都是昇鑫馆的老板，但是相比之下，蔡壬鑫和钱贺子一家的关系要熟络得多。

结果果然像蔡壬鑫说的，钱贺子想都没想就一口拒绝了，而且面带愠色地把祝昇蓬、蔡壬鑫好一顿训斥，明确地告诉他们二进房是要给水仙招女婿用的，以后要租这房子的话提都别提。而这一回水仙虽然也在旁边，却没有替祝昇蓬和蔡壬鑫圆场。任凭钱贺子对两个人横加训斥都站在里屋的门帘后面不露面不出声，可能也觉得要租她招女婿的房子的确太过分了。

　　祝昇蓬和蔡壬鑫碰了一鼻子灰，焉了吧唧地回来了，把情况大概对许知味说了一下，心里已经是将扩大经营、提高档次的事情作罢了。

　　"你们去说这事的时候水仙不在吗？"许知味问。

　　"在里屋呢，但她没吭声。这房子是水仙她老子的，老头子说不租她出来说也是没用。"蔡壬鑫一边说一边摇头。

　　"不对，钱贺子不是说这房子是给水仙招女婿的吗，那水仙说话怎么可能没用？"许知味反问一句。

　　"可是她能说啥？说不招女婿了把房子租了？那不搞七念三的吗。"蔡壬鑫倒是挺替水仙着想的。

　　"水仙不说是因为她一个人没法做主，房子不是她招女婿用的吗？还得那女婿一起做主才行。"许知味边说边笑着看蔡壬鑫。

　　"对对对，还得女婿一起做主。"祝昇蓬突然间也醒悟过来。

　　"那打听一下水仙要招的女婿是谁在哪里，我们先去把这女婿给说通了。"蔡壬鑫说这话时蓦然间浑身的不自在，嘴巴撇得像要哭。

　　"不用打听，就是你了。"祝昇蓬很严肃地对蔡壬鑫说。

　　"我？我怎么……水仙她……"蔡壬鑫真的有些蒙圈，伸手将小帽摘了下来。

　　"水仙对你怎样你自己心里有数，我们也都看在眼里。你现在要是一整天没见到水仙，不也一副猫不是、狗不是的衰样？所以你赶紧拿定主意，这个女婿你要不做，稍缓一下人家就挤破门抢了去了。"祝昇蓬故意吓唬蔡壬鑫。

　　"不要吓他了，明天我们找几个有脸面的人出来做媒提亲。"许知味说这话的感觉就像熬上了一锅好汤。而蔡壬鑫这时也完全明白怎么回事了，轻快地抓挠两下扫把头，长舒口气。

　　钱贺子绝对不是个幸运的人，虽然自家有房产开个茶馆吃喝不愁，但是讨了个老婆体弱多病，生下水仙后没几年就死了。而钱贺子曾因为烧开水的灶突然塌了，开水桶倒下烫伤了下半身，续弦造命的活儿都没用了，只好独自带着水仙相依为命。不过现在要是能将水仙的以后和钱家的将来都安置好了，他就真的没有什么遗憾了。

细想想水仙的年岁也真是不小了，同样年纪的别人家姑娘都抱上孩子了，不能再耽搁了。可是要找个合适的男人并不是那么容易的，更何况条件好的男人谁愿意倒插门啊。

不过蔡壬鑫倒真的挺合适的，年龄合适、相貌合适、感情合适。而他离开宁波时把房子都卖了，在那边已经没有家，所以入赘钱贺子家做上门女婿，那相当于在上海直接重建了一个家。

钱贺子和水仙的态度已经那么明显，所以不管昇鑫馆是不是要改造扩大，这蔡壬鑫的婚事都是第一大事。于是第二天一早，许知味和祝昇蓬就分头行动。他们找来叶嘉斋茶叶铺的叶老板做媒，找来德富里的王里长和道台衙门的钱管事做婚保。这三个人和钱贺子都是平时经常在一起喝茶喝酒的老朋友，特别是那道台衙门的钱管事，与钱贺子还是同宗的远房亲戚。三人都请到之后，那边蔡壬鑫也已经准备好了一大堆的礼物。然后叫上伙计捧着担着那些礼物，呼啦啦一群人跑到钱贺子屋里去提亲，场面又热闹又有面子。

水仙见此情形喜不自禁，但仍是装着几分娇羞躲在里屋不出来。钱贺子开始还摆出一副拿腔拿调的门神脸，那其实是怕自己想让男方入赘的要求对方不能答应。虽然他从水仙嘴里听说了蔡壬鑫宁波那边已经没有家了，但是没有家不见得就愿意入赘到别人家。之前他也注意到了，水仙平时没事就和小蔡黏搭在一起，心里应该很中意这个年轻人。而蔡壬鑫人品各方面也着实不错，店子经营得也挺好，算是个有本事能依靠的人。可是有本事能依靠的人自尊心更强，让他放弃自己姓氏宗脉的延续，替别人支撑起一个家的延续这有可能吗？所以钱贺子心里已经做了好几番打算，如果蔡壬鑫不愿意入赘，而水仙一定要嫁他的话，那自己肯定是要提出一些要求的，比如让他们的孩子里有一个姓钱，以后继承他钱家的家产。

但是没有想到事情比钱贺子想象的顺利多了，蔡壬鑫一点附带条件都没提就同意入赘做上门女婿。钱贺子的嘴一下就咧到耳朵根儿，然后在别人的连声道贺中，开心得唾沫星子、泪花子全都迸溅出来。水仙的婚事是他一直牵肠挂肚、日夜忧心的事情，这一回竟然是以他最为满意也是水仙最为满意的形式完成了。

钱贺子不是一个幸运的人，但是蔡壬鑫入赘这件事情让他觉得自己运气来了。而他心里满意了高兴了，接下来的事情就好办了。这个比猴子还精明的老生意精非常难得地表现出慷慨大度，让昇鑫馆的改造升级进行得顺风顺水。

首先因为蔡壬鑫是入赘的，所以婚事的所有费用都是钱贺子给掏的。最后还是祝昇蓬和许知味一再坚持，那婚宴才由昇鑫馆安排的，不曾再要钱贺子出钱。

然后蔡壬鑫和水仙的婚房直接做到了最后一进房。其实从正常居住的出入大门来讲，这应该是整个宅子的第一排房子才对。为了让水仙的婚房宽敞不寒酸，钱贺子并没有和女儿共住这一排房，而是请人在院子西墙上又建了三间比较简易的房间，他和家里的佣婆子就住这边。另外东边还盖了个厨房，虽然蔡壬鑫一再说不需要，以后吃喝啥的都从前面店里取，但钱贺子还是坚持要搞个厨房，他是不想和昇鑫馆搞得太分不清彼此。

这其实是老生意精的谨慎之处。后面房子可以租给他们，但房租却一文钱不能少，哪怕自己女婿也是馆子的合股人之一。这叫河归河道归道，房租是他钱贺子的，以后也就是水仙的。你蔡壬鑫合股的店子搞得好，水仙可以靠着你。要是哪天搞不好了，那水仙还可以靠着自己爷老头子，或者靠着爷老头子留下的钱和房产。另外这房子、房租自己控制着，也就相当于控制住了蔡壬鑫。不管昇鑫馆做得是好是坏，水仙都能拿住他。

不过在昇鑫馆对租下的二进房子进行改造时，钱贺子再次显示出了慷慨大度。原来的那进房子深基厚墙，为了彻底提升昇鑫馆的档次，祝昇蓬、蔡壬鑫决定索性在那房子上加盖一层单墙木结构的二楼。然后也沿西边院墙建了一排房子，这些房子不仅可以当作库房，还可以在扩大经营后让聘请来的厨师和伙计居住。而对于这些改造和扩建的房子，钱贺子没有再增加一文钱租金，只要求建好就不能再拆了，馆子开不开，加建的这些房子都是他的。

钱贺子做法是对的，毕竟蔡壬鑫是入赘在他家的。现在蔡壬鑫的股份也就如同他们家的股份，自己要再计较些小钱，女婿面子上不好看，心里难舒服。而女婿一旦心里不舒服，女儿的日子肯定也舒坦不了。由此可见，钱贺子不仅是个老生意精，而且还深谙做长辈、做丈人的门道。

再有一个慷慨大度就是钱贺子对昇鑫馆生意方面的照应了。钱贺子毕竟在德富里住了这么多年，做生意过程中又结交了许多关系，多少还是有一些人脉的。虽然他原来也关心昇鑫馆的生意，但那主要是为了自己能拿到更高的房租，而且是要有什么非常必要的大事才会介入的。就好比智激刀剪铺刘老板，还有打听"三巡会"给昇鑫馆设局"神鬼厌"。而现在不一样了，昇鑫馆有一部分是自己女儿女婿的，所以方方面面各种细节他能帮的都全力以赴。

昇鑫馆里扩建装修的这些事情钱贺子不会去管，这会显得他插手太多。不过外部的一些事情他倒是可以大打交道的，但最主要是让蔡壬鑫和祝昇蓬把一些关系建立起来。

比如钱贺子通过道台衙门的钱管事牵线，让祝昇蓬、蔡壬鑫与道台衙门的巡街差房结下了很好的关系。包括那个曾经有冲突的陈二尾，也都看钱管事的面子在酒桌上与蔡壬鑫摒弃前嫌。而和巡街差房搞好关系的好处是很多的，自此之后，昇鑫馆门前这一段路再不准小商小贩摆摊，而昇鑫馆的外卖台子可以直接搭到店外面来。还有早上倒马桶的粪车、晚上运垃圾的拖车都不准从昇鑫馆门前经过，必须绕道走。这样一来，昇鑫馆的外部环境就显得清爽宽敞很多，店面无遮无挡，路也好走，一下有了高档店铺的模子[1]。而有身份的食客可以直接在门口下车下轿，即便离得远的也愿意往这边来。

另外，钱贺子有原来开茶馆购买茶叶时结识的一帮朋友，除了叶嘉斋的

---

[1] 上海话，样子、形象的意思。

叶老板外，还有南北干货店、桃李邨山货铺、上好腿等一些店铺的老板。所以昇鑫馆平时要采购的一些香菇木耳、火腿腌肉，全都改由这些店铺直接以最低价供给，而且质量都是市场上最好的。另外，酒水方面钱贺子也给找了门路，由本地真鼎阳观低价供应各种酒水。这些酒水不仅深受本地人喜欢，在外来人群中也有很好的口碑。后来巴拿马万国博览会上，真鼎阳观出的系列酒品是唯一得到乙类荣誉奖的品牌。

不速客

昇鑫馆经过几个月的扩建装修，然后又在钱贺子方方面面的细致帮助下，终于以全新的面貌面市了。但是这样一来，昇鑫馆两年多来的全部收益也差不多全砸了进去。而这几个月虽然仍坚持对外营业，实际的营业范围和营业量已经是大打折扣。所有利润只能是维持店铺正常运作的开销，再没有更多收益积余。

昇鑫馆重新全面经营的那一天，祝昇蓬他们请了不少有头脸的人物参加开业仪式。这不仅是给自己店铺撑门面，同时也是想借着这机会让大家试吃一些许知味改良和创新的本帮菜菜品，然后将名气往外传一传。

虽然祝昇蓬他们认识的高层次人物并不多，但是只要是知道的商行、公司、货栈，他们都送上邀请老板、经理参加宴席的请柬一张。至于最后人家来不来，他们都不管，这样至少可以在宴客名单上将这些大商行、大公司的名头挂上。

不过昇鑫馆现在的招牌还算是响亮，人家拿到请柬就算不来的话，一般也都会另外让个手下或闲人替代自己前来，最不济的也会送给朋友或亲戚，让他们借这机会过来打打牙祭。所以重新营业这天昇鑫馆特别热闹，悬灯挂彩，宾客满堂，酒菜飘香。

许知味特地让人去开源里一两味轩送了一张请柬，邀请蓝小意前来参加重新营业的庆贺宴席。他想这样正好可以让蓝小意对自己改良和创新的上海本帮菜品提出些建议，再有许知味心里也真有一种想见到蓝小意的莫名欲望，而且可以肯定这欲望与菜品无关。

都快开席了，蓝小意还是没有出现。许知味反复询问了送请柬的伙计，伙计很肯定地说自己不仅进了清泯堂，而且没让人代交，是自己亲手将请柬投进一两味轩的"书缝子"[1]的。

许知味知道伙计不会撒谎，"书缝子"里塞进的请柬就掉落在大门里面的地上，蓝小意不可能看不到。而她没有来最大可能是不愿意参与这样闹腾腾的场合，而且她还可能会觉得自己的身份不适合参与这样的场合。

望眼欲穿的许知味最终放弃了，直觉告诉他，蓝小意今天肯定是不会来了。

请柬送到了，蓝小意没有来，但是有一些没有请柬的人却自己来了。宾客中没什么人认识这群不请自来的人，说明来的人平时活动的场合范围和一般人不同。不过这些人衣服整齐，举止谨慎，看着倒真像是规规矩矩来给昇鑫馆道贺的。

领头的那个人穿着长衫，身体挺得笔直，打眼看很儒雅很有些学问的样子。但细看下会觉得他脸色发青，透着一股阴冷的气势，就像一个吊死鬼。

这些人虽然是不请自来，但是不堵门不吵嚷，都规规矩矩地谦让着其他道贺的客人，和瘪三党完全不是一回事，看着应该不像是来惹是生非、敲诈勒索的。

这些人没有宾客认识他们，但是祝昇蓬和蔡壬鑫倒是认出其中的两个来，并因此而心悸不已冷汗直流，那样子就像已经预见大难将至一样。而事实上

---

[1] 过去门上预留的一个扁长缝隙，差不多一本书的宽度和厚度，用来投放一些书信、便条。

他们有这样的感觉倒也不错，像这样的人出现在昇鑫馆，不是大难将至那也会带来巨大的凶机。

祝昇蓬和蔡壬鑫认出的那两个人是在苏州河木渎港见到的，就是菜贩子们纠结一起与外来地痞混混争夺码头抢回鸡鸭菜蔬收购权的那一天。这两个人就在那些地痞混混中，祝昇蓬和蔡壬鑫亲眼看到他们疯狂地挥舞着棍棒和石块，让别人迸溅的鲜血肆意地洒落在他们的身上、脸上。

"呵呵，今天是昇鑫馆修整扩大后重新营业的大喜之日，可喜可贺、可喜可贺！"穿长衫的人青色脸上堆满僵硬的笑容，拱手朝祝昇蓬和蔡壬鑫道贺。这时候也有人认出他了，他正是前些日子跟在青帮卖菜车子后面到处走看的那个人。街上走了那么久终于走进店里来了，那肯定不会是为了道贺那么简单。

祝昇蓬的思绪一时没能从当年木渎港血腥的回忆中收回，愣了一下才有所反应："啊，啊！同喜同喜，感谢感谢。我昇鑫馆扩建重修后再度开业之际，能得各位贵客尊驾亲临我店真是荣幸之至。我这就安排个最好的包间，各位一定要给小店点面子，在这里好好地喝几杯。"

"哈哈，不必了。祝老板是真客气，我们却不能不识趣。你家铺子的大好日子，要忙的事情多着呢，我们突然跑来叨扰很不合适的。"孙瑞山婉言谢绝。

不请自来的这些人显然不是为了一顿酒菜，这其实已经在祝昇蓬和蔡壬鑫的预料之中了。同时他们也非常清楚，这些人绝不会像水闸头的瘪三党那样会被许知味一番刀功给吓住的，他们是真正的亡命之徒。所以祝、蔡二人心里已经在暗自担忧，估猜对方会伸手要多少彩头钱。现在店里绝大部分的钱都用在扩建重修上了，如果对方开口太大，柜上剩下的一些余款恐怕是无法应付的。而一旦无法满足他们的要求，会不会出现当初木渎港那样的惨剧？今天这场面千万不能出现那样的情况，否则昇鑫馆不仅仅是被打砸的表面损失，恐怕从此以后都很难再有食客敢上门消费了。

"两位老板，在下孙瑞山，今天是代表餐食公会来这儿说点小事的，说完就走。回头还要到其他店铺去，耽搁不起啊。"那领头的依旧很客气，但是说的话却让祝昇蓬心惊胆战。他听出的意思是对方不仅要彩头钱，而且还不能耽搁。

"餐食公会是啥会？"蔡壬鑫直愣愣地问了一句。他不知道这是个什么，木渎港的地痞混混怎么又和这个什么会搅和在了一起。

"不好意思，是我没说清楚啊，餐食公会全称应该是餐饮食品公共联合商会。上海凡是做餐食生意的，都是我们的成员、我们的兄弟。有什么事情大家共同协商，并在需要时互帮互助。我们这个可是上海多家商会、联合会提议组建的，衙门里也都挂了号立了册。"孙瑞山很仔细地解释了餐食公会是怎么回事。

"好，这个好！做酒菜生意的就该相互帮衬着，这样别人才不会欺负咱们不是。组这个会花费肯定是需要的，您就告诉我，我们昇鑫馆要负担多少，我好提前备下。"祝昇蓬并没有能完全理解这个公会是做啥的，和自己昇鑫馆的生意有啥关系。但他知道有这样一个公会成立了，而且过来就直接告诉你你是他的成员归他管了，那最终目的就是要钱呗。而且不是开业来讨个道贺的彩头钱，而是要长久地持续收钱。

"呵呵，误会了误会了，祝老板误会了。我这趟来可不是要钱的，你有没有资格掏钱给我还不一定呢。"孙瑞山说这话时竟然还显出一丝不好意思的表情来。

"那到底是什么事情？孙老板你就只管吩咐，我们能担承的一定不会推脱。"祝昇蓬挺聪明的一个人也茫然了，这些人不来要钱那是要干什么？

"好了，你们忙我也忙，我就把正事直接说了。其实这事情对于你家也未免不是好事，目的是要整顿一下现在满大街乱七八糟的酒店菜馆。如今上海做餐食生意的铺天盖地，都以为这里面能挖出金子来。而实际上现在家家店铺都经营艰难，各种稀奇古怪的抢客招法都用绝了，还是难以支撑。因为食客就这么多，去了你家没他家，分不过来。所以餐食公会集体商榷后认为，与其大家都耗死，不如让那些用粗菜劣菜糊弄食客的酒家菜馆关门歇业，把有实力、菜品佳的店铺留下。这样好的不仅可以活下来，而且可以越发往好里做，把上海滩做成美食的天下。"这次孙瑞山没有再打断话头，一口气把事情说完了。

"我们昇鑫馆经营得可好了，而且还改造扩大了经营，怎么都应该是留下的吧。"蔡壬鑫赶紧将昇鑫馆优势说出。他此刻觉得许知味的建议真的太及时了，要是昇鑫馆还是像之前半酒店半茶馆的，他还真不好意思说这话。

"呵呵，好不好你说了不算，我说了也不算，那得比出来才行。所以我刚才说你们有没有资格掏钱还不一定呢，呵呵。"孙瑞山说话总带着笑，但是每句话都让人提着心。

"比出来？怎么个比法？"祝昇蓬赶紧问道。

"斗菜呀，要想霸住自己的店铺，那就要拿出真手艺把别家的菜品给斗下去。餐食公会的理事们都商量过了，街上走百步，最多只能见两家馆子。你昇鑫馆算在孔子街上，这街不长，最多只能留下四家馆子。"

"霸、霸街斗菜？"

"没错，霸街斗菜。斗赢了你就霸住了这一段街。"

"搞七念三嘛，我们店生意挺好的，别人关不关门跟我们不搭界，根本没必要斗菜呀霸街的。"蔡壬鑫戆大性子，想到什么就说，他已经忘了站自己面前的是一帮随时可以让别人溅血的人。

"呵呵，怎么把一个馆子经营好我是真不懂，不过要说把一个好馆子搞得经营不下去，那我肯定能做到。祝老板、蔡老板，你们不是想等馆子经营不下去了再同意餐食公会的建议参与斗菜吧，呵呵。"孙瑞山冷笑着扬长而去。

庆贺的宴席在继续，但是祝昇蓬和蔡壬鑫再感觉不到一点喜庆的气氛。刚刚不速之客所告知的事情，其实是将已经立稳脚跟、打响招牌的昇鑫馆逼进了又一个绝境，一个必须靠实力杀出重围的绝境。

本来以为重修昇鑫馆、扩展高档本帮菜的营业项目，可以应对即将到来的大洗盘，可是他们没有想到竞争来得这么快这么突然，而且完全是他们没有想到的一种形式。这种形式以往也是有过的，但一般是在小范围内，几家店之间，而且是全都已经经营不下去了，才会采取这样的方法淘汰大部分，索性让留下的一两家能够吃饱了活下去。但是现在餐食公会将霸街斗菜作为竞争方式，决定整个上海餐食行业的去留权。这样一来，类似昇鑫馆这样的店铺就吃大亏了，所有经营手段、菜品口碑、招牌名气、装修档次等优势全给抹平了。现在昇鑫馆唯一可以依靠的就是许知味的厨技。

可是这场霸街斗菜真的可以凭借厨艺成为赢家吗？操控这场斗菜的背景是什么？具体的斗菜规则又是什么？太多的未知让昇鑫馆重修开业的第一夜就变得辗转难安，好几个人都是睁着眼睛等来的天亮。

第二天一早，钱贺子早饭没吃就出了门，差不多一个时辰的样子又匆匆赶了回来，回来后就马上把祝昇蓬、蔡壬鑫和许知味招呼到他的屋里。

"我打听过了，这个餐食公会知道的人很多。你们昇鑫馆最近因为忙着扩建重修，和外界沟通少了，否则也早该听说的。"钱贺子手里托着紫砂壶，壶嘴送到嘴边轻抿一口。感觉水太烫，急忙又拿离了嘴边。

"钱爷叔，我们最重要的是想知道斗菜的事情，您具体说说这个。"祝昇蓬难得这样焦急。

这也难怪，本来再次投入全部资产想大干一场的，结果却飞来横祸，一下就又陷入一个生死未卜的境地……

说砸勺

"你们先别急，这件事情还真得从这个餐食公会说起。"钱贺子放下紫砂壶，"上海开埠之后，很多商人都来上海做生意，到上海来讨生活的外来人猛然增多。官府也因为商路大开而加设了许多衙门口子，有管商船的、查货的、收税的等等，所以外调了不少官员到上海来。然后江南制造局又开在上海，调来的官员就更多了。从商的、外来讨生活的、做官的以及官员们带来的家属，这些外来人员大量涌入上海后，为了迎合他们的饮食习惯，随之而来的就是各种地方菜系的酒楼菜馆开业了。"

"阿爹，这个我们都知道的，您说重点。"蔡壬鑫有些不耐烦。

钱贺子没有理会蔡壬鑫，而是继续保持着自己的节奏："但是很多地方菜系的酒楼菜馆背景却不简单。来自同一地方的家乡人为了防止被人家欺负，于是就成立了各种地域性的商会、互助会，所以一些馆子是由这些商会、互助会罩着的。而那些官员要么每天都和钱钱货货的打交道，要么管着街市百姓，当然能看出利益所在。所以有一些馆子是有他们股份的，或者就是他们自己的生意，委托了其他人替他们出面管理。嗯，这个你们也是知道的，我也不说了。"

钱贺子稍微停了下，轻咳一声清清嗓子："但问题是馆子开得太多了，而吃饭的人就这么多，大家的生意就都不好做了。所以海关的江大人建议成立这个餐食公会，公会里有头衔的都是各种商会、互助会的重要人物，另外还有些官员挂了监察、督管的牌头。所以从明面上讲是很合理合法的，但暗地里这个公会真正掌控和操作的其实是青帮的人。青帮你们应该是知道的，他们以往行动隐秘，但近几年在上海却是高调行事，占据码头，控制各种货源和运输通道。"

说实话，祝昇蓬和蔡壬鑫还真不知道什么青帮。他们曾经猜测过占据木渎港的那些地痞混混应该是属于某个帮派的，但是并不知道是青帮。而许知味就更不知道青帮了，他除了故事演义里听说过的帮派外，唯一打过交道的就是厨党，而厨党其实还算不上是真正的江湖帮派。

"官家、商会、帮派的人共同撑起这个餐食公会，那都是无利不起早，各怀自己目的呢。现在餐食行当生意难做，他们自己的馆子要想生意好，就得想办法排挤掉竞争对手。但生意上确实是做不过人家，只能采用另类手段。另类手段又不能太直接，那样一个是影响太大，再一个留下凶恶名声后，人家反而不敢去他们的店里吃饭。所以需要通过一个冠冕堂皇的组织出面，然后再以一个冠冕堂皇的手段来达到自己的目的。而餐食公会就是这个组织，霸街斗菜就是他们的手段。"

钱贺子觉得自己差不多说清楚了，于是又托起紫砂壶连喝几口。他的心里其实也很焦急，外面急急忙忙打听了一圈连口水都没喝，刚才保持节奏的述说其实是为了将事情尽量说清楚。

"钱老板的话我差不多都听懂意思了，就是说这个霸街斗菜其实并不是你真有本事就能斗赢的，而是餐食公会想让谁赢谁就赢。而且让谁赢其实他们早就安排好了。"许知味有过宫里被压制的经历，所以首先想到了这点。

"这是肯定的，餐食公会要想哪个店死还真就得死。不过从打听到的斗菜细节我倒觉得还算公平，聚堆的酒店菜馆可以自己先行约了相斗，评判的人也可以找相斗各方都认可的。但是只要斗了就要认账，输的主动关门歇业或转做其他行当，如果不认账餐食公会就会插手。等到最后一条街上再没有相互间的邀斗了，或者出面邀斗再无人应斗了，那么餐食公会就会出面安排。如果留下的店铺太多，就会继续强行安排两三家的小范围对决。如果已经剩下不多几家了，那就摆个大场子一次性解决。而餐食公会只会主持最后的总对决，到那时谁好谁坏就不是一般人做得了主的了。"钱贺子说的这些其实才是祝昇蓬他们最为关心的。

"是挺公平的，不过这样一来他们自己的馆子如果搞七念三地提前被干掉了，不就保不下来了吗？"蔡壬鑫庆幸的同时又感到疑惑。

"这个公平是虚的，是让没有关系背景的店铺自己先淘汰掉一批。那些有关系的可以不接你的邀斗，挨到最后总对决再说。就算接了你的邀斗，那也肯定有着必胜的把握。你想，这些人能搞个霸街斗菜来关掉上海大部分的馆子，要想在某次小范围邀约的斗菜中搞掉一两个对手不更是轻而易举吗？"

许知味经历太多，受到的欺诈也太多，已经被欺出经验了。

"搞掉对手？公证人是斗菜各方认可的，那么会在哪方面做手脚？菜上，只能是菜上。许爷叔的厨技那么厉害，肯定有办法应付他们做的手脚。我们这次可不能输呀，钱全砸在店上了，输了连另起炉灶的机会都没了。"蔡壬鑫摘掉小帽使劲抓挠自己的扫把头，显得非常的焦躁不安。之前他认为就算很不公平地将昇鑫馆拉了和其他店铺一起霸街斗菜，但只要有许知味在，凭着他出神入化的厨技肯定能一路过关斩将大获全胜。而现在听许知味的话音感觉他很没有把握，这场斗菜拼的不仅仅是厨技，还会有一些歪门邪道的法子。

许知味的确没有太大把握，因为这次斗菜不同于以往厨师之间比试厨技高低的斗菜，而是关系到很多店铺生死的斗菜。所以这种斗菜过程中，每一个参斗的厨师肯定会将厨技以及厨技之外的手段用到极致。而那些店铺的老板、掌柜也肯定会在斗菜之外想尽一切对自己有利的办法，只要是规则允许。

"唉，不是我许知味畏惧、退缩，像这样的斗菜我真没有什么把握能赢。就像把我们昇鑫馆拉去和那些撑不下去的店斗菜一样，我和其他店里那些厨师斗菜也是很吃亏的。"许知味叹口气说。

"为什么？"这次是钱贺子抢着在问。

"因为我原来一直游学厨技，然后又被选到宫里做御膳。自始至终的目的都是要做最好的菜，做不能出一点差错的菜。而厨技之道不宜讲斗，只宜讲和。五味调和、食味调和、人味调和，这才能出味道至极的好菜品。所以对于斗菜我一直是拒绝的态度，除非万不得已。"

"许爷叔，现在就是万不得已的时候！"蔡壬鑫急急地插一句。

"别急，等我把话说完。拒绝斗菜只是性情习惯，随时可以改变。但是斗菜的本事却不是随时可以学到、练成的。事实上民间好多厨子除了做好菜的本事之外，还有一套搞坏菜的技法，当然是把别人的菜搞坏。这种技法厨行里叫'砸勺'，意思和唱戏的'砸箱'一样，就是砸了别人最拿手最依仗的绝活儿。而我以往觉得厨技之道要讲'诚''真''礼'，那些下作的技法根本不沾边。这样一来其实在斗菜中就被动了，就好像别人可以拳打脚踢地攻我，而我只能躲避遮挡。更为严重的是，别人从哪个方向出拳出脚我都不知道，有些招儿就算瞪大眼睛都看不出来。"做厨的人都是很要面子的，特别是涉及厨技方面。而许知味能主动说自己不行，那他在这方面应该真的是有所欠缺的。

"许师傅的意思是说你不会'砸勺'，还是多少会一些，只是自己不屑得用？我估摸这些招儿要是许师傅都不会别人更不见得就会，再者一般人就算会这技法，斗菜时也肯定逃不过你的法眼。"钱贺子是试探更是打气，现在昇鑫馆的所有希望都在许知味身上了。

"像这类招数我真的不会，两年前我在无锡泥人街的惠泉堂和厨党斗菜。开始一直不动，只是看着他们做菜，等他们全做完之后我才开始动手，就是怕过程中被他们中的哪个找机会给我'砸勺'。'砸勺'的技法每个厨者所会的都不一样，有师傅传下的，也有自创的，但都是妙到毫巅的独有绝技。这些绝技都是保密的，否则效果不好。即便有些绝技是别人知道的，那一般也是学不会、练不出的。我听说有的技法甚至比做拿手菜的厨道绝技更巧妙更不可思议，只可惜不是用在正途上。"说到这里许知味看了钱贺子一眼，"钱老板刚才有一点说对了，就是在斗菜过程中严密关注对方做菜的各种细节。也许可以通过违背常规的小动作，从而发现他们是怎么'砸勺'的。但是这种操作的可能性却是有难度的，特别是斗菜时自己还要做菜，很难有闲暇和精力关注到对方的所有细节。"许知味说到最后有些疲乏地摇了两下头。

"不要太担心，我觉得就我们这条街上的这些酒家菜馆中，肯定没一个厨子是许师傅的对手。而且看他们拿锅拿勺的样子，也没一个像是会'砸勺'技法的。"钱贺子这话一半是为了宽心，还有一半倒是真的。整条街上要找个能和许知味比两勺子的，除了仁和馆的厨头黄鹤成、泰合馆的厨头保十外，就再没其他能数出来的。

许知味苦笑了一下："往往是厨艺高的反而不会学'砸勺'，会'砸勺'的大都是厨技上没天分的，所以练一两招邪招用来压低别人抬高自己。另外还有一个对我们不利的情况，就是斗菜规则里没指定斗菜人的身份。也就是说即便是那些店找来的人，也可以替他们店出面斗菜。这样一来，肯定有好些店铺会通过关系或重金聘请一些厨行高手过来帮忙斗菜，还有一些店铺可能索性就专找'砸勺'的高手。"

"是的，这一点我也注意到了。也就是说，他们那些店是有后援、有强助的，而我们没有。特别是那些原本就在他们计划中要留下来的店铺，这方面肯定早就做好了准备。无论真实的厨技还是'砸勺'的手段，都已经做到万无一失了。斗菜只是做给全上海人看的好戏，也是一个为他们那些店铺打名号的机会。"祝昇蓬仔细聆听许久才又开口，说话时眉头纠结成一个疙瘩。

几个人都不作声了，屋子里死水般沉寂。只有门口小炭炉上烧水的铜壶发出一阵阵气喘，不停地把大股水蒸气翻腾进屋里。

两天后，餐食公会在街上遍贴公告，宣布霸街斗菜的目的和有关正式规则。除了这些，公告还列出了各条街上留下几家餐食店铺为宜。留下的数量是根据街的长度和日常人流量来确定的，像昇鑫馆所在的孔子街标明留下的只有五家。可以想象，现在二十几家店的生意全给留下的五家来做，肯定是挣得钵满盆满。而被斗败赶走的店铺，那就无异于遭到洗劫。

餐食公会这样做事显然是很高调很霸道的，或许他们就是要以这样的方式让全上海都知道这样一个组织。原来许知味刚到上海时觉得上海外来的菜系太多太杂，菜品可以随时变，味道可以随时调，厨师可以随时换，所以无法像无锡那样形成一个厨党的组织垄断厨行，从而对抗店家，要挟店家获取平起平坐的权力。而餐食公会的出现其实比厨党要厉害得多，它直接就拿捏住了店家，包括店里的从业人员。所有店家和从业人员莫名其妙就成为他们可以任意控制的对象，且必须无可奈何地接受这种事实。

一般老百姓是不会关心这个餐食公会到底是怎么回事的，只要官府不出面否定它，他们就认为这是合理的。更何况从公告的联合署名上看，公会里不仅有许多有头有脸的人物，而且还有官府的人在。

而餐食公会所宣布的霸街斗菜目的也是很堂皇的。说是为了协助官府管理餐食市场，采取优胜劣汰的办法，促进上海餐食的更好发展。同时也是为了避免恶性竞争，导致餐食行业群体溃落，甚至引起连锁反应，导致更多相关行业后续竞争并洗盘。那公告行文的口吻很是官方，俨然就是在替官府办事一样。而实际上他们的实施应该比官府更加有效，许多官府无法做的事情他们都可以去做。

老百姓的兴趣不在餐食公会，也不管哪家店关、哪家店留。他们关心的是斗菜，这是一个极为刺激、极有娱乐性的事情。虽然对店家来说，这就像是一场战争，席卷整个上海的战争。他们必须在这战争中一步步杀出重围才能有生存的可能。而对老百姓来说，这就像在观看一场场笼中的决斗，而且是必须决出生死的决斗。他们可以观赏，可以闲谈，可以演义，甚至可以将自己对每次对决胜负的判断作为与别人打赌的形式。而这种拿人家店铺生死来赌博的方式竟然是最早在大街小巷中流传开的，赌场里新开了这样的赌盘，街头、市场上也开有这样的赌台，就连朋友邻居之间都会私下押赌斗菜双方谁输谁赢。

油神李

许知味没有后援、没有强助，只能孤零零地踏上决斗场。他其实觉得自己更像是去押赌，只是别人赌的是钱，而他赌的是昇鑫馆的生死和未来。而且这个赌局全由不得他们做主，他们其实就像是赌桌上的骰子，在别人的摇动中蹦跳出尽量大的点数。

许知味觉得或许能凭着自己的高超厨技征服一些有决定权的人，从而得到一个好的结果，或许能在斗菜的同时用敏锐而细致的觉察力发现到别人"砸勺"的技法，或许背后的操控会出现意外，让本该留下的店铺提前离开，给昇鑫馆留下个空位。但"或许"终究是"或许"，是无法靠自己能力争取只能侥幸赌一把的赌局。

既然是赌局，那么下赌的资本是必须有的，而且越多越好。目前许知味的资本有自己的一手好厨技和昇鑫馆响亮的名头，这些还是很有作用的。至少可以威慑到许多店家在前期斗菜过程中不敢来约斗，免除疲于应对之苦，只需养精蓄锐、静观其变就行。因为其他的店家也不是傻子，他们约斗的局肯定是想把能力不足的先给拼掉。然后是拼旗鼓相当的，最后才挑战最厉害的。这样如果运气好的话，有其他什么人提前把一些厉害的拼掉了，说不定自己直接就能得到机会留下了。

不过许知味觉得要想摆上桌面和别人赌上几把，光凭这点资本是远远不够的，还应该抓紧时间尽量获取到更多。比如及时打听到其他店里有没有约请什么厨道高手，这些高手的特长和绝招又是什么。还有就是最好可以让自己提前看到别人的一些斗菜局，从一个旁观者的角度来观察那些厨行高手有没有用"砸勺"技法，又是用的什么技法。

傍晚的时候，水闩头一阵风似的跑进了昇鑫馆："祝老板、许厨头，我的那些兄弟撒出去后打听到几家店的情况，他们真的是请来了一些厉害的厨子呢。"

"慢慢说，说仔细了。"许知味给水闩头递过去一碗茶。

水闩头只喝两口就放下茶碗，擦擦嘴巴继续说道："我在吴江阁打听过，他们家是从苏州观前街请了一个有名的厨子，外号叫'单手百宴'，说是啥菜都会做，啥菜都做得好。苏北酒家是他们厨头的师弟从江北通州找来一个'油神李'，这人今天中午刚刚到，我亲眼见到了，呆头呆脑的样子，倒不像是个会做菜的。还有东山苏菜，他们也是从苏州请的一个厨子，说是在苏州退隐的大官家里做过家厨，会烧讲究的官家菜。四季红找的是个川南的厨子，没谁知道什么来路。岱宗楼很奇怪，他家做的鲁菜却没请鲁菜厨子，而是找了个金陵厨子，具体名号和本事也没人清楚。"

"'单手百宴'，这外号不仅说明这人会的菜多，而且手脚极快。'油神李'倒是外表呆头呆脑，并不油头滑脑，那这个外号应该就是来自他的手艺了。江北南通州的厨子都善于熬制烧菜红油，他可能是这方面有独特秘方。其他几个人没有名号特征，反而更加麻烦。苏州擅长官家菜的厨子，他的官家菜与宫廷的御膳菜有相近之处，其功夫不仅是在菜品上，器皿、摆放等细节也是会利用到的。川南那地方穷山恶水，植物奇特，所取的食材有很多比较少见，特别是作料品种很是异常。所以做出的菜品虽然粗糙，却是可以在作料上玩出别致花头来的。而岱宗楼做鲁菜却请的金陵厨子，我估计纯粹是为了'砸勺'来的，否则不会请并非自己专长菜系的厨师。斗菜规则没有指定必须用自己店里的菜系菜品，那么他们尽可以不择手段，专挑'砸勺'手段厉害的请过来。"许知味分析的这些让大家听得有些心虚。

"其他还有吗？仁和馆和泰合馆呢？有没有动静？"祝昇蓬问水闩头。

"其他店铺好像还没真正开始动作，不过我觉得九碗天、小西湖鱼馆和富真馆像是有人罩着的。其他店铺忙里忙慌的，他们却一点都不急，像是早就做好准备有恃无恐了。仁和馆那边也敲边问过了，他们说自己店里的厨子多，所以不同的对手会用不同的厨子应战，并不提前确定出面斗菜的具体人选，到时候由厨头黄鹤成统一权衡。泰合馆自己放出话来，要让他们厨头保十出面斗菜。"

水闩头打听到的这些信息，按理说都算得昇鑫馆参与斗菜这场赌局的资本。可要是无法破解别人的手段，知道得再多也是没用的。即便是有许多店家都尽量细致周全地做着各种准备，但是决定那些酒店菜馆的首轮斗菜还是在仓促、冲动中开始了。或许是有些店铺老板觉得等待死去的过程比直接死去更加煎熬，所以索性主动出击早决生死，也算是一了百了。

就在水闸头打听来那些消息的当天，八仙居、赛仙汇大酒楼、苏北酒家这三个店铺发出了约斗。孔子街上，这三家店是靠得最紧的，八仙居和赛仙汇两家紧靠在一起，这家店里食客的碰杯声，隔壁食客都能听到。而苏北酒家就在赛仙汇的正对门，这一段街又是最窄的，站这边店门口都能看清对门柜台上结了多少钱。

三家中赛仙汇大酒楼的店铺门脸最气派，档次规模也最大，所以又被人们称为大仙店，他们擅长做地道的江浙菜。而紧邻的八仙居则被人们称为小仙店，他们的店面规模虽小，却曾以鲜美独特的黄海海鲜菜征服了不少食客。至于苏北酒家的苏北菜，相比之下要稍微粗糙一点。拿现在的话来说，其中大部分属于土菜，是以新鲜食材和本色本味见长。

其实要细论下来，黄海海鲜菜和苏北菜都是江浙菜当中的区域小菜系，所以他们以往做生意时心照不宣都是以赛仙汇作为团体标志和位置标志的。但是现在要凭着斗菜霸街，赛仙汇肯定是会主动约斗与自己紧邻的这两家店。因为从策略上来讲，菜系相近和位置相临的店铺应该首先除掉。

这三家店一拍即合，说战就战。赛仙汇可能是没有将其他两个店放在眼里，他家店里的厨头、厨师都是精通江浙菜的，虽然具体到江浙的淮扬菜、杭帮菜、苏帮菜，他们要比昇鑫馆、仁和馆、泰合馆要稍逊一筹，但是他们品种更多、覆盖面更广，而且大多精选了江浙范围内各菜种菜系的代表性菜品，所以一般江浙范围内的区域小菜系是无法与他们抗衡的。

因为斗得仓促，所以选择的评判也是信手拈来。好在这评判是三方都认可的，与任何人没有利害关系。

他们这场斗菜的评判是两个老太太。一个是丽如银行[1]襄理[2]郑伯仲家的

---

[1] 最早叫西印度银行。
[2] 接近经理的职位，级别较高，但不是经理，可以理解为副经理，属于管理人员，一般在日本或中国台湾地区比较多用。

老母亲，还有一个是浦广洋行老板家的老太太。这一晚正好两家的老太太都在赛仙汇做寿宴，其实像这种有钱人家做寿宴可以到更加豪华高档的酒楼饭店去的，但是两个老太太都钟意赛仙汇这个名字。

三家菜馆约好，斗菜厨师就在这个双寿宴上各做两道菜品赠送给大家品尝，然后由两位老寿星评判这两道菜的好坏。

钱贺子也真是有点能耐，不知道怎么七拐八拐地托人与郑伯仲家的管家搭上了关系，得到一张请柬。然后准备好一点寿礼，让许知味晚上去吃寿宴，顺便看一看人家斗菜的情况。

提前看到别人斗菜的过程，对于许知味来说是极为有用的一种资本。从旁观者的角度，往往可以发现斗菜者更多的细节和奥妙，特别是获胜者的，因为这些获胜者很可能下一轮就成为自己的对手。

这天晚上赛仙汇里的双寿宴特别热闹，因为除了那些前来贺寿吃寿宴的宾客外，还有更多的是来瞧热闹的和关心斗菜结果的人。虽然大部分人都被店里伙计拦在了店门外，但是一些有门路的还是进来了。还有人是知道他们三家要斗菜的消息后提前在店里订桌，借着吃饭名义前来观察斗菜情况的。这些进来的人里大部分是拿斗菜开赌盘、赌台的庄家和赌徒，还有小部分则是其他店里参与斗菜的关键人物，就像许知味一样。另外，有零星几个的人身份比较特别，他们是给《上海新报》写文章的。餐食公会宣布的霸街斗菜一石激起千层浪，不可避免地成为上海最早的报纸《上海新报》的重要资讯。

至于餐食公会，他们根本就不需要派人来参加和监督这种级别的斗菜。只要结果一出来，盏把茶的工夫他们就能知道。而且在场的所有人都是结果的见证人，不怕哪家输了反悔不承认。

斗菜的三家店里，赛仙汇大酒楼、八仙居都是由当家厨头亲自出面，只有苏北酒家是让一个看外表都不太像厨师的人出面来斗菜的。这个呆头呆脑的人应该就是水闩头说的那个什么"油神李"。

斗菜的具体菜品是在寿宴开始之前才商定下的，也是非常的仓促，而且三方出面斗菜的厨师为了确定菜品还费了不少的口舌。商定斗菜菜品时许知味就在一旁的人堆中看着，当最终的菜品确定后，他马上觉得赛仙汇和八仙居要吃亏了。而事实上在确定菜品过程的一番口舌争执中，这两家店已经是吃了亏。

苏北酒店请来的那个"油神李"看着呆头呆脑的，可是一张嘴马上就变了个人，不仅油腔滑调、油嘴油舌，而且脸皮还特厚。他根本不在乎什么名头、形象，为了能够获取到对自己有利的条件和菜品，他可以自黑自贱、哭穷耍赖。然后别人提出什么对他不利的要求，他会断然拒绝，一点不留情面，或者讨价还价、分毫不让。而且这个"油神李"好像还会很多种方言，啥话都能搭上几句，当他的面别人想要私下商量点啥都无法办到。

所以从"油神李"的言谈举止和种种表现来看，许知味觉得他可能并非真正的厨行中人，就连"油神李"都很有可能是临时编出的名号。

许知味猜测的真没错，这个"油神李"只是通州学正署里帮忙给几个先生烧饭菜的佣工而已，而且做这份工之前是专门在菜场帮大户人家买菜的，天天与形形色色的各地菜贩子打交道，所以不仅会讨价还价，还会各种方言。今天"油神李"把这一套本事全拿出来了，指手画脚、南腔北调地一通吵吵，一下就把赛仙汇、八仙居的两个当家厨头搞得五迷三道的，根本不知道来的是哪路神仙。所以斗菜还没开始，"油神李"倒像是已经控制了全场。

"都别再说废话了，咱们就用炒豌豆和炒青菜来定胜负。""再说了，这可是做了免费送人家的菜，听我的，搞两个蔬菜还给你们赛仙汇节省了不是？而且人家老太太也喜欢吃清淡的蔬菜。""都知道越是简单的菜越难做好，你们可都是上海有名的大厨，怎么，不敢和我这个乡下煮饭的比一比？那也太跌份儿了吧。哎哎哎，你们大家可瞧好了做证明，他们不敢比就算认输了。"……

"油神李"一通乱吵吵，把另外两家店斗菜的厨头给将住了，所以他提出并坚持的菜品最终被认可。三家厨师都用豌豆和青菜烧两个菜，然后由两个寿星老太太尝了评判好坏。

第二章

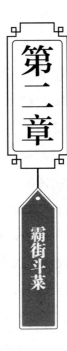

霸街斗菜

「等等，我的菜还没有做完。」许知味脑中突然有灵光闪过，所以脱口而出。

许知味这句话让昇鑫馆的人又燃起希望。根据上次的斗菜经验，许知味最后一且开口说话了，便意味着能绝处逢生。可现在这种状况还有什么办法扳回？

头一战

从"油神李"所坚持的斗菜菜品来判断，许知味基本可以确定"油神李"这个外号应该还是和烧菜的油有关，而不是因为人太油滑。那两道简单的蔬菜真的是很难烧好的，一个豌豆本身的味道比较特别，另外豆子带硬皮，味道很难烧进去。而青菜是最平常的菜品，加入太多其他味道就会不伦不类，不加入其他味道却又无法将一个普通青菜烧成美味。所以这两个菜一是难烧好，再有即便烧好了也很难和别人拉开差距。不要说评判的人是两个味觉已经退化低下的老太太，就是那些品评美食的行家，也很难分出这种菜品的高低。所以要是没有什么独到的技巧和材料，一般只能是打成平手。

不过许知味曾经听人说过，江北南通州的厨师有一项基本技能是学厨时首先要会的，就是熬红油。这个红油和我们常说的川菜红油不是一回事，川菜红油是用辣椒加入油中熬出红红的辣油来，而南通州厨师熬的红油是指红案用油，又叫熬熟油，是一种独特的烹饪用油配制方法。

中国汉代以前的食用油都是动物油，汉代以后才开始食用植物油。但不管动物油还是植物油都有自身的味道，比如菜籽油的荒涩味、羊油的腥膻味等，这些都会在使用过程中破坏食材的味道。所以必须通过合理的搭配，用熬制的方式挥发并中和油里的杂质和异味，得到纯净的或者具有独特香味、口感的烹饪油。然后再用此油来烹制食材，就能充分发挥和呈现出食材的鲜美味道。

除了不同种类油的搭配和熬制，有的红油还要在熬制过程中加入一些东西。翁先生就曾经告诉过许知味，《礼记·内则》里有"脂用葱，膏用韭"的说法，并且猜测这可能是古人用以改善食用油脂味道的做法。脂和膏都是动物体内提取的荤油，加热过程中加入葱、韭菜这些刺激性味道的辅材可中和、覆盖油脂自身的腥膻味。这可能就是最早的一种熬红油方法，和我们现在烹饪鱼虾肉类时加葱姜去腥盖味其实是同样的道理。

而通州厨师熬的红油绝对不会这么简单，他们都有自己独特的熬红油配方。不同种类的油，或普通或特殊的添加料，最终熬出的红油必须与自己烹饪的方式习惯、擅长菜品、味道控制相合相应，把菜品的色香味凸显到极致。所以在通州不会熬红油的厨师永远只能是个二把刀的厨工，既烧不出当地正宗的江海菜，更烧不出自己味道独有的菜品来。

另外厨行中有一绝妙技法叫"行油入味"，就是把需要的味道先熬进油里，再烧入菜里。如果用这样的油去烹制豌豆和青菜，不仅可以得到自己想要的味道，而且不显山不露水，味道自然醇厚。这方法其实与许知味在宫中用调制好的熟油炸排骨异曲同工，与他在惠泉堂与厨党斗菜时油中化盐拌豆腐也是同样道理。只不过他熬的那油只适合做"霓虹盖金梁"和拌豆腐，而通州厨师的红油在味道设置上则更加细化和多样，使用时也更为巧妙实用。

结合以上经验和传闻，许知味觉得"油神李"有这样一个外号，又是被人家专程从通州请来，说明他在熬制红油上肯定有着非同一般的造诣。而他坚持用两种很难烧好的蔬菜来比拼，很有可能就是要用"行油入味"的招术来获胜。如果真是这么回事，即便他的样子不像个厨师，那些真正的厨师恐怕也得惨败于他手。

斗菜开始，赛仙汇和八仙居的厨头都并非善善之辈，他们巧取了各种山珍海味、飞禽走兽的精华部分，与豌豆、青菜一起烹制。那是要让豌豆、青菜吃不出本身的味道，入口入心的全是天下最为鲜醇的味道。

"油神李"没有取用任何其他食材，只有烹饪的油是自己事先准备好的。一两红油才下锅，油未全热就已经可以闻到不同一般的味道，有香、有鲜、有浓、有清……但具体是哪种味道却又无法说清。似乎所有味道都在其中，最终融合成一种味道——那是一种可以直透心底再直冲头顶的味道，是可以让人蓦然间销了魂的味道。

油热了，散发的味道更加浓郁。"油神李"趁着这浓郁的味道还在锅里盘缠，迅速把稍稍烫过的豌豆入锅。勺子翻搅几下，除了一点盐，其他什么作料、辅料都没有加，一盘豌豆就炒好了。这样简单的烹制方法都让旁人心中怀疑他是否已经放弃了斗菜，但豌豆不断飘散的味道却又让人认定豌豆之中必藏玄机。

"油神李"的青菜是直接放了一点水炒的，从生到熟也只放了一点盐。当青菜熟了盛入碗里后，他在炉口上换了一只干净的锅，又从另外一个容器中倒入了一两红油。油入冷锅，随着锅慢慢热起，油也慢慢热起。同时"油神李"伸一只脚挡住筒炉封口，让炉火焰头微微压下，于是锅和油都热得那么温和、羞怯。所以这一回的油味没有之前炒豌豆那么浓烈，散发得很慢。感觉像是有什么东西包裹着那味道，欲出而不能出。但是许知味能够嗅闻出来，这油的味道和之前炒豌豆的油又有不同，是另外一种风景、另外一番天地。

慢火之下，红油缓缓滚起，看起来似乎变得浑厚浓稠。就在这时，看准火候的"油神李"将锅端起，把锅里刚刚滚起的一两油倒在了青菜上，那碗中顿时荡开一道光晕。同时，在油温和菜温的推动下，刚才被包裹着的味道如同涟漪般一层层地荡漾开来。是浓香的、是鲜醇的、是持久的，越荡越远，经久不散。

许知味震惊了，从最开始闻到油味的时候就震惊了。而当他在郑伯仲家里管家的照应下也尝到两口斗菜的菜品后，他沉默许久。周围热闹的环境再不能惊动他分毫，他能听见的也只有自己怒潮冲击岩石般的心跳声。

"油神李"真是个油神，他用的红油之中应该有着四种以上的油品，绝妙而合理的搭配，暗含了君臣之道、文武之道、阴阳之道。但这种搭配才仅仅是基础，在搭配好的油品熬制过程中，他应该还加入了非常强烈而丰富的作料和辅料。不同作料和辅料的加入，会产生各种各样不同的极致味道，而随着这些油的使用，即使最为简单的菜品也会因为红油的极致味道而托显出菜品更为极致的味道。这其实是"行油入味"的最高境界，就像红楼菜里的茄鲞一样，是将多种食材的精华都注入其中、包含其中。而"油神李"则是将精华的味道熬进油里，再利用油来实现自己最终想呈现的美味。

孔子街上第一场斗菜，大家最看好的是赛仙汇，其次是八仙居，但是苏北酒家却很意外地干掉大仙小仙两家店，让人们大跌眼镜。因此很多人意识到，凭斗菜来霸街和做生意站住脚跟完全不同，以往长时间积累的威望、名号、档次、客源全没有了作用。胜负只在斗菜的短短过程后见分晓，变数极大，风险重重。

另外，"油神李"这一战不仅意外地让苏北酒家反胜大仙小仙两家店，而且让市面上大大小小的赌盘、赌台大走反水，基本都是输钱的。不过这倒是没能提醒那些赌徒注意风险，反因为结果的意外让更多人觉得刺激，所以各个赌盘上的注头不减反增。

许知味亲眼看过第一场斗菜，由此他确定苏北酒家请来的"油神李"是个绝对的厨道高手。或许他的身份和道行还不能算作真正的厨行中人，凭的只是熬制红油的绝招，但就像蓝小意说的，一桌味道何必求全，只需一两味入心入意即可。那"油神李"也一样，即便不是真正的厨师，即便只会烧一些不算精致的平常菜品，但是只要有他那一手熬制红油的绝招，他就能一路拼斗到底，因为那一手绝招出来的味道是可以变化无穷、取之不尽的，而且如果真的拼到最后自己要面对"油神李"的话，许知味也是没有一点把握可以胜过"油神李"。

但是许知味万万没有想到，那个神奇的"油神李"第三天就被四季红请来的川南厨师用一道"荤豆花"给斗败了。这个信息让许知味惊出一身冷汗，怎么都无法想象当时是怎样的一幕场景，在这场斗菜上到底发生了什么，而紧接着，四季红的川南厨师又将小西湖酒家的名厨"醋鱼王"给斗输了，这让许知味再出了一身冷汗。因为按照水闸头获取的信息来看，小西湖酒家是有餐食公会暗中支持的。如果将他家也淘汰了，一种情况是说明了川南厨师的手艺确实了得，就连黑白两道通吃的餐食公会都无法在斗菜过程中给他用暗招。另外一种情况有可能是刚开始就判断错误了，小西湖根本不是餐食公会暗中支持的，四季红才是有背景支撑的。

虽然四季红到底有没有餐食公会暗中的支持许知味无法知道，但是有一点他却是有八九分把握的，就是那个川南厨师胜过"油神李"，应该是用了砸勺的技法，而小西湖的"醋鱼王"也轻易被斗输了，则更加说明了这一点。

但紧接着的一个信息更是让他除了流冷汗别无他法，连胜两局的四季红竟然直接向昇鑫馆发出了邀斗。这不仅是让大家感到意外，而且还将昇鑫馆一下逼到没有退路的份上。直到这个时候许知味仍然完全不知道那个川南厨师用的是什么砸勺技法，所以接受邀斗不仅是没有退路，而且还得任人宰割。

"约在什么时间、什么地方斗？"许知味问拿着邀斗书的祝昇蓬。

"四季红那边好像成竹在胸。时间只说在三天之内，具体哪天随便我们定，斗菜的地点也可以放在我们店里。"

"哦，那他们倒是挺大度的。那评判找谁？"许知味又问。

"他们说评判就从大街上随意找，要那种和双方没有任何关系的路人。为了公平起见可以多找一些，然后品尝我们两家斗菜的菜品。觉得谁家菜好吃的人多，那么就谁家胜出。"

"这倒是一个比找专门评判更公平的办法，由大众来评定。但是很多摆明的公平往往是为了掩盖一些东西，让你忽视掉一些关键点。所以他们越是这样随意和大度，就越说明其中有另类门道，这门道要是摸不清那将必输无疑。"

"其实如果没有把握的话，我们可以不应斗的，挨到最后，或者等到他家被别人斗掉再说。"祝昇蓬觉得没有十分的把握还是暂时不应斗的好。

"挨不过去的。我估计始终不应斗的，最后由餐食公会来安排斗局的话，状况可能会更艰难。再有我们现在如果不应斗的话会大损名头，那样就算除了餐食公会要保的店铺之外还有名额，他们也不会考虑到我们。"许知味的本意就是要凭着厨技在斗菜中征服一些有决定权的人争取到一个好的结果，要是人家邀斗不应斗的话，那么这个意愿也会是一场泡影。

"可是人家砸勺的阴损招术如果无法破解，斗下来我们还是必输无疑。"

"是够阴损。你看'油神李'一副厚皮耍赖的样子，但他都是争在斗菜之前。尽量让自己的条件能得到满足，优势能够发挥，而过程中是绝不会用什么阴招的，全凭的真本事，这种人相比之下反倒实诚。对了，'油神李'他现在还在上海吗？我去找他，说不定现在他已经想到自己输在哪个环节上了。"许知味像是突然间抓住了一根救命稻草。

◆ 双演菜 ◆

苏北酒家很守约定，斗菜输了之后马上就关门停业，然后开始低价处理店里的一些东西，尽量减少损失。其实如果最终还是输，那么晚输真不如早输，早输的话变卖店里资产还能值几个钱，要是等到铺天盖地都是关门的酒家菜馆再处理东西时，那就不值钱了，亏损更大。

许知味在苏北酒家里没有找到"油神李"，不过他也打听到"油神李"并没有马上离开上海回通州。这两天白天都在街上到处玩逛，又吃又买的很有兴致，根本没有输了斗菜的沮丧。一般都要玩到很晚才会回来，也不讲究，就和店里伙计一起睡在后面弄堂里租借的房子里。

一直到天完全黑下来，留在苏北酒家外面守候的伙计才跑来告诉许知味，"油神李"拿着大包小包的东西从苏北酒家旁边的巷子进去了，应该是回后面伙计住的房子。

许知味听了这话后忙扯下围裙擦擦手，直接快步从一重院子跑到王陂后街。德富里的弄堂四通八达，许知味从王陂后街直接插到苏北酒家的后面，然后从一条更小的巷子穿过，到达那些伙计所住房子的弄堂口。

那"油神李"南腔北调像是走过天下见过市面的，其实都是从批发市场里各地的菜贩还有学正署的先生们那里学来的，自己从未出过通州城。所以到了上海看到那么多的洋楼、大船不由得眼花缭乱，怎么都要玩尽兴了才肯回通州，完全不理会人家苏北酒家现在的状况和老板的心情。不过他也听说过，上海地痞瘪三多，所以每天到了天黑的时候，他都会赶回住处。即便人家把上海的夜间描述得再如何诱惑人，他都会缩在弄堂底的那个房子里再不出来。

今天"油神李"确实回来得稍晚了些，因为他明天已经准备回通州，所以买了不少东西耽搁了时间。可是万万没想到已经是在上海的最后一个晚上了，他连缩进再不出来的房子都没能回，才到弄堂口就有人从暗处一下蹿出把他截住。这情况太过突然，顿时把"油神李"吓得三魂七魄撒落一地。

"侬、侬做啥事替[1]？""油神李"用不太地道的上海话哆哆嗦嗦问了一句。但他马上觉得这样可能对自己不利，于是稍微挺一挺身体，粗着嗓子又用不太地道的山东话再问一句："嫩搂么的[2]？"

许知味也觉得自己这样急匆匆地突然冲出来真的是会把人吓坏的，赶紧又打招呼又解释："对不住对不住，莽撞了莽撞了。我这急慌慌地跑出来肯定是吓到李师傅了。你别怕，我不是坏人，我也是个厨师。"

"厨师？我没和你斗过菜吧？我没赢过你吧？就算赢了也不关我事，你找老板去，不不，找老板的师弟去，是他把我骗来的。"没想到提到厨师"油神李"更害怕了，应该是怕之前赢过的厨师来报复他。

"我没和你斗过菜，我是街口昇鑫馆的厨师，拦住李师傅就是想请李师傅

---

[1] 上海话，"你要做什么"的意思。
[2] 山东话，"你干什么的"意思。

吃个饭。"许知味赶紧把话说明了，怕再客套下去误会可能会更深。

"哦，吃饭啊！""油神李"长吁一口气，但随即又想到了什么，"你为什么要请我吃饭？哦哦哦，我知道了，想套我熬油的秘方对不对？"

"李师傅熬油的秘方巧夺天工，是要有灵性和经验结合才能驾驭的，在下万万不敢觊觎。请李师傅吃饭一是着实佩服李师傅，希望能与李师傅结识。再一个也是替李师傅抱不平，你和四季红斗菜输了肯定是被人家做了什么手脚，不然凭你的秘方红油是绝不会输的。"

"你说我是被人家做了手脚？对的，肯定对的，我就感到奇怪了，油是我之前熬好的，我也尝过味了。可是斗菜时做出的菜有其他怪味，肯定是在什么地方给我加了杂料进去了。可是也不对呀，整个过程都不曾有其他人碰我的菜，就连碗碟都是我自己洗过的，不可能加入杂料呀？"看得出，"油神李"对斗菜的胜负根本不在意，对自己的声名更是不在乎，所以直到现在都没有仔细考虑过自己输掉的原因。

"那么那天斗菜当中对方有没有啥异常的小动作？我也不瞒李师傅，昇鑫馆会让我出面斗菜，我是想知道更多的信息可以提前做准备。给李师傅砸勺做手脚的那个川南厨师我之后可能也会遇到，如果能找到对方砸勺的技法在哪个环节哪个点上，那就好应付了。李师傅你帮忙回想回想。"许知味并没有把接到邀斗的情况说出来，他也是怕"油神李"知道自己迫切需要这方面信息借机要挟就地开价。

"你是要我找出自己怎么输的，然后告诉你让你不输？"

"李师傅代表的苏北酒家已经输了，现在就算再使什么劲也没用。所以李师傅要是知道对方怎么砸勺的，告诉了我，对你和苏北酒家已经没任何影响。"

"这话倒也对。这样，我们先吃饭，吃完饭再说。"如果"神油李"把吃饭当作他回忆和告知那天斗菜中有关细节的条件，那么他真是太厚道了。

许知味把"油神李"请到昇鑫馆，吃了晚饭，喝了酒，并听他借着酒劲吹嘘自己仅仅用熬制的二两油，就能连续半个月每天烧出不同味道的白菜来。这种吹嘘许知味是绝对相信的，就凭那天赛仙汇双寿宴斗菜，闻到"油神李"自备油的油香，品到他做的豌豆和青菜，他就知道"油神李"不仅能够做到，而且说半个月都是保守的。

当一个人吃饱喝足了，也吹爽了，接下来往往就会做更加体现自己价值的事情，所以"油神李"和许知味一起来到苏北酒家，从后门进到店内。酒店现在已经关门停业，里面东西也处理了好几天不剩什么了，所以不再留值夜的，就连后门门锁都是虚扣着的。

许知味把手里的灯笼挂在高处，这样可以把店里的情形看得稍微清楚些。不过光线越清楚也就越显出店里的破败杂乱，好好一个店铺仅仅几天就已经完全没了样儿。大堂之中空荡荡的，除了墙边屋角还有些损坏的桌椅板凳，余下就是满地的杂物垃圾。

"那天就是在这里斗的菜。四季红的那个厨子挺大方，除了要求各烧各的拿手菜外，地方、时间都让我们定，评判也都是大街上临时拉过来的，而且一定要过路人，围观人有很多是下了赌注的，会不公平。""油神李"在大堂里转了两圈，脚步有些晃荡，刚才昇鑫馆里喝的真阳观酒后劲上来了。"但是他妈的也是遇到鬼了，尝到菜的人竟然全部说他的荤豆花更好吃，没一个说我的好吃。也难怪，我的那道清炒木耳山药真的变味了。"

"那天四季红的川南厨师和你斗菜时也是烧的荤豆花？"

"对，荤豆花，其实就是个放了肉片豆腐的杂烩。除了加入酸菜提味外，真没什么特别的。"

"荤豆花是川南叙永的特色菜。虽然是川菜却并不加辣加麻，而是加酸菜和其他蔬菜清煮。各种食材本味尽出，清淡爽口，直接吃其实更适合我们这边人的口味，而他们本地人吃的时候会再另外自行调制蘸料，用辣椒、花椒、香油等调料调制，否则会觉得无味。"许知味在御膳房时全国各地的厨师都有接触，所以听说过叙永的特色菜荤豆花。

"花椒，对的，我最后炒出的山药里混有很像花椒的味道，而且还有苦尾。""油神李"斗菜之后尝过自己炒的菜，所以许知味一说花椒，他立刻想起一些事来。

"花椒味，带苦尾？"

"对，但我能肯定不是花椒，也不是藤椒。我熬红油有时候会用到一味花椒或藤椒，熟悉它们的味道。不过我尝到的那个杂味与花椒、藤椒真的非常接近。""油神李"非常肯定自己的判断。

"木姜，那应该是木姜，这种调料也是叙永的特产。木姜子个头比花椒大一些，做出的木姜油比花椒味道浓烈很多倍。川南叙永本地人调制蘸料时，也只是滴入一两滴，否则就会发苦。对方肯定是用这个砸勺的，可问题是他又是怎么把木姜油加入你的菜里的？"许知味眉头紧皱。

"油神李"没有说话，把身上背着的大包小包放在地上，直起身体时又晃荡了一下，于是赶紧站稳身体拍拍脑袋清醒清醒。

"你现在的位置就是川南厨师的位置，前面是筒炉，旁边是案台。我是这个位置，案台与他背对，筒炉与他平行，但相隔八步。我动刀，取料，挑凹[1]，再切形、置水[2]。配料未取，先启炉、看火……""油神李"边说边动，模拟着当时斗菜的动作过程。这时候他再没有一点醉汉的样子，而是双目有神，气息平稳，手脚起落节奏井然，与他斗菜时的情形分毫不差。

"川南厨师也动刀，先取肉切片，去腥、上浆。酸菜洗净，切；青菜洗净，切；土豆洗净，切；番茄洗净，切。烫豆花，去豆腥……"许知味也边说边做，模仿着川南厨师制作荤豆花的过程，就好像见过那厨子操作似的。

在这个昏黑杂乱的大堂里，两个人嘴里轻声嘟囔着，手脚有条不紊地动作着。虽然手里没有任何东西，但是所有的程序和细节却和有东西没有一丝

[1] 厨行坎子话，去掉食材上凹陷部分的污秽或表皮。
[2] 用清水泡住，防止食材切面水分流失。

差别。这时候如果有人突然进来看到他们两个，肯定会认为要么是在梦游，要么被鬼附了身，因为别人看不见他们两个脑子里的场景。

许知味和"油神李"脑子里的场景非常清晰，就像时光倒流又回到几天前宽敞明亮的苏北酒家。为了斗菜，大堂里的桌椅全搬到一边去了，然后摆放了两整套的菜案和筒炉，蓝莹莹的炉火正悠悠地冒着头。大堂中间有窄长桌和签罐，烧好的菜品会放在长桌上，评判的人品尝完菜品之后会拿一支签放入觉得好的那一边的签罐。大堂里外全是人，但是所有人都屏住呼吸盯着他们两个，神情似乎比他们更加紧张。周围只有刀切桌案发出的声响，铁勺碰锅的声响，食材倒入热油的声响……

"等等！"许知味很突然的一声打破两个人心中构思的意境，所有动作在两个人往中间长桌上呈放自己菜品的瞬间戛然而止，"你刚刚放好盘子已经收回手了，怎么又很急地伸出去？"

"油神李"稍稍想了一下："哦，是这么回事。我先把盘子放上桌的，然后那个川南厨子也把做的荤豆花放了上去。他的那道菜用的大瓷盆，满满一盆荤豆花分量很重。猛然一放把窄长桌震得摇晃了两下，于是我下意识伸手扶了下桌子。"

"啊！我知道了，你就是这个时候中的招。真没想到还能这样砸勺，难怪前面只要求烧自己的拿手菜，其他条件都让对方决定，目的就要让对手疏忽这一点。小西湖的'醋鱼王'肯定也是这样被斗输的。"许知味轻轻拍一把大腿。

野山药

"我没明白，你说说清楚，我到底是怎么中招的。""油神李"真的没明白。他不是真正的厨行中人，拿手的就是熬红油，所以厨行中砸勺的技法比许知味知道得更少。

"你知道四川小吃里有个'三大炮'吗？"

"知道，会跳的糯米团。"

"有很多厨师改良'三大炮'，把'三大炮'做细致了，于是小吃变成了宴桌菜。小吃的'三大炮'是在笸箩里跳，而宴桌上的却是在碗里跳。后来再由跳糯米团扩展到跳鱼丸、跳虾滑、跳浆皮等等，但其实这其中有很多手法已经不是'三大炮'的弹跳，而是甩跳、震跳、挑跳等，所以让你清炒山药变味的味道是来自对方的荤豆花，他在上菜之前将几滴木姜油挂在碗沿上，上菜时利用这重重的一顿把木姜油震跳到你的菜盘子里，于是木姜油的浓烈味道混入你秘制红油的味道，一下就杂乱怪异了。"

"没错，淡味与淡味还能相融，融后可能还会出现意想不到的美味，但是极致的味道和极致的味道却无法相融，它们之间只会相克相攻，将味道往杂性、邪性上带。早知道这样我就耐心一点，等到那川南厨子上好菜之后我再上了。呵呵。""油神李"自嘲地笑笑，他的心态真的很好，输赢看得很轻。

"后上也没用，你是个低盘，他是个又大又高的碗。如果你后上菜，他会用撞桌、敲桌的方式来震动。那虽然不能将木姜油直接震落你的菜盘，却可以让他碗里的汤水跳起带动木姜油溅落在你的菜盘。不管木姜油还是汤水，溅跳起来星星点点，就像人说话时偶尔喷出的唾沫星，很难被发觉。但是木姜油只需一点点就能产生极大的异味，足够破坏掉你菜品的原有味道。这是个特殊调料结合特别手法而成的砸勺，防不胜防啊。"

"好防不好防都不关我的事了，我明天过江回通州。倒是你要抓紧想一个破解的法子，说不定他们马上就会邀斗你们昇鑫馆。"说到这里，"油神李"放松了精神，眼神再次变得涣散。

"已经邀了，这两天就斗。"许知味觉得应该对"油神李"说实话了，否则显得太不真诚。

"难怪你今晚会来找我，可我能帮的就这么多。虽然找出他砸勺的法子了，应对的招儿我却没有。要不这样吧，到时候你索性不把自己的菜和他的放一块儿，离得远远的。""油神李"的身体和脑袋又开始有些晃了。

许知味摇头苦笑一下，他知道别人要达到目的肯定不会答应这么做，而说到据理力争或撒泼耍赖啥的，自己又不是别人对手，所以"油神李"的办法不可行。

"唉，吃你一顿酒饭陪你到现在也算是不欠人情了。你慢慢想办法吧，我先回去睡了，明天还得赶远路回家呢。""油神李"说完弯腰把地上的大包小包捡起来挂在身上，起身时又是一阵晃荡。

"李师傅，我知道你的红油是怎么回事。你是用几种油品搭配熬制，然后得出一种别人难以想象的纯净平和的红油。这是一般人做不到的，因为别人最多是用两三种油来熬，再多就搭配混乱反坏了油性，而你至少是用了四种，熬制中利用不同比例不同特性相互抵消其中的异味，或沉淀或挥发其中的杂质。"许知味有些莫名其妙地提到"油神李"的红油，这好像和他应对川南厨师的砸勺根本没关系。

"你说得很对，我用了七种油。"昏黑中听得清"油神李"的声音却看不清他的表情。

许知味点点头继续说道："但你七种油熬出的才只是基油，然后你会再选取各种调料和食材中最好的部分，将它们的味道熬进基油里。那纯净平和的基油就像一个空空的容器，可以将外加味道尽量饱含其中。用来烹饪时再尽数释放，通过红油的渗透、弥盖、点缀，使菜品获得恰到好处的味道。"

"油神李"迟疑了一下，最终还是开口："这次不全对。味道熬进油里是肯定的，但并非用最好的部分。人们习惯上都认为食材最好的部分味道也最浓郁，其实不是，最好的部分只是味道最为合适，而最为浓烈、最具渗透性的味道往往是在不可食用、被丢弃的部分上。就好比橘皮的味道比橘肉要涩重，虾头的味道比虾肉更鲜浓，鲫鱼鱼鳞比鱼肉要肥美，葱蒜的根须比葱管蒜叶更抢味，辣椒的蒂和籽比辣椒本身更加辛辣刺激。所以要想让无味和难入味的食材生出恰到好处的滋味，那就必须是取这些味道极致的部分加入油中。"

"要恰到好处的滋味，就必须取味道极致的部分加入油中？那木姜油其实也是一种极致的味道……"许知味若有所思。

"油神李"再不理会许知味了，自顾自晃荡着脚步走出苏北酒家后门，消失在弄堂深处的黑暗中。

孔子街上的酒家菜馆都知道昇鑫馆许厨头的厨艺厉害。虽然知道他做过御厨的人不多，有人知道了也不信，认为他是吹牛自抬身价而已，但是小东门救馒头、改面条，这些事情已经让他显得神奇，而昇鑫馆在他主厨下，从最开始的特色菜到后来的和菜，再到三巡会上白送的美味廉价菜和改良的上海田菜，每一次都能给人惊喜和流连，所以许知味其实早就在一些人心目中成为传奇。

本来像这样的传奇应该是不摇不动直接进入到最后决战的，因为谁都清楚，提前挑战传奇就是自寻死路，但是让所有人都非常意外，四季红主动出面邀斗了昇鑫馆。这有可能是四季红连赢两场后被胜利冲昏了头脑，当然也不排除他们的确有着必胜的手段，所以采取杀尊立威的策略。因为只要将昇鑫馆挑掉，之后就没人敢邀斗他家，这样不摇不动直接进入最后决战的就是他家了。

餐食公会发出通知后才十来天的样子，全上海已经有几十家酒家菜馆关门歇业，而且照这样子下去，后面淘汰的会更快更密集。特别是到了最后由餐食公会组织的斗菜阶段，那淘汰的频率更加不得了。关门的几十家馆子中也有两家店老板不愿承认自己斗输的结果，硬着脖颈就是不关店门，但仅仅两天之后，这两家店的老板就拖家带口连夜离开上海，从此再也没在上海露过面，就连店铺最后一点可变卖的资产也不要了。而市面上因为斗菜而产生的赌盘、赌台也变得热闹非凡，赔率也因为斗菜的对象、形式出现各种难以想象的差距。伴随着各种级别和形式的赌局出现，应运而生的"局表"也一下风靡起来。这种类似小报的东西将斗菜双方的详细信息都列入其中，并且进行一定的分析。而直接给赌徒们分析的行家也比比皆是，这些人要么是小有名气的厨师，要么就是吃遍上海的吃家。他们没事就天天研究分析将要进行的对局，指导别人下注方向。行家们之间常常会因为不同见解发生嘴仗甚至纠斗，但也会因为一个谁都无法准确预测的对局而一起闭嘴。

昇鑫馆和四季红的对局就是个让很多行家闭嘴的对局，所以各个赌盘、赌局上的赔率也变得微妙莫测。专门跑去查看打听他们这一场对局双方情况的人越来越多，就像围绕着昇鑫馆和四季红形成了两个旋涡。

昇鑫馆和四季红的对决不仅让那些赌场、赌徒十分关注，也让孔子街上其他的店铺十分关注。昇鑫馆是他们街上生意最好实力最强的一家店，如果被四季红斗败，将替很多人扫平障碍。而四季红请来的川南厨师非常诡异地连胜两场，他的存在也是无限凶机，让人心中发寒，所以也有很多人希望四季红越早淘汰越好，否则不知要害死多少家店。

两家被很多人关注的店铺终于在两天后对决了。地点选在昇鑫馆大堂，时间定在晚饭之后，但是评判却不是街上随意拉的人，昇鑫馆要求一定是懂吃的吃家。

懂吃的吃家请来了七个，都是上海有头有脸的人物，其中有退职的官员、绸布庄的少爷、大澡堂的东家，更让人惊异的是竟然还有一位洋人。一般吃家都是有钱有闲的主儿，而有钱有闲的主儿对这种评判斗菜的事情也是乐此不疲。这不仅仅能够品到平时吃不到的美味，而且还能在评判中显示出自己的品味和智慧，既是一大乐事，也是一大雅事。再有这次的斗菜与以往不同，他们的评判将决定了一个店铺的生死，这又能让他们感到一种掌握生杀大权的快感。

不过这一场大家都分析不出结果的对决却进行得很是乏味，根本没有想象中那样材到极致、技到玄妙的精彩，整个过程就像是四季红和苏北酒家对决的翻版。不仅炉灶菜案摆放得差不多，就连烧的菜也一样。四季红的川南厨师仍是以大盆的荤豆花对战，而昇鑫馆的许知味应对的菜品和"油神李"一样，清炒的山药。

许知味的清炒山药用的是淮山药，这个"淮"是指安徽、江苏一带。其实从口感、品质和药用价值上来讲，怀山药更好。怀山药的"怀"是指怀庆府，也就是现在沁阳、焦作、济源一带，人们常说的铁棍山药就是怀山药。

许知味选用的普通山药质地硬脆，不像铁棍山药绵软易烂，也更难入味。但他选这种山药清炒正是因为山药片可以保持清脆口感，形状也不易碎糊。而铁棍山药蒸煮口感更好，用来清炒的话品相会显得黏糊，口感也很松散。

但是山药片再完整，口感再清脆，炒不出味道总是不成的。许知味没有"油神李"的油，炒制过程中也只是放了一点盐，就连木耳都没有加。这样一盘白花花的清炒山药色香味形一样都不占，要想胜过川南厨师食材众多、味道和色彩都颇为丰富的荤豆花，几乎是没有可能的。

不过说清炒山药胜不过荤豆花的都是些看热闹的外行，内行都觉得许知味绝不可能用最为平常的清炒山药来和其他高手斗菜的。而且之前苏北酒家的"油神李"就是清炒山药输给荤豆花的，许知味仍然用这样一个菜品应战荤豆花，那么这山药中肯定有特别的烹制秘诀在。这秘诀是唯一放入的作料盐吗？还是没有放入木耳的做法？

四季红的川南厨师心里其实非常紧张。他也是内行，并且是正在和许知味斗菜的对手，所以更加觉得许知味所做的清炒山药绝不会那么简单。厨行中经常有这样的事情出现，越是简单的菜越会出现意想不到的味道。其实那个"油神李"就有这样的本事，上一回如果不是有隐蔽有效的砸勺技法，川南厨子知道自己必输无疑。

许知味的清炒山药操作简单，很快做好放在了中间的窄长桌上，然后笑吟吟地站在那里背着手看川南厨师操作，这让川南厨师心中更加紧张。因为许知味的动作表情向他透露了一个信息，就是对方已经有了必胜的信心。

川南厨师暗中尽力调整心态，他知道凭自己的荤豆花是斗不过许知味的。不要说许知味了，就是之前的"油神李""醋鱼王"，自己也是斗不过的，凭的全是一手砸勺秘技毁了对方的菜。今天也必须这样去做，邀斗之前其实就已经确定这是唯一的取胜之法。所以现在千万不能慌乱，一定要定下心准确实施砸勺，否则主动邀斗就会成为自取其辱，四季红的招牌也将从此在上海消失。

借尔招

荤豆花快做好的时候，许知味终于转过身去不再看川南厨师。这让川南厨师大松一口气，赶紧将荤豆花盛入大瓷盆里，然后偷偷将左手大拇指在一个从斗菜开始到现在始终未曾用过的油料罐里蘸了下，端起碗的时候已然是将三颗油珠抹在了碗沿上。

装荤豆花的大瓷盆放在窄长桌上时，背对窄长桌的许知味听到挺重挺响的声音，但是并没有像"油神李"说的那样夸张。也就像是瓷盆太大太烫，最后放下时不够稳当而已。

许知味转过身来，窄长桌很长很空，但对方的荤豆花却是贴着自己那盘炒山药放下的。借着大堂里高挑的灯烛，可以看出自己山药上多出了几点闪亮。

"斗菜双方菜品已成，均未超时，现在请各位评判品尝。"有主动担当斗菜主持的人在高声宣布。

"等等！"许知味突然大叫一声。

所有人都一下愣住了，不知道发生了什么。那川南厨师则更加紧张，脸上皮肉微微抖动几下。

"等等，我的菜还没做完。"

"什么？没做完？没做完你怎么端上桌的？"主持的人一连发出几个疑问，他根本没有想到会出现这样的事情，也不知道已经端上评判桌的菜可不可以拿回去再烧。

"我的菜品还有最后一道工序，就是要等到现在这个火候才能做的，而且就在评判桌上完成。如果你们要觉得我再碰菜不妥，也可以让别人替我完成。"

"什么工序？"主持的人很诧异地问道，他很难想象这道清炒山药还能做些什么。

"将我盘中山药再搅拌一下。"

主持人回头看那几个评判，几个评判相互嘀咕几声，然后有一人站起来："斗菜规定时间未到，按惯常斗菜的规定，哪怕重新再做其他菜品都可以，只要时间来得及。更何况许师傅只是搅拌一下，这个本身在分羹品评之前也是要做的，所以完全可以。"

许知味笑吟吟地拿着双筷子往窄长桌走去，但才走三步就又停下，把筷子交给主持的那人，示意他去搅拌，这样更显得公平。那主持的手脚因为紧张而显得有些笨拙，因为他手中轻轻一拌，关系到的是一家店的生死，一个厨行高手的名声。

拌完之后是评判们品菜，品菜之后七个评判一致认为昇鑫馆的清炒山药胜出，四季红的川南厨师输得很彻底。这倒并非他的荤豆花太差不好吃，而是因为许知味那盘啥都没有的清炒山药太好吃了。不仅好吃，而且还有所有评判者从未品尝过的味道。

在那山药里，有种清新而别具穿透力的味道，入口淡淡的，却有强烈而持久的回味，让人的味蕾不由自主地出现搜寻它、占有它的欲望。这已经不仅仅是一种味道了，更是一种意境。仿佛是从远处来，又往远处去；是脑海深处划过的一颗流星，触动的是味觉，牵动的却是全部的心魂。

　　这一次斗菜许知味要求真正懂吃的吃家来评判而不是随便拉过路的人评判，就是要自己菜品里的这种味道乃至意境可以被完全体会和理解。如果只是随便拉来的人品判，他们可能只是会觉得有味、好吃，并不能将这盘清炒山药与荤豆花的味道好坏彻底区分出来。这和之前"油神李"的山药、"醋鱼王"的西湖醋鱼不同，那山药和西湖醋鱼的味道是被人家破坏掉的，坏掉的味道和好的味道相比较，平常人都可以评判出来。而许知味的山药和荤豆花是好味道和好味道的比较，那就必须是懂吃的吃家来评判才行，所以请来的七个评判，都是那天聊天时从蓝小意口中获知的真正吃家，是经常会去一味轩寻找一两味意外味道的老主顾。另外，许知味选在晚上的时候斗菜，就是要让七个评判都处于对自己菜品最有利的身体状态。人到晚间，一天之中各种味道摄入，味蕾已经处于一种浑浊疲乏的状态。这时候再吃荤豆花那样杂味的菜品，最多是在已经浑浊疲乏的味觉之上再添加一点压力。即便其中酸菜开胃，也只是覆盖性的味道传递。但是许知味清炒山药中的味道却具有强而有效的冲击力，可以冲散浑浊穿透疲乏，直接将刺激和快感送入脑顶和心底。

　　再有许知味选择和苏北酒家类似的斗菜环境，选择和"油神李"一样的清炒山药来斗菜，其实就连那张窄长桌都是从苏北酒家搬来的。之所以这么做，是因为他已经知道了对方砸勺的技法，而他也想到了应对的方法。

　　已经知道了对方的技法，要是直接点破或者在过程中刻意防备和避让，那么这场斗菜就有可能出现争执，或者被人家故意闹翻。这样一来，不仅斗不出输赢结果，还有可能被餐食公会双双取消资格，直接关张大吉。所以许知味采用的方法就像是打太极拳，顺、绕、转、回，不仅不阻碍对方砸勺，还要诱导对方砸勺，保证对方砸勺成功。只有这样，自己也才能利用到对方的砸勺。

　　决胜川南厨师的这一招其实是从"油神李"的红油悟出的，也算是以

"油神李"之道还治川南厨师之身吧。虽然他也是做的清炒山药，但和"油神李"的清炒山药肯定不同，因为里面没有特别熬制的秘方红油。除了淡淡的盐味，再没有其他味道。而这样的清炒山药就和"油神李"用七种油熬出的基油一样，纯净清淡。就像一个空的容器，可以尽数装入其他极致味道，然后通过山药的转换和释放，变成人们口中最妙不可言的味道，而这个极致味道，就来自于川南厨师砸勺砸进盘子里的木姜油。

木姜油，味道强烈刺激，其麻香特色是花椒的好几倍。虽然只有微微的两三滴，加入到别人已经味道调配到最佳的菜品里就会整个乱味、杂味，但是在许知味没有什么特别味道的清炒山药里，却恰到好处地起到了添味、提味的作用。并且借助木姜油麻香的刺激感，完全颠覆了清炒山药给人的惯常感觉。从口从舌到心到脑给品尝者完全意外的冲击感，并将这冲击感延伸到很远很久的意境之中。

"我的清炒山药之所以如此美味，是因为其中加入了一种产于川南的特殊调料木姜油。"许知味在评判们宣布他获胜之后突然大声地说了一句，于是纷杂的大堂快速平静下来，大家都从这句话里听出还有下文。

"木姜油麻香的味道特别浓烈，一个菜里只需加入两三滴，整盘菜的味道就都出来了。而我这道菜中的两三滴木姜油是对方替我加入的，就在最后荤豆花上桌的一瞬间，挂在碗沿上的木姜油震溅到我的山药里。正因为这样，我才多了最后一道工序，将山药搅拌一下，让溅入的木姜油可以更加均匀地覆盖到每一片山药。"

大堂中开始嘈杂起来。大家议论纷纷，基本都猜到是怎么回事了。

四季红的老板和川南厨师也知道许知味要说什么，于是赶紧往店门外走。这时候仍留在这里，脸面上是很难挂得住的。但是昇鑫馆的大门口挤满了人，他们转悠两回，愣是没个缝让他们钻出去。

"这木姜油不仅加给我的山药，还加给过'油神李'的山药。因为我炒的山药没味，加入木姜油正好添味、提味，于是有了一盘完美的清炒山药。但是'油神李'却没有那么幸运，他的秘方红油已经让清炒的山药味道趋于完美，再被加入强烈刺激的木姜油，原本完美的味道被彻底破坏，所以他输了。不对，他没有输，厨技之道讲真、讲诚。用奸邪手法坏了别人菜品而胜出，无真无诚，不入厨道之流，永远达不到美食的至高境界。"

揭人家砸勺的底儿是会被仇恨的，许知味当众这么一说，就相当于和川南厨师结下了梁子。但他觉得自己必须说，这场斗菜要是没有"油神李"自己肯定也会输，所以他要给"油神李"一个交代。不管"油神李"自己在不在乎名头，他都必须把事实说清。知恩图报，是做人最起码的德行。

许知味的话说完，几个评判带头鼓起掌来。掌声、喝彩声充溢了整个昇鑫馆，并沿着寂静的街巷往远处传去。

昇鑫馆斗败四季红，川南厨师的一手砸勺阴招非但未能坏了许知味的清炒山药，反而被许知味利用成就一道完美菜品。这件事情本身就像一个精彩的传奇故事，再经过人们添油加醋地传说之后，就更匪夷所思、高深莫测了。就连一些茶馆说书的都把这件事情拿来编成段子说。

按理说，许知味这一战可谓精彩绝伦，一下就能震慑住孔子街上其他那些店铺。试想许知味连川南厨师如此无迹可循的砸勺技法都能辨查出并反加利用，那是何等高超的技艺，去找昇鑫馆邀斗就等于是自寻死路，所以市面上绝大部分人包括祝昇蓬他们自己，都觉得接下来再不会接到什么邀斗了，直接冲入最后的决战应该不是问题。可万万没想到的是，四季红的那场斗菜仅仅是个开始，接下来昇鑫馆竟然接到更密集持续的邀斗。

昇鑫馆先后收到吴江阁、东山苏菜、鸿福馆、云五斋、添香酒楼、岱宗楼六家的邀斗，而且邀斗的时间竟然一点都不冲突，就像事先商量过排好队似的。

"不对劲啊，怎么像是商量好的轮番来斗我们呀。"蔡壬鑫看着桌上排成一排的邀斗帖子不停地撇嘴。

"是不对劲，本来许师傅这么精彩的一招干掉了四季红，其他店铺应该暂时不敢再来邀斗的，谁都知道避实就虚的道理。就算我们主动邀斗，人家也该拒斗才对。但是现在他们却排着队来了，会不会背后有什么人在操控着，要将昇鑫馆置之死地？"祝昇蓬皱紧眉头说。

许知味始终沉着，但他心里觉得祝昇蓬的说法绝对有道理。这其中肯定有什么花样，问题是既无法看透也无法改变，所以唯一能做的就是全力以赴应斗，将来邀斗的一家家都斗败才是硬道理。

找出川南厨师的砸勺手法并予以破解给了许知味很大的信心，他觉得像这样的手法应该已经差不多到了最巧妙的程度了。其他店里请来的厨师就算也会一些砸勺技法估计也妙不过这个震跳油滴，自己只要在过程中尽量和对方保持距离并注意对方异常，应该是没有什么大问题的。

但是许知味再次判断失误，他没有想到接下来的斗菜会如此险象环生。匪夷所思的砸勺技法不仅层出不穷，而且有些已经和厨技混为一体，已经是算不上砸勺的砸勺手段。

而这一场险胜的斗菜让祝昇蓬和蔡壬鑫感到心惊胆战，这是幸亏有"油神李"详尽告知输掉斗菜的所有细节才避免了被砸勺输掉的结局。现在又连续出现这么多家的调整，这更让他们感到前景渺茫。他们倒并非对许知味的厨技失去信心，而是对那些匪夷所思的砸勺技法感到害怕。所以两个人偷偷商量了下，觉得还是应该从其他方面想些办法，比如找个什么靠山，或者直接与餐食公会拉上关系。

有人比祝昇蓬和蔡壬鑫更早想到与餐食公会拉上关系的法子，这人便是仁和馆的姜老板。都说姜还是老的辣，这话一点不假。餐食公会刚刚对外宣布霸街斗菜，姜老板就咂摸出其中必有奥妙，同时也看到留下来的丰厚获利，所以他第一时间就想到不能硬梗着脖子去挨个斗菜，能不能留下来其实还是取决于一些关键人物。虽然他并不清楚有哪些人是关键人物，但有一个却是可以确定的，那就是餐食公会的公爷[1]。而现在一条街上只留几家店，有些有背景后台的肯定是会留下，余下的可能就是舍得割肉出血给好处的了。而且就算给好处也要趁早，晚一点让人家把名额占了，这好处想给都不一定塞得进去。

另外姜老板还想到，这霸街斗菜对自己未必不是一件好事。如果自己能拉上关系占住位置，让以往自己最大的竞争对手淘汰出局，那就是里外里双重的利好。比如昇鑫馆，如果让它从孔子街上消失，自己的仁和馆就真正意义上霸街了。

但是姜老板也想到了，要达到这样的目的所付出的绝对不能是个小筹码。舍不得孩子套不着狼，要让对方觉得是在为自己的利益办事，而最直接的筹码就是利润提成。自己以后不管生意如何，都按月给对方提取一定比例的利润。这样一来，人家不仅会保住自己的店，而且会想办法让自己的店成为孔子街上经营得最好的店。

姜老板当机立断，拿着这份筹码去找关系已经是好多天之前的事情了。比祝昇蓬、蔡壬鑫想到这个法子要早得多。而且他觉得最快最直接与餐食公会公爷拉上关系的途径就是找来告知霸街斗菜的孙瑞山。

不过让姜老板失望的是，孙瑞山拒绝给他搭这个桥路。本来事成之后自己肯定会给孙瑞山些好处的，而孙瑞山搭了这桥路替餐食公会的公爷获取了利益也是会得到赞赏的，可不知为何孙瑞山却偏偏拒绝了这两面得好的事情。

而这样一来，昇鑫馆倒还没有完全失去机会。

---

[1]　即会长。

·刀铲飞·

　　吴江阁在孔子街的酒店菜馆中不算大，但他家苏州风味的菜品却一向很精美，而且口味上也被很多当地人所接受。许知味寻找上海味道时曾经也到吴江阁去品尝过，想从他家的菜里汲取一些经验。其实吴江阁所做的菜品风格还不是简单的苏州菜风格，准确说应该是吴越风格。这种风格涵盖更广，融入也更多，其中也的确包含了类似上海田菜的一些烹饪元素，所以当地人接受并不奇怪。

　　吴江阁此次是从苏州请来的高手，也是善于烹制吴越菜的。这个厨师外号叫"单手百宴"，许知味从外号上推测此人会的菜品应该很多，再一个做菜应该动作利索速度很快。许知味的这两点推测都是正确的，吴越菜的概念涵盖较广，口味种类也很复杂，所以"单手百宴"会的菜品确实很多。而会的菜多，店里菜单所列菜品也就会多，这样客人在点菜时相同的菜品就会很少，几个客人点了同一道菜合锅烹制的概率很小，必须一个菜一个菜地单烧出来。为了保证及时出菜，有时候甚至煎炒炸煮几个锅同时做，这样的话没有利索的身手和极快的速度是绝对不行的。但是许知味还是有一点没有推测到，那就是"单手百宴"真的只有一只手，而且是左手。所以当他们两个站在斗菜现场时，许知味真的惊讶了，暗自觉得和这样一个对手斗菜会不会有些欺弱和残忍。

　　"单手百宴"不单没有右手，而且从手臂处就用白布巾裹得严严实实的。他很是注意，露出残肢做的菜品会让别人看了心中不舒服，没有吃就可能有心理上的不良反应。但是这样一来，他的右手就相当于一点点作用都没有了，不包的话或许还能做些扶、压、推之类的简单辅助动作。

　　一只手，而且是左手，做起菜来真的有些艰难。"单手百宴"从开始处理食材就显得力不从心，有种无从下手的感觉，而且动作越慢越着急，搞得桌案碗罐时不时发出阵阵乱响。可能是用力的方式、方向不对，也可能是自己对自己发火在摔摔打打。这情形让许知味有些难以理解，像这个样子他外号里那个"百宴"又是从何而来？

偏偏"单手百宴"今天斗菜用的主食材还是猪腰。这猪腰做菜一个是要选得好，光滑色亮无血点。再一个必须要处理得好，腰白剔削干净，否则就会有猪臊味儿。

平常人家没有专业的刀功是很难将腰白尽数除净的，所以猪腰大都是以重口味的糖醋烹制。辅料则取刺激性味道较大的辣椒、洋葱等料，以此掩盖剩余腰白的腥臊味儿。

不过"单手百宴"今天应该不是用最为常见的重口味糖醋来烹制，所以他的处理过程就更加慢了，力求要把腰白都剔削干净。于是手里这把菜刀一会儿左一会儿右，一会儿横一会儿竖。菜刀在案板上连划拉带撞击地发出一阵阵乱响，而且时不时还会碰到那些装调料的碗罐，夹进几声清脆刺耳的意外响动，让人暗自替他捏一把汗。

混乱的声响就像在时时提醒许知味，他今天面对的是个只有一只手的对手。这让他的心情变得复杂而烦乱，就像是在替那个单手的厨师揪着心、绷着劲，一直想象对方怎么才能把这样一道菜给完成了。

胡思乱想中许知味已经将自己精心挑选的五花肉整个焯好。焯肉的时间许知味故意放长了许多，这样脱生更彻底。接下来就是把肉质焖烂焖透，把作料的味道焖烧进肉里。因为他今天做的是十里香焖肉，焖工当道，料作行力，收味为底。为了能够焖得够透，肉味能出、料味能入，他还将焯好的肉块切成了厚薄均匀的一指片 [1]。

升火、热锅、爆过葱姜以后，许知味稍微犹豫了一下，并没有把切好的一指肉全部入锅。这一点别人倒是都能理解的，取料取整块，处理全处理，

---

[1]　长和宽与正常人食指相仿的肉块。

但是真正入锅却不需要那么多，一碗的量足矣。更何况这是斗菜并非做席，那些评判也只是浅尝而已，不会放开了大快朵颐，所以做一碗的量其实还是多的。

肉入锅后，许知味马上开始放作料。焖肉的作料必须放得早，这样才能焖得入味，才能香飘十里。不过今天的许知味明显有些状态不佳，心神恍惚，拿放作料时心不在焉，酱差点拿错成醋，料酒也多倒入了三分。特别是最后撒入白糖时，那边"单手百宴"正好出现个失误。菜刀脱手掉落，在青砖地上蹦跳几下才"咣当当"躺定。这动静让许知味一惊，回头看时还把白糖撒到锅外了。

好在肉终究是焖上了，只要锅盖一盖这菜也就做成了七分。接下来再不需要做其他添料加水的事情，只需控制好筒灶火候等肉出锅就行。这个时候许知味的心境也渐渐平静下来，不过他还是很关心地看了看"单手百宴"那边的情况。"单手百宴"似乎也终于顺过手来，操作越来越自如，各种乱响也少了。

斗菜时间定的是一个半时辰必须全部完成，而许知味的焖肉其实一个时辰就能完成。因为预先焯水焯得比较透，再一个他选用的是青浦小黑猪，肉质细嫩容易焖烂。所以在最为合适的时间掀开了锅盖，准备盛肉出锅。

但是就在锅盖掀开的一刹那，许知味呆住了。因为锅里焖煮的十里香除了该有的香味外，还多出了一种味道。那味道绝不是人们能正常接受的味道。这味道就是猪臊味儿，和猪腰腰白一样的猪臊味。

许知味又一次扭头朝"单手百宴"那边看看，"单手百宴"的猪腰已经全部处理好了，猪腰全切成了精巧的紫藤花状，拎起来一串一串的。而猪腰处理好后接下来就是入锅，于是"单手百宴"又是一阵"丁零当啷"，就像换了一个操作形式又不适应了。

许知味眉头紧皱，咬了咬嘴唇。随即拿起一块抹布搭在案台边上，一勺油再泼在那块抹布上。从这个时候开始，他再不被对方的响动所惊扰。不！

他是不被任何响动所惊扰，泰山崩于前而色不动，脑中、心中只剩下那块滴油的抹布。

他动作连贯地将锅中的焖肉盛出，然后马上净锅、加水、加煤、升火。火起之后在锅中放一个蒸格，再将剩下的一指肉一大半码进平底碗里。很明显，他这是准备蒸肉。

十里香焖肉做砸了，现在还剩半个多时辰，许知味必须赶在规定时间结束之前再重烧一道菜。但是再做焖肉已经来不及，而蒸肉利用蒸汽烹制，受热比焖煮更快，所以他赶紧滴油计数、码肉改蒸。

不过此刻许知味还是慌乱了，要不然他只用心中滴油计数就行，挂布滴油说明他已经没有把握了。再一个他来得及将肉片用盐抹一下加点葱姜末就直接放在锅里蒸了，没有用更多调料做细致处理。

肉放上蒸格，将要盖上锅盖之时，"单手百宴"那边再出意外，又一把长柄铲刀翻转几下"丁零当啷"地掉落在地。

许知味拿锅盖的手停顿一下，眉头紧皱，像是受到了惊吓。也是的，一会刀、一会铲的，又飞又跳，今天这斗菜的感觉倒像是在演一场全武行的《三岔口》，随时都可能血光迸溅似的。

不过许知味还是将锅盖缓缓盖上了，但是盖上之后他便立刻转身。以极快的动作拿起一只斜底小碗，将剩下的最后一点一指肉码进碗里，再洒入料酒，横刀拍碎鲜姜，一把抓起挤了些姜汁到碗里。然后刀也不放下，左手移开锅盖，将这小碗也放上了蒸格。一切一气呵成，而且速度极快，周围观战的人只要稍稍岔开些注意力，就有可能错过许知味的这一段操作。

也是这个时候，那边"单手百宴"的腰花下了锅，他也拿起了锅盖。就在要盖上锅的刹那，又很自然地往外甩了一甩。

几乎就在"单手百宴"甩锅盖的同时，许知味右手拿刀果断挥出，同时左手移动自己的锅盖稳稳盖上。

两个人的动作别人看了都有些莫名其妙，真就像在配合着演《三岔口》

的夜战。至于其中玄妙，那就只有他们两个人心中有数了。

"单手百宴"的菜率先完成。那切成一串串紫藤花般的腰花只是在水里焯了一下就捞了起来，然后加蒜泥、麻油、生抽等众多调料做成了一个拌菜。这是一个很新鲜少见的菜，很少有人会把腥臊气很重的猪腰拌着吃，必须是猪腰选得好，处理得更要好，还有就是调料的搭配必须恰到好处。

许知味真的有些着急忙慌了，规定的时间快到了，他才堪堪将两只蒸碗端出蒸格。

不过接下来和以往斗菜有些不同，双方都没有马上将完成的菜品呈上品菜桌，而是同时走到大堂中间，面对面站定。

目光几番碰触之后，许知味开口："其实从一开始我就觉得你有不正常的地方。你虽然只有左手，但是从提刀时肩部的平衡度和稳定度来看，运刀不该如此艰难，应该是非常利索才对。再有你的刀，轻薄窄长，柄微弯，这是适合你单手操作的刀型。而刀尾磨滑，刀身略呈弧线，这是长时间单手使用才会出现的痕迹。一把你已经用了许久的刀，就算普通人也不应该像你那样笨拙。所以你是在装，除了装，你还要搞出怪异动静。那些动静其实是有着某种节奏的，可以打乱我的动作节奏、心跳节奏，而我出于同情心并没有刻意对你加以提防，以至于让你一次两次的砸勺都能实现。"

"单手百宴"微微点头，他心中对许知味也是十分的佩服。两个人虽然操作的距离并不太远，但是通过自己的动作习惯、身体状态、刀型磨痕从而发现这么多细节，这的确不是一般厨行中人能做到的。特别是自己所用菜刀刀身略显弧线，那是要拿到手上瞄刀头刀尾才能看出的，而许知味离着那么远仍能看出，只有可能是从刀光的闪动上发觉的。

"就算你一开始就刻意提防我了，你觉得能防得住吗？""单手百宴"很狂傲，一般只有确定自己胜利的一方才会有这样的态度。

"防不住。因为我完全没有想到你搞出混乱的声响是为了扰乱我的注意力，所以你利用我这种状态采取的其他做法我更是防不胜防。不过你搞的声响可能还是不够强烈，或者是我自己定力还不错，关键时刻我还是及时摆脱了出来。"许知味的回答一分为二，承认对方的厉害，也表明自己的能力。

"没错，你定力确实不错，一般只有专心厨技之道、心无太多欲望的人才能有这样的定力，但是摆脱终究还是晚了一些。"

"那可不一定。"许知味开始微笑，"你第一回的砸勺是菜刀掉落在地时，将腰白抛挑入我锅中。离得那么远，从空中直接抛入，技法绝对高超。难以想象，更难以觉察。我也是直到肉出锅时才发现，所以马上重做。但这时再做焖肉已经来不及，只能改蒸盐麻白肉。而你当然不会让我重做成功，于是第二次砸勺把铲刀掉地，借此将铲角挑起的盐花抛飞进我的盐麻白肉。虽然盐花分量很少，但足够将盐麻白肉盐上加盐咸过两分。这一次我虽然觉察到了，却没来得及阻止，所以只能用最快速度做没有啥味道的姜汁蒸肉。本来以为这种简单无味的菜品你会放过，但你竟然第三次出手。这次砸勺是甩的锅盖，盖边上有锅底刮上的油灰，抛入菜就会有烟火味道。而这一回我看准了，再不能让你得逞，出刀挡住锅底油灰。"

"不得逞又能如何？就像你自己说的，单单用酒和姜汁做出来的蒸肉你觉得能斗过我的碎玉拌紫藤吗？""单手百宴"直击要害。

"确实如此，如果只是用姜汁蒸肉肯定无法胜你的碎玉拌紫藤。但问题是我用来斗你碎玉拌紫藤的菜不是姜汁蒸肉，而是'人间三重味'！"

单手百宴不由得一怔："什么意思？"

"你别忘了，我今天一共做了三道肉，这三道肉合起来是一道菜，叫做'人间三重味'。"

许知味边说边转身，从案台底下拿出一个古树造型的三分叉托架，把自己做好的三道肉依次放上去，然后端到了评判们的品菜桌上。

"'人间三重味'，第一味，甜香中略带腥臊，味道最浓却又难厘清。就如懵懂骚动的孩童，充满原始的活力和冲劲，带着无限希望和遐想。这要感谢你第一次砸勺挑入肉中的腰白，才会有这样一番骚动的意境。第二味只是一味盐，特别是在你勺子挑入盐花后，更是咸了两分。于是这道蒸肉已经不是盐麻了，更像是腌渍过。这就如纠缠挣扎的成人，经历种种艰险和煎熬，最终各种滋味还是无奈地化作一味，但这一味却是他们所有的支撑和动力，而且比最初时浓重许多。第三味其实是无味，料酒和姜汁连猪肉自身所带的荤腥气都化解掉了，除了淡淡的酒香和青涩的姜香就再没有其他。这就像老年之味，已知天命，放下欲望，渐趋虚无圆满。"

"单手百宴"听到这儿已经非常不安，但他还在强硬地回复："就算有三味又能如何，三个不好的味道合在一处只会成为一个更大的不好。"

"好不好你说了不算，我说了也不算，还得请评判下结论。请评判们按我刚才说的顺序品辨'人间三重味'。"

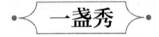

一盏秀

"人间三重味"是三道肉，可是它是一道菜。所以按照许知味所说的顺序去品味，第一重味的腥臊，和酱香、鲜甜以及各种香料姜葱赋予的味道融合一处，浓厚而持久。第二重味只有咸味，而且是过头的咸味。但是在品尝第二重味道时，口中还有第一重的余味，于是鲜甜覆盖了咸味，咸味覆盖了腥臊，味道越发浓了，却又越发好了，因为缺陷都被掩盖。第三重味是无味，但是口中此时有第一重和第二重相加的浓郁味道，这浓郁味道注入无味，被酒香和姜汁冲淡、平和。随着咀嚼混合到肉质中后，就是适中适宜之味，就是趋于圆满之味。

几个评判认真地将三种味道的肉依次尝下来，胸中蓦然间生出百感交集、感慨万千的感觉。这些评判是经常出入一两味轩的吃家，所以他们不仅能从此菜中品出圆满味道，还能品出层层意境，再从意境中化出一点人生真味。

而这种层层味道层层意境的美食高度，绝对不是"单手百宴"的碎玉拌紫藤能做到的。

"单手百宴"的砸勺手法的确比川南厨师更隐蔽，实施也更准更刁。但是许知味有了之前的经验后，对于类似的砸勺有所防备了。当发现对方存在异常后，食材有所保留没有一次用完，就是害怕出现意外。所以"单手百宴"虽然砸勺之技层出不穷，并且屡屡得手，最终却仍是让许知味巧妙脱颖而出，并三道肉合为一菜反戈一击。

祝昇蓬和蔡壬鑫是在老北门的北斗茶馆里找到孙瑞山的，吴江阁一战之后，他们觉得这件事不能再拖了。各种迹象表明许知味虽然厨技高超，但在这种斗菜中随时都可能会输。和四季红一斗因为预先知道对方砸勺手法算是有惊无险，但和吴江阁的一斗其实是连中两招。如若不是最后一招挡住，而且三肉可合用，则必输无疑。

不过他们两个和姜老板一样，不知道该找什么人和餐食公会拉上关系，算来算去只能去找孙瑞山。

"孙先生，我们话不多说，有些事情您看得比我们更透彻。我们在上海闯荡这么些年真的不易，把命搭进去才把店做成现在这个样子，要真就在霸街斗菜中淘汰出局，对我们而言是个灾难，对于你们餐食公会来说也是一大损失。"祝昇蓬的语气有些急促，他是要赶在孙瑞山拂袖而去之前把意图说明。

孙瑞山却丝毫没有要离去的样子，反而将长衫下摆一掀，翘起脚来："对餐食公会也是一大损失？这话有意思，解释解释。"

祝昇蓬见孙瑞山感兴趣了，于是静下心说道："我想餐食公会的成立不会仅仅是为了调整酒楼菜馆的数量，任何一个行当的组织都是希望这个行当往好了发展的，这样组织也才能有大的发展和长久利益。霸街斗菜大幅削减酒楼菜馆应该是无奈之举，也是为了餐食行当以后更好发展做的调整。但是要想让餐食公会成为上海滩举足轻重的行当组织，那就应该留下真正有实力的店铺。这样不仅能起到支撑行当的作用，而且还可以按经营好坏浮动例钱，保证餐食公会日后收取的例钱越来越多。"

"对对对，你们如果留下些搞七念三的店，做不出个生意来，不仅例钱收不到，而且食客们吃不到好味道，还会骂你们餐食公会瞎搞。"蔡壬鑫直愣愣地在旁边插嘴道。

"而且我想餐食公会要想做得好，不仅仅是管住数量有限的酒楼菜馆，以后还应该往相关产业上转移。而相关行当肯定是要酒楼菜馆做得好才能够兴旺的，所以留下我们昇鑫馆和一些其他有实力的字号才是长远之计。"祝昇蓬急切地接上被打断的话头。

"有点意思，的确有点意思。"孙瑞山把翘起的脚又放下了。

"你们餐食公会要是肯把我们昇鑫馆留下，我们肯定感恩戴德，从此以后唯你餐食公会马首是瞻。而且我们还会带头给你们交提高的例钱，这样收取其他店的浮动例钱也就不会有什么异议。"蔡壬鑫情急之下把扫把头上的几根头发都揪了下来。

"还有没有其他好处？就是个例钱吗？"

"这还不够吗？这就已经够可以的了。"蔡壬鑫眼睛翻翻回了一句。

"你们刚才提到的相关行当，能说得更详细一些吗？"孙瑞山直接点明自己感兴趣的部分。

蔡壬鑫看看祝昇蓬，祝昇蓬眉头皱皱，牙齿咬了咬，然后才缓缓说道："餐食的相关行当很多，从食材、厨具、柴煤到房产、从业人员，都是可以拢入餐食公会的，然后从这些产业再往外扩展，又会是一个更大的范围。其他且不说，就说这鲜货吧，现在都是外运加本地产。而那些商贩和菜农没有统一管理，价钱嘴里随便喊，中间经过几手便是几道利润。如果统一划定市场，所有鲜货先入市场再进上海，而店家可以直接到市场拿货，把几道利润变作买卖双方都必须缴纳给市场的例钱。具体怎么操作我还没厘清楚，大概就是这么个意思吧。"

"我知道你的意思了，有想法也有道理，这对餐食公会绝对有利。从我的角度来看，餐食公会今后的发展确实需要昇鑫馆这样的成员，但这事儿我说了不算。你们也不要着急，我找机会和王公爷聊聊，他应该也能理解你们说的道理。"

孙瑞山虽然没有当场采纳祝昇蓬和蔡壬鑫的意见，但也没有拒绝。这便给昇鑫馆留下了一线希望。

从北斗茶馆出来，蔡壬鑫便急呼呼地一把抓住祝昇蓬的衣服："大哥，你搞七念三地说什么鲜货市场，你那意思我听明白了，那会断了水闩头那般人财路的。水闩头对昇鑫馆也算忠心，和我们一起闯了不少难关，卖了他可不够厚道呀。"

"他现在忠心没错，难保一直都忠心。再说了，诚做菜、奸做商，如今我们自身难保，哪还能再想着保住别人财路。只有昇鑫馆留下来，才有大家的饭吃。卖了水闩头是不得已而为之，更是必须为之。"祝昇蓬边说边将蔡壬鑫抓住自己衣服的手断然拽了下来。

与吴江阁的一战，昇鑫馆虽然再次淘汰对手，但是许知味也在这战中体会到什么叫惊心动魄、死而后生。这感觉和他当初走出皇宫时有几分相似，但又不完全相同。那一次自己是完全无能为力，全靠翁先生从中周旋搭救。而这一次却是完全凭借了自己的急中生智和高超厨技，所以颇有成就感。

想到翁先生，他便想起自己立稳脚跟后除了给范阿大写了封信外，还给翁先生也写了封信。他在信里给翁先生问好请安，并告知自己离京后的经历，现在哪里，近况如何。但是这信发出后一直未有回复，也不知是翁先生官事繁忙还是根本就没收到。

而想到了翁先生也就很自然地想到了官家菜。后面一个邀斗昇鑫馆的是东山苏菜，而他们请来的就是一个官家菜的高手。

官家菜，应该算是个特别的名称，它不属于任何一个菜系，但又必须是以某一种或某几种菜系为基础的。官家菜没有特定的范围和规范，每个厨师会的官家菜都不一样，因为它其实是迎合某个官员或某户官宦人家口味的私房菜。就好比许知味，他如果当初不离开京城，而去给翁先生做家厨，那他烧的菜就可称为官家菜了。还有我们所熟知的扬州炒饭、伊府面，就是清朝伊秉绶家的官家菜。官家菜最多的地方肯定是京城，其次是杭州、苏州，因为很多退隐的官员都会选择居住在这些地方。

东山苏菜酒楼请来的厨师"一盏秀"就是专给一位退隐苏州的京官烧官家菜的厨师。不对，准确说应该是一个厨娘。过去女性到酒楼菜馆里做厨会有很多顾忌和不便，但是做私厨却没有什么关系，只要烧出的菜能对主人的胃口就好。

当然，请一个厨娘来斗菜也是没有关系的，因为评判都是真正的吃家。他们不在乎菜品是谁烧的，只要是真正的美味就行。更何况上海不同于其他地方，外国人能来做生意，女人也一样可以开馆子。同光年间就已经有厨娘张焕英在上海开了荣顺馆。

"一盏秀"绝对不是个简单的厨娘，她真名叫曲流江，也有的说是叫曲留江。在和许知味斗菜时，她还不曾有什么名气，但后来她成了民间广泛流传的苏州菜大师。成为大师不仅仅是因为"一盏秀"厨艺高超，还因为她把自己研创的官家菜秘方公开传授，对苏州美食的发展和传承起到很大的促进作用。

"一盏秀"是水水嫩嫩、清清爽爽的一个女人，三十几岁的样子，体态略显丰腴。一口苏州话甜糯软酥，举止间哪怕是小拇指都姿态优雅、摆放合适。这样一个精致的女人还未动手做菜，就已经博得别人几分好感。

除了外相给人好感，"一盏秀"做菜的过程也让人有好感。取料、理菜、开生、配料，一系列程序竟然做得如燕子抄水般，起落有致，轻巧无声，和之前"单手百宴"搞得丁零当啷的状况完全相反。虽然她说话好听，但是做菜时全程不发一声。这是官家菜的特点也是规矩，那时候还没有口罩这类东西，所以做菜不开口是防止口中唾沫星子飞入菜中的卫生之举。

"一盏秀"将所用到的处理好的食材以及配料一件件分列案台之上。皮壳废料随去随收，全放在加盖木提桶里，不管案台还是地上看不到一点点残渣。而随着食材一样样入锅，菜品逐渐做成，那案台上也逐渐变得清爽。最终除了一只用来盛菜的高脚琉璃盏外，连一点残留碎屑都看不到，就像根本未曾有人在此操作过一般，让人瞧着就养眼舒服。

另外"一盏秀"所用食材也给人很多好感。她做的是"金沙七孔鲍"。七孔鲍产于西沙群岛，又叫半纹鲍、羊鲍。因为壳的边缘有七个孔，俗称"七孔鲍"。鲍鱼越大孔越多，也有八孔九孔的，但七孔的口感味道却是最为正宗合适的。

菜中金沙是用栗子泥做成的，而且必须是炒栗碾碎才成，这样栗子的香气才能完全出来。而炒栗碾碎成沙后，吸收力比水煮栗子更强，可以将七孔鲍烹制出的鲜美浓汁尽数吸附其中。

一道菜中有名贵七孔鲍，也有常见炒栗子，这其实是官家菜的一大特点。精致奢华，但是又留有分寸。不满不盈，这其实也是为官之道。

许知味做过御厨，什么样的名贵食材都见过用过，但现在他只是个民间的普通厨师，主张以实惠且有特色的美味菜品来吸引食客，越是平常简陋的菜品越能显示出厨艺的高超来。

但是并非每个人都和许知味想法一样，准确说，应该是绝大部分人和许知味的想法是不一样的。正所谓人向富贵狗向肥，斗菜虽然拼的是厨艺，但是评判者在衡量菜品好坏时，名贵稀有的食材还是会抢先博得好感的。要是哪个厨师炒出一盘龙肝凤髓，估计不用品就会判他胜出。而许知味今天做的七彩虾仁虽然也是一道绝妙的海鲜菜，但如果从选取的食材上来比较，很明显要比"一盏秀"的金沙七孔鲍弱了两筹。而且"一盏秀"和之前几个对手不同，她比拼的是真厨艺。这个金沙七孔鲍不仅食材好，烹制得也是真好。鲍汁慢火出味时已经是让人垂涎欲滴，栗子沙在锅中烘热时，更是香甜袭人。而当这两样合在一处后，散发的味道深吸入鼻，简直就让人浑身发颤、酥麻。这其实和许知味的"霓虹盖金梁"有异曲同工之妙，厨行坎子话叫"食前抢味"，也就是以浓郁香味先声夺人博得好感。所以从制作的方法以及细致程度上相比较，许知味的七彩虾仁又弱了两筹。

但是真正给许知味七彩虾仁致命一击的还不是这些，而是当菜品盛出时，那只高脚琉璃盏给别人的好感。如果说"一盏秀"在厨艺之外还给许知味用了砸勺技法的话，那就应该算在这只琉璃盏上。

其实官家菜的特点除了菜品本身，本就有餐具上的噱头。那些官员为了表示对不同档次客人的尊敬程度，往往会使用不同材质、造型、颜色的餐具。而厨艺高超的官家菜私厨，往往都能对应不同餐具烹制出不同菜品，尽量展现餐具的格调档次，同时也让餐具来烘托菜品。一般好的厨师可以利用餐具烘托出菜品的色和形，但真正的高手除此之外，还能烘托出菜品的香和味。"一盏秀"就是这样的高手，而那只高脚琉璃盏就是这样的餐具。

"一盏秀"能有这样的外号，最妙的绝招就在使用的菜盏子上。不同的菜品她会用不同的盏子来盛放，利用盏子的独特之处将菜品特色尽量烘托出来。像今天她准备的莲边冰霓琉璃盏，用来盛放金沙七孔鲍就有很特别的效果。

首先这琉璃盏盏底双层制作，不仅可以隔热，而且能够蓄冷。之前在冷井水中泡过，就会有淡淡寒意透出。当金沙七孔鲍盛入之后，就能将炒栗香气、七孔鲍鲜气、料汁五味浓气收敛为一团，变得更加厚实、稳定、不张扬，就如为官之道。然后所有味道从莲边几个夹角四散，飘飘缓缓。虽分作只有几路却并不四散弥漫，而是更加浓郁充实，将食前知味的元素提升到最佳。

再有琉璃盏除了霓虹之色外，四周还有冰透之处，于是栗子金沙之色、七孔鲍象牙之色、五味料汁殷红之色都由冰透处炫然呈现。再被琉璃盏自身霓虹色盘绕，被周围灯烛照耀，被菜品缥缈热气推涌，整个就如仙家宝物幻化般灵动。

许知味盛放七彩虾仁的瓷盘虽然也算得上精美雅致，整个的白玉釉骨瓷，大荷叶状，上面有用玲珑透手法做的花形，就像嵌入莹亮剔透的晶花一样。但瓷盘要是与莲边冰霓琉璃盏放在一起那就逊色太多了，这回弱了远不止两筹。

当两道菜一起端上品菜桌时，"一盏秀"的金沙七孔鲍艳光四射，流霓蒸氲，味满香溢，完全将许知味的七彩虾仁压制住。许知味这边不仅白色荷叶盘显得凄凄惨惨，就连盘中油裹汁滑的七彩虾仁也显得黯淡无光。

所以不管是从两种菜品食材档次和制作精细程度的差距，还是所用餐具对菜品色香味形的衬托，都已经注定了许知味这场斗菜必输无疑。

祝昇蓬、蔡壬鑫虽然不是厨行出身，也不是真正的吃家，但他们站在一旁也真切地看出差距来了。因为这差距实在太大太明显，让人根本无法自欺欺人地再心存什么侥幸。险流行舟终究还是触礁了，看来昇鑫馆无论如何都无法过了今晚这一关。

前两天孙瑞山给的一线希望终究是没能等到，祝、蔡两人情不自禁地就变得灰头灰脸、垂头丧气。

·〈 火焰虾 〉·

也就在许知味和"一盏秀"对决的同时，仁和馆的姜老板和厨头黄鹤成来到了鸿福馆，找到鸿福馆的沈老板。

鸿福馆是孔子街上一个不大的菜馆，也没有什么定性的菜品供应，全看请到的厨师会烧什么。这样的馆子一般不会有专程来吃的客人和定点来吃的老主顾，只能做些过路生意。还有就是附近一些不富裕的居民偶尔在外解决一餐，才会选择这样菜式随意便宜且不用排队等候的馆子，所以孔子街上做不下去的馆子里肯定有鸿福馆。

鸿福馆的沈老板对斗菜获胜的可能是完全绝望的，他有自知之明，凭自己店里野路子的几个厨师完全无法参与到这种高水准的拼斗中。而且他也没有路子找到其他身怀绝技的厨师来帮自己斗菜，到现在未曾主动退出其实也是垂涎于霸街之后的利益。谁都知道一条街上如果只留下四五家馆子的话，任何酒楼菜馆都有可能做好生意发大财。

所以沈老板最初的意图是不邀斗、不应斗，坐山观虎斗，一直拖到最后。只要资格还在，那就有希望。如果提前被剥夺了资格，那么就连一点遐想的机会都没有了。但是他也预感到这种方法可能行不通，要是都这么想，都不邀斗、不应斗，那这霸街斗菜不就成一场闹剧了？

果然，畏畏缩缩了十来天，该来的还是来了。他不邀斗人家，人家也不邀斗他，但是餐食公会却来了个人告诉他，让他在指定的日子去邀斗昇鑫馆，否则他的店会直接从孔子街上消失。

来给沈老板传话的是餐食公会的古木匠，但和他打过交道的都知道正确写法应该是骨木匠。这个人整天拿个木匠用的双头木锤子，做些传话送信的事情。但是当小码头那边有一家店铺根本不理睬他传递的信息时，骨木匠一个人跑去那家店里耍了几下锤子，于是那家老板身上六处关节发生骨折。这下人们都知道了，骨木匠不是做东西的木匠而是拆东西的木匠，而且最擅长拆的是人的骨头。

接到骨木匠传话后沈老板很是后悔，早知道要让自己去邀斗昇鑫馆，那还不如自己主动找一些档次差不多的小店先慢慢斗起来，那样或许拖延的时间可以更长一些，留下的念想也更久一些。现在上来就让邀斗昇鑫馆，凭自己店里的实力，这场比拼无异于直接淘汰。

　　昇鑫馆已经连续斗败好几家了，今晚是在东山苏菜相斗。如果今天晚上昇鑫馆继续胜利，那么明天就轮到自己店里和它对决了。想到这事儿，沈老板便只能摇头苦笑加叹气，完全一副没了刚性，静候了结的态度。如果说还存有哪怕一丝的侥幸想法，那就是希望今天晚上东山苏菜能够将昇鑫馆斗败，这样明天自己就不用和昇鑫馆开斗了。

　　仁和馆姜老板和厨头黄鹤成的突然造访让沈老板很是意外。平日里要没有什么关乎共同利益的事情，仁和馆是很少与鸿福馆来往的。毕竟是完全不同层次的两家店铺，差高落低的双方都会觉得不自在。但是今天晚上姜老板和黄厨头来了，莫非是和自己做最后的道别？或者是想给自己一点同情的安慰？如今的状况谁都说不定，最后不同层次的店铺很有可能会同病相怜。

　　"沈老板，我也不和你拐弯抹角了，把找你的目的直说了吧，总之这是对你有益无害的大事情，你是聪明人，一听就明白了。"姜老板今天的姿态显得特别的爽快大气。

　　都是在孔子街上混生意的，相互间多少还是有些了解的。所以沈老板对姜老板的态度非常迷惑，很难想象姜老板会将什么好事让给自己。

　　"是这样的，你家不是明天邀斗昇鑫馆吗？我知道，就你店里那几个厨子，没一个可以拉出来和他们斗上一把的，我估摸昇鑫馆的许厨头烧出来的菜，你家厨子可能连听都没听说过。所以呢，我给你一个好的提议，让我家黄厨头替你鸿福馆出面斗菜。赢了，这好处自然是你家的，不仅暂时可以留下位置，而且一战出名，接下来人家也不敢邀斗你家了。"姜老板渲染加补充，目的其实就一句话，让黄鹤成帮鸿福馆斗菜。

　　沈老板一时没能理解，眨巴了几下眼睛没有反应。

　　"这条街上也就我家黄厨头和昇鑫馆的许厨头斗过，而且还占了上风。所以让我家黄厨头替你家斗是最有把握的。"姜老板像王婆一样循循善诱。

　　"这个、这个……姜老板，你再说说你的条件。什么价？是事先付你还是事后付你？"

"不，不要你付一文钱。"

"不要钱？那你这是……我知道了，其实你们也没有完全的把握赢了昇鑫馆的许知味，所以先拿我家的资格去探虚实。我说得没错吧？"沈老板终于回过味儿来。

"没错，就是这个目的，但是也给你一个输赢各半的机会。你直说干不干吧。"这次是黄鹤成说了话，他比姜老板更直接更爽气。

"当然干！明天就让黄厨头替我鸿福馆参斗。"沈老板也很爽快。

仁和馆姜老板轻笑一下，目的达成在他预料当中。他的任务和目的都在按自己的意愿进行着。

姜老板虽然没有通过孙瑞山联络上餐食公会，但他通过江宁商会的关系认识了餐食公会的公爷王固柢，并且在租界的联合俱乐部见到了这个其貌不扬的胖老头。

王固柢曾做过漕运管带，也做过漕帮"三帆堂"堂主，后来还搞过一段湖广军备的马草生意，官家、帮派、商家全都折腾过。所以不管从哪方面讲，凭他的经验和经历做餐食公会的公爷最合适不过了。就现在上海市面上的事情，没有他解决不了的。

王固柢是个爽快的人，他毫不做作地接受了姜老板的孝敬。不过当姜老板趁热打铁提到借霸街斗菜的机会除掉一些竞争对手时，他微微皱起了眉头。

"咳咳，你生意上还有厉害的对手？"王固柢咳了两声问道。

"虽然不是拦水的坝，但也算得上个浮水的坞，这些年，生意上一直被他们稍压着一头。要是能将这家店除去，以后我们店的生意肯定是孔子街的头一份，那才真算得上我们和王公爷聚宝的盆。"

"那你有没有什么办法把他变得更加厉害一些？"王固柢肥眼泡里闪动着扑朔的光。

"变得更厉害？要怎样的厉害？"姜老板没能明白。

"要显得没人斗得过他，或者找人将他斗败，换个更厉害的出来。"

"这是为什么？那样我们的处境不就更危险了吗？"姜老板更加糊涂了。

"哈哈，早晚会让你明白的。总之，要么把你的对手变成最厉害的，那么他肯定会被除掉，要么找更厉害的高手直接把他除掉。对你有利，都对你有利呀！不多说了，这地方不能久待，连口老水烟都不让抽，回去了。"王固柢用力把自己从软沙发里撑出来，带着满意的收获走了。

不过走出门口时，他突然停住回头问了句："你说的对手是哪家店？"

"昇鑫馆！"

把对手变得更加厉害，那就让他得到更多胜利，或者直接让他输，那样就有更厉害的对象出现。姜老板始终没有明白为什么要这样做，但他终于想到要怎么去做，而且不管输赢都不涉及自己的利益，所以他找了鸿福馆。不仅鸿福馆，他还要去找其他馆子，让黄鹤成替他们斗，斗输了，昇鑫馆就显得更加厉害；斗赢了，出来个更厉害的也是人家店铺。总之不管哪家赢哪家输，他仁和馆都将留在孔子街，昇鑫馆从此在上海消失。

这边鸿福馆里商定了一个针对昇鑫馆的交易，那边昇鑫馆却是眼见着进不了明天斗局的，几乎所有在场的人都认定许知味今天必输。

"菜成，分盅，请评。"斗菜的主持高声宣布。

已经到了斗菜的最后一个流程了，盘中的菜只要往小盅里一分，输赢就下了定数。

这一刻许知味显得有些恍惚，神思不知飞到何处去了，眼神也不知飞到哪里去了。他是在想象，想象自己的七彩虾仁也可以光华四射。他是在寻找，记忆中他听谁说过一道煎煮完的菜品是可以瞬间变得耀眼夺目、异香诱人的。

"等等，我的菜还没有做完。"许知味脑中突然有灵光闪过，所以脱口而出，而这句话似乎已经成为他的专用，在和川南厨师斗菜那一回他也是这样说的。

"又等一等？"那斗菜主持皱眉问了一句。

"你是要再拌一拌？"

"人家那盏子给你的菜下毒了？"

"你这道菜再加啥花头，和人家那菜相比都是垫泔水桶的。"

…………

大堂里有人开始起哄，因为有了之前对"一盏秀"的好感，大家对许知味的态度便有些不屑了。更何况围观的人里有些买"一盏秀"赢的赌徒，还有之前因为许知味输掉不少钱的赌徒。

不过许知味这句话却让昇鑫馆的人又燃起希望，让那些买了昇鑫馆赢的人又振奋起来。根据上次的斗菜经验，许知味最后一旦开口说话了，便意味着能绝处逢生。可现在这种状况还有什么办法扳回？

许知味游离的目光停在评判席后面的酒架上，那上面陈列了昇鑫馆可供客人选择的各种酒瓶酒罐。

酒！

记得在宫里其他御厨曾议论过外国厨师给皇上和太后做菜。说他们有些烹熟入盘的菜品会再洒烈性洋酒并将其点燃，既有异常酒香又炫目好看，当时就让皇上太后惊诧万分、鼓掌赞好。洋人的菜可以加酒点燃，那自己的菜也一样可以。虽然从未曾试过点燃之后菜品会变成怎样，但现在的处境来看，赌一把说不定还有一线赢的希望。

对！点燃它！

"是的！等一等。我菜未成，还有一道工序。"许知味说完后也不管其他人什么反应，拿过一只高粱露酒的瓶子打开，再抓过一盒洋火[1]走到品菜桌

---

[1]　火柴。

旁，然后拇指半捏住瓶口，往自己做的七彩虾仁上洒下一片高粱露酒，再划着根洋火把酒点燃。

许知味的做法让大堂中所有人都目瞪口呆，包括那个洋人评判。他知道西餐中有这样的做法，却从没想到自己在中国吃过无数次的炒虾仁也可以这么做，而其他人则是想都没敢想，这菜还可以放在盘子里再烧一次。

一团跳跃的火焰从荷叶盘中升起，蓝盈盈中艳红闪动。于是玉釉荷叶中光华四溢，变成托呈神火的仙荷。玲珑透的花纹晶光四射，透射、反射成立体的蓝晶花朵。随着火焰的起伏跳跃，仙荷和蓝晶花朵也在不住地摇曳着。映衬七彩虾仁中各种食材的颜色，形成一个扑朔绚烂的光团。而这光团再通过玲珑透的透点，放大、远射，将各种的色彩再洒落在桌上、房顶上、墙壁上，还有人们的身上、脸上，星星点点，闪闪烁烁，色彩斑斓。

同时七彩虾仁被火焰再加热，各种食材随着升高的温度将自身味道尽数发挥出来。再加上蒸腾的酒香、微微的灼香，形成了一个味道的旋涡。特别是主食材虾仁，其表面包裹的芡汁经过火烤之后还形成了酥脆的硬壳。不仅香味更加浓郁，而且口感也变得更独特。

就在许知味将七彩虾仁点上火后，"一盏秀"的金沙七孔鲍也马上起了变化。火焰的热量首先将琉璃盏双层中蓄的冷意给驱散了，然后将菜品沿莲瓣夹缝流淌的味道冲散了。琉璃盏的色彩、流光也在跳跃、摇晃的火光中混乱了。本来整体非常耀眼悦目、赏心赏口的一道菜品，在忽闪的火光、热量烘灼中变得黯淡无光、味气杂乱，再难呈现出诱人的色香味形。

当菜品分拨到菜盅里并送到评判们面前时，七彩虾仁还微微有些火焰，袅袅的酒气轻烟缭绕于碗沿，烤制的焦香更是阵阵扑鼻。那些懂吃的吃家将这样一盅菜捧在手中，未曾吃上一口，就已经将追寻美味、苛刻待味的一颗心全然融化进菜盅里了。

这一战明焰七彩虾仁胜了金沙七孔鲍，但是胜得很侥幸。即便许知味在最后的关键时刻灵机一动浇酒点火，改出一道神奇菜品，但七个评判中还是有两个将胜筹给了"一盏秀"曲流江。由此可见，许知味要是没有神灵佑护想出那一招，断然会彻底地输了这局。

"一盏秀"虽然是个女人，但是颇有厨行大家的风范。她对许知味这一招备加赞赏，毫无输了斗菜的沮丧、羞恼，反倒为能见识到这样神奇的一招而兴奋不已。

而许知味这一招应该算是中西餐烹制方法的第一次结合利用，是西为中用的第一次尝试。

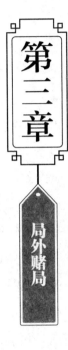

第三章

局外赌局

当黄鹤成系上围裙走到案台前时，许知味愣住了，而周围更是响起一阵骚动。这黄鹤成怎么冒出来的，他不是仁和馆的厨头吗？为什么会替鸿福馆出面斗菜？

几番至

斗菜结束，人们散去。钱贺子这才大大松了口气，连连拍打胸口："惊险、惊险，这一局赢得惊险啊。眼见着就要输了，好在许厨头还有一手绝招给扳回局面。"

蔡壬鑫看钱贺子这个样子，心说到底现在是一家人了，和过去大不相同。要放在过去，老头子才不会为昇鑫馆担这么大的心嘞。虽然他这担心应该还是为了他女儿，怕店关门以后跟着自己吃苦，但不管为了谁，都是和自己有关的，这个情从哪边论自己都得领。

于是，蔡壬鑫主动走过去安慰两句："阿爹，你也不要太担心。就算我们真的输了，我也会想办法挣钱养着水仙，不让她吃一点苦。"

"嗯嗯，好好。"钱贺子对蔡壬鑫的安慰和承诺似乎并不太在意。

就在这个时候，水仙从后面进了昇鑫馆大堂，他刚好听到钱贺子和蔡壬鑫的对话，于是脆生生地开口了："小蔡侬个感督[1]呗，你以为爷老头子是在为你这店担心？昇鑫馆开不了了他房子还在，而且你们还给改造装修了，他不但没损失还有赚头。老头子这一惊一吓的是在担心自己的箱底钱，他把箱底钱都拿到赌盘上压你们昇鑫馆赢了。"

"哦哦，这样啊，那也要谢谢阿爹的，这说明他对我们有信心，相信许爷叔肯定能赢。"蔡壬鑫知道钱贺子得罪不起，所以只管把他捧着就是。

"看看，还是姑爷懂我，你这丫头片子我是白养你二十几年了。"钱贺子佯装一副不愿搭理水仙的样子。

"啊，钱老板也买我们昇鑫馆赢了？这下赢得多吗？"祝昇蓬在旁边问道。

---

[1] 傻瓜。

"赢是赢了，不多。市面上都算定你家会赢，赔率硬是给买得很低，注下得不小，却赢不了多少。"钱贺子转而将赢钱的侥幸改换成赢得少的愤愤不平。

"这样啊。"祝昇蓬眉头猛挑了下，他心底忽然间生出一种莫名的恐慌。

钱贺子应该买昇鑫馆胜，他应该是最了解昇鑫馆实力的赌徒。而接下来的三场斗菜他更是应该买昇鑫馆，就算赢得再少，那都是铁定能赢的。鸿福馆、云五斋、添香酒楼这三家店都是二把刀的厨子、野鸡路子的菜，主动来邀斗昇鑫馆相当于等得不耐烦主动寻死。

但是钱贺子却没有想到，才和这三家中的第一家鸿福馆开斗，就已经是一场输赢难测、暗藏玄机的险局。

鸿福馆邀斗的条件和之前有一点变化，但变化不大。就是要求品菜的评判要增加一些，不能全是食不厌精的吃家，也要有食味习惯不同的人参加评判，因为做出的菜是给天下人吃的，而并非只给那些懂吃会吃的吃家吃的。

这个要求不过分，而且许知味原来遵循的准则就是如此，所以没有多想就答应了。于是接下来的斗局评判由原来的七人增至十五人，除了原来的吃家外，还邀请了街面上一些有头脸有声望的人，老少都有，而且还有两个女的，分别是清泯堂的老板娘和刺绣名家薛舫。

刚开始黄鹤成出现在昇鑫馆大堂里时，许知味还以为他是来观战的。这是难得的好机会，不管谁胜了，之后都可能成为他的对手，所以提前了解双方特点做到知己知彼，对日后自己参与对决是非常有利的。

当黄鹤成系上围裙走到案台前时，许知味愣住了，周围更是响起一阵骚动。原来人们觉得许知味对付鸿福馆的任何一个厨师都是三个指头捏田螺——稳拿的。而且根据各赌盘、赌台所发"局表"信息，鸿福馆也没有外请什么高手，那态度就像是已经放弃了斗菜。可是这黄鹤成怎么冒出来的，他不是仁和馆的厨头吗？为什么会替鸿福馆出面斗菜？而这个黄鹤成据说是迄今为止孔子街上唯一一个胜过许知味的厨师，他替鸿福馆出面斗菜，那这一场斗菜的赌注不就整个押反了方向吗？

　　这一场斗菜的气氛比之前任何一场都沉闷。有人在担心，担心许知味会输，更担心自己下的赌注会输。有人是在揣测，揣测鸿福馆和仁和馆之间到底怎样回事，他们的真实目的又是什么。

　　许知味和黄鹤成也很沉闷。做菜不是用嘴说的，但更主要的是斗菜的两个人无暇去说，双方都是用的真技艺，又都是厨行的绝顶高手。过程中只要有任何一个小的失误，都会成为自己败北的原因。

　　那天许知味做了一道蜜汁金钱鸡块。主食材是用江北狼山鸡和贵州东北部山区所产金钱菇，用小火慢焖慢煎而成。口味鲜甜浓厚，菌菇和鸡肉混合后形成一种独特的香味。口感上肉质酥烂，皮质松脆，菌菇饱满多汁，入口即化。这道菜其实是结合了无锡菜、苏州菜、上海田菜三种菜的特色，新颖又不失传统。

　　黄鹤成没有做自己擅长的淮扬菜，而是做了一道苏州地方传统菜品松鼠桂鱼。这鱼第一体现的是刀功，剖鱼肉，剔鱼骨，划花格。第二体现的是火候，裹粉入油，温度低了裹粉散落鱼肉不酥脆；温度高了肉质偏老颜色发黑。第三体现的是调味，酱汁一定要酸甜平衡，咸淡合适，稍微差一点，整道菜就前功尽弃了。

　　这一场斗菜斗得沉闷，评判也沉闷。十五个评判用了很长时间斟酌后才投了签，最终是八比六许知味胜出。其中有一个人弃权，就是刺绣名家薛舫。她刺绣的功底是顶尖的，但是品尝评判美食的能力却差强人意，而她又是个认真负责的人，所以在辨别不出高低的时候，宁愿选择弃权。

　　直到最终结果出来，黄鹤成也没有说一个字。他只是朝着许知味点头笑笑便离开了，那姿态让人感觉他并不像输了而像是赢了。

　　按之前邀斗的顺序，昇鑫馆第二天紧接着就要和云五斋对决。本来昇鑫馆可以要求推后一两天，让许知味调整一下再斗的。但是许知味自己觉得没有这种必要，因为鸿福馆、云五斋和添香楼都是不成气候的铺子，费不了大手脚。其实要按许知味的心意，最好三家约成一场比完。

　　但是现在看来这样的安排可能有些托大了，各种意外的情况随时都可能出现，比如黄鹤成替代鸿福馆出战。如果早知道是黄鹤成出面斗菜，那么许知味无论如何都不会在和东山苏菜斗完的第二天马上就和鸿福馆斗。怎么都得好好调整一下，仔细权衡应对的菜品和方法以及意外情况的后备方案，尽量把计划和准备做得缜密。

　　好在黄鹤成代替斗菜的意外没有造成结果的意外，最终还是以很近的比分闯过险关。但是明天和云五斋的对决还会不会有意外了？他们家会不会也有什么大家并不知道的高手替他们出战？

　　都说"遇仙千年无一回，撞鬼三天两头来"。有过一次意外后，那接下来的意外就不再是意外。但是当昇鑫馆和云五斋的斗菜开始之后，许知味还是感到了意外，因为代替对方出面斗菜的还是黄鹤成。

　　黄鹤成不知什么时候变得如此热心和仗义，不仅替鸿福馆斗菜，而且还替云五斋斗菜。这情形虽然已经出现过一次，没有再让围观的那些人大感惊讶，却让许知味比第一次更加不安。因为他隐隐感觉到这种情况之外还有更多自己目前看不透的情况，对昇鑫馆不利的情况。

　　许知味这一场斗菜用了一道很有特色的菜品，青石锅油滋鳝。这道菜的难度是在鳝鱼上，不仅要处理得好，将土腥气除尽，而且预烹制的时间和火候要掌握得非常准确。不能熟透也不能太生，因为这道菜还有第二道烹制工序。

　　第二道烹制工序就是用青石锅来油滋。青石锅烧热，离火刷油，再将之前烹制到一定火候的鳝鱼片放入。鳝鱼片在青石锅的温度作用下，在锅内熟油的包裹下，有一个短暂的快加热，之后还有一个长时间的慢保温。不仅将食材味道一下滋出，而且利用恰好的温度保持一个长久的美味状态。

　　所以这道菜的难度不仅是第一道工序的生熟控制，还要综合考虑到第二道工序的锅温控制和上菜的时间。如果被对方出菜拖延得太久，锅温菜温降了下来，那么这道青石锅油滋鳝的特点和优势就全没有了。

黄鹤成做的是一道虎皮杭椒蒸九肚鱼。杭椒油爆过，然后加在九肚鱼上清蒸。这道菜品的制作手法是以淮扬菜特色为基础，然后稍加以变化改良。味根依旧是鲜美清淡，但鲜美为根的同时，还有爆椒的油润，还有椒香椒辣的小刺激。有时候一道鲜美清淡的菜并非是靠本味少盐做出来的，而是要有反差和衬托才能更好表现。而黄鹤成这道杭椒蒸九肚鱼就是在这方面做出了高度。

这一晚的斗菜仍然是许知味赢的，七比五，有三个评判弃权。

这个结果让许知味冒了冷汗。自己虽然是胜了两支签，实际上还有另外三个未知数的存在。弃权的不像昨天只有一个不精于品吃的薛舫，竟然还多了两个懂吃的吃家，这说明真正的吃家也开始难以辨别自己和黄鹤成的高低了。而且自己已经连续赢了多场，黄鹤成则是代替云五斋出面斗菜。不排除有人在情感上更向着自己，对经营不善、菜品低劣的云五斋存有偏见。所以如果每个评判必须投票不能弃权的话，余下那三张票会不会全部投给对方？再假设今天黄鹤成代表的不是云五斋而是仁和馆，那么评判们情感上又会更向着谁？

黄鹤成还和昨天一样，结果出来后一句话没说抬脚就往门外走，随意从容。

许知味看着黄鹤成的背影，自己也不知道怎么会冒出这样一句话："黄师傅，明天还来吗？"

黄鹤成停下脚步，缓缓转身："许师傅希望我来吗？"

"你觉得我是希望还是不希望？"许知味淡淡地回了一句，其实他这样说是不知道该怎么回答。

"许师傅连赢我两场，趁势再赢一场也在情理之中，我觉得是希望我来的。"

许知味皱紧眉头，他在琢磨黄鹤成这句话："再赢一场也在情理之中，黄师傅的意思是再赢两场就没有可能了。所以你明天还会出现，还会替代添香楼斗菜，或许还会让我险胜。但是在这之后当你代表仁和馆斗菜时，我就再难赢你了。"

"呵呵。"黄鹤成笑出了声，就连光秃的头皮都在随着笑声闪动，"难道没有可能吗？其实就算明天，你也不见得能赢我。"说完转身而去。

黄鹤成临走的话等于正面回答了许知味，明天他还会替代添香楼出面斗菜。许知味一下就明白了些什么，不由得感到万分疲乏，就近找个凳子缓缓坐下。

"那黄鹤成搞七念三呗？听他意思明天还会替添香楼来斗菜，他们仁和馆把那些店都买下了吗？"蔡壬鑫很自然地摸了两下小帽。此刻他有种很难受的感觉，就像被毒蛇缠住。推不开逃不脱，恶心烦乱害怕，随时有被一口咬死的危险。

祝昇蓬没有说话，他看出许知味心情不好，不仅没有一点赢了斗菜的欣喜，反而像是承受着极大的压力。于是倒了杯茶走过去，递到许知味的手中。

许知味接过茶杯后没有喝，重新放回旁边的桌上，然后长长叹了口气说道："从现在的状况看，我有可能会有负重托，无法替昇鑫馆斗到最后。黄鹤成这一关我就已经很难闯过了。"

"不能的、不能的，许爷叔你不是已经赢过他两场了吗？所有人都认定你的本事在他之上，以往他老吹品辨胜过你，现在这说法早就被翻案了。"蔡壬鑫急忙给许知味鼓劲，其实也是安慰自己，现在他们所有的希望都寄托在许知味身上了。

"你别吵，听许师傅说完。"祝昇蓬制止了蔡壬鑫。他觉得这个时候应该让许知味一吐为快，将心中忧虑全部说出，尽量放松状态才是最好的。

"黄鹤成的厨技确实比我略逊一筹，包括上次品辨一斗，他也是抓住我话里的一个概念错误，强词夺理才胜出的。但是只比你稍逊一筹的人不是没有可能胜过你的。他没有任何心理负担，用的是别人家的资格，不怕输，可以不断调整不同的菜品参斗。这就像打麻将，一直对对碰，早晚有一碰能胡成的。"

许知味说到这儿反而把桌上的茶杯拿起来喝了一口，然后接着说："但斗菜还不完全等同于对对碰，这其中是有技巧和玄机的。是可以根据自己手中的牌和别人出的牌随机应变的，所以胡成的可能更大。你们发现没有，黄鹤成第一次斗菜用的是多油且酸甜重味的松鼠桂鱼，第二次又改用清淡不失刺激的杭椒蒸九肚鱼，而明天我估计他肯定会用全清淡的菜品。每一次的斗菜其实都是给他试探的机会，让他获取信息、积累经验。他们要求在吃家之外增加八个评判就是这个目的，平常人的品味喜好表现得更加明显，可以更多地反映出菜品的实质。"

"也就是说，他在不断地试探哪种味道更能博得评判们的赏识？"蔡壬鑫忍不住又插嘴。

"不仅如此，他还在寻找我的弱点。这样他在操作中就可以利用他菜品的味道把我菜品的弱点凸显出来，让评判品尝时可以明显感觉到。其实从昨天一个弃权到今天三个弃权，就已经可以看出他的优势在一步步增加，而我的优势则在一点点被削弱。再继续下去，恐怕我难抵他的攻势。"

"许师傅，他没有负担，那你也不用带着负担啊，不要认为输了就对不起我们。这昇鑫馆有你的股份在，从这个角度上讲我们是一体的。你就当是拿你自己的东西去和人家斗着玩，对了，就像小蔡他丈人那样拿自己箱底钱去赌一把一样。因为我们本来就觉得这场斗菜是有黑幕的，现在只是抱着渺茫的希望在挣扎。能赢固然最好，输了也不意外。"祝昇蓬说这些话是为了让许知味彻底放松，更自如、自信地发挥厨技，只有这样才有可能继续赢下去。

输注定

许知味又喝了一口茶："我又怎么可能不带负担呢？你说得没错，从昇鑫馆的角度我们是一体的，我已经将全部身心付诸在这个馆子上了。它已经是我所有的寄托，是我认定的归宿。只要有一线希望，我都要把这块招牌给撑住的。但如果真的输了，却会因为我之前让你们砸钱扩大经营，连到其他地方再起炉灶的机会都没有了。"

"这时候也只能尽人事，听天命了……"

祝昇蓬这话还没说完，门外走进一个人接上了祝昇蓬的话头："就是就是，其他不说，就今天这个赌局吧，我押了重注也就只赢了一成。大家都看好我们昇鑫馆会赢，硬是把赔率押成了十比一。这结果由不得自己的，你要想赢，就只能赢很少。要想赢得多，就得押另一边，最后反是输光。"

进来的是钱贺子，赢了钱的他还气哼哼的，很不甘的样子："今天大莲花桥那边的斗局倒是出现了个意外，大走反水，肯定能赢的罄清馆竟然输给了小酒店临水人家。这一把不得了，十好几倍的赔率，也不知道让哪几个压临水人家的给发了一笔横财。"

"阿爹，你搞七念三的又去押赌了？别让水仙知道，等会儿又要狠怪你的。"蔡壬鑫倒是挺为钱贺子着想的，虽然结婚不久，他已经深刻领教到水仙要是啰唆起来会是怎样的一种灾难。

"钱爷叔，你刚才说什么？大莲花桥那边的斗局出现大反水？你说说怎么回事。"祝昇蓬感觉自己之前意识到的一件事情很可能是真的。

"对的，那边的店铺少，斗得比我们这边爽快，再有两场就要决出最后留下的三家铺子了。罄清馆之前倒是一直胜的，算得那边街上手艺本事最好的一家，今天不知怎么莫名其妙就被临水人家给挑了。"钱贺子心中有着百转千回的懊恼，懊恼自己怎么没押个几十两银子在临水人家。

祝昇蓬的脸色一下变得灰暗，像是突发了什么病症一样。

"大哥，你怎么了？不舒服吗？"蔡壬鑫和祝昇蓬在一起时间太长，稍有异常就看出来了。

"没什么，大家还是早点休息吧，明天还得继续和添香楼斗菜。"祝昇蓬尽量掩饰着自己。

许知味和钱贺子确实都没看出什么来，起身去休息了。但是蔡壬鑫没有走，他能从祝昇蓬的样子里看出一定是出了大问题，所以一直撇着嘴坐在那里。

当大堂里只剩下祝昇蓬和蔡壬鑫后，祝昇蓬才幽幽地叹口气说道："兄弟，咱们这昇鑫馆可能真是开到头了。"

"为什么？我们不是还没输吗？"

"因为无论如何我们都是会输的。"祝昇蓬拳头重重地在桌上一敲，眼圈红了，"孔子街上会留下哪些店铺，餐食公会应该早就确定了。现在我们斗来斗去只是他们想要的游戏，不对，是他们敛取财富的手段。整个上海所有酒楼菜馆都是他们手中的牌九，他们在按照自己最大获益的需要摆布这些牌。"

"那我们店为何一定会输？"蔡壬鑫撇两下嘴，他仍不愿相信祝昇蓬说的。

"因为只有我们昇鑫馆输，别人才能赢大钱。你还记得当初在镇海场时有一种'碰满舱'的拿货方式吗？先预付一定的货钱，然后按预付货钱的多少，排次序指定拿哪条船哪个舱的货。碰得好，拿的是满舱；碰不好，只能和预付的货钱差不多，更不济的还会拿到空船空舱。其实这里面是有猫腻的，一般某条船的某个舱在满货或多货后，会故意连续留几次空舱，让一直看好这条船这个舱的货主血本无归。那些点舱拿货的船主就像开赌坐庄的，整体下来只会多赚不会少赚，是变相多挣钱财。另外万一哪趟出海啥都没打捞到，也可以有不菲的收入保底。"

"我们昇鑫馆虽然一直在赢，其实就和开始的满舱一样。等大家都认为我们肯定满舱时，有人就会故意让我们空舱。他们是在利用我们赢取最厚实的那笔赌注？"蔡壬鑫终于明白了。

"没错，前面情形你都看到了，本来像我们店是不应该有什么店铺来邀斗的。但是现在竟然排着队来邀斗，而且大多是没有实力的店铺。这很不正常，谁都知道斗菜霸街得坠在最后才对。那样就算实力不足，也有可能凭着自己唯一能拿出手的一两道拿手菜侥幸留下来。所以这邀斗肯定是有人在暗中促使安排的，就是要让所有人觉得昇鑫馆是最强的。等人们都觉得昇鑫馆必然会赢的时候再一下反转，那样有人就会在外围的赌盘、赌台上以少量押注赢取最大收益。"

"可是邀斗昇鑫馆的不全是没实力的，而且那些没实力的馆子不也搞七念三的让黄鹤成替他们出面斗菜吗？"

"效果是一样的，如果其中有哪一家斗赢了昇鑫馆，那么他就替代昇鑫馆成为更大的热点，更毋庸置疑的赢家。之后外围的押注便会更加看好他，当时机成熟后再故意让他倒下。"

"也就是说，不管我们现在是输是赢，最后昇鑫馆都开不了了。"蔡壬鑫说出这句话时眼泪差点一起出来，"难怪那孙瑞山至今对我们提的理由没有一点回应，原来他们早就把局做好了。"

祝昇蓬沉默了许久许久，终于长长叹出一口气："这件事千万不要告诉许师傅，他知道后会很受打击很憋屈。让他输在斗菜场上，不管对方用的招是奸是正，相对而言都会更加好受一些。"

昇鑫馆大堂里的灯烛灭了，和外面街巷深处一样黑。今夜不知为何连个卖小吃的吆喝声都听不到，只偶尔有几声沉闷含糊的犬吠传来。

凤仪门北边的大公坊有个带门楼和角楼的院落，这里本来是一个水陆货物转运的库场，所以建有门楼、角楼防盗防抢。但上海开埠之后，江河水运替代了原来的内河漕运，各种转运的货场、库场都建到黄浦江边上去了。所以这个院落里就建起些挺高档的房子，作为各地商人在上海的落脚处，人们管这里叫"客商沪府"。而现在，餐食公会便设立在这里的一座房子里。

房子显得有点空大，有事时餐食公会的各路人物会在这里聚齐，但没事的时候就只有王固柢等几个人常在这里。

孙瑞山特意选在这个没人的时候找到王固柢，他觉得单独的交流更容易让对方清晰地思考，然后没有其他人在场也不会卸了对方面子。

"王公爷，这霸街斗菜是我一手筹划出来的，也得到了王公爷和其他当家的认可，但是我细想下觉得还是有些不妥的。"孙瑞山故意把声音放得沉重些，以便引起王固柢的重视。

"怎么不妥了？做的那局有漏洞？"王固柢下巴颏儿的肉抖了抖，孙瑞山的话果然震惊了他。

"做的局倒是没漏洞，只是我们的做法是在用眼前利益换取餐食公会的将来。"

"此话怎讲？"王固柢听孙瑞山的意思不是自己最担心的，便又把下巴颏儿的肉夯实在脖颈上了。

"餐食公会是个新成立的行业组织，一个行业组织要想长久地发展，首先是要这行业能够兴旺发展。而现在我们的做法其实是压制了餐食行业的发展，走的反水。其实就让那些店铺在一定规则内自然竞争，该旺的旺，该死的死，反而更能体现餐食公会的价值，而餐食公会也能获取到持久利益……"

"但是你别忘了，餐食公会是什么原因、依靠什么势力才成立的。"王固柢打断了孙瑞山的话。

"我当然知道，是要保住一些权势掌控的店铺，要不也不会有那么多道道的力量支撑我们餐食公会组成，而且这么快就树立了权威。但是这和我说的意图并不矛盾，保住这些店铺的同时也留下一些真正有实力的、对餐食行业有引领和推动作用的店铺。他们才是对我们公会的长久支撑，而且利用他们，我们公会还可以拓展进账途径，扩大对相关行当的控制，甚至可以建立自己的实质产业。"孙瑞山将自己想法一股脑说了出来。

"真正有实力的？你举个例子。"王固柢似乎被说动了。

"比如说孔子街的昇鑫馆，就是一个极具实力和上升空间的店铺。留下这样的店铺，甚至是将其纳入到餐食公会的主要成员中，然后利用他们的影响力带动其他，实行可浮动的例钱收取方式，拓展对餐食相关行业的控制，而且首先就可以从食材的供应上入手……"

"你说的这个昇鑫馆我知道，我觉得他家正好适合做孔子街斗菜局的诱饵。凭着他家的实力，再加上我另给的添柴鼓风，拿他当诱子能捞一勺绝对厚实的。再说了，要是留下这样实力强的店铺，压制住那些计划中留下的店不能翻身，背后控制的那些大来头的爷也不会罢休的。"王固柢再次打断孙瑞山的话。

其实王固柢不是个傻子，他要没有一套内外兼修的奸诈狠滑手段也不可能做上餐食公会的公爷。孙瑞山的说法他不是听不明白，而是一点就通了。问题孙瑞山偏偏是拿昇鑫馆做的例子，这可是仁和馆的对头。如今仁和馆是有王固柢自己入账的收益的，而他更加明白的是餐食公会再好的未来，能分到他手的却不多，且不说那个大好未来还没到，即便真能如此，到时候他当不当得上这个公爷还两说呢。但是仁和馆的利益是他自己的，这是能抓一把是一把的好处，丢掉这个才是真正的傻子。

"王公爷，餐食公会组起来容易守起来难，满勺子不如长流水。这眼前利益可以稍微放掉些，不用舀得太狠，留下些来细水长流。昇鑫馆这样的店铺留下来了，但整体店铺数量减少了，计划中留下的店铺还是有生意做的。而类似昇鑫馆这样的店铺留下来了，也就给餐食公会留下了财源。"孙瑞山语气不急心里急，怎么这么个用脚指头都能想清的道理和王固柢就是说不清了。

"孙先生呀，就像你说的，这餐食公会才成立，以后你们年轻人的天地大着呢。利不思远，高不攀危。你也不用太急，没几天我退下来了，这餐食公会任由你折腾。"王固柢知道孙瑞山心中很急，但他理会的急和孙瑞山的急其实不是一回事。

刚刚还心里焦急的孙瑞山顿时寒了心，王固柢此言一出，那就铁定不会采纳自己的意见了。所以他再不多说一句，寒着脸缩到屋角的阴影中去了。

唐世棋从江南制造局工务厅出来时天色已经不早了，本来制造局几个会办、督办说要请他晚宴的，都被他婉拒了。

到上海有些时日了，唐世棋一直和制造局的主要官员还有上海道台府的官员们连轴转地在应酬。有些应酬是他要向别人买面儿，还有些应酬是别人给他面儿。当然，那些官员能对自己这样一个没有官家名分的商人如此客气，其实都是为了给足京里推荐自己的那个人面儿。但是能将这种相互给面儿的各种应酬一直维持到现在仍兴致不减，则完全靠的是唐世棋自己的能力和个人魅力。

唐世棋一向认为，生意要想做得长久兴旺，首先是要让对方在其中有更多的正常收益和意外获利。特别是和官家做生意时，不仅要保证对方官面上好看清爽可大造功绩，个人的利益上更要妥妥地到位。这样一来对方就不仅仅是把你当成一个生意对象了，而是把你当成可以天天聚在一起饮酒作乐互诉衷肠的兄弟。

唐世棋这方面做得很好，所以很快就被江南制造局方方面面掌握职权的人当成了兄弟。也正因为如此，他从刚到上海直至生意全面铺开，始终是在陪那些兄弟诉衷肠，都没能腾出一点时间在上海到处转转，把其他一些私事给办好。

所以今天婉拒掉晚宴给了唐世棋难得的机会。他没有马上回住处，而是让马车拉着他到了孔子街，并且挑都没挑直接就进了昇鑫馆。

再三斗

虽然只有自己带着账房先生和贴身仆人三个人，唐世棋还是选了一间最为宽敞豪华的包间。伙计泡过茶水、递过热毛巾后，将菜单放在桌上，等他们点菜。

一般而言，像唐世棋这样身家的人在外吃饭是不会自己点菜的，全由贴身仆人给安排。贴身仆人有些方面比他们这些主子更了解他们。但是今天唐世棋却折扇一压，止住仆人要拿菜单的手，然后用折扇头将菜单拖到自己面前来了。

"酱烧排骨，浸卤香煎骨，脆炸猪排，茄汁香骨，荷叶粉蒸骨，红汁拖排骨……"唐世棋把菜单上所有除了排骨汤以外的排骨菜都点了。

伙计愣了一下，随即便立刻吆喝一声下菜单去了。到菜馆来的客人形形色色，各种癖好的都有，特别喜欢某一类菜的也不在少数。所以像唐世棋这样点菜的虽然少见，却还不算太过怪异。

所有菜都上了，唐世棋每样微尝一口，然后把伙计又叫了进来。

"你们这昇鑫馆还会烧其他排骨吗？"唐世棋很直接地问道。

"啊！先生，这么多排骨您还不够吃？"伙计说完后马上觉得不合适，于是赶紧往回圆，"我们菜单上是只有这么多排骨，但是我们家厨头可厉害，他曾经做过宫里的御厨。本来先生要想再吃点其他什么排骨，可以让我家厨头按您的要求定做的。可惜您今天来得不巧，晚饭点儿一过我们这里就要斗菜了。我家厨头要和添香楼的厨师斗，正准备着呢，所以没有空。"

"斗菜？"唐世棋眼角猛地一挑。

"先生是刚来上海吧？我们这里霸街斗菜已经有好些日子了。输的就得关门停业，最后每条街上只准留下几家店铺，谁能留下全靠斗菜比输赢……"那伙计倒是个会说的人，叽叽喳喳把昇鑫馆斗菜的过程给唐世棋说了个八九不离十。

"有意思有意思，我今晚倒是来得巧了，一定要好好看看这霸街斗菜是怎么个斗法，这也算是到上海后领略的一遭奇事。"唐世棋不再纠结于那些排骨，而是被伙计所说的斗菜一下勾起了无限的兴致。

整个昇鑫馆中的人可能都不会想到，今夜斗菜的围观者中竟然有人是在半个时辰之前刚刚知道轰动全上海的霸街斗菜。而这个人也并不知道，今晚这场斗菜已经到了短兵相接的白热化程度，只当一场无所谓的娱乐旁观。这也难怪，当一个人到了什么事情都可以迎刃而解的层次后，别人看着生死至关的大事，他也只会觉得平常。

许知味当然不会觉得今晚的斗菜是很平常的一件事，这一整天他都在做着充分的准备。根据之前两次黄鹤成所做的菜品进行推测，他今晚应该是以清淡本味的菜品开斗。根据之前两次的经验，黄鹤成会尽量利用今天的菜品做局，直接斗败许知味。即便斗不败，也可以再用一种不同味道对许知味的特点和弱点进行试探。所以清楚了对方目的之后，许知味今天不仅要设法获胜，还要做到尽量不让黄鹤成继续探到自己的底子。

果不出所料，这一晚黄鹤成做的是蜜枣黄豆沙蒜汤。这是一道鲜至极点的汤品，不仅汤美，其中的三种主食材蜜枣、黄豆、沙蒜也会将味道和口感呈现到极致。

斗菜一般很少会用汤品的。这是因为汤品都是在宴席的最后上桌，它的味道并不完全由自身展现，还需要结合前面所有的菜品味道。再有汤品一般都是以清淡鲜香为主味，可变化的技法和花样太少。但是今天黄鹤成却偏偏是以一道蜜枣黄豆熬沙蒜的汤品代表添香楼出战，这不仅是有勇气，而且其中还有策略。

江浙一带做汤和闽粤一带不同，闽粤一带多用煲的方法，隔水气蒸，而江浙一带是炖的方法。但有些食材很是细致，炖的话会破坏到食材结构或是无法将味道尽数析出。一定要小火小温慢制作，就像熬药一样，所以这类食材做汤的方法就叫熬。另外还有比熬更加细致的做法，那就是焐了。但这三种方法只是火头和时间上的不同，做法都是将食材入水入锅直接上炉灶。而沙蒜的质地和特点用熬是最合适的，可以将其饱含的鲜美尽数熬出来。

沙蒜，又称沙参、壮阳角，是从滩涂泥沙中过滤丰富微生物和营养物存活的，就和天下第一鲜的文蛤一样。样子虽然不太好看，味道却是非常鲜美，营养也极为丰富。熬出的汤鲜浓洁白像奶一样，肉质也脆滑嫩爽口感极佳。

将黄豆洗净泡过之后与沙蒜一起熬，不仅利用黄豆的大豆蛋白质让汤汁更加浓郁，而且淡淡的豆香还有去除沙蒜腥味的作用。

蜜枣香甜，煲过之后饱满松软，更重要的是其中浓缩的枣香被煲出来了，腌渍的糖分混合了析出的枣糖，被逼出到汤里，给浓鲜厚香再添上一丝淡淡的甜味。而这甜味可以降低沙蒜的盐咸味，让鲜美更加突出。

而黄鹤成之所以选用这样一道汤品来斗菜，其实正是针对了许知味的弱点。许知味虽然天下菜品会做的很多，但他毕竟是无锡厨师的底子，最拿手最熟悉的还是锡帮菜。而斗菜这种场合，特别是遭遇高手的斗菜，大都是会用最有把握的菜品应对。比如之前许知味做的蜜汁金钱鸡块、青石锅油滋鳝，虽然算不上传统的锡帮菜，但都是重油带酱带糖，始终脱不出锡帮菜的模子。

黄鹤成第一回用松鼠桂鱼和许知味相斗，其实根本就没有想赢。苏州菜不是他拿手的，而且与锡帮菜接近，几乎可以肯定是斗不过许知味的，但是他却可以看出评判们的态度，有人对两道味道接近、重油酱糖的菜品感觉腻味。所以第二次他用虎皮杭椒蒸九肚鱼，虽然依旧斗不过许知味的青石锅油滋鳝，但是三个评判弃权，说明有更多人开始倾向于自己鲜香刺激的菜品。只是一时间还在犹豫，无法果断做出判断。

而今天黄鹤成用这道汤，不仅仅是要将鲜美更加淋漓尽致地展现，同时还要凸显许知味菜品的弱点。那些评委已经连续品尝过许知味多道菜品了，所谓"久食无滋味"。这"无滋味"并非真正的没有滋味，而是一直是相近相似的滋味，再无法给品食者更多惊喜。黄鹤成在这种状态下以汤品斗菜，是给那些评判一个更为突出的鲜美传递。同时汤品中加蜜枣熬制，不仅让自身更加鲜美，而且可以给许知味习惯的锡帮菜甜上加甜，凸显许知味的弱点，加重评判们的腻味。

昨晚祝昇蓬的安慰让许知味心态放轻松了许多，另外也幸亏祝昇蓬和蔡壬鑫没有把发现的情况告诉许知味，所以他有一整天的时间来安静思考应对黄鹤成的办法。

这一晚围观斗菜的人都很紧张。前两天斗菜结果的趋势让很多人都觉得黄鹤成今晚可能会赢，所以这一场的赔率持平了许多，有很多赌资都押了黄鹤成赢。那些评判也很紧张，他们都预感今天可能是孔子街斗菜最难评判的一场，是一个折转。

许知味从早上开始就在脑子里寻找合适的斗菜菜品。他确定了几点要求，第一，只能赢不能输，这是前提，输了就再没有一点机会了。第二，黄鹤成或许已经找到些自己的弱点，但决不能让他找到更多的弱点，这是为了保证自己下一次仍然能赢。针对这一点，许知味觉得不能再用无锡菜和他斗，锡帮菜太容易暴露自己可能存在的弱点。也不能用锡帮菜基础上改良的上海味道和他斗，改良的上海味道还没正式推广上市，能不能得到评判们的认可还是一个未知数。第三，应该用味道上和黄鹤成所选菜品尽量接近的菜品，这样就只会有同类味道的高低，而无法通过味道差别更多地找出评判们的偏爱喜好。第四，虽然是要找类型味道接近的菜品，但自己的菜品必须在关键处有亮点可以压过对方。

结合这四点，也算定黄鹤成第三天会走鲜美路数，所以许知味最终决定今晚斗菜用宫廷菜贵妃鹿脯蒸黄鱼。

斗菜的结果和前两天相比差距真的很大，许知味是以压倒性的优势胜了黄鹤成。十三比二，没有一个评判弃权。

当心情沉闷的黄鹤成将要走出昇鑫馆大堂时，许知味再次叫住了他："黄师傅，很遗憾，昨天你说的情况没有出现。"

　　黄鹤成没有理会许知味，继续朝外走。或许是他没想到今天会出现这样的结果，心理上很受挫折。

　　"不过如果没有其他意外，我们应该还有一斗的机会，不知道黄师傅有没有考虑好下一次该怎么来斗？"许知味继续说着，他觉得现在是给黄鹤成增加心理负担的好机会。下一次他不能再无所谓的替人家斗菜了，再输的话，仁和馆就得从孔子街消失。

　　黄鹤成停步转身，走了回来："许师傅厉害，竟然看出了我的步骤，算准我的菜品。所以今天以一道贵妃鹿脯蒸黄鱼来对付我，给我反做一个局。我是自己给自己挖了个坑，而你只是顺水推舟，轻轻推一把让我掉了进去。佩服，真是佩服！"

　　能当众毫不掩饰地表达自己对对手的佩服，这是一种境界。而能有这种境界的人一般是很难被别人施加负担和压力的。

　　许知味对黄鹤成的态度有些意外，但他还在试图继续刺激黄鹤成："守株待兔不是聪明人做的事情，但是如果有更不聪明的兔子偏偏往树上撞，那守株待兔倒也不失为聪明之举。"

　　"没错，今天这场斗菜我真有些像不聪明的兔子。你的贵妃鹿脯蒸黄鱼，那东海黄鱼在鲜美味道上本身就与我的沙蒜有着一拼，肉质滑嫩细腻更胜过沙蒜一筹。而且就海鲜档次而论，你那是属于大海鲜，我这只是小海鲜。就菜品形式而论，你是整体蒸制的本味大菜，我这是单一取味的尾道汤品。就搭配而论，你有鹿脯渗油增沃，让蒸鱼更加肥腴，而我的黄豆和蜜枣虽能添香，终究还是寡薄了些。所以每一处上你都压着一筹呢，就像在不聪明的兔子前面立了一棵树。"

　　黄鹤成不仅承认自己的失败，而且将败处一一道来。这做法恰恰说明他是个极为厉害的角色，就好比你用各种不好的言辞触动别人，希望他反驳争执发火，而别人却全顺着你来。那你便无法达到目的，反会觉得非常无趣，就像一拳打到棉花上。

"不仅如此，我用的鹿脯是大丰麋鹿鹿脯。这种鹿散养于临海草滩，食带有海盐味道的草被而长。所以鹿脯肉质也是带有海味海性的，与其他海味食材是最佳搭配，这一点也是你沙蒜、黄豆、蜜枣的搭配不能比的。另外，我估计到你会用淡甜来凸显我锡帮菜的特点，或者叫弱点，所以我才用了鹿脯。因为只要评判意识中有了微甜的概念，就可以将鹿脯的厚实香气勾拉得更加绵长。"

许知味不是故意夸耀自己，他这是想让黄鹤成知道自己还有更多的失误和差距。希望黄鹤成对这些失误和差距能够产生畏惧，让他觉得根本看不到斗赢的希望。

"许师傅的确厉害。但一向主张以平常食材显真味的你都用上鹿脯了，而且还专挑了大丰麋鹿鹿脯，是不是说明你也已经到了极尽工心的地步了？而且这一局是被你看出我斗菜菜品的规律，反下一个套儿套我，你赢得也应该。"说到这里黄鹤成停了一下，他这是要许知味厘清思维听清下面的话，"但是，下一回再斗你还知道我会出什么菜品吗？我可以天下菜品随意出，而你有应对天下所有菜品的招数吗？就算天下的兔子都是不聪明的，但也不是所有兔子都只撞死在你这一棵树上。更何况下次撞上的不一定就是兔子，或许是能够把树撞断的莽牛！呵呵呵！"黄鹤成说完转身而去，留下怔怔站在原地的许知味。

此刻许知味的感觉就像赢了钱的钱贺子，明明押下了很大的赌注，收益却如同鸡肋，并不能让人感到欣喜。

客何来

唐世棋在一旁静心看完了斗菜的整个过程，包括双方最后那场舌战。其他围观的人在结果一出来后就马上走了，有的是跑着去散播消息了，有的则是去赌盘、赌台兑现赢的银子了。昇鑫馆的大堂里只剩几个对后续情况感兴趣的人，很是安静。所以唐世棋根本不用靠近就能将许知味和黄鹤成的舌战听得清清楚楚。

"有意思，真有意思！难怪大人老记挂着这个人。今天太晚了，叫马车过来我们先回去，明天我再单独来会他。"吩咐完仆人，唐世棋摇着扇子也走出店去。

平时最是认真做生意的唐世棋第二天竟然偷了一整天的闲，没有亲自去江南制造局盯着货物进出，把那里的事情全交给了账房先生和买办，自己晌午不到就带着贴身的仆人又来到孔子街。而且这一回他没让仆人跟着进昇鑫馆，独自一人进去后仍旧要了昨天那个最为豪华宽大的包间。

"先生今天吃点什么？"店里的伙计已经认识他了，像他昨天那样点菜肯定是会给别人留下很深印象的。

"今天我只要一道菜——'霓虹盖金梁'。"唐世棋用折扇推开放在面前的菜单。

"先生你别只点一道菜呀，我们这么好的大包间你只点一个菜，那不得赔死了。还有……'霓虹盖金梁'？什么'霓虹盖金梁'？我们这里好像没有这道菜呀。"

"你只管下单，直接找你们厨头。这一道菜，我付一桌菜的钱。去吧。"唐世棋微笑着吩咐伙计。

许知味听到"霓虹盖金梁"这几个字时心中猛地一抖。他从宫中出来后，虽然告诉过一些人自己曾在宫里做过御厨，但是从没有说过自己成也"霓虹盖金梁"、败也"霓虹盖金梁"的事情，也没人知道这个菜名。那这个客人又是从哪里听说的？而且跑到昇鑫馆来点这道菜，说明此人是冲着自己来的。

许知味把手中在忙的活儿交给了别人，自己洗手擦脸整理了下衣服，然后往那个最大最豪华的包间走去。

"这位贵客，您老……"许知味进到包间里作揖问候，但是才开口就被唐世棋给打断了。

"许厨头对吧？哈哈哈，昨晚看到你在斗菜就没有打扰。果然名不虚传啊！昨晚那道菜叫什么来着，对对，贵妃鹿脯蒸黄鱼。虽然没有品尝到，但是看那形，闻那味，还有听两位厨道高手的一番辩说，真的是'天工做的人间厨，梦中佳味醒盛来'。好，好呀！"唐世棋一见许知味便连声夸赞，根本不让许知味有说话的机会。

好不容易等唐世棋的言语稀落了点，许知味赶紧见缝插针问了自己最想知道的问题："贵客，请问尊驾是从何知道'霓虹盖金梁'这道菜的？"

"哦，这事情啊，我是从京里听说的。"

"那能不能再问一句，贵客又为何会到我们店里点这道菜？我们菜单上可没写这道菜呀。"

"哈哈哈，不绕了不绕了，你怕的什么嘛。我又不是宫里来的，又不会再把你拉到宫里去开斩。哈哈，我从京里来，能在这里找到你，又知道'霓虹盖金梁'，当然是听翁大人说的嘛。"

许知味其实已经猜想着来人可能是与翁先生有关，但是真听到对方说是从翁先生那里来的，仍是激动万分："翁先生，我就知道是翁先生。他现在一切都还安好吧？"

"都好都好，他倒还担心你不好，特意让我过来见见你。还说要是看你状况潦倒，让我尽可能帮你一把。不过我看出大人的意思，他更希望你去京里，到他府上做家厨。"唐世棋是个灵巧的人，他从许知味很自然地直呼翁先生就看出这两人关系不一般。所以翁先生原来的话是看到许知味状况潦倒的话就让他进京去，而他却是在其中加了一句"让我尽可能帮你一把"，以此拉近自己和许知味的关系。

"还好还好，谢谢翁先生记挂，谢谢贵客盛情。啊，对了，到现在都没请教贵客尊姓。"

"在下唐世棋，祖籍扬州，家中代代从商。与翁先生有世交之好，承蒙翁大人照应指点，到上海来做点小生意。临来时翁大人提到你，他收到了你的信，但公务繁忙也没时间回信。再者他说一纸薄文无法表达他的迫切思念，所以让我代他来访，直接转达离后的挂念之情。"

"啊呀！翁先生这样客气可是折我寿了。唐先生你在此安坐，我这就给你做'霓虹盖金梁'去。伙计、伙计，快！换茶，给唐先生换最好的茶。还有酒，拿真阳观十年的桂花陈。还有还有……"许知味一阵诚惶诚恐的忙碌，他这辈子都没有想到会有这样尊贵的客人来拜访自己。

唐世棋也不客气，坐下喝茶等待。许知味则匆匆忙忙先去准备了四个精致冷菜，送上来让唐世棋先慢慢吃着。然后自己赶紧取料，升火炸排骨。

和宫里献给皇上的"霓虹盖金梁"不同，许知味今天的"霓虹盖金梁"做得潦草了。因为他已经来不及去订购专门的二指肋仔排。另外店里虽然不缺骨汤高汤，但是和他给皇上做"霓虹盖金梁"时用来焯骨的大筒骨汤还是差了点意思。再有油、酱、糖等调料也是没法和宫里相比的。但是即便这样一道潦草做成的"霓虹盖金梁"，也让唐世棋吃得根本说不出话来。

"这个，嗯，唔，好。嗯，好……"唐世棋嘴巴里一块接一块地嚼着排骨，根本说不清话，只来得及抽空竖了两下大拇指。

"唐先生是来上海做生意的，生意场应酬多，生意好坏牵着心。难免舌厚食味重，心躁肠胃滞。所以我这排骨在骨汤中焯的时间多了两成，尽量让肉油出来。炸的时间少了两成，这样可以不让外油替代肉汁。汁料中糖减了两分，醋加了一分。这样能够开胃不显腻，应该是对得上先生口味的。"许知味陪在旁边解释着。

"对、对得上。"唐世棋好不容易才说出几个字的整话来。

就在这个时候，许知味忽然听到门外有人边走边低声争执着什么，听声音好像是祝昪蓬和蔡壬鑫，而从脚步声判断，应该还不止他们两个人。看样子他们是怕自己说的事情被别人听到，所以特意躲到对面最角落的那个包间。

对面包间门带上之前，就听到祝昇蓬在吩咐伙计："这个包间今天中午暂时不做生意，不要领客人进来。还有许厨头要找我们的话，也别说我们在这儿。"

许知味心中一动，他们躲在包间里到底要商议什么，而且还特别吩咐了要瞒着自己？

"唐先生，你慢吃慢喝，不过瘾你招呼一声我再给你做。对面包间好像出了什么事情，我先出去瞧一眼。"人都难免有好奇心，更何况好奇的事情本就与自己有关。于是许知味和唐世棋打个招呼，决定到门外听听对面到底怎么回事。

"嗯、嗯，你先忙，我们回头细聊聊。"唐世棋此时也正希望自己可以独自静下来好好品味一下"霓虹盖金梁"。刚才一上来自己就被混合了酱汁酸甜和炸骨浓香的别样滋味给吸引住了，于是一阵猛吃，就像是猪八戒吃人参果。这可是皇上曾经最爱吃的菜，要是只管胡吃不品真味，可真就暴殄天物了。

许知味拱拱手推开椅子出了门，来到对面包间门口。包间门是对合花木格，中间嵌花鸟写意的绸画，但周围边框的一圈小交叉格缺少遮掩。不仅隔音不好，而且凑近了还能从格眼里看清里面一些情形。

包间里除了祝昇蓬、蔡壬鑫外，还有水闫头和一个不认识的人。那人侧身背光，只能从格眼里模糊看到个影子。

"你们两个先不要争了，我觉得这事情不算坏事。其实你们也清楚福先生的判断是正确的，现在昇鑫馆就是被利用的棋子，到最后无论如何都是要输的。许厨头就算有通天的本事，也没办法保住昇鑫馆。所以退后一步想，福先生的办法应该是最划算的。"包间里水闫头在说话。

许知味听到水闫头说的话脑袋不由得一晕。从这话的意思不难听出，他们似乎都已经知道自己肯定是要输的，昇鑫馆这块招牌铁定再不能挂在上海滩了。

"是的，虽然结果应该是这样，但许师傅绝对不肯故意输的。你们知道他这人就讲诚、真、信。让他故意输给一个小店的末流厨子怎么可能。"祝昪蓬坚持自己的观点。

"那也不一定，要知道了眼下状况，说不定许爷叔就会变通一下退后一步。他不是说过诚做菜品奸做商吗，人家搞七念三，那我们为何不能要点奸减少损失。"蔡壬鑫是站在水闩头那一边说话的。

"可这不是做生意，是斗菜，是赌博。像许师傅那样一身本事又倔强自信的人，肯定不会主动输掉斗菜然后灰溜溜离开上海的。他不是还说过这昪鑫馆是他的寄托和归宿吗？"祝昪蓬仍然坚持自己的观点。

"可是你没见许爷叔自己也斗得没气力没信心了吗？而且坚持斗下去的话，昪鑫馆最终肯定会输，那他的寄托和归宿不就彻底没了？而用福先生的办法，我们至少可以收回一大笔利益，这样就可以到其他地方另起炉灶。等以后情况允许了，我们再把昪鑫馆开回上海来。那样许爷叔的寄托和归宿不都保住了？"蔡壬鑫的小帽已经摘了下来，并且在手里完全捏扁。可见他想说服祝昪蓬的心情多么迫切。

祝昪蓬沉默了，他似乎被蔡壬鑫的说法动摇了。

许知味在外面大概听出怎么回事了。好像是已经知道这场斗菜昪鑫馆最终肯定会输，所以想让自己在某次斗菜中提前故意输掉。而他们在赌盘上押自己输，这样就可以赢回一大笔钱到外地去重开昪鑫馆。

许知味心里也在盘算："如果真的确定自己最终会输，那么采用这个方法倒也并非不可以。本来昪鑫馆参与斗菜就是被逼无奈，故意输掉也只不过是减少损失主动退出而已。"想到这里，许知味准备抬手敲门进去。

就在此时那个看不清相貌的人说话了，用一种很别扭的腔调，很慢很有条理："两位老板不要犹豫了，我已经侧面打听清楚，九碗天、洪康酒店、豫味聚这三家都是有背景的，分别有水军稽管徽派同乡、洪帮、河南商会罩着。他们中的前两家至今未斗一场，豫味聚虽然斗了一场，对方却输得莫名其妙。

输了的安盈轩老板不服不愿关店,后来餐食公会来了个骨木匠把店门给钉上了。除了这三家,我听说仁和馆和泰合馆也通了不少关系,但到底哪家能留下并不清楚。"

"都是搞七念三的呗,有哪家店愿意在斗菜时故意输?"蔡壬鑫抓着扫把头问。

那人没有回答蔡壬鑫,而是继续自己的节奏自己的话:"另外还没被淘汰的就剩岱宗阁、百味林、善烹馆了。岱宗阁这两天就要和你家斗菜了,他们的实力算强的,请来的金陵厨师斗赢两场了。因此你们斗菜的赔率拉不开,收益不大,输了不值。所以这一场你们要保证能赢,然后主动邀斗百味林或者善烹馆。这两家都是很小的馆子,人们肯定都认为他们必输无疑,这样赔率就能拉开很多倍。到时候我福冈商行负责出钱分别在各大小赌盘、赌台上少量地押你们输,尽量做到别人觉察不了,这主要是为你们着想。而你们只管负责输,赢到的钱分给你们两成。"

"如果对方不应斗呢?"蔡壬鑫问。

"这个不用你考虑,我们福冈商行会出面搞定。怎么样?两成可是不菲的一笔收益啊,如果运气好押昇鑫馆赢的人多,你们拿这钱去其他地方再开一个昇鑫馆都有剩余。而且你们根本不用做什么,很简单地输掉斗菜就行。"

"祝老板、蔡老板,福先生这可是送上门来的好事,过了这村就没这店了。你们赶紧拿主意吧,要是定晚了,百味林、善烹馆被其他店抢先给挑了,那就没有这样的效果了。"水闩头在一旁帮腔。

许知味站在门口默默念叨:"福冈商行、福冈商行,这名字听着怎么像是东洋人的买卖?"想到这里许知味猛地用力拍打了一下包间的门,那门并没有插上,只是掩着,所以只拍了一下就开了。

破双臭

进到包间里，许知味并没有马上说话，而是先打量了一下眼前这位福冈先生。这位福冈先生穿着洋服没留辫子，穿洋服说明他有可能不是中国人，而不梳辫子则说明他肯定不是中国人，并且从他唇上那一撮方块胡须可以断定，他是东洋人。

"这件事情有些难为两位老板了，还是我来拿主意吧。其实故意输了斗菜从赌场上扳回一点损失也未必不可，我们昇鑫馆被逼参与斗菜本就吃了天大的亏，人家恶势相压我们奸计应对也只能算是以毒攻毒而已。"

"对对对，许师傅是明白人啊。"水闫头边扯着脸皮笑边夸张地朝许知味摇大拇指。

"但是再毒再奸我们也不能帮着东洋倭子骗中国人的钱，那是会折损祖宗德行的事。东洋倭子可是没啥好心眼的，前朝抗倭为的啥？就因为他们惦记着我们中国的好东西呢。这些年他们的心思也没放下，虎视眈眈地盯着我们呢。我们可不能和他们混迹一处，更不能帮虎夺食呀。"

"许师傅这话就不对了，日本人中国人首先都是人。这世上没有永远的敌人，只有永远的利益。现在你我可以一起获取到共同的利益，那就是朋友。"那个福冈似乎对许知味这样的态度早有心理准备，神情没有一丝变化。

"呵呵，福先生，不对，应该是叫福冈吧。我和你可没有什么共同的利益，我也和你成不了朋友，你还是先离开的好，免得我再说下去挡不住话里就带脏字了。"

"也好，许师傅可能是对我们日本人成见比较深，我就先离开。你们再考虑考虑，刚才商量的可是对你们非常有利的好事。"福冈说完站起身微微鞠个躬离开了。

"你们再好好考虑考虑，我去送送福先生。"水闫头也起身跟了出去。

"许爷叔……"蔡壬鑫的确是想劝劝许知味，但是才开口就被制止了。

"别劝我，我可以现在就卷铺盖走人，但绝不会和东洋倭子合作。中国人的钱，再输再赢都在我们中国人手里转，要是被倭子捞一把厚实的过去，那比倭寇上岸抢一回的损失还大。你也不想想，他这完全是在利用我给他挣钱呢。用故意输掉斗菜的法子赢钱，传出去最多算是被逼急了的昏招。但要是帮倭子骗取中国人大量的钱财，那可就要挨一辈子的骂了，以后这昇鑫馆的招牌可能到哪儿都立不起来。"

"不至于吧，我听水闸头说，大莲花路那边前两天斗菜走的大反水就是福冈商行背后操作的，现在场面上不也没人知道吗？"蔡壬鑫觉得许知味的说法太过了点。

"没有不透风的墙，早晚会有人知道的。对了，你们怎么知道我们昇鑫馆肯定会输的，按照刚才那个倭子说的，孔子街上到现在为止肯定能留下的不是才三家吗？仁和馆和泰合馆虽然通了路子，谁能留下还不一定。只要不是两个都留下，那不还剩一个名额吗？我们一路斗下去仍然是有机会的。"

虽然祝昇蓬觉得把事实告诉许知味有点残忍，但是既然到了这份上了，不说会让许知味心中更加难受。于是清了清嗓子，把了解的所有情况全讲给许知味听了。

讲到最后，祝昇蓬长叹一口气："唉，所以我觉得仁和馆和泰合馆不是没有定谁留下，而是都会留下，这样加上其余三家正好五家。而在最后一场群斗或者群斗的前一场，应该是他们淘汰我们昇鑫馆的最佳时机。餐食公会前面铺垫了这么多，这笔巨大收益他们是绝不会放弃的。"

"我明白了，餐食公会是要利用我们从赌场上获取到大笔利益。我们昇鑫馆只是他们赢钱的一只骰子而已，而且是他们任意控制点数的骰子。这菜不斗也罢，让他们自己玩去！我们主动弃权，让岱宗阁不战而胜。这样前面用我们铺垫的局就给打破了，这一把的点数他们没法控制！"许知味猛一拍桌子，耿直倔强的劲头彻底上来了。

包间门很重地响了几下，有人在敲击打开的门扇，而这样做是为了让包间里三个人注意接下来要说的话："干吗放弃不斗了？只要你敢继续一路斗下去，那我就能帮你把昇鑫馆这块牌子稳稳地留在上海，留在孔子街！"

三个人回头看去，门口说话的人只有许知味认识，是唐世棋。

与岱宗阁的斗菜没有放在昇鑫馆，也没有放在岱宗阁，而是放在了一个谁都想不到的地方，大街上。这地方是许知味提出来的，岱宗阁邀请的那个金陵厨师满口答应。

这次斗菜除了原来的评判外，又另外找了些街坊邻居做评判。有老人小孩，有贩夫走卒，加上原来的评判一共有三十几人。这样的评判组合是那个金陵厨师提出来的，许知味也满口答应了。

其实金陵厨师并不知道许知味要把斗菜放上大街的真实意图。是因为唐世棋说了，要想让他能够成功帮到昇鑫馆，那么后面的斗菜不仅要赢，而且要赢得张扬，赢得高调，要有一种舍我其谁的气势。至于其他的事情，唐世棋会自行操作，总之最终尽力给昇鑫馆一个好的结果就是了。

金陵厨师增加各种平常人做评判的意图许知味倒是知道的，因为他已经听说金陵厨师之前赢的两场都是用的金陵特色小吃。而小食小吃一般更符合平常人的品味和胃口，特别是老人小孩和体力劳动者。

但是当浓烈的臭味在大街上弥漫开来后，许知味紧张了。他本来是想在大街上烹制一道味浓香重的菜品，吊起街前街后人们的味蕾，尽量搞得招摇高调，让人们意识中就认定他的菜品肯定会赢。

但是再香浓的味道都不如臭味那么容易刺激到别人。就算是在处处芬芳的环境里，一点臭味就能让别人觉察到。反之，在遍布恶臭的环境中，即便浓郁的香味也很难被别人觉察。更何况今天金陵厨师烹制的还不是一般的臭，而是金陵特色菜品烧双臭，是用极臭的臭豆腐加猪大肠烧成的。

　　这个金陵厨师应是个厉害的高手，而且之前细致地研究过许知味。他之前赢其他店铺用的只是金陵特色小吃，但是与许知味相斗却改用了这道烧双臭，这是经过缜密盘算后极具杀伤力的一招。

　　许知味的菜品以锡菜为基础，主要特点是色浓郁、香长远、味甜腻。就算是与其他菜系菜品结合改良过了，仍然是以色香味先声夺人。所以金陵厨师才决定针对性地用烧双臭，双臭的臭味足以打破许知味菜品的先声夺人，足以将所有人的注意力都吸引到如此之臭的菜品上来，这用厨行的坎子话来说就叫"夺味"。

　　另外烧双臭是闻起来臭吃起来香，这样极大的反差不仅仅是给品食者心理上的好奇，更重要的是可以将原有味道浓度翻倍，这对于以浓郁甜腻见长的锡菜又是颠覆性的打击。

　　再有，臭豆腐和大肠一寡一肥，搭配之后平常百姓喜欢吃，有脸面身份的人也能接受，而真正懂吃的吃家们更是可以从中吃出真味和层次来的。可以说，这一道菜品虽然看似突兀怪异，实际上是可以兼顾到所有评判的喜好。

　　后来有了解金陵厨师的人透露，用烧双臭来"夺味"其实就是他的砸勺技法。民间厨行中用臭味菜品砸勺的还不止这一种，臭苋菜、臭面筋都是。这些菜品过去是上不了桌宴的，因为上了桌宴就压盖混淆掉其他所有菜品的味道。由于这类臭菜可以用先臭后香的大反差给食客意识中强行加入很深印象，因此这类菜又被人谑称为"强盗菜"。

　　许知味紧张了，但他并没有慌乱。本来他以为金陵厨师今天仍是要以特色小吃来斗菜的，所以他也准备了一道小食菜品。但这小食菜品是宫里才有的特色菜品"梅花肉条"，嫔妃宫女、皇子格格都很喜爱这道小食，其滋味妙处不是一般民间小吃能比的。

　　但是金陵厨师做了烧双臭，并没有用特色小吃，那么就不能再用梅花肉条这道小食来应对了，必须临时变菜。而且只能用准备做梅花肉条的牛肉条变菜，变出的菜还必须能反压制住烧双臭。要想压制住强烈臭味就必须用其他更强烈的味道，比如木姜油，但是许知味没有。与川南厨师斗菜时，都是利用了对方砸匀的木姜油才做成一道妙味绝伦的炒山药。

许知味抬头朝四周看看，又提鼻子闻了闻，他在辨别、在寻找。空气中弥漫着浓重的臭味，但除了臭味还有其他味道，臭味掩盖不了的味道。他扭头望向斜前方，那里就有一种可以穿透臭味的味道。因为这味道不仅香，而且清，与烧双臭的臭、浊恰好相反。这味道虽然不像木姜油可以压制住臭味，却是可以化解驱散掉臭味。

许知味笑了，他知道这味道，也熟悉这味道，他曾经就做过这种味道的菜品。所以许知味这时已经能够确定，今天自己会赢，而且会赢得很漂亮。

许知味朝着那个味道的方向跑去，那里是雨来茶叶店。

半斤湖州产的绿茶雨前雀舌。明前的太嫩，味太淡。雨后的太老，味太涩。只有这雨前的是恰到好处，味道不淡不涩，香味适中适宜。将半斤雨前雀舌用温油泡了，直泡到叶片先舒展再蜷曲，这样茶的大部分味道便进到了油里。然后用这油文火滑煎调料浆过的牛肉条，茶的味道便又到了肉里。最后将蜷曲的雀舌茶叶叶片铺在盘底，将煎好的肉条依次排放在上面。这样夹吃的时候肉条就会粘上一些酥脆蜷曲的茶叶，不仅又加了一分茶味，更是多了一份口感上的趣味。

许知味做好雀舌牛肉条后端盘子走到金陵厨师面前，客气地问："是你先上菜还是我先上菜？"

"随便你，我无所谓。"金陵厨师很傲慢地回道，直到现在他都没觉得自己会输。

"还是让你选吧，算是给你最后一个机会。因为不管我的菜先上后上你都输定了。"许知味越说声音越高，这样一反常态是在按唐世棋说的做。要张扬，要高调，要让所有人觉得自己是不可战胜的。

"你也太张狂了吧，菜还没上呢就说我输了，凭什么呀？"金陵厨师嘴上强硬很是不服，心里却在发虚。他是别人请来的，在别人的一亩三分地上斗菜。上海这地方水很深谁都知道的，只要别人需要，就没有道理和规矩可讲。这个霸街斗菜正是如此，看似公平其实全由黑手操纵，而许知味态度让他感觉昇鑫馆就是餐食公会罩着的。

"凭什么不用告诉你，你要不信可以看结果，看看你是不是输得很惨。"许知味依旧嚣张，就好像他自己就是最终评判一样。

而事实上金陵厨师的烧双臭真的输得很惨，三十几个各色评判除了两个味觉未全的孩子和一个味觉不灵的老人选了烧双臭外，其他所有评判都是选的雀舌牛肉条。

◦◄ 断念头 ►◦

烧双臭确实是强盗菜，味道奇特，反差极大，覆盖性强。斗菜中，如果评判们先品它，那么后品的菜便会无味寡淡。如果后品它，那么先品的其他菜就会余味顿失，无味留痕。而且这种菜是很难应对破解的，如果你用极度的鲜美和它斗，鲜美余味反会添加给它，让它的反差更大，味道更加独特鲜香。如果是用浓厚香味的菜品和它斗，那香味很快就会被它混淆，将对手的菜变得味道怪异。

许知味随机而变，用茶味菜破解了烧双臭。这除了及时从雨时茶叶店散发的茶香中找到灵感，还得益于当初巧妙构思给钱贺子做的两道茶味菜。茶味菜独特，比臭味菜更少见，可以让人留下深刻印象。而茶叶特别是绿茶本就具有升清祛晦、消腻除浊的特性，能够化解腥味、臭味。很多厨师清理动物内脏和污浊食材时，都会采用茶水或直接用茶叶。

许知味用了半斤的雀舌绿茶，再通过油的转换，不露声色地将茶味煎入牛肉条之中。如果先吃他的雀舌牛肉条，后吃烧双臭，那么双臭的美味便无法发挥出来，反是将腥臭晦浊更加凸显。如果后吃雀舌牛肉条先吃双臭，那么双臭的味道不仅会被快速消解掉，而且还能反过来将茶味托衬得更加的清新爽口。

但是许知味的妙招不是谁都能理解的，即便是输在他手下的对手。更何况有些输家并不情愿将自己输了的原因归结在自己技不如人上，而是从其他方面找原因来保住自己的面子。而金陵厨师很容易就找了另外一个原因，一个很能保住面子的原因，而且是从许知味之前的态度得出的。

"不用比了，昇鑫馆是餐食公会罩住的，怎么比他们都是赢。那些评判都被餐食公会控制着。"这话最早是从金陵厨师嘴里流出的，但很快就传得沸沸扬扬了。有些人很相信这样的话，因为全上海到现在为止能像昇鑫馆这样连赢这么多场的并不多。

对于这样的传言昇鑫馆根本就不反驳、辩解，餐食公会也没人出来解释。因为这话传出的效果正是他们都想要的，昇鑫馆是按着唐世棋的步骤在走，而且比预想的更快更好地达到了效果。

而餐食公会也希望更多的人认为昇鑫馆肯定会赢，现在孔子街的斗菜应该是最为精彩的一个圈儿，围绕这一块的赌注越下越多，而精彩之处一个是昇鑫馆连赢不败，许知味的厨技妙到毫巅、精彩绝伦。再一个在仁和馆和泰合馆，这两个馆子的情况扑朔难定，他们两家谁会留下，和昇鑫馆之间又会用怎样一种方式来做了结，大家都雾里看花。

祝昇蓬和蔡壬鑫再次去找孙瑞山，虽然唐世棋说过会帮他们把昇鑫馆留在上海，但是他们觉得这样的承诺还是太虚了，不及餐食公会的承诺更可靠更实在。不过唐世棋所要求的做法让很多人误会昇鑫馆是餐食公会罩住的，这未必不是一件好事，说不定就势借力假戏成真了。

两个人这次是在半路上遇到孙瑞山的，孙瑞山背着手闷着头走在白淞街上。蔡壬鑫甩着手跑过去一下就将他给拦住了。

"孙先生、孙先生,我们上次商量的事情怎么样了? 你说会和王公爷说的。"

孙瑞山抬头看看蔡壬鑫,像是没有一下将他认出来。

"孙先生,我们是昇鑫馆的,上次拜会过您。说了让昇鑫馆留下的好处,还有……"

祝昇蓬话没说完就停住了,因为他看到孙瑞山在摇头,使劲地摇头。他不知道这摇头的意思是什么,是忘记那天事情了,是不认识自己了,还是自己求他的事情根本没有可能?

"你说话呀,光摇头干吗? 搞七念三的都不知道啥意思。"蔡壬鑫如此没礼貌是因为心里太过焦急了。

孙瑞山倒也不和蔡壬鑫计较:"不是世事不绝妙,实是蠢材在当道。你这昇鑫馆恐怕是保不住了,趁着回光返照了清身后事情吧,赶紧回去想想办法尽量减少损失。说不定过几年还可以重来上海再开昇鑫馆,到那时又会是另外一番天地。"孙瑞山说到这里时其实是联想到自己,无论如何自己必须在餐食公会中混下去,那么就必须想办法替代掉王固柢。

"这意思是说我们昇鑫馆铁定是保不住了。尽量减少损失,我们就算现在低价卖店,那也没人肯接手呀。"蔡壬鑫咧着嘴,一副欲哭相。

孙瑞山眼睛一亮:"卖店,这个我倒是可以帮你们一把,替你们找个买主把昇鑫馆买下来。"

蔡壬鑫的话其实是提醒了孙瑞山,如果昇鑫馆知道自己必输的结局,要把店卖出,那么自己把这店接下来再去找王固柢谈,他总不会让自己的店也淘汰出局吧。然后有了这家实力超强的昇鑫馆为基础,先开辟自己的实体实业,等餐食公会也掌握到自己手中后,再借助餐食公会的势力扩大发展,肯定会闯出一番大天地来。

蔡壬鑫听孙瑞山说可以帮忙找买家,于是赶紧把祝昇蓬往旁边拉两步:

"大哥，这倒也是一条路子，比唐先生的法子要稳妥，也比水闩头和日本人搞七念三的故意输要保险。把店卖了有了钱，日后一有机会我们还可以翻身，总比一把头全输里面的好。"

祝昇蓬应该也有些动心了，缩在袖管里的手指在快速地掐算着。要是把店卖了的话，不管怎样这两年也算是没有白忙。就算对家压价压得狠，多少也是会有些进账的。日后要重开昇鑫馆，手里攥着笔资本肯定是不同的。

掐算的手指猛然停住，祝昇蓬突然想到了什么："兄弟，你觉得要是把店卖了许师傅会同意吗？"

"这个、这个……"蔡壬鑫挠了挠扫把头，"应该不会，他对钱财看得轻，字号看得重。"

"他不会卖那我们就更不能卖，那是我们共同的心血。关了店铺早晚还能再开，把字号卖了，就算重新再开也已经不是昇鑫馆了。"

"对，大哥你说得对，我们不卖店。反正那房子是我丈人的，我回去好好和他商议下，就算把铺面封上个几年，我们也要等到重新开张的机会。"蔡壬鑫昂着头撇着嘴。

祝昇蓬笑笑，他知道这只是安慰的话，钱贺子绝不会答应蔡壬鑫就这样把店房空置在那里的。

"你们可想好了，这可是个好机会，错过了就再找补不回来了。"孙瑞山在一旁已经看出他们两个要做的决定，于是赶在他们回复自己之前再次提醒。

"不用想了，我们这店不卖，也省得再麻烦孙先生。再说这霸街斗菜不是还没结束吗，指不定我们就能留下来呢。"

祝昇蓬说完这话朝孙瑞山拱拱手，转身就走。蔡壬鑫跟在祝昇蓬后面，走出几步后才想到礼数未到，于是停下来也朝孙瑞山草草地拱下手，随即马上又追上祝昇蓬。

"挺聪明的两个人怎么就不知道死活呢？听口气好像觉得他们还有留下来的机会，咦，这其中莫非还有其他节枝？"看着两个人离去的背影，孙瑞山心中蓦然生出一种异样感觉。

彻底断了绑上餐食公会这条路子，昇鑫馆就只能把精彩做到极致。斗败岱宗阁之后，他们马上主动邀斗了百味林、善烹馆，而且还没等对方应斗，这件事情就已经被写上了《上海新报》。报纸上的文章分析毫不忌讳，力挺昇鑫馆会获全胜。利用报纸，按意图发文章，这些不是许知味他们能办到的，全是唐世棋在暗中操作。

百味林很快应了昇鑫馆的邀斗，这其实并不正常。背后似乎有什么驱动，百味林才这么快做出反应。另外百味林专门从无锡请来一个锡菜高手帮忙斗菜，这可能是他们马上应斗的又一个原因。不过这一战还没有开斗对方就认输了，因为百味林请来的高手正是锡城的厨党老大汪竹年。

汪竹年认出了许知味，但是却当不认识一样。当年那个跌份的事情好不容易抹圆了，再要抖落起来只会是自找土石灰吃。不过汪竹年很清楚一点，这场斗菜自己肯定会输，因为厨技上他根本不是许知味的对手。这场斗菜自己也必须输掉，因为他怕自己赢了许知味会把以往抹圆的事情再捅开。所以双方只是抱拳行了下礼，那汪竹年便扯下围裙扬长而去，百味林自动弃权认输。

而这不战而胜的一场更是发挥了很多人的想象。有人神话了许知味的本事到处传播，信誓旦旦地说昇鑫馆无人能敌。还有人则开始怀疑这是人为制造的假象，认为其背后存在什么勾当。

善烹馆没有应斗，因为他家在接到昇鑫馆邀斗之前就已经接到泰合馆的邀斗。相比之下他们可能觉得斗泰合馆比斗昇鑫馆划算，于是应了泰合馆的斗菜局，结果被泰合馆的厨行高手轻易挑掉。泰合馆的厨头保十在孔子街一带的酒楼菜馆中算得一个人物，一手淮扬菜并不比仁和馆的黄鹤成差。但是这次出面斗菜的高手却并非保十，而是他的妹妹保二十。

昇鑫馆虽然没有邀斗到善烹馆，马上转而邀斗斗败善烹馆的胜者泰合馆。同时也向仁和馆发出邀斗，要与黄鹤成进行第四次的对决。昇鑫馆这种大开大阖左右出击的气势再次被《上海新报》捧出，大赞其有上海餐食界的霸主之气。

街面上介绍斗菜各家实力和优缺点，为赌徒提供下注资料的"局表"也随后出来。在一大堆很细的对比分析之后，绝大部分"局表"都说昇鑫馆会赢。因为黄鹤成已经输了三次，屡战屡败说明厨技上确实差着档次。斗菜输赢的偶然性不大，大都靠的实力，所以就算再斗第四次黄鹤成仍是输。而泰合馆开始一直没出手斗菜，最近才与一个没实力的善烹馆斗过，很多人都觉得他家是有后台罩住的。但是现在昇鑫馆主动邀斗善烹馆，这让人有些看不懂了。如果昇鑫馆像传言所说是餐食公会罩着的，又为何会邀斗泰合馆？除非泰合馆根本没有后台，或者昇鑫馆所谓的背景是讹传。

不过有很多人开始猜测第三种情况，那就是昇鑫馆是被利用的，让他们一路斗赢只是为了做一个局，一个在合适时机捞取一把丰厚赌资的局。当然也不排除昇鑫馆自己在做局。前期多场斗局之后，剩下的店铺已经不多。有的街上基本已经敲定最后留下的店铺，现在全上海的赌资开始集中。这种情况下如果先制造一个必胜的架势，然后押大注赌自己输并在过程中故意输掉，那么赢下几个昇鑫馆都是可能的。

第三种情况的猜想影响到餐食公会的原定计划，人们在昇鑫馆身上押注变得更加小心谨慎，在局面不清的状况下甚至不押。因为大家都押昇鑫馆赢，那么赔率和获益就会很少很少。花大赌注押下去，得到的却和利息差不多，那还叫什么赌，连啃鸡肋都不如。更何况现在的情况有蹊跷，搞不好鸡肋没吃着反让鸡骨扎了喉咙。所以这种大风险的小钱还是不要的好，最多是小意思地玩玩。这样一来各赌盘、赌台上押昇鑫馆的赌注快速锐减下来。

◆ 改群斗 ◆

　　眼下的状况正是唐世棋所希望的，他要保住昇鑫馆的第一步算是实施到位了，而他的第二步也已经在实施当中。最近制造局支付的货款他都没有提取，而是让帐房找到一些和餐食公会有关联的大赌场，问清转款下注的方法。再有，他最近在和一些官员的应酬中，有意无意地透露出霸街斗菜昇鑫馆必赢的消息，让那些官员去押昇鑫馆赚一笔。他知道自己接触的这些官家人好些是与餐食公会有关系的，所以他透露出的这种信息很快就会传到餐食公会的主要人物耳朵里。这与餐食公会原来计划完全不同的信息，首先便会引起餐食公会内部的相互猜疑。毕竟那是个成立不久的组织，而且其中有黑有白有商，各自怀着心思。

　　王固柢真的是够胖的，坐在太师椅里就像是被两边的扶手给卡住了。油光头顶上稀落几根毛发编成的花白辫子，连身后的椅背都够不到。手里捧的老黄铜水烟壶"呼噜噜"地响着，就像一个痰堵喉咙的人在沉重地喘息。烟从王固柢的厚嘴唇边吐出，模糊了他的视线，也模糊了别人视线中他的脸。

　　这个时候王固柢不想别人把他看得太清，看得太清就会被人掌握和利用。他也不想把别人看得太清，看得太清就会影响自己判断的准确和决定的断然。

　　"王公爷，情况就是这样，您说怎么办吧？"有人始终看不清王固柢的表情态度，等得不耐烦便直接开口问了。

　　餐食公会的人果然很快就发觉到斗菜局面的异常，各种不利信息的出现让他们感到不安。原来以为一切都在自己掌控之中，所有进程正在往自己想要的目的靠近。可现在围绕昇鑫馆必赢的说法越来越多，本来这是对计划有利的，但物极必反，热度太高反而起了反作用。而且昇鑫馆现在成了全上海关注的热点，他家的输赢最终其实印证着餐食公会的公信度。这个公信度很重要，因为他们的计划不仅仅是用在一个孔子街、一个昇鑫馆上。全上海那么多条街那么多家店那么多场斗菜局，都是要用这种方式获利的。现在所有眼睛都盯着昇鑫馆呢，一旦昇鑫馆这个热点搞不好，其他街上的斗菜局都会受到影响。

"有点乱，的确有点乱，无风不起浪啊，得吓吓他们定定风才行啊。吓一吓呢，一个让他们知道我们餐食公会是公正的，没有暗地里搞些什么，别人也休想暗地里搞些什么。再一个要让他们知道，就算餐食公会想暗地里搞些什么，别人也说不得什么。还有……还有先不要找昇鑫馆的茬儿，他们的态度突然变得怪异，好像背后有人托着呢。先搞清楚背后是啥人再说，视情而动，不得已时我们还是得退一步的。"王固柢果然老谋深算，知道审时度势软硬进退。

"王公爷，你总不会因为那昇鑫馆背后有人托着就把我们仁和馆给撇出去吧。现如今我也是公会的人了，留着仁和馆可是能为公会做不少事情的。"窗户边站起个背对着光的人，走近两步才看清是仁和馆的姜老板。

从王固柢身后的阴影里也走出一个人来："那可不一定，要是能把背后托着的人吓怂了，也没谁会丢了你仁和馆。要是他们背后托着的人能把我们吓怂了，姜老板可能就要关了馆子专心到我们公会来帮忙做事了。"

走出的人面色铁青、语气阴冷，正是孙瑞山。他已经开始领会到那天祝昇蓬所说的自己不一定能留下是出于什么原因了，这是对他所做之局的挑战，但如果之前王固柢听从他的话，那又何必出现这样的硬靠，搞得大家都尴尬了。

"我倒无所谓，店开得半死不活的，还整天孙子似的跟人客气讨好，关了跟着王公爷吃做爷的饭那可是天大的好事。只是这样一来前面铺垫好的那份收益收不到实在挺可惜。而且这局是孙爷策划的，这可不太好跟其他公爷、协理交代呀。"姜老板觉得只要攀住王固柢这根大枝，其他人就不用太客气。

"呵呵，你这是吓我呢。别费这脑子，会头破血流的。有这脑子不如多想想怎么把昇鑫馆那边给吓住。"孙瑞山阴冷的语气让人不寒而栗。

"还是王公爷说得对，吓一吓。可该怎么吓呢？又不让找他们茬儿，怕他们背后真有人托着。"有人在转移话头给姜老板打圆场。

"那还不容易，杀鸡儆猴不懂？找个点子下点狠手。大莲花桥前些天不是有家大走反水的吗？就说他们是故意搞鬼输的，让骨木匠去当众敲打敲打。"王固柢说。

"可是那家走反水我们没抓到搞鬼的把柄啊。"有人回道。

"你说搞鬼就搞鬼了，敲打了他把柄就出来了。要学会反过来想问题，还要学会倒过来办事情。"孙瑞山插了一句，替王固柢回答了别人的疑问。

"可是王公爷、孙先生，这办法解决不到根子的。现在市面上已经有人在传昇鑫馆是我们放的钩，还有人在说昇鑫馆和我们暗中合谋。说他家一路赢就是为了在合适的时候故意输，然后从赌盘上赚大头。所以现在押昇鑫馆赢的变得很谨慎，就他家和百味林斗的那一场赔率也才一比三左右。感觉我们的意图已经透光，错过了最佳时机。"有人直接点中问题要害。

"这个就要问问孙先生了，整件事情都是他筹划的，类似小问题他应该早就想好应对办法了。"王固柢面前的烟雾已经飘散得差不多了，所以可以清楚地看到他狡狯地斜瞄了孙瑞山一眼。

"这个其实也好解决。首先敲打大莲花桥走反水那家的事一定要抓紧办，而且要办得热闹。让大家都知道我们餐食公会是公平的，最憎恨这种作鬼走水放倒钩的事情。另外孔子街上不是只剩六家了吗？让他们都别应斗了，马上搞群斗，给押昇鑫馆赢的人添加信心。"孙瑞山侃侃而谈，并且在回答的同时将自己又整个移到阴影中去了，像是故意不让人看清他。

仁和馆、泰合馆都没有应下昇鑫馆的邀斗，于是昇鑫馆转而再向九碗天、洪康酒店、豫味聚三家发出邀斗，而那三家更是理都不理。

现如今孔子街上只剩六家店铺了，根据餐食公会原定留下五家店铺的数量，还需淘汰一家店铺才行。这个时候昇鑫馆当然是想抓住随便哪一家将其斗败，那么自己的位置就保住了。但是人家也不是傻子，谁都不会冒出来给昇鑫馆做垫背的，更何况他们中有人从一开始就是身后有背景支撑的。还有开始虽然没有背景，但是之后也都想尽办法抱上大腿的，所以根本没有和昇鑫馆硬拼的，只管等到餐食公会组织群体斗菜，然后在斗菜过程中由餐食公会设局将昇鑫馆淘汰。

昇鑫馆就像只勇猛无比的老虎，但是被困在笼子里，没一个是他咬得到、抓得到的，而别人只要愿意，倒是随时可以在笼子外直接射杀了他。

六家店铺都接到了餐食公会很正规的通知，按照之前制定的规则，在无人继续应斗的情况下将进行群斗，一次性确定最终留下的名额。所以三天后孔子街上所剩的六家店铺，都派斗菜厨师到"商客沪馆"参加群斗。所有应用的厨具、食材都不用带，全部由餐食公会提供，评判也由餐食公会指定和邀请。

这局面才真正看出孙瑞山的厉害之处。剩下六家店铺，留五家，而其中昇鑫馆一直是战无不胜的。群斗中他只需要在六家中赢一家就能留在孔子街，这个概率真的是太高了。从实力评估，许知味就算闭着眼睛去斗都能霸住一个名额。所以把赌注押在昇鑫馆身上等于是白捡钱，根本毫无风险可言。这也就是孙瑞山说的，给押昇鑫馆赢的人大大地增加信心，而一旦大量的赌资都押了昇鑫馆赢，餐食公会就可以委托人到各大赌场押昇鑫馆输，而斗菜过程中他们只需在随便一个环节上稍作手脚，就能让获胜呼声最高的昇鑫馆成为唯一被淘汰的，那么大笔的赌资就会进到餐食公会的口袋里。

而且就在这场群斗之前，大莲花桥那边走反水的店铺老板给骨木匠带人从太仓乡下给抓了回来，当街敲碎了双膝骨和双肘骨。并发布告说是查明他在那场斗菜中故意输掉，然后让人从赌盘上押自己输从而赢取了大笔赌资。

这件事情也是一剂大增信心的良药，让更多人相信餐食公会的公正，从而没有顾忌地将钱往自己认为获胜概率最高的对象上押。

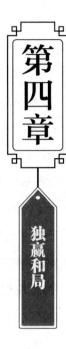

第四章

独赢和局

许知味并不在意周围的眼光，他只管按自己的路数进行着。一块干净的布巾搭在案台边，一勺净油泼在布巾上，油滴顺着布角缓慢地滴入下面的瓷碗中。

从第一滴油滴下开始，许知味开始烫肉、净沫、沥水，然后开油锅爆葱姜，肉入锅……

·人去兮·

　　离最后的斗菜就剩一天了，许知味和祝昇蓬、蔡壬鑫在昇鑫馆里相对而坐，心中忐忑不安。

　　"幸亏没有听那个倭子福冈搞七念三，大莲花桥那家终究还是被揪了出来。"蔡壬鑫摸摸扫把头感到很庆幸。

　　"现在情况好像在不断变化，不知道是不是唐先生暗中的操作在起作用。餐食公会的那些做法应该是在引导着人们都押咱家赢，这样就能继续他们之前的计划。不知道唐先生那边有没有应对的对策，要是不能把这势头扳过来，那么多的钱堆在面前。餐食公会就算被人质疑，甚至损毁信誉，肯定还是会毫不犹豫地将我们昇鑫馆淘汰的。"祝昇蓬的感觉很准确。

　　"唐先生说过要帮我们，那他肯定就会尽心尽力做的。不过他毕竟不是神仙，人家餐食公会的人也不是傻子。公会里官道、黑道的能人都有，觉出点苗头肯定是会用各种手段往回扳的。就好比大莲花桥那家吧，我瞧他们不见得真就查清了怎么回事。那福冈不是说了吗，押注的是他们，而且是铺开了押，每个点不会多押。餐食公会要查的话又不敢到倭子那边查，那怎么都拿不到大莲花桥那家反水的真凭实据。"许知味分析得很有条理。

　　"那他们干吗还搞七念三地敲了人家骨头？"蔡壬鑫问。

　　"敲山震虎，杀鸡儆猴，这是在震吓我们。"祝昇蓬说。

　　"不仅仅我们，全上海还有那么多条街没斗到最后呢。他们不能让自己铺垫的局让别人提前把大利头给抄了去。现在到处传说昇鑫馆是他们放的钩子，这传闻对他们布的局很不利，而且可以从我们这一家引申到其他街的其他家店铺，让他们的计划大范围的失效。同时还逼迫了更多店铺故意走反水从赌场上挽回损失，所以餐食公会必须立威震慑来制止这种事情。"精心做菜的脑子和种种无奈的遭遇，让许知味变得多疑谨慎。想法也缜密了，事情看得更透更深。

"还有一点你们两个要意识到，大莲花桥那家没有被抓到把柄就成了吓唬猴子的鸡，所以我们不管斗输斗赢，过后要是别人需要，也有可能会成为替罪羊。所以继续斗下去你们两个老板是有危险的，最好是放弃不斗，悄悄离开上海。"许知味继续提醒道。

沉默半晌，祝昇蓬就马上坚定地回道："继续斗！否则岂不是辜负了唐先生一番好心？再说了，放弃不斗，餐食公会铺垫的局落空了，他们可能会越发地恨我们。大莲花桥那家走了还被抓回来，我们悄悄离开上海也不见得就能逃出他们手心。"

"对！斗下去。大不了就是输嘛，可是也不对呀，如果我们斗赢了，餐食公会不仅赢不到大钱还得输钱，那我们还能在上海开店？"蔡壬鑫想得一点没错。其实昇鑫馆现在走不行、赢不行，输不知行不行，而不管是走、是赢、是输，他们都应该再没有继续留在上海的可能。唐世棋第一步所要求的目的是达到了，但孙瑞山只小小地回击了一些手段，态势就好像已经调顺回去，而昇鑫馆仍是深陷在必死的局中。

继续斗下去，许知味很肯定地告诉自己。而且还要尽力去赢，因为唐世棋那边并没有放弃，自己不继续斗下去不仅辜负了唐先生的好心，而且还有可能真就失去了唯一的希望。不过面对最后决战许知味还是有些心怯的。因为这场斗菜中他会成为群起而攻之的目标，所有可能会有的砸勺技法都会针对他，还有评判们最终的品辨结果也完全有可能会受他人左右，输赢结果是掌握在餐食公会手里的。想到这里，许知味有一种"风萧萧兮易水寒"的悲怆，感觉自己冲上去的是一个令人绝望的战场。

这天夜里，许知味像是被什么附了体一样。走出昇鑫馆后，不知不觉中就一路走到了开源坊的清泯堂。

才到门口就有鸨妈妈出来招呼："这位爷看着面生啊，以前没来过吧？不知你好哪一口儿，琴曲舞唱、诗词字画，您报一个我好给您介绍。"

"我想找一两味轩。"

"一两味轩？您可是来得太晚了，都关好几个月了。原先坐堂的蓝小意交了好运，眼见着年纪大了姿色衰了，偏偏还就有人好她那口味儿，花大价钱把她给接出了清泯堂。"鸨妈妈还是很替蓝小意庆幸的。

"不会吧，她几个月之前还到我店里吃过饭，后来我还让人给她送过信的。"许知味不信。

"你要不信我领你去一两味轩里看看。一直没人替上她，那间堂子一直空着呢。"鸨妈妈说完就领着许知味往里走。

许知味很快就出来了，手里拿着一封信。那是他让伙计送来邀请蓝小意参加昇鑫馆重修开业的帖子。伙计确实把帖子从"书缝子"塞进一两味轩了，但一直都在门里面的地上躺着。

从时间上推断，那天蓝小意到昇鑫馆来点和菜，劝许知味开创本帮菜系，其实已经是确定自己要离开了，来和许知味做最后的道别。

许知味的神情有些伤感。自己生平两个知己，一个翁先生，明知他在数千里外的京城，自己却不能前去，怕悖了太后旨意给他带来祸事。另一个知己便是蓝小意，但已然不知天涯何处，此生能否再见也未可知。

"这一回斗菜不管输赢都必须做一道自己所创的本帮味道。俞伯牙摔琴谢知音，而我便以这本帮味道来酬知己。只要这道本帮菜品扬名天下了，不管蓝小意在何处，她肯定能够知道。"

许知味拿定主意，这场群斗他将以人们未曾见识和认可的本帮味道冒险一战！

霸街斗菜的第一个群斗在"商客沪馆"进行。到现在为止，虽然好多条街已经决出留下的席位，但是采用群斗的方式孔子街还是第一个。

这样的群斗不像以往的单斗和小范围的群斗，一般人是无法进去围观的。

除了那些餐食公会请来的评判，还有一些有门路、有脸面、对此感兴趣的人物，也能够进到现场。再有就是一些信息传播渠道上的人，比如《上海新报》的人，各大赌场编"局表"的人。他们除了要对公众发布最真实的信息外，其实也起到一点监督的作用。

王固柢特地让人指给自己看哪些是《上海新报》的人。这《上海新报》最近真的让他有些头痛，连续传出对他们很不利的一些文章。就昨天下午，一则"杀鸡之举敲定真相，昇鑫钩定巨额赌注"的文章不仅把孙瑞山之前筹划的几个妙招全给剖析得清清楚楚，还把自己吓一吓的招数也理了个明明白白，整个把餐食公会搞得就像个剥光衣服的行人。

除此之外，文章还从各种角度详细分析了此次群斗存在的风险和不确定因素。说六家店中仁和馆的黄鹤成借壳还魂三战许知味，目的是要摸清对手路数。泰合馆出人意料地让厨头保十的妹妹保二十出面斗菜，肯定是因为这个从未露过面的女厨有着制胜的绝招，而其他三家店铺虽然未曾开斗过，但不知底细往往更加可怕，说不定都有暗中请来的高手。就算没有请高手，那他们三家最拿手最出色的菜品都还保留着未曾露面，这对昇鑫馆也很是不利。所以综合各种情况，昇鑫馆并非有百分百把握霸住一席之位。

昨晚《上海新报》刚出来，上面的分析和提醒不仅硬生生将持续押在昇鑫馆身上的赌注给制止了，而且还让一些赌注转而押了昇鑫馆输。好在之前已经有一部分赌资押了昇鑫馆赢，而赌场一旦收了押注开出赌票就不能再撤回，所以虽然未曾达到预期效果，收益也算可以了。现在餐食公会的人已经开始动作，悄悄地在各个盘口上押昇鑫馆输。

说实话，王固柢不得不佩服《上海新报》有能人。不仅有能人，还有胆量，在自己吓一吓的举措下仍是啥话都敢说。他之前其实没有太看重这写了些字满街叫卖的两张纸，却没想到竟然那么多人会看它、信它，所以从这个角度来讲，王固柢觉得自己的见识落后了，有些新兴的东西还是应该多接触。等斗菜的事情了了，这个《上海新报》自己肯定是要拉拢一下的，说不定什么时候自己就要借助到它的力量。而孙瑞山只是扫看了那些人一眼就移开了目光，因为他觉得这些写文章的人自己不会有那样的思路想法，而是有人在背后指使，指使的人说不定就是那个要破自己局的人。

许知味走进"商客沪馆"时相当镇定，他是在宫里待过的，这种场面是他心理承受能力完全可以应付自如的，而这种镇定的心态对于一个厨师来说非常重要，特别是这种斗菜的场合。只有外界一切不放在眼里，任何干扰不进到心里，那才是做成一道好菜的前提。

群斗放在商客沪馆的四方堂，这里是用一个大库房改造的，房子高大通畅，光线充足。四方堂所有的准备已经做好，一色长短的案台横着依次排开，这样可以避免前后干扰。一色的新筒灶就在案台的前面，这也是为了避免相互干扰，加大某些砸勺技法的难度。

案台上刀铲勺叉一应俱全，全是新的。崭新的厨具很难做什么手脚，至于用得合手不合手，那也算是考验厨师技艺的一种手段。

食材在后面靠墙的长架子上放着。架子很长，从最东头到最西头不留一道缝，原来可能也是库房中摆放货物用的，但是架子上的食材却不多，就集中在中间一小段上摆了一些鸡鸭鱼肉和蔬菜调料。不过这样说来也对，这食材确实不用多不用贵，只有用大家都熟悉的平常食材做出的菜品才能更容易地分辨出厨技高低。搞一些谁都没吃过或者很少有人吃过的稀有食材，评判的人都不知道本来的味道应该是怎样的，那还怎么评判。

·◆ 谁为肉 ◆·

许知味在门口抽签确定自己的案台位后，并没有像其他斗菜厨师那样先去挑选食材，筹划自己要做的菜品，而是径直走到自己的位置上。他知道，抢着去挑食材的人应该是早就知道会有哪些食材，也早就精心筹算好自己要做什么菜，怕自己需用的食材被人家拿了去，这才先奔过去把自己要用的各种料都备齐了。所以其他五个厨师包括打下手清理、清洗食材的厨工都堆在后墙的架子那里，唯独许知味一人来到案台旁，快速将所有要用的东西都检查一遍。

他先是将那些刀铲勺叉掂拿碰撞，发出一阵"叮叮当当"的乱响。这是在试验那些厨具的轻重和柄把的结实程度，寻找合适的握法握点。这一阵快速连续的响动一下就打破了四方堂的沉寂，消解了不少紧张感，将所有评判、围观者的目光全给吸引过去。但是许知味并未在意那些目光，反是大声自言自语起来："刀头微宽刀根窄，若不注意会切连尾丝。勺型边沿厚，微外折，正是所谓的'内漏外挂，少舀多粘'。取油、酒、酱时量会比平常习惯手法微少，取盐、糖、五香粉时又会微多。"

餐食公会有些人的脸色变了，许知味说的这些正是他们故意设置的，为了让不知内情的人在烹饪中发生差错、做差菜品最终被淘汰。但是没想到许知味上来只掂拿敲击几下，就看破了其中玄机。不仅看破还大声说了出来，而旁边那些新报的、写局表的人肯定就将他的话一字不差地记下来。那么等群斗结束外面的其他店铺就全会知道这些信息，往后再要群斗这些设置就都玩不起来了。

不过许知味还没结束，他接下来开始检查锅灶。一手提锅耳一手拿炒勺，用勺底在锅里转着圈儿快速划动。厨行中这叫"划锅听音"，可确定锅体有无裂纹，辨别锅胚的厚薄分布。

"锅肚厚，锅沿薄，炒、煎候油热要迟一火[1]，焖、煮离缓火要早一火[2]。"许知味敲完后又一声吆喝，继续点破器具玄机。

---

[1] 意思是煎炒时油热的时间长，要晚一点放入食材。
[2] 意思是焖煮时锅底厚蕴含的余温高，应早点降火、离火。

许知味看破并点破，对于他而言如同一个漂亮的出场亮相。所有人的目光都被他吸引过去，懂行不懂行的都在暗暗佩服。更有甚者，一些餐食公会提前沟通过的评判开始疑惑，自问如果昧着良心将这样一个厨道高手淘汰是否太过分，之后会不会因此反把自己的名声给搞臭。

接下来许知味的举动虽然没有发出大的声响，却显得有些神秘，而且很少有人能看懂。但是看懂他举动的人却知道，这个人的厨技之道已经达到一种玄妙的境界。

他在筒灶的灶口上吹了口气，然后又从旁边的筐子里拿出块煤块，在地上画了一道，就像画了一个最为简单的符咒。

火口上吹气叫"吹烟看炉"，就是通过吹气之后灶口腾起的烟雾和炉灰来辨别炉灶的通风、火力；拿煤块画一道叫"画煤知火"，其实就是通过煤块质地的紧密程度来判断烧出的火是烈、是缓、是快、是久，以便妥善掌握烹饪时需要的火候。而这个时候不仅评判和围观的都盯着许知味看，就连其他几家斗菜的也有人暂停了挑选食材、配料，转过头来看许知味。

做完这些之后，许知味继续做了两个不经意的动作，只是这两个动作已经很少有人会与厨艺、斗菜联系上了，就连黄鹤成、保二十都不一定明白。

他是将案台上的几块毛巾抹布都拎起来在前面抖动两下，还有就是将准备好的碗碟拿出两个在面前晃动一下。这是在辨味，辨别毛巾抹布和碗碟上有没有什么异味。

统一准备好的锅铲有刻意的差异，那么难保这些抹布碗碟上没有刻意的手法。只要是在这些抹布上或碗碟上稍稍加上一点异味，那都可能毁掉一整个好菜的。许知味知道，自己今天是众矢之的，这些厨具餐具上的刻意偏差或许别人都是知道的，而他却只能自己去发现，必须小心又小心。

至于调料、用水之类的许知味都没有详加检查，因为这些东西在一个高明的厨师面前是无法做手脚的，只需看色闻味就能发现。就算不能发现，烹制过程中也会显现出来，到时候一道菜因为调料、用水的问题烹制得完全差了味，吵嚷起来餐食公会可丢不起这个脸，所以估计他们还不至于把手脚做得这么明显，毕竟还需要保持很高的公信力才能操控好这次斗菜。

许知味去选食材时，其他人都已经选好了。不过许知味并不担心，他知道自己要选的食材肯定会有，因为这是最常见的食材之一，也是人们最钟情的食材之一，更是人们日常最需要的食材之一。从古至今，人们常常会以这一食材来衡量一个人生活水平的好坏，也常常会以这一食材作为改善伙食的基本条件，这食材就是猪肉。

俗语讲，"百食之肴肉为王"，或丰腴肥糯，或香冽甘浓，或麻辣干爽，不论什么时候，肉食的制作都是菜品中最能吸引人的，所以许知味早就想好了，今日的斗菜要想取众之乐、博众之喜，就必须从肉食上下手。而且自己要做一道上海味道的菜品以酬蓝小意知己之情，这是还未被人们接受的菜种，所以要将风险降到最低的话，那么制作一道肉食应该是最为妥当的。

餐食公会虽然准备的食材都是比较常见的，但每种食材都是上佳的、新鲜的，所以许知味轻易就从其中选到一块自己想要的猪肉，带皮的中肋部，去脊去肚去骨，红白相间，皮薄脂滑，正宗的五花三层。

除了肉之外，许知味并没有拿其他什么配料，只取了点姜葱之类的去腥辅料。这让旁边围观的一些内行人感到诧异，看这样子许知味是要做纯肉菜。这种味道单一的菜品平时在店铺里会让人觉得实在，但在斗菜中却是不可取的。少了聚物沃美的精彩，也少了众味调和的细致，既不炫目又无噱头，很难被评判们接受。所以大家都觉得许知味食材的选择和之前检查厨具炉灶的亮相反差太大。

许知味并不在意周围的眼光，他只管按自己的路数进行着。肉切了，方块状，大小有点尴尬。如果再大三分，那是做东坡肉合适的尺寸；如果再小三分，那是做炒肉合适的尺寸。而这尺寸似乎做什么肉都不是最合适的，以往食谱中这样大小的肉块是最难做成好菜的，既不能肥糯多汁，又不能滑爽入味。

一块干净的布巾搭在案台边，一勺净油泼在布巾上，油滴顺着布角缓慢地滴入下面的瓷碗中。

从第一滴油滴下开始，许知味开始烫肉、净沫[1]、沥水，然后开油锅爆葱姜，肉入锅……

到这时人们都可以看出，许知味做的像炒肉但不是炒肉，像东坡肉又不是东坡肉。

炒肉，其实是红烧肉的一种做法。这种做法全国很多地方都有，特别是在北方。它是在油锅中加糖先将肉块炒出糖色，然后再加作料加水焖煮。这样烧出的红烧肉带焦糖色，质地口感更柔韧。肉块中油脂被炒出，更适合加入面筋、百叶等吃油的素食同烧，那样烧出的素食会非常美味甚至超过炒肉本身。

东坡肉其实也是红烧肉，不同的是它烹制采用先煮后蒸的方法。因为肉块大，煮、蒸过程中容易破碎损坏，所以一般会用稻草或棉绳扎住。这样一来就不能有前面的炒制程序了，只能直接先入汤加料煮，然后再入盅入笼蒸。不仅要利用蒸煮工艺将调料味道尽量渗入其中，而且最终要达到松软酥烂、入口即化的程度。

许知味这道肉的工序也用到炒，但是不炒糖色，只用爆过的葱姜去腥逼油，然后便加酒加酱煮。煮开也不蒸，而是改小火焖。焖的时候在锅中加入冰糖，这冰糖和白糖、红糖有一点不同，就是不易粘锅。所以一般炖菜、焖菜中用冰糖比较合适，因为可以提前加入，让甜味更好地渗入却不因粘锅发生焦煳。而最终菜品做成收汤成汁时，它又比红糖、白糖收出的汁水更加浓厚。

许知味这道肉的制作方法看起来比东坡肉要简单许多，就是和炒肉相比，也似乎不如。但是有两个关键点却是和炒肉、东坡肉不同的。一个是加酱加

---

[1] 清洗血沫。

得重，还有一个是用的冰糖，而且量也给得多。

作料放好，改小火焖烧，那许知味就像已经没有事干了，于是往左走几步看看这边几个斗菜厨师在做什么，又往右走几步看看那边两家厨头在做什么。他一副悠闲自在的样子，而其他家的厨师被他看得心中发慌发毛，连动作都没那么自然了。

正当许知味以一种必胜者的姿态在四方堂中斗菜时，唐世棋走进了大法马路北边的联盟俱乐部。这是一个法国人开设的俱乐部，主要是给外国商人和在上海工作的外国高级职员提供消遣。但是中国人只要有足够的钱，他们也一样接待，甚至接待得比外国人还要好。

唐世棋到联盟俱乐部之前其实已经先行去过商客沪馆，不过他去的时候离斗菜还有一段时间，参与斗菜的各家厨师还没到呢。但有些评判却是提前到了，这不仅是因为参与这样一种大型的活动心中兴奋，而且提前到可能还有机会得到些意外的好处。

唐世棋在大门口大呼小叫地拉住了三个并不太熟络的评判，进了早就安排好的客房，但在客房里他并没有给这三个评判什么意外的好处，而是语重心长地告诫了他们几句话。

"三位可都是上海滩有头有脸的人物，像这种市井间斗菜的事儿本就不该出面的。这里面的水又深又浑，你们三位肯定是清者自清，但保不齐其他评委收了好处指定要帮哪个，或指定灭哪个。不管帮还是灭，各家之间总会有对不上的茬子，到时候不能如愿地把其中内情往外一捅，本来跟您三位根本没什么瓜葛的，没奈何也跟着坏了名声，以后场面上都硬气不起来了。"

"唐老板到底什么意思？"有人真的只是来评菜的，没有把事情想得很复杂，不能完全明白唐世棋的意思。

"这意思再清楚不过了，餐食公会请各位来肯定是有他们目的的，但是来的人不见得就都和餐食公会关系最铁。或许其中有人与被指定淘汰的那家关系更好，所以自己想保的店被淘汰了，万一有人一气之下把内情一露，各位都得替人背屎筐子。"

"那唐老板说我们该咋办？总不能叫我们强着项子硬顶吧，我们也得罪不起餐食公会呀。"

"哈哈哈，哪谈得上得罪呀。各位都是聪明人，还不知道这事情咋办吗？其实只要在评判时说几句公道话就行，那样最终结果不会改变，餐食公会也不会迁怒你们。而一旦后续闹出事来，你们是替淘汰那家说话的，暗中搞鬼的臭名也落不到你们头上。"唐世棋说的话非常合情合理。

"可是唐老板又为何会关心此事？"有人提出了疑问。

唐世棋折扇一合正色说道："理由很简单，我就是来搅事的。这次的霸街斗菜是个大馒头，谁不想咬上两口。可是现在全都被餐食公会控着，别人连点塞牙的凉水都沾不到，所以要是能在第一场群斗中搅和点事情出来，后面其他的局就好插手了。更何况这第一场群斗也确实藏着暗事。你们三位我也算是旧识，所以提前跟你们招呼一声，免得裹在里面损了脸面回头再说我不仗义。"

听话听音，三个评判从唐世棋的话里推断，可能有其他评判已经被他收买。一旦之后群斗的结果确实是和餐食公会指定的一样，他们就会将内情公诸于众，那被餐食公会操控的评判们可就直接淹在浑水里了。

三个评判离开时，唐世棋又是大呼小叫地一直送到离四方堂不远的地方。所以不管开始拉住他们三个还是之后热情相送，都有不少人看到了。

唐世棋在联盟俱乐部里坐下，招呼一个男服务过来。然后将一张填好的单子连带一叠银票放在那个服务员的托盘里，男服务员立刻点头哈腰地走了。没过一会儿，给唐世棋送回一张单子，并且将一些免费的酒水和点心摆满了唐世棋面前的桌子。

唐世棋面对一桌洋酒洋点心一动没动，只直盯盯地看着。他现在根本就没任何心情去品尝这些东西，整个心里紧张不安，就像起伏激荡的潮水。虽然一切都已经做好，但他还是非常担心，但凡出了一点差错，不仅不能实现对许知味的承诺，而且自己可能还会有很大的损失。

且张狂

王固柢伸着脖子皱着眉，始终盯着许知味。这次群斗的情况和他预料的还是有出入的，许知味的表现就像是匹不羁的野马，让人觉得场面都是他控制着。而其他家的厨师则像是些绵羊，势头始终都被许知味压着。这是个很不好的现象，对于最后宣布昇鑫馆被淘汰会有很大的负面效果。虽然让哪一家输对于餐食公会而言是很简单的一件事情，但众口铄金，要是这一场群斗不能做妥帖做漂亮了，那么接下来那么多条街的斗菜就不好办了，再不会有人按着引导将赌注押在自己希望的店铺上。

就在这时，有人悄悄来到王固柢身旁，附耳告诉他一件让他意外得脑袋抽筋的事情："公爷，安排押注的都押到位了，现在昇鑫馆身上的输赢赔率1比1.1。"

"什么？"王固柢手中的水烟台差点翻落到桌子下，"怎么会这么低？怎么会的？"

"就在停押之前，有几笔大钱押进各赌场买昇鑫馆输，一下就把赔率给买上来了。"

"我们之前不是和各大赌场打过招呼了吗？如果突然出现大额买昇鑫馆输的赌注，让他们拖延不要收。怎么那些个赌场老板不守信啊，他们只是多挣一点抽头，我这边可是少赢个大头，而且他们少挣的抽头是我们补贴给他们的呀。"

"招呼确实都打好了，可是突然押入的注头他们不敢不收。因为那些钱都是从江南制造局公账上直接转入买注的。"

"这这，唉，贪小！肯定是那些个知道原定计划的官爷贪小，除了公会公利分成外，还想再多挣点私利，所以借机也押了昇鑫馆输。可是这心也太黑了吧，一下押进这么多，把大部分公利都抢他们口袋里去了，我回头怎么和其他人交代。"王固柢的肥秃脑袋直晃悠，"你把这情况告诉给孙先生，看他有什么办法。"

站在后面房柱阴影下的孙瑞山早就看到他们在窃窃私语，而当向王固柢汇报完情况的人扫视四方堂一周后找到自己并朝自己走来时，他就知道肯定是出现问题了，而且是对计划很不利的问题。

许知味的锅里开始有肉香飘出，很香很浓郁，一下就将评判和围观的人勾住，也将其他斗菜的震住。先声夺人，菜未成，许知味就已经在气势、菜味上压制住其他斗菜厨师两次。而就在自己锅中肉焖煮的空闲间，许知味看了看两边其他几家斗菜厨师正在做的菜，特别注意了仁和馆的黄鹤成，还有泰合馆的保二十。他这是为了找出这两家菜品的缺处，就像在惠泉堂和厨党斗菜一样，然后找个机会在评判宣布最后结果之前将这些缺处公开说出，让在场所有人知道别人的菜品不如自己。

这些都是唐世棋要求做的，包括之前张扬地检查厨具锅灶也是唐世棋要求的，否则依照许知味的性格他肯定不会主动去寻别人的缺。

黄鹤成今天的主食材是一条鱼，他是要做白乳四季鳜鱼。上次斗菜许知味做了一道贵妃鹿脯蒸黄鱼胜了他，而黄鹤成今天做这个白乳四季鳜鱼正是为了针对许知味。如果许知味继续做那些锡菜底子的香甜菜品，这道透鲜的菜和上次沙参汤一样正好压制许知味。如果许知味也是做鲜浓类菜品的话，白乳四季鳜鱼不仅可以用鳜鱼的肥美鲜嫩压制，而且还有笋、菇、松子、核桃四色山货配料共同压制。除此之外，再有一个秘招就是白乳汁，可以给予许知味彻底的打击。

植物只要能冒出白色汁液的，厨行坎子话都叫白乳，比如莴笋、木瓜等。而黄鹤成用的白乳其实就是莴笋汁。莴笋削皮或掰断会冒白色汁液，即便压挤出的莴笋汁是绿色，那也叫白乳。莴笋虽然是普通蔬菜，却是有着清凉提鲜的作用，特别是对鱼肉类食材，提鲜去腥的效果尤其好。

黄鹤成虽然只做一条鱼，但是花的工夫却不小，各种配料辅料都要精心制作。所以当许知味开始小火焖肉时，他正处理鱼的最后一道工序。一般蒸鱼的最后处理工序是在鱼身上剖划纹格，以便保证鱼肉内外一起熟透，同时让外加作料的味道更好地进入鱼肉内部。但是许知味只看了一眼他剖划鱼的动作，便立刻笑一笑摇摇头，黄鹤成的缺他已经寻到了。

保二十和黄鹤成一样，前面的准备工作用了很长时间。她是选取配料、辅料最多的一个，而且前期的工作就是把这些配料、辅料精细加工，做成了许多种的馅、末、丁、丝。当这些做完之后，她才开始准备主食材。

和黄鹤成不一样的是，保二十的主食材不是一个，而是二十个。餐食公会准备的食材中，能一下拿出二十个的不多，但鸡蛋肯定是可以的。而采用最为平常又最难做出特别味道的鸡蛋作为主食材，也很让一些内行人感到诧异，就像许知味只选一块肉而不选辅材配料一样。

许知味一直都盯着保二十看，刚开始他并不明白她要做什么菜，之前的配料为何会弄得这么复杂。而当他看到保二十将蛋都打散并倒入一只方铜盘里，再将一把菜刀放到火上烧时，他知道保二十要做什么菜了，同时也知道她这道菜的缺会在哪里。

肉要焖透时间总要比其他菜品长一点的，所以保二十的菜做好了，黄鹤成的菜做好了，其他各家的菜都做好了，许知味的肉还没有做好。搭在案台上的抹布已经滴不下油了，布角上挂着的一颗油滴就像凝固了一般。但是这一点都没有关系，因为许知味要等的就是那颗油滴。当这颗油滴滴下，自己的这道菜品就大功告成了。

但是别人不会等他的那颗油滴滴下，有些菜一凉就失去该有的味道了，特别是蒸菜，腥味食材的蒸菜。一凉之后就会腥味回拨，而且会比原有的腥味更加怪异。所以黄鹤成第一个要求评判品菜。这要求合情合理，更何况他仁和馆本来就是要被照顾保留下来的店铺，当然会给予方便。

黄鹤成虽然第一个要求品菜，实际第一个把菜品送到评判面前的却是保二十。保二十的菜做得很快，看着还在操作中，但这边黄鹤成一要求开始品菜，她那边三下五除二就已经把菜端了上去。

保二十的菜很简单但又真的不简单，二十个鸡蛋打匀倒在方铜盆里，菜刀在火上烧红，然后提刀在方铜盆里连划，烧红的刀所到之处蛋液凝结，于是鸡蛋在方铜盆里均匀地分成了二十个格子。随后她一双巧手十指翻动，像绣花又像采茶，眼花缭乱间已经将预先制作好的二十种调料、辅料全部添加到二十个蛋格子里，完了铜盆再到炉子上稍稍烘一下。这烘的火候要把握得恰到好处，出来的蛋必须是嫩滑细密无气泡不松散，入口如脂如膏。黄鹤成提出品菜时，保二十才把铜盘放到炉子上，等黄鹤成准备去端自己的鱼时，保二十已经抢先把铜盆端了上去。

"分盅，品菜！"随着吆喝，有专门的伙计上去分菜入盅并端到各个评判面前。这些伙计都是非常有经验的，手脚又快又灵巧。他们虽然不是做菜的厨师，但是却能最好地理解厨师的意思，可以根据做菜厨师的指点将菜品最好的部分加以最合理的搭配分给评判。

"这道二十格蛋做得很好，行云流水，妙手生花。不过分食却是不大好分，每一个评判最多只能品到五味，而其实这道菜如果衬托到位的话，一个人品才是最好的。"许知味不知什么时候已经走到分盅台的近处。他的声音虽然不高，但是很多人的注意力都被他吸引过来，特别是《上海新报》的人，还有保二十。

"虽然只能品到五味，但足够了。多格蛋的妙处已经可以尽显。"保二十虽然表情很讶异，语气却是淡淡的。

"据我所知，这道菜最初叫百格蛋，又叫百鸽蛋，需用鸽蛋做成。百格百味，味味相辅相成。而这道菜的关键也就在之前的调制味料上，百格蛋必须调制出一百种味道，而且不管从哪一格吃起，也不管吃的顺序如何，上一味与下一味绝不会相冲，只可能相融相合，一味一味如攀爬崇山峻岭盘旋而上直达极至。但是后来一些味料的调制秘法渐渐失传，百格蛋的格数也就越来越少了。我曾经有个同僚做过六十四格蛋，那估计已经是当世绝无仅有的了。"许知味不是吹牛，他在宫中御膳房真见一个河北御厨做过六十四格蛋。

保二十的眼睛睁得大大的，她根本没有想到许知味会对百格蛋如此了解，更没想到如今世上还有人会做六十四格蛋。

"姑娘叫保二十，应该是擅长做二十格蛋而得此名的，你哥哥叫保十，应该只能做到十格蛋。但是这道菜是格数越多越是精美，每种味道有清有厚有激有潜，相互推动烘托以味呈味，这才能婉转盘旋趋于极致。就像是步步风景去往峰巅，终见山河无限、天际无边。而你只有二十味，所以会尽量将每一味都做得尽善尽美。这样一来那些味道其实就各自为主失去关联，更无相互推动的作用，再难达到那种步步风景的境界。而品食者虽然一次可品多个美味，却是味多反为无味，或许会对此菜众味纷呈感到惊奇，却很难对整个菜品留下具体印象。"

保二十朝着许知味走近两步，款款行个万福："受教了许师傅，您是高人，小女子班门弄斧了。不管此局斗菜输赢如何，我都服你了。"

可以看出，保二十是个心胸宽广的实在女子，也是个真诚做菜、真诚为人的厨者。这样的厨者假以时日，潜心做厨，总有大成之日。

不过保二十当着众人对许知味表现出的态度，却是让很多人感到不安。她这样子其实已经让人感觉有认输意思在，所以泰合馆的冯老板在担心，如果保二十真的认输，他的泰合馆将不保。王固柢更担心，他刚开始只想到昇鑫馆被淘汰可以赢取更多赌资，却没有反过来想想，如果另外五家中要是有哪家自己主动认怂，那餐食公会押下的赌资不就全部砸进去了吗？

"这是一个之前没有想到的极其危险的漏洞！"保二十的态度让王固柢猛得惊出一身冷汗，扭头看看始终站在暗处的孙瑞山。

孙瑞山铁青的脸显得很是僵硬，他没有注意到王固柢的目光，像是在思考着什么重要的问题。也难怪，霸街斗菜这么大一个局，之前又不曾有过先例，很多问题确实只能在过程中发现，而现在最重要的是发现后该如何应对。

斗菜不会因为某些人暗自的担心而暂停，评判们已经开始品评黄鹤成的白乳四季鳜鱼了。

怎定夺

"许师傅，你再评评黄厨头的这道鱼，这和你上次做的鹿脯蒸黄鱼比哪个更好。"旁边有人在问许知味，这本来是不合斗菜规矩的，但是现场也没什么人管。可能因为这是餐食公会亲自组织的第一次群斗，有很多事情并未能考虑得面面俱到，而王固柢、孙瑞山等人的心思又不全在现场斗菜上，斗场之外有他们更加关心的事情。

"这道鱼本来应该是上乘之作，但是黄师傅求胜心切弄巧成拙了。"许知味的声音依旧不高，但是听到他说话的黄鹤成身体猛然一震，像是被什么一下穿透身体，站在原地连头都未曾敢回。

"黄师傅处理鱼时，最后在鱼身上加划了一刀，这一刀是非常非常有讲究的。这一刀要是划好了，可破开厚肉、断开腥线、掀开韧皮，让鱼肉的鲜汁滋味溢散而出，让作料、辅料的味道顺刀线渗透进去，包含其中。但这一刀不是这么好划的，需要天分加经历。创出此一刀的是南黄海边的'一刀鲜'，此人是个只会烧鱼的厨师。他在做厨师之前是专门洗鱼剖鱼的厨工，在做厨工之前是专门的鱼贩子，而在做鱼贩子之前，他家是海上打鱼的，他生在渔船长在渔船。"

说到这里，许知味停了一下。那些认真听他说的人朝前又凑近两步，而黄鹤成也终于缓缓转过身来。

　　"所以'一刀鲜'了解鱼胜过了解自己，每种鱼的身体结构、肉质特点、味道特色他都全然掌握了。他做鱼之前都会在鱼身上婉转自然地划上一刀，有很多人都看到他划过的这一刀，也都跟着学。但是针对每一种不同的鱼，针对大小不一样的同一种鱼，甚至是面相、颜色稍有差异的同类鱼，在下刀、走刀、收刀上都是有区别的。他看似潇洒随意一挥，其实这一刀中是有着大奥妙、大法门在的。虽然很多人都知道那一刀的大概划法走向，实际上都只是依着葫芦画的瓢，最终画出的葫芦不是葫芦、瓢不是瓢。鱼依旧是那条鱼，却不能达到鲜美烧出来、料味烧进去的目的，有的甚至反而将鱼给烧坏了。"

　　"你是说黄师傅的鱼烧坏了？"有人赶紧追问，因为黄鹤成的鱼要是真的烧坏了话，那么结果就相当于提前公布了。

　　"没有，黄师傅的这条鱼没有烧坏，但是只成功了一半。他那一刀划得小心翼翼，但终究未曾像'一刀鲜'那样了解不同鱼的特点，不能做到优雅婉曲、自然如意的一刀到位。所以前面刚下刀的部分勉强还算可以，后面却是失之毫厘差之千里。可以断定，这道鱼鱼鳃骨往后三指内会特别鲜香美味，无腥无腻，肉质爽滑。但是再往后半段去，这鱼的味道就大大逊色了。特别是刀口之处的肉质，会显得干老发柴，嚼渣难咽，最多只能算是普通的烹制水平，这也就是我所说的弄巧成拙。"

　　许知味这话说完，一些评判纷纷吩咐那些分盅的伙计，将前半段和后半段的鱼肉都盛些过来，他们很好奇许知味的说法，想亲自体验一下是否真是这么回事。

　　黄鹤成始终没有说话，因为他心里清楚许知味所说完全正确。这一刀他练过许多次，总是无法一刀到位，做出的鱼总是差了半条。就像许知味说的那样，他确实没有那种与鱼打交道的经历，天分上也达不到。

　　"许师傅，也就是说你现在烧的菜至少是有把握胜过泰合馆和仁和馆的了？"有人索性让许知味下结论，这个才是所有旁观者最迫切知道的。

　　"如果单是从菜品上论的话，我赢定了！"许知味说完这句话时，案台抹布上那颗凝固了似的油滴正好滴落下来。

许知味马上走回筒炉边，用脚尖挑开下面风口的门页。一阵红光跳动之后，蓝色的火苗从红色的炭块缝隙间冒出，舔在锅底上。这是到了最后收汁的阶段，不再需要油滴，而是需要鼻子和耳朵。当一股股甜香从锅盖缝里往外窜时，锅中微微发出"吱吱"的响声，许知味果断出菜封火。

这个时候其实九碗天的菜品也已经开始分盅品辨了，但是那些评判端着装了他家菜品的盅子却一个个扭头朝许知味这边看。那一锅肉散发出的味道不仅仅将其他几家的菜品全部压制下去，而且瞬间就充斥了整个四方堂，钻进四方堂每个人的鼻子，再回转到喉咙、口腔。就像一缕雪粉瞬间融化，化成满口的口水肆意流淌。

这道肉用了重酱，所以肉块深红，汤汁深红。用了重糖，所以香味浓厚，滋味浓重。用葱姜爆油再逼出肉油，所以肉块晶亮，汁液晶亮。

酱重肯定会偏咸，但是重糖可以中和咸味。两重味道混合一起，就成了一种浓烈得具有爆发力的味道。再加上五花三层肉质的软硬相夹，肥糯与酥烂的交替互换，嫩滑肉皮包含凝脂的衬托，咬嚼之下，吮咀之下，瞬间可将肉香、汁香、油香、糯润、鲜咸、甘甜喷溅得满口、满喉、满胸怀。

"啊，油浓酱赤，人间极品啊！""是呀是呀！这道菜看似程序简单，却是就简提精，融合了炒肉和东坡肉的长处。""不止如此，苏帮焖肉的长处在这肉中也可见到。""人间厨做得天上菜，家常肉胜过仙家味，这场评判该如何评？"……

四方堂中一阵乱糟糟的议论，有人是被许知味这道菜给勾提得兴奋起来，有人却是因为最终评判有悖事实和本心而开始纠结起来。

"对了，许师傅，你这道菜叫什么名字？"有人突然想到到现在还不知道这道菜品叫什么名字呢。

许知味此刻其实心里也很是激动。这场斗菜他选用这道菜品的原意是为了一酬知己蓝小意，自己都没想到会引起这么大的反应、这么好的效果，而这也恰恰说明蓝小意鼓动他开创本帮菜系是完全正确的。当听到有人问他菜的名字，他赶紧挺直身体，深吸一口气，然后尽量用沉稳的声音报出菜名："上海红烧肉！"

"上海红烧肉？对，这名字对，也就只有上海这方有灵气的水土才可成就如此绝美菜品。""众多菜系汇于上海，从中汲取各家所长，烹制超越各家所长菜品，这也就是在上海能够做到。""对极对极，此菜一出，这场评判可就不能随便下定论了。我们可不能让这样一道属于上海自己的绝妙菜品刚出现就又消失，或者转而成为其他地方的独特菜品。"……

又是一阵议论纷纷，一些评判都忘记继续往下品尝其他几家的菜品了，还有人一边议论一边拿眼睛瞟王固栀。

王固栀此刻心中像烧起一堆火似的，黄铜水烟壶在手中攥得紧紧的，却再无心思抽上半口。这个场面完全是他没有想到的，本来自己安排的评判都以为是完全控制得住的，而且几家菜做出来后就算有些高低差距也都在评判嘴里。但是他完全没有想到，许知味从出场开始，到评论其他人家菜品，再到自己的上海红烧肉分盅品尝，完全是一种压倒性的姿态。以至于最终评判的结果还未给出，一些评判已经主动偏向于他了。当然，许知味的这道红烧肉确实是不错，另外这名字也取得好，吊住了一些人的家乡情节，也可以说是地方保护主义吧。但是除了这些，难道就没有其他原因了吗？

这时候有餐食公会的人看出不断给许知味叫好的评判中有三人正是斗菜前和唐世棋拉扯过的，于是附耳把之前的情况低声告诉躲在一旁阴影里的孙瑞山。孙瑞山心中也正感到蹊跷，之前打好招呼确定会按计划行事的评判怎么会打着堆儿不停褒赞昇鑫馆的上海红烧肉？原来之前还有那么一出。那个和他们私下交流的人到底什么来路？他们临斗菜之前匆匆一聚、言谈甚欢，这其中会不会有什么交易？

孙瑞山一双眼睛死死地盯住许知味，此刻他才真正发现，这个表现张扬的厨子其实是有怯意的，表情、举止并不自然。这说明他的表现是做出来的、演出来的，而这正说明他背后是有人指使的。指使他不管真实的还是表象的，都要表现出一个公认的胜利者，而暗中指使的人绝不会是为了让餐食公会能够赢取更多利益，只会从他自己的利益出发。比如《上海新报》，就可以从一个反差极大、超出所有人意料的结果中挖出一个爆炸性的新闻，从此让公众更加相信他们披露的真相。但是现在不是追究谁在指使许知味的时候，其实事情发展到现在这个阶段，再去追究是很不明智的行为，而当初王固柢不听从自己建议把昇鑫馆收拢进来，则是更加不明智的做法。既然之前不能把所有漏洞都堵住，那么事到临头就只能当什么事情都没有，只管把眼前的局面妥善解决就好，否则只会是自取其辱。

那边的王固柢已经放下水烟壶，一双肥手撑住桌沿缓缓站了起来。他看看那些议论纷纷的评判，看看那些围观的人，再看看昂首挺胸的许知味和其他几个灰头土脸的斗菜厨师。这种状况让他感觉到一种逼迫，逼迫他在短时间内重新作出决断，而且必须是最正确妥当的决断。但他真的不知道该如何做出决断，不是名誉扫地就是亏损巨资。闯荡了这么多年，他怎么都没有想到自己会被一道菜逼到了死局。

不过王固柢有可以卸下逼迫的办法，他转身离开自己的座位，朝阴影里的孙瑞山走去，没有说话，只招了招手，于是两人被迫地交换了位置。孙瑞山走到了明处，而王固柢站在阴影中观望。

孙瑞山一边朝桌边走去，一边脑子里飞快地盘算着。其实现在依旧坚持判昇鑫馆输的话，外围赌局上仍有获利，只是所获不多。但如果坚持昇鑫馆输，内情肯定会被一些人捅出去，《上海新报》和各赌场"局表"也会大作文章。那么餐食公会的公信力就会完全丧失，之后许多场的斗菜再难被人家相信了。而不信就意味着没人下注，失去的可就是很多次的获利机会。但是如果判定昇鑫馆是胜家之一的话，那么餐食公会押出的真金白银可就输给别人了，这可是眼前明摆着的损失。出现了这种情况不仅餐食公会其他成员不会答应，就连私下押昇鑫馆输的那些官爷也不会饶了自己，他们加押进去的钱也会血本无归，而且就算这次的损失可以抓住后面其他斗菜重新赢回来，但输掉的大笔本钱仍是需要再次筹措，这样才好押下一次的注。

这时候孙瑞山就像是夹在夹板中间了，不是不能进退的问题，而是被前压后推得根本无法呼吸。他本来只是青帮中一个不算很重要的人物，看准餐食公会和霸街斗菜是自己上位的大好机会。自己周密筹划的计划既可以保住那些有背景的店铺继续营业再挣大钱，而且还可以给餐食公会、给青帮赢取大笔收入。却没曾想到才是初始阶段就被人家抓住漏洞予以阻击，将他陷入如此尴尬难决的境地。

·◀ 和最佳 ▶·

那边六家的菜都已经品完了，评判们的低声争论越来越高，最初很是肃穆沉寂的四方堂已经完全变成另外一个样子。不管旁观的人还是《上海新报》和写"局表"的那些人，都敏锐地捕捉着那些嘈杂对话中精彩的、隐秘的、见不得人的内容。最后不管结果如何，这些内容往外一捅肯定都是爆炸性的。

孙瑞山心里很急，评判们开始还保持着低声，尽量不让别人听清，但是随着争论越发激烈，各种忌讳的话都口无遮拦地说了出来。这要是被人家再添油加醋地在外面一传，餐食公会将颜面扫地、信誉全无，而自己也再难在江湖上混了。所以现在不仅仅要在昇鑫馆是输是赢间确定一个结论，而且要尽快；不仅要尽快，而且还要能堵住所有评判的嘴；不仅要堵住评判的嘴，而且还要将住《上海新报》和各种"局表"的军，让他们想写都不敢写，因为不会有人替他们佐证。

这是一个高难度的决断，考验孙瑞山的关键时刻。

"咚"，孙瑞山拿起王固柢放在桌上的水烟壶重重一敲，这异常声响让很多人马上安静下来。

"把评判出的厨艺高低顺序拿给我看。"孙瑞山阴沉着声音，就像他阴沉的脸。他的每一个细节依旧是谨慎的，所以不说评判的结果，只说高低顺序。

有人把一张涂抹了多次的单子递给孙瑞山，他只轻瞟了一眼，然后也不再多作权衡，直接提高声音朝着大家宣布。

"我代表餐食公会宣布此次群斗的最后结果。咦！各位评判按菜品好坏排出的顺序竟然出现了多个平局。这很让人意外，不，其实也不算意外。因为整条街一家家斗到最后，还能走进四方堂的都是厨行最好的把式，出现平局完全是在情理之中。所以我们尊崇天意，此次群斗就以平局结束。孔子街留下的店铺数量增加一个，在场六家都霸街成功！"孙瑞山话说到最后时，声音不再阴沉，极力营造的假欣喜假兴奋中可以听出极大的得意。

这的确是个皆大欢喜的结果。没人被淘汰，没人赌输钱，餐食公会信誉保存，评判都好交代，人人达到自己目的，都不会再说三道四。就是那些写报的、写局表的，也最多是写写确定最终斗菜结果时的混乱场面，争辩较多，其他什么内情内幕他们都不能写。因为刚才脱口说出些内情的人再不会有一个承认，写出去追究起来只会让他们搬起石头砸自己的脚。

真的不能不佩服孙瑞山，在最为关键的时刻他灵光一闪力挽狂澜，孔子街的斗菜就此圆满收尾。虽然餐食公会未曾从此条街上获取到大额利益，但是至少不曾有损失。而且这次群斗可以算是积累了宝贵的经验，意外的结果其实是做下一个更大的局，而这一场没有获取的收益完全可以从之后其他街的斗菜中补回来。而孙瑞山自己又怎能不得意？王固柢在最关键的时候撒手离座，看似将替罪的担子扔给他了，但是他却力挽狂澜，巧妙地将局面圆了过来，这过程餐食公会的人都是有目共睹的。所以他觉得自己能替代王固柢这一回，也就有可能永远替代他。

许知味和祝昇蓬、蔡壬鑫虽然一直都按照唐世棋的吩咐在做，效果也真的不错，但其实仍未抱太大希望。所以当结果出来后，他们毫无意外的是六家店铺中最欣喜若狂的，昇鑫馆终于保住了。

第二天三个人全都没有想着要做生意，而是一起去把唐世棋请到店里。他们不仅是要向唐世棋表示谢意，而且很想知道他到底是怎么做的。这是一个值得请教的高人，他的妙招或许以后可以用在做生意上。

"其实很简单，我让你们保持张扬的状态，就是让所有人都相信你们会赢。但是都认为你们会赢，那么赌场上押你们赢就没有多少获利。然后我又买通一些写'局表'的人并请《上海新报》的朋友流出消息，说餐食公会暗中操纵让你们在合适的时候故意输，然后从赌场上押你们输来赢取大量赌资。这样一来押你们赢的收益不仅很小，而且风险会很大，让大家都不敢投入赌资押你们赢了。这样餐食公会的获利就变得很有限。不过那个孙瑞山也算个狠角色，连用了几招想改变状况，幸亏《上海新报》的文章告警进行了阻截，所以押你们赢的依旧不多。然后在你们斗菜之前，餐食公会开始暗中买你们输的时候，我也从江南制造局转入大额资金买你们输。而各大赌场因为是制造局公账上转来的钱不敢不让押，所以硬是将赔率追到近乎1比1，让餐食公会的获利犹如鸡肋。"

"无利可图便不会穷凶极恶，那样才有可能放我们一马。"祝昇蓬听出了唐世棋的目的所在。

"对的，同时我与几个有过交际的评判公开沟通下，让他们为了自己名声给你们说说好话。但其实这是要让餐食公会误会评判中有我们的人，不仅帮我们争取赢，而且必要时还会将他们的一些内幕给暴露出来。餐食公会之后还有好多场斗菜，他们的利益不在你们孔子街这一场上。但如果在你们这一场上把内情给败露了，之后的所有场他们都别想获利了。更何况这一场的获利还极少，不值得，孙瑞山没必要冒这个险。不过我估计孙瑞山肯定会用平局来摆平这件事情，他能筹划出霸街斗菜的脑子想到这个无赖招不算稀奇。那样对谁都没有损失，他也可以面面俱到给出交代。"

"唐先生，你真够意思，为了我们昇鑫馆冒险了。要是餐食公会不是平局而是让我们赢，你不就损失大了吗？"蔡壬鑫真的有些感动。

"赌博是冒险，但其实像这样知道了多种条件而且可以人为做一些假象进行干预的赌博，已经算不上冒险，而是投资。"唐世棋说。

"投资？不对呀，唐先生你是押我们输的呀。按照你的安排是不会有回报的，只可能有损失的呀。"蔡壬鑫挠挠头没能理解，而其他两人也不能理解。

"在大法马路那边有个联盟俱乐部，是洋人花天酒地的地方，中国人只要有钱也能去那里快活。外国人赌博的花样比中国人更多更细，你想怎么押都行，不像我们这边每一家身上只好押输或赢。他们不仅可以押输赢，而且还可压排在第几位。当然了，只要你愿意，也可以押全场平局。我就押了两万两银子的平局，而押平局的只有我一个，赔率很高，我靠你们挣了很大一笔。哈哈哈！"

昇鑫馆意外获得唐世棋的帮助留在了孔子街上，而霸街斗菜之后整条街上只留下六家酒楼菜馆，所以客量一下爆满。昇鑫馆又正好刚扩建装修过，能够容纳更多的客人，收入自然大幅上涨。再加上许知味霸街斗菜中将昇鑫馆的名头打得更加响亮，昇鑫馆已经成了一块金字招牌，来到孔子街的食客大部分是奔他家来的。于是昇鑫馆进入到一个飞速发展的阶段。

不过许知味并没有就此推出本帮菜系，是因为唐世棋劝阻了他。唐世棋说的道理也对，一个菜系的形成是需要很长时间的磨合和提炼的。像苏帮、徽帮、浙帮等等菜系，其实都有数百年的积累和沉淀，但是本帮菜没有原来系统的本地菜底子，大部分菜品是靠外来菜演变而成。虽然有些菜品可以让本地人承认，比如上海红烧肉，但是要想形成一个让本地人承认的系统菜系，那还是很难的。更何况上海外来人口愈来愈多，这一个本帮菜系不仅仅是要让本地人认可，还需要让外来人认可，这就更有难度了。所以最好有一个过渡，把研烧出的菜品逐渐推上市面。然后留下被认可的，改良不同意见的，抛弃根本不承认的，这样才能慢慢形成一个系统的菜系。

唐世棋真的是见多识广，他不仅仅是个做生意的高人，其他方面也有所建树。所以他的建议轻易就说服了许知味，昇鑫馆没有立刻推出本帮菜的牌号，而是先推出了"海派本鲜锡菜"的牌号。

昇鑫馆推出"海派本鲜锡菜"的时候，恰好是逢同治中兴。清政府平定陕甘回乱，政局稳定，又大兴洋务，加大对外贸易和联系。而上海这个特定区域在这段特定时期中更是发生了翻天覆地的变化，各种行业都快速发展并日益兴旺。

饮食行业也是一样。之前的霸街斗菜淘汰了许多店家，只留下少量酒楼菜馆。这在之前倒也算合适，让留下的店铺生意做足、银两赚足。但进入这段时间后，这些店铺就明显不够应付市面上大幅增长的客流量了。即便如此，餐食公会依旧控制得很严，要想在街面上新开酒楼菜馆仍是不易。必须是有很硬的后台关系，或者花大价钱与餐食公会拉上关系。

不过对于另外一种情况，餐食公会却只能睁一只眼闭一只眼，那就是有些店铺并不把门面开在街上，而是开在弄堂里。包括之前孔子街上被淘汰的苏北酒家、四季红等店铺，他们前面大门一封，转而在后院后门开个进出口。这其实从严格意义上讲都算不上真正的店铺，类似现在的家庭餐桌、街坊小食堂。

这类店家没有沿街可招揽顾客的门面，只能用口碑和口口相传来宣传自己，不过后来有些店家也用传单和报纸广告来宣传自己。在弄堂里开餐馆必须要有几样特色菜品才行的，酒香不怕巷子深，要没有好的菜品那是无法吸引人家专门钻弄堂找过来吃的。所以这种开店方式其实是为后来本帮菜系中上海弄堂菜这一分支打下了基础。

不过也就是在最兴旺的这段时间里，昇鑫馆还是出了点事情，是关于食材采购的。祝昇蓬发现最近一段时间菜价居高不下，而且质量也大不如以前。于是他让蔡壬鑫亲自起了几天早逛了下市场，买回几种菜品并记好价格。然后等水闩头代购的新鲜食材送到后，将价格和质量加以比较，才发现水闩头在其中玩了花头。这些菜品不仅比市场价格高出许多，而且其中还掺杂了许多劣质食材，看样子都像是市场上食材出样时清除掉的劣货。

这件事情刚开始祝昇蓬只是感到奇怪，觉得水闩头可能是在市场上敲诈勒索连买带抢地不论好坏全都给一起收了回来，未加挑选，而价格上却是要了市场上最精细最上佳的菜品价格，于是就主动和水闩头沟通了一下，说清现在店铺已经升级档次，代购的菜不仅量大而且必须是最好的。这样才能减少耗费，还能让挑剔的食客满意。

水闩头满口答应，但是稍微好转两天，接下来又是那样，到这时候祝昇蓬、蔡壬鑫才觉出水闩头是成心这样做的了。估计是因为之前他替倭子商人和昇鑫馆拉关系合谋走反水的事情未能成功，一笔不菲的好处费没能落进他的口袋，所以想从日常的菜价中给捞回去。

开大市

其实外面有些事情钱贺子要比祝昇蓬和蔡壬鑫他们知道得更多更清楚。自从水仙怀上孩子之后，那嘴巴变得更加啰唆，看啥不顺眼都要严加训斥。蔡壬鑫每天在店里做事，水仙还是懂分寸的，不会跑到店里去闹他。这样一来钱贺子就受罪了，被水仙从头管到脚，连吃口茶都恨不得给他戴上围兜。所以钱贺子每天天刚亮就急慌慌溜出去，不磨蹭到天擦黑那是不会回来的。这天天的在外面不是喝茶聊天、看戏聊天就是泡澡聊天，再不就是满大街找人聊天，所以啥事情都能从聊天里知道得清清楚楚。

"水闩头现在不仅是给我们昇鑫馆代买菜，而且还靠上了几家东洋人开的洋行商号，帮他们代购鲜货和土特产。所以好的鲜货都给了人家，剩下的才会送到昇鑫馆。而且据我所知他对昇鑫馆有所埋怨，说是上次霸街斗菜时断了他的财路，不仅没有听他的和东洋人合作，而且后来的单斗和群斗他都是押昇鑫馆输的，结果要么输钱要么没赢钱。拿他自己的话说，这几年帮昇鑫馆尽心尽力跑腿没落到什么好处，现在到该连本带利往回收的时候了。"

听到钱贺子告知的情况，祝昇蓬和蔡壬鑫又与水闩头碰了个面。这一回他们很直接地与水闩头说明，最近代购的食材质量太差、价格太高，让水闩头一定要把这情况调整好，否则很难再继续合作下去。

水闩头的态度很是强硬。他说现在市面上的本地食材越来越紧俏，虽然现在店铺变少了，但是整体的食客没有少，而且由于店铺的减少，很多商行货栈都自己雇了厨师开伙。特别是洋人开的商行货栈，他们也是难得才吃几回中国菜，要求高给的价钱也高，所以好的东西要尽量先提供给福冈等几家商行。像昇鑫馆这些做市面生意的店铺要求不用太高，中国食客不太讲究好糊弄。

"再说了，过去我就是个混街头糊肚肠的，可以被你们昇鑫馆廉价地使唤着跑东跑西。现在的我可不同了，怎么也算半个东洋人的买办，还给你们昇鑫馆顺带着买菜，那也是念着过去的情分。我要真撒手不管了，专心替东洋老板们去办事，你们还能在市面上拿到本地菜吗？没菜这馆子你们又怎么开得下去？这一点不是我要挟你们，是你们要着实掂量掂量。"水闩头瘪三出身，场面话、江湖话其实都说得不溜。但是这从东洋倭子那里学来的一套虚情假意加恐吓诈骗还是玩得像模像样的。

许知味是之后听说了水闩头的嘴脸，当时就气得嘴唇直抖，连声骂道："奴才！奴才！忘本忘宗的奴才！无信无义的奴才！"

随即许知味义正言辞地告知祝昇蓬和蔡壬鑫，不得再与水闩头合作，从水闩头那里购买来的食材他拒绝制作。

不过不从水闩头那里拿食材容易，要想保持店里的食材供应却不大容易，特别是本地产的新鲜肉食蔬菜。突然之间要自己去市场找供货的对象，而且每天都有那么大的量。不是人家不愿意做，而是人家做不来。再说了，水闩头这些瘪三党已经控制住这一块并从中尝到甜头，现在不给他们甜头改自己去采购，他们肯定会从中作梗。说不定到时候跑市场上去，没人敢卖给昇鑫馆一根菜叶。

祝昇蓬和蔡壬鑫斟酌了半天。从当初镇海场见到的种种情况，再到后来木渎港见到的种种情况全摊开来分析，最终祝昇蓬理出了条路子。

"甩不开水闩头就只能把他卖掉了。"祝昇蓬轻声说道。

"卖掉？怎么卖？"蔡壬鑫一时没能理解。

"你记得当初为了保住昇鑫馆，我们跑去和餐食公会拉关系，我给孙先生出主意让餐食公会控制鲜货市场的事情吗？当时你就怪我说把水闩头卖掉了。"

"大哥你的意思是鼓动餐食公会控制鲜货市场？"

"对，对他们有利，对我们也有利。而且提出这个建议算是我们给餐食公会递了份厚礼，可以缓和霸街斗菜中我们之间的对立关系。"

祝昇蓬的想法是完全正确的，无序的市场不如有人控制的市场，小人控制的市场不如强人控制的市场。硬性的规则之下才有合理，合理的源头供应才会有下一级乃至更下一级市场的平衡。

建立一个单一控制的垄断性市场，所有食材必须先经过这个市场，按指定价格收进，指定价格卖出。控制市场的人根本不需要任何投入，只需从所有大批量交易中收取一定的提成，就好比赌场的抽头。本地郊区产的少量食材交易，如果不愿意被别人按指定价一次性收购，而想自己直接零售给居民，那也必须先向市场交付摊位费。而菜价再加上摊位费，与批发给别人的肉类蔬菜价格相比，也没有什么优势了。反而不易卖出，最终可能都砸在手里。

"青帮的人可以控制木渎港外地送来的食材，也一样可以控制本地产的食材。我去找几家店老板说说看，看看他们的意思是怎样的。如果可以的话，我们就一起向餐食公会提议。"祝昇蓬马上去找了其他一些店铺老板商议。

买菜进货的事情其实也困扰着其他店家，现在他们每天在市场上进的鱼肉蔬菜和居民购买的价格相差无几，并没有店铺采购量大价低的优势，因为都是同样从市场上一个一个小摊位上买来的。有时候一样菜就要跑几个摊位，和那些本地菜农、屠户不停地讨价还价。而那些菜农、屠户一般都是想先高价卖给居民，剩下卖不掉的才会便宜卖给店铺，就好像酒楼菜馆是专门处理残剩食材的。而这确实是过去很多人都存在的一个误区，都觉得酒楼菜馆将不好的食材做成好的菜糊弄着卖给食客。其实一个好的店铺，要想做得长久，做成金字招牌，那就必须是用最好的食材做成菜品提供给食客才行。

祝昇蓬的提议得到大家的一致赞许，那相当于建立了一个一级批发市场。不管是本地所产肉食蔬菜，还是外地运进的各种食材，都必须先进这个市场。这样各家店铺就能拿到一级的批发价，就算交上一些提成，也是非常划算的。更重要的是可以拿到自己满意的食材，各家店铺只要第一天将需要的食材开单投到市场，便可以委托一些市场中的买办或伙计都给配好，然后店里来人付货钱交提成拉走就行。

另外这个市场不仅关系着店铺的进货价格，其实还关联着居民们的吃菜价格。所以控制市场的肯定不会瞎来，他们也想长久地获取这份无投入的利益。这其实构成了一种相互制约的交易关系，获利的同时必须严格自律。

祝昇蓬出面代表几十家店铺老板向餐食公会提议建立市场，并送上签了许多名字的提议书。王固柢长得虽然像个磨脱了毛的猪，实际黏上毛比猴还精。祝昇蓬那提议才说一半，他就已经看到其中的无本之利，当即就把水烟壶往桌上一顿，说道："可行，立刻就办。"

如此爽快除了确实看到建立市场的利益外，其实还想通过这个来重塑一下自己公爷的形象。之前孔子街最后一场群斗，他给了孙瑞山一个快速提升威望的机会。而那之后他也确实体会到孙瑞山对自己的公爷位置的威胁，所以这个时候做点实际有效的事情非常必要。虽然提议建立一个市场，但上海这么大，一个肉食蔬菜的批发市场肯定是不够的。所谓的市场其实只是一个概念而已，那些餐食公会的人、青帮的人只需每天早上守住各个进出上海的路口和码头就行了，然后在出货的和拿货的两头提成。这也就是过去所谓的"路头菜场"，而所交的提成人们习惯地叫作"交路头"。

路头菜场的形成，无形之中是对青帮层次的一个提升，他们从原来的抢占码头收货卖货拓展成了市场管理。这种提升更加速了青帮的发展，也让上海其他帮派组织有所借鉴，所以后来上海成为中国最具代表性的帮派王国，其实也是有这方面的原因。

不过有了路头菜场之后，原先的瘪三党们就无利可图了。由餐食公会规范后的市场其实是剔除了他们的存在价值，已经交了市场提成的菜贩、菜农再不会买他们的账。就算是二级、三级的零售市场，瘪三党们要是强买强卖、敲诈勒索，马上就会有青帮的人出来干涉，给予教训。所以断了财路的瘪三党一般只有两条出路，要么想办法改投到青帮或其他帮派门下继续混江湖，要么就是转正行，利用原先代购食材的经验给一些店铺做专业采购。水门头和别人都不一样，他走的是第三条路，跑去投靠了福冈商行，专门给东洋人采购办事。不过昇鑫馆用釜底抽薪断了水门头的财路这事情，他却是恨在了骨子里、刻在了板油上，发誓只要找到合适机会一定要给昇鑫馆好看。

昇鑫馆霸街斗菜中的所作所为其实是彻底打乱了餐食公会的原定计划，让王固柢在孙瑞山和其他餐食公会成员面前跌了份儿。对于这件事王固柢一直是心存芥蒂的，只是不知道昇鑫馆背后撑着的到底是什么背景路数，所以一直隐忍未作计较。不过这一次祝昇蓬代表很多店铺提议设立一个统管的市场，算是还了王固柢一个大好处。所以昇鑫馆拿货都会给予特别照顾，可以最先挑选，也可以上船拦车直接拿货。

食材的进货渠道重新有了保障，而且比原来更稳定更划算，这给昇鑫馆的发展再次助推。借着这股助推之力，也是为了昇鑫馆以后的发展，许知味决定开门收徒，传授厨艺。

巧对言

唐世棋的话没错，要想成就一个菜系，那就必须让人们普遍认可。而本帮菜系可能更加特别一点，不仅需要本地人认可，还需要众多外来人认可。这样一来就要求本帮菜系遵循的味道基础更加广泛，表现出的味道种类也更加复杂。其实简单点说，就是本帮菜菜品的味道要尽量做到众口不难调。

而从目前情况来看，这件事情靠许知味一个人肯定是做不到的，需要有一帮子精通自己烹饪方法的人一起来推动和传播，让上海人的家常菜也自然而然地向自己所创的上海滋味上靠拢。到那时候，海派本鲜锡菜就可以改换名号，开宗立派，创立本帮菜系。

正是出于这样的目的，所以许知味不仅开始收徒，而且一下收了好几个。接下来只要发现有好的苗子，他仍招收不误。当然，要成为许知味的徒弟并不容易，必须通过"诚、勤、灵、专、悟"这几项的考验，然后才会传授他们技艺。这些考验都是许知味自己设计的方式，比如"实诉味"，就是尝到不管谁烧的菜，哪怕是自己师傅的，感觉不好也必须实话实说。再比如"试替料"，替料是厨行坎子话，就是用合适的食材替代某道菜中缺少的食材。一个学厨者选取替料的合适与否，其实可以看出他们的菜感和灵性。

昇鑫馆一下有这么多许知味的徒弟加入，得益最大的首先倒不是本帮味道的推广，而是昇鑫馆的生意。这一群脑筋好、手脚快、能吃苦的年轻人给昇鑫馆带来了活力，更带来了成本极低的劳动力。学徒只需要有吃有住就行，但是经许知味调教一段时间后，一个个都是能当三厨四厨用的。最不济的，练练基本功就能把几个厨工、帮工的事情全给做了。

　　而这样一来就更显得昇鑫馆的经营面积太小了，就算坐满客了，往往都有厨子撑着勺等菜烧。所以祝昇蓬和蔡壬鑫当机立断，再做扩张，将隔壁经营不善的杂货店给盘了下来。这杂货铺也有着两进房子，前面的店面房可以用来扩大昇鑫馆的经营规模，而后面多出的一进房子是住宅，所以祝昇蓬将宁波的妻子茗贞和孩子也接到了上海。

　　不过许知味招收了这么多徒弟，有些人心中却是捏着疙瘩缠着结的，比如水仙。她原就是个生意人家出身的女子，在环境复杂的茶馆里长大的，啥三教九流、正道邪说都见识过、听说过，所以为人精明、谨慎、多疑。她不止一次地提醒蔡壬鑫，如果让许知味这样一个接一个地招进徒弟，那么昇鑫馆大部分的实际能力就都掌握在许知味手里了。那样的话一旦他要撤出自己的两份干股，带走所有徒弟另立山头，那么昇鑫馆这块招牌转瞬间就会土崩瓦解。

　　对于水仙的说法，蔡壬鑫总是安慰道："不会的不会的，许爷叔那么忠厚实在的一个人，不会搞七念三的。昇鑫馆能发展起来本就大部分靠的许爷叔，他要撤股早就撤了。要不是他一直用力撑着，昇鑫馆也早就倒了。"

　　水仙啰唆起来执着得连她自己爷老子都得躲着，更何况蔡壬鑫每天和她一个枕头睡，躲都没处躲。而一件事情反复在耳边说了，再怎么不信也会留下些阴影和困惑，所以蔡壬鑫找了个合适的机会，把水仙的想法对祝昇蓬说了下。

　　祝昇蓬听完之后久久没有说话。这一刻他的心中翻腾不息，种种想法纠缠在一起，剪不断、理还乱。

　　从合作者的角度来讲，他觉得有这样的想法是很不妥的。这是一种危险的信号，是裂痕的开始，很多合作者都是因为这种猜疑和不信任最终砸锅散伙、分道扬镳的。

　　从兄弟的角度来讲，他觉得蔡壬鑫耳根子太软了。长舌妇人多败事，水仙这种想法要是传到许知味耳朵里，许知味真计较的话说不定一怒之下反会将他们担心的事情变成事实。但是从昇鑫馆发展的角度来讲，祝昇蓬自己也是非常担心这种事情发生的。虽然他坚信许知味不会这么做，但他终究有老的时候，有做不动的时候，还会有生病、出意外的时候。真到那个时候他再也拢不住自己徒弟了，众徒弟树倒猢狲散，投靠他家或自立门户，昇鑫馆这块招牌真就有可能瞬间土崩瓦解，只留在人们的记忆里和故事中。

因为担心，所以祝昇蓬决定和许知味巧妙地谈一下。此番交谈必须巧妙得连许知味自己都没有什么感觉，同时又会让他感到再多收徒弟会不大合适。

此时的祝昇蓬已经明显不是几年前的祝昇蓬了。诚做菜品奸做商，在上海这个复杂环境中跌宕冲撞，已经把他锻造成一个极好的生意人。虽然他对许知味依旧会真诚无诈，但他说话办事的方法已经变得圆融贯通、张弛自如，就像许知味的厨艺一样。

这天中午，一轮客流高峰过去后，许知味用毛巾擦着汗走出出菜门。如今他已经养成了这样的习惯，每轮高峰过后，他都会马上到前面柜台上聊一聊，主要是问那些食客对菜品的反应，有没有什么特殊的要求和好的建议，以便自己在以后的制作中进行改进，让菜品味道更接近上海民众的喜好和习惯。

"都是瞎扯，这些人也太挑剔了。再说我们明明挂的是海派锡菜的牌号，他们到专做锡菜的馆子里要淮扬菜、要浙帮菜那不是找碴吗？"祝昇蓬在柜台里气哼哼地和一个伙计说话。

"怎么回事？有客人说菜不好？"许知味赶忙过去问。

祝昇蓬没有马上回答，而是挥挥手先让那伙计做事去，然后再给许知味倒杯茶水送上，这才开口说道："最近来店里的浙江人和江苏人很多，听说是因为上海市场行情越来越好，各种外地的商号、商行都带伙计过来开分号或者索性迁过来。另外一些有点能力的人也都想跑到上海来找活干，因为现在上海真的很需要会各种本事的人。浙江和江苏不是离得近吗，就像是从两边把上海整个包住一样，所以这两省过来的人最多。而他们都是新来的，还不了解我们店的特色，对菜的味道也不太习惯。"

"哦哦，这个样子啊。那没问题，吃口是要慢慢调才能调过来的。这样，我们明天可以推出一些浙菜和淮扬菜，和我们的海派锡菜一起供应。这样就可以让他们有所比较，然后才会接受。"许知味马上说。

"让你又要操劳海派锡菜又要做浙菜、淮扬菜，这不妥的。再把你累坏了，昇鑫馆可就少主梁了。真要做的话我们还是另外聘一些浙菜、淮扬菜的厨师做副厨，可以多设几个副厨。不过这些聘来的副厨一定是要最好的，能让许师傅用得顺手的。"

"就目前的情形来看，这做法也是可以的，而且最好多聘一个精通本地田菜的师傅。这样，反正这事情也不急在一天两天，我先踅摸起来。找就一定要找最好的，不仅能推出人家满意的浙菜、淮扬菜，对我们以后形成系统的本帮菜系也是有帮助、有借鉴的。"许知味一点都没往别处想。

"其实也不一定的，你那些徒弟中要是有谁能够应付应付浙菜、淮扬菜的话，那就让他们主灶。这样店里还能少一些开支。"祝昇蓬是故意把话头往徒弟们身上引。

"不行不行，这个开支是绝对不能省的。我那些徒弟就算会烧点那也是二把刀的功力，主灶肯定是不行的。眼下店里会海派锡菜的人确实多了点，能做好其他菜系菜种的确实少了。我也是一时冲动，一下收了这么多徒弟。不收了不收了，要收也等到本帮菜正式推出后再收。"许知味的话似乎是往其他方面想了。

"但是其他菜系的厨师会不会也招得太多了些。"祝昇蓬问这一句是要把巧妙的谈话变得更加圆满。

"不会，厨技之道在个聚字。聚众家之长，然后更易达到所求境界。"许知味确实是往别处想了，只不过想的是要汲取更多长处做好自己的本帮菜。

　　但不管许知味有没有往别处想又是怎么想的，总之祝昇蓬的目的是完全达到了。许知味不再收徒弟，那么在昇鑫馆中的实际控制和影响力就不会扩大了。另外等再招几个浙菜、淮扬菜、上海田菜的好厨师过来当副厨后，那么就算许知味哪天出现状况，几个副厨依旧可以将昇鑫馆的买卖稳稳维持住的。

　　许知味在和祝昇蓬的这次交谈中真的没有多想什么，因为之前他就已经把该想的全部想好了。

　　水仙怀上孩子后反应较大，变得更加啰唆易怒，所以有时候对蔡壬鑫发火抱怨就不怎么分场合，前两天就站在院子里大声地训斥蔡壬鑫。不知为了什么事情说他没用，顺带着七拐八拐地就又提到许知味收徒弟多，店铺早晚人家说了算的话。那天许知味刚好到后面库房取干货，库房后面就是水仙他们住的院子，水仙那些话一字不落全听到了。于是他这几天一直在想这事情，等祝昇蓬巧妙地说到收徒弟时，他早已经知道自己该怎么办了。所以他的那些话看似轻描淡写，其实是做出了最郑重的承诺。

　　那一次对话虽然结果非常圆满，但是之后除了许知味承诺的不再多收徒弟外，其他的都未能顺利实现。这是因为不久之后发生了一件大事，年纪轻轻的同治皇帝突然驾崩了。皇位由年幼的光绪帝继承，但光绪年岁太小不能亲政，只能由两位皇太后垂帘听政代理国事。在这样的大局势下，上海各行各业的经营状况都大幅回落。特别是对外的商贸减少得更多。以往黄浦江上一天来来往往好多外国大船，而现在几天才能等到一艘船。

　　很明显，不管是中国商人还是外国商人都在观望。改换皇帝是件大事，而偏偏换上的皇帝还做不了主，让两个女人管着国家。谁都不知道下一步局势会怎么发展，所以挣到钱的商人都拿着真金白银先回老家躲着。老板一走，下面办事的、做工的些外地人就都没活儿干了，也只能纷纷先回老家歇段时间再说，等局势明朗、老板召唤了再回上海。而外国商人更是不清楚后续会怎样，生怕清政府有什么政策变化，或者与某些国家发生分歧、冲突，并持续加剧不能缓解，那样的话不要说做生意了，发生战争都是可能的。

所以这段时间里，一切都像突然间停滞了、迟缓了。上海这座最为繁华兴旺的城市，仿佛被冰封了一样。

一直和江南制造局做生意的唐世棋也歇了手，并决定先回京城打听一下局势状况。因为江南制造局的那些官员们也在观望，京城里换了主子，他们制造局该何去何从还需要上头发话。所以不仅暂停了大部分武器装备的生产，剩下一些还在继续的生产也都只是装装样子而已。这样的话唐世棋留下来也没有生意可做。

当然，饮食行业也是最受影响的。很多人离开上海，到酒楼菜馆吃饭的人就少了。留在上海的人没活干、没钱挣，也不可能到酒楼菜馆去消费。所以不仅是昇鑫馆，几乎所有的店铺生意都一路下滑，这样一来找厨师的事情只能暂时搁置。这种状况下还能有许知味那些不用付工钱的徒弟替店里干活，那是打着灯笼都找不到的好事，也就没有谁再啰唆些什么了。

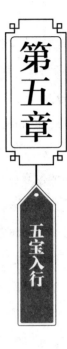

第五章

五宝入行

但是不管别人好心还是歹心，有意还是无意，许知味都已经陷入了一个双重陷阱，根本没有逃出生天的机会。

都说巧妇难为无米之炊，而现在的许知味不仅无米，连火也没有。许知味脊梁上的汗一下就冒了出来。

◦╱ 招家厨 ╲◦

光绪元年，翁先生担任了刑部右侍郎，次年的四月，他又受命宫中走动教授年幼的光绪皇帝读书。

按理说再当一回皇帝的老师已轻车熟路，但是此皇帝已非彼皇帝，翁先生也非十年前的翁先生。宫中的情景虽变化不大，翁先生的心中却已经是另外一番天地。虽然他也极力想找回一些曾经的感觉，但是无论如何都像缺了些什么。

当偶尔经过御膳房时，翁先生顿悟，缺的可能只是那一点味道。当初自己做同治皇帝老师时，许知味还在宫里。隔几天许知味就会给自己做一道家乡菜或者他研创的菜，所以那段日子自己总有美味相伴。而如今御膳房虽然还在，许知味却已远在上海，那些曾经在宫中陪伴他的美味只能成为一种不能忘怀的记忆。特别是那道"霓虹盖金梁"，不但一下吸引住年幼的同治皇帝，也吸引住当时已过而立之年的翁先生。如今虽然早过不惑，"霓虹盖金梁"的诱惑却仍是萦绕不去，常常会让他心里生出再品其味的期盼。

不过听说许知味现在在上海发展得还不错，为一道菜千里迢迢将他召来似乎不大合适。而且皇帝换了太后还在，万一召许知味进京之事被哪个对自己、对许知味心存歹念的人知道，跑到太后跟前重提当年的事情，乱吹妖风点邪火，不仅会对自己不利，而且还可能害了许知味。

被宫中旧景勾引起味道的记忆，又无法消解对美味的欲望，思来想去，翁先生想到了许知味留下的菜谱。于是让管家出告示重金招聘新家厨，他觉得只要能招到有足够功底的厨行高手，再给他许知味的菜谱，应该可以照着样把那些菜做出来的。

看到告示，前来应聘的厨师很多。那些厨师都知道，到皇帝的老师家里去当家厨首先待遇会很丰厚。那不是一般官员家的家厨，待遇低了主家自己都会觉得没面子。另外做这种家厨肯定比外面馆子里做活要轻松得多，因为只需要给一家人做饭菜，有时候甚至只需给某一个人专职做饭菜。再者以后说出去身份也是不一样，自己给皇帝的老师做过饭，这对于厨师来说，就相当于跳了龙门贴了金，是可以顶着这牌头荣耀一辈子的。

应聘的人虽然多，但是试菜却不复杂。指定的菜有一个，就是荷叶粉蒸鸭。指定的食材也只有一种，就是排骨。但这排骨可以自由发挥，任意做法都行。荷叶粉蒸鸭是当初翁先生吃过后从此认识许知味的一道菜，记忆极为深刻。至于排骨，他知道许知味的烧法是自己研创的，独一无二，所以只能看这些厨师中有没有谁的烧法和他接近。

荷叶粉蒸鸭是江南菜，想来皇帝老师家做家厨的厨师却是全国各地的，并不一定都会做这道菜。所以题目才出，就已经淘汰掉一半人了。

等荷叶粉蒸鸭上桌时，又淘汰了一大半。这道看似操作并不复杂的菜其实是很需要掌控各种细节的，要求"荷不盖粉，粉不盖鸭"，味道三层递进且一定要相互制衡，稍微差一点整道菜品的意思就不对了。所以试菜的厨师虽多，但烧出的味道却是不伦不类，完全不能像许知味那样准确地把握和控制。也就是翁先生宽容，另外也想试试这些厨师的排骨做得如何，这才勉强留下还算过得去的几个人。否则按许知味的标准来要求，定是一个都留不下了。

而等排骨上来后，真的就一个都没留下。

"把招聘的告示一直挂着，有来应聘的，只要我在府里，随时都可以试菜。"翁先生最后只能这样吩咐管家，不过这也表明他下决心一定要找个自己满意的家厨。

告示贴了有十天，开始几天北京城连带附近地区听说此事的厨师是蜂拥而至，排着队试菜。到后来，来的人越来越少，最后再没一个上门的。说实话，这些厨师中不乏手艺高超的，也不乏会烧江南菜、苏锡菜的，但是他们最终做出的菜品距离翁先生的要求还是大了些。这除了原来许知味做的相同菜品中有他独特的手法和窍门外，其实和翁先生的心境也有关系。曾经沧海难为水，尝过仙蜜之后再难觉得糖甜。

　　京城的前门大街上酒店饭庄很多，在这些店铺里干活的厨师有不少都去翁府试过运气，最后都灰溜溜地回来了。而翁府招家厨试菜的事情，则在这里的酒桌饭桌上成为热议话题，已经有一段日子了仍是被人津津乐道，估计要到翁府招到家厨后才能渐渐平息。

　　前门大街东西两旁有几条横着插入的巷子，里面也都是些小酒家小饭铺，这主要是满足低层次消费者的。虽然规模档次不能和大街上的酒店饭庄相比，但热闹程度却不亚于大街上的酒楼饭庄，里面的菜系种类也比大街上更丰富。

　　"地道江南"是个小菜馆，这家店的生意和其他店相比要差很多。这也难怪，他们家主打的是南方菜，而且做得还很不专注，徽菜、浙菜、苏锡菜、淮扬菜都有，但都只能做几道，而且都做不精。感觉是想在味道上有所变化，尽量向北方菜靠近，让北方人也能够接受。但这样一来画虎不成反类犬，搞得地道的北京人不买账，外来的南方人也吃得不对味儿。

　　因为生意不好，菜馆里的人手也就少。后厨就两个厨工，还都要兼做伙计和打杂的。厨师烧菜前，他们要处厘清洗食材，切菜取料。厨师菜烧好后，他们还要端出来送上桌。最后收拾桌子清洗碗碟也是他们。

　　外面的天已经黑透了，一般到这个时候再不会有客人来了，所以今天晚上"地道江南"里的食客已经可以确定只有两桌。店里的包间太狭小，所以两桌人都坐在不大的堂屋里，而且选的桌子离得很近。京城很多人去茶馆酒店不只为了吃，更是为了聊。这样桌子靠在一起聊起天来可以互动，倒也显得热闹有趣。

　　这天两桌人聊的话题正是翁府招家厨的事情。店里那个才十八九岁的小厨工夏谷分出来上菜时听了那么一耳朵，于是上完菜后就没挪地方，专心听食客讲的细节。直到里面厨师催喊，外面老板责骂，他才醒悟过来赶紧又跑进去干活。

　　但是此后夏谷分再没心思专心做事了，老是走神。这种状态持续了好久，连着被店里厨师和另外的厨工骂了好几次。

几天后的一个上午，夏谷分估计中午不会有多少客人，于是和老板请了个假。说是有个亲戚病了，要去看望一下。老板想都没想就答应了。中午没生意，两个厨工都用不上。出去一个还少个人在店里吃饭，也算给自己省了开支。

等夏谷分走了一段时间后，老板才突然想起什么来，不由疑惑地自言自语着："这小夏不是说家里遭灾，然后一个人逃难到京城来的吗？这又从哪里冒出个亲戚？"

那边老板在疑惑地自言自语，这边夏谷分已经出现在了翁府门口。他先在招聘的告示前站了一会儿，把告示仔细看了两遍，确定招聘家厨的事情还在继续，也确定这招聘没有年龄经历等方面的附加要求，知道自己也是有资格应聘试菜之后，夏谷分才走向府门。不过他以往从来都没有走进过这样高大气派的府门，更不知道进去有没有什么规矩，所以心中志忑不安，连走上台阶的步子都显得有些不自然。

翁府的门是半掩的，按理说这个时间府门应该大开才对，而且门口会有看门的或管事的仆人在。像这样半掩着大都是看门的人临时有什么事情走开一会儿。

夏谷分轻轻把门推开一点，壮着胆子朝里问了声："有人吗？"

没人答应，于是夏谷分把门又推开一点，把头伸了进去："我是来应聘家厨的，有人吗？"

还是没人答应，夏谷分有点不知所措了，不知道自己应该进去还是应该先退出去。也就在这个时候，里面突然传出一声喊："你这小子贼头贼脑的干什么呢？"还没等夏谷分从这声喊中反应过来，一个高大的身影已经立在他的面前，同时一只大手猛地抓住了他的后脖领。

"呦呦呦，别抓别抓，让我直起来说话。"其实要不及时说出自己的身份目的的话，根本就没有从人家大巴掌下直起身体的可能。"我是来应聘家厨的，我是厨子，会做江南菜的厨子。"

手松开了，高大的看门人上下打量了一下夏谷分。都说"官家看门的会看人，皇家看门的会看官"。这不管什么人往厉害的官家看门人面前一走，他就能掂量出你是什么路数有几斤几两。而不管什么官只要在皇宫的看门侍卫和太监面前一走，他们就能瞧出有几分出息，能不能得到皇上的欢心。

　　翁府的看门人看夏谷分一身脏不拉几的衣服，没梳理妥帖的辫子，很是稚嫩的脸上还带着几分菜色。更重要的是随身连一件厨师的家伙式儿都没带，空着两只手来应聘家厨。于是很随意地踢出一脚，让夏谷分一个趔趄直接从门口退到台阶下面，同时吓道："这里不是你瞎闹的地方，快滚！"

　　夏谷分不敢再往台阶上走了，但他也没滚远，就在旁边的雁翅影壁下蹲着。自己好不容易撒谎溜出来一趟，可不能啥都没试成就被一脚给踢回去。先在这里等一等，说不定会有什么机会出现。

　　"二管家，你急匆匆地是不是去给刚才那两个试菜厨子备做菜的料去？"高大的看门人在朝着门里说话。

　　"对的，就你刚才带进去的那两个厨子，说自己拿手的菜就是烧排骨。所以老爷让我赶紧去肉铺挑好的排骨买些回来，让那两个厨子试做。"随着说话声，一个穿长褂带小帽的人走了出来，急匆匆地往东走去。

　　夏谷分听到了门口的对话，他一下蹦了起来，然后尾随着那个二管家而去。今天翁府的大门进不进得去，全得靠这个比看门人身份高出许多的二管家了。但是怎么才能让这个二管家带自己进翁府，夏谷分也是没有一点主意，只能跟在后面伺机而动。

·〈 帮选骨 〉·

　　二管家到了肉铺门口，人还没站定就高声喊道："老板老板，赶紧地，给我搞几斤最好的排骨。"

肉铺老板应该是认识翁府二官家的，这些日子他肯定没少往这肉铺跑。但是老板听到二管家的话却是一脸的苦笑："我的管家爷呀，这排骨得看怎么吃，然后才能按需要取最适合的。你要的最好的其实是最不好取的，我觉得最好，人家厨子不见得就觉得好。"

"怎么吃？我哪知道怎么吃，我又不是那个试菜的厨师。"二管家没好气地说。估计最近没少临时被差遣了出来买菜，但是没有一个厨师试菜成功，让他心里也不免焦躁。

"说了买排骨，那就不是筒骨、尾骨、扇骨。排骨中炖汤最好的是脊骨，其中有嫩髓，炖好了化在汤中是最好的。不过厨师试菜一般不会做炖、煲之类的菜品，那样时间会很长。所以最可能做的是焖烧排骨、酱排骨、糖醋排骨之类的。焖烧排骨选料带肉要多，有肥有瘦。一般上肋处最好，瘦肉厚，肥油相夹其中。这焖烧排骨其实是和焖烧肉有相近之处，但是在肉香之上更多了骨香。"夏谷分就紧跟在二管家的身后，听到他在为选取排骨为难，便凑到前面帮那二管家选取合适部位的排骨。

"哟，这小伙儿挺内行呀，再说说做其他排骨怎么选。"那二管家并非对排骨感兴趣，而是想知道自己到底该买怎样的排骨。

"酱排骨一般选骨大肉多的，而且尽量要瘦肉。因为要让酱味酱色烧入骨肉中，少不了一段时间较长的炖煮。这样的话如果骨小肉少很容易就炖煮碎了，肉骨散落难以成形，所以以上肋至脊骨这一块的排骨最为合适。糖醋排骨的选料则是需要骨肉相衡，瘦肉为主，只稍带肥脂。这是为了骨肉更好地吸收包裹糖醋味汁，让骨香、肉香、糖醋味更加浓郁。同时又能避免烧制过程中肉质太干太柴，始终保持两分饱满腴滑的口感。这一般是取中肋到肋尾这一块的排骨，并且要将骨上皮肉去掉两层最为合适。"夏谷分一口气将所知道的都说了出来。

二管家双手一拍："好，老板你都听清了吧，就按这小伙子说的，三种每种取两斤。"

肉铺老板马上答应一声："好嘞，这就给您取料。"然后又殷勤地追问一句，"每种两斤够吗？"

"就两个试菜的厨子，就算他们选的是同一种骨头，一人一斤也足够他们做的了。"二管家已经算计好了。

"嗯，管家爷，那算上第三种排骨可不可以取三斤？"夏谷分抓住机会，很恭敬地向二管家提建议。

"怎么，你想要一斤排骨？"二管家首先是这样的反应。

"不是，我也想去府上应聘试菜，我会做江南菜，糖醋排骨也烧得不错。刚才刚到门口就看到管家爷出来买试菜的食材，所以就一起跟过来把我需要的食材也一块说下。"夏谷分并不将看门人拦着自己不让进的情形说出。

"你也是来试菜的厨子？也对，你要不是厨子也不会这么懂排骨了。人不可貌相，就冲你刚才那番说道保不准还真是个好厨子。没问题，多取一斤骨头，我带你进府试菜。"二管家倒是个爽快的人，也可能是最近这招聘家厨的事情把他搞烦了，有个能做厨的他就给带进去试一试，赶紧把这事情给了了他也就轻松了。

夏谷分在翁府里做的糖醋排骨肯定和许知味的"霓虹盖金梁"不是一回事，但是翁先生品尝之后觉得味道还算接近，与其他来应聘厨师相比，算迄今为止最好的一个。另外荷叶粉蒸鸭这道菜夏谷分倒是做到了八分相似，只是感觉上还差了那么两分。

翁先生听夏谷分口音熟悉，问清他原来是江南沙洲杨舍镇人。虽然沙洲是江阴县辖下，但江阴和常熟同属苏州府。而且沙洲离常熟比江阴更近，所以他们两人的老家可以说是近在咫尺，怎么都该算是真正的老乡。

因为这些原因，翁先生决定将夏谷分留下。这么多厨师来应聘试菜，都没有找到完全合适的，而且估计也不可能有和许知味一样完全合适的。所以翁先生觉得找不如造，将这个已经很接近的夏谷分进行打造、改造，让他在不久的将来可以成为另一个许知味。

做出这样的决定之后，翁先生把许知味送给他的那本菜谱借给了夏谷分，让他好好研究一下，并且亲口详细描述了许知味所做"霓虹盖金梁"的过程和味道，让其试做。

夏谷分也算是个有灵性的好厨子，看了许知味留下的菜谱和心得之后，很快就可以将上面的那些菜品做到非常相似。但是"霓虹盖金梁"这道菜不管他怎么试做，始终是无法达到许知味做的味道，与翁先生记忆中的相差太远。

春节快到的时候，客运码头的人特别多。有些是离开上海回老家过年的，有些是从老家过来，和在上海做事的家人团聚的。但不管是离开上海的还是来到上海的，脸上都流露出迫切和兴奋。离开的终于可以暂时摆脱一下压力的纠缠，去过几天轻松的日子，找一点衣锦还乡的感觉。来上海的则觉得自己终于踏上了这片神奇的土地，来到了世上最为繁华发达的城市。在这里可以看到真正的西洋景，体会到可以炫耀一辈子的经历。

只有祝贝花是个例外，她至今还未曾从离开父母和家乡的伤感中走出来。面前是个陌生的城市，周围熙攘拥挤的人群让她感到害怕。而且还未满十岁的她可能从此都要留在这个城市了，跟着并不熟悉的叔叔婶婶过以后的日子。

和贝花一起来上海的是同族的一个亲戚，他是到上海来做裁缝的。做裁缝的人心性本来都是比较平和的，而现在就连他都不免焦急起来了。也难怪，都在候船室里等了一个多时辰了，但是接船的人还没来。出现这种情况其实有些意外，原来他们所乘客船应该停靠的码头被洋人的一艘船占了，他们这艘客船只能临时停靠在另外一个码头上。下船后连东南西北都分不清的他们不敢自己乱跑，怕迷失在这个比山林还杂乱的城市里。所以只能等接他们的人在原来码头上得到消息，然后再赶到这边码头来接他们。

由于这里的码头增加了停靠的船，而且好多乘客都因为改换码头后没人接船只能滞留在码头上，所以候船室里人满为患。特别是门口的地方，人们像开圈的羊群挤进挤出，有怕自己误船的，有进来找人的，有终于被人接到赶着回去的。

时间拖得太长了，那裁缝亲戚估计贝花应该饿了，于是给她买了两个茶叶蛋，让她坐在角落里的凳子上自己剥了吃，而裁缝亲戚则走到候车室的门口，踮着脚看人群中接他们的人有没有到。

贝花很小心地剥着蛋壳，生怕茶叶蛋的汁水弄脏了自己衣服。这套粉红银花的绸面棉袄是临走时母亲特地给她做的，做得很长很大。这个年龄的丫头长得快，长些大些可以多穿几年。不过袖子太长了剥蛋壳很不方便，稍不小心就会被茶叶蛋的黑汁水弄脏了衣服。

"啊呀！你胆子真大，竟然敢在这里吃带壳的鸡蛋！"不知哪里溜出一个十四五岁的半大小子，声音压得很低，神情显得很紧张。

贝花没有说话，茫然地扭头看着那个半大小子。那小子穿一身老粗布的棉袄，很旧，但是袖边、下摆却是用新布给缝过的，看样子应该是用什么大人衣服给改出的棉袄。鞋子也很大，为了跟脚里面塞了些花花绿绿的布头。不过和这些衣服很不配套的是他带着一顶很新的瓜皮帽，可能是过年出门没钱添新衣服，家里人只能用一顶新帽子来意思一下。

"你看看那牌子，看到没有，画着鸡蛋果子的那个牌子，上面写的字知道什么吗？就是不让吃鸡蛋果子。"那小子指着上船通道边上竖着的一块牌子说道。

贝花还是没有说话，只是看着那小子笑了笑。

"你还笑，看看，那边过来的官差看到没有？就是专门抓在这里吃蛋吃果子的。抓到了不是打板子就是罚银子，还会关黑房子。过来了过来了，官差过来了。快把鸡蛋收起来！来不及了，我来帮你收。"

那小子说完还不等贝花有反应，就将帽子一摘，把贝花旁边放着的茶叶蛋连带她手中剥了一半的茶叶蛋一起放到帽子里，然后连着蛋把帽子往头上一扣。

一道茶叶蛋的汁水从帽子边里流了出来，顺着那小子的腮帮子淌了下来。那小子胡乱擦了一把，结果半边脸蛋都变成黑褐色的了。但擦这么一下并没有能阻止汁水流下，短暂停留之后，仍然有一道黑汁重画刚才的流线，并且直到颌下。

贝花看着半大小子的脸，忍不住咯咯地笑起来。

"嘘、嘘，别笑别笑，过来了过来了，打板子罚银子，还关黑房子。"那小子一边一本正经地板着脸小声对贝花说，一边直挺挺地坐在那里，生怕帽子里的鸡蛋连带帽子掉下来。

看他这样子贝花笑得更厉害了，浑身乱颤的。不过她还是很配合地用手捂住嘴，尽量不发出声音。

就在这时候，候船室门口的人堆里有两个人在往里挤，边挤边大声喊着："贝花！贝花！在哪儿呢？贝花！"

"这边这边，在这边呢。"站在门口正踮脚看的裁缝亲戚听到了，赶紧在人堆的外边答应着。

女独来

祝昇蓬和蔡壬鑫气喘吁吁地挤进了门口。他们两个到上海也十来年了，昇鑫馆的成功也让他们完全改换了形象。两人都是酱色的绸面棉袍，福字团花的羊皮马甲，黑油绸的瓜皮帽。只是两人的福字团花马甲颜色不同，祝昇蓬是深灰的，而蔡壬鑫是宝蓝的。那祝昇蓬仍是清瘦白皙的一张面庞，不过神情中多了几番老道和精明。而蔡壬鑫在水仙的精心养护下始终没能把那扫把头长丰茂了，反倒把颌下养出了一圈浓密的胡须。

这两人额上挂着汗珠、口中呼着水汽挤进候船室，还没看见那裁缝亲戚，反倒迎面撞上个老官差。

"呦呦，是祝老板和蔡老板啊，难得难得，什么风把你们两个吹到这乱糟糟的码头上来了。"老官差是陈二尾，霸街斗菜之后街头上油水没那么好捞了，他便想办法调到码头来了。

现如今的陈二尾也已经发须白、脸皮皱了，不过做人做事倒是更加圆滑。虽然过去和昇鑫馆有过冲突，但是现在昇鑫馆做出了大名气，祝昇蓬、蔡壬鑫也算有头有脸的人物了。所以那陈二尾早就把风向舵把给转了过来，每次见到祝昇蓬、蔡壬鑫都是满嘴满脸假得让人头皮发麻的热情。

"是二爷呀，我们是来接人的，得先找人，人找到了再说话。"祝昇蓬只急急地朝陈二尾拱拱手。

"哎，这码头上的事情你们提前和我言语一声就是了，我这还不是顺带手的。找什么人？我来帮你们找。"陈二尾跟在祝昇蓬身后。

"大哥，在这边，快过来。"那边蔡壬鑫已经和裁缝亲戚见面了，正在满是行李和人的过道中见缝插针地往贝花所在的角落挪步子走过去。

"你们前面的让让、让让，行李往旁边放，不然人家怎么走。"陈二尾虽然在最后，但是毕竟一身官差的装束，所以两嗓子一喊，那些对上海颇为敬畏的外地人赶紧地往旁边挪地方，让祝昇蓬他们比较顺畅地走过去。

"贝花！还认识我吧？我是你小叔啊，前两年去接你小婶的，还记得不？这是你蔡叔，你爸妈肯定对你提起过。来了好，来了好啊！快，回家，赶紧回家！"祝昇蓬看到贝花后又是激动又是心酸。

当年祝昇蓬的二哥给了一笔钱资助祝昇蓬和蔡壬鑫来上海发展，本来就没想过再要还这钱，当时说就算他投入的一份股，要是赔了就算了，但如果他们在上海发达了，自己老婆生下儿子将来就让他到上海来跟着他们做生意；生的女儿，就拿股份的钱帮她在上海找个好人家嫁了。

　　祝昇蓬前些年回去接老婆孩子来上海时，才知道二哥的身体不太好，得了严重的肺痨病，已经很长时间不教书了。家里虽然有些积蓄，但看病吃药开销大，日子已经过得很是拮据。祝昇蓬看了这情况就和二哥说，回上海后马上给他转一笔款子过来，让他看病过日子。但是二哥抓住祝昇蓬的手怎么都不答应，一定要他兑现当初的约定。

　　"我这肺痨病估计是好不了了，挨不了多少年头。我和你二嫂就一个女儿贝花，现在还小，我们也不舍得让她离开。但是等我真不行的时候，就只能把她托给你了。你千万不要从上海给我转钱回来，我当年给你钱做了股份我一分都不撤出来的，留给贝花，全留给贝花，以后跟着你在上海日常的花费，还有将来嫁人的花费，都指望这个股份了。咳咳、咳咳，兄弟，拜托了，我和你二嫂念着你的好，这情分下辈子一块儿补还你。"

　　"二哥，不要这么说，千万不要这么说。当初要不是你给我们钱，我们也去不了上海，去了也干不出现在的产业。再说了，就算当初你没有投入这份钱，那贝花不还是我亲侄女吗，有我一口干的就绝不会让她喝稀的。股不撤，肯定不撤，你安心养病，想什么时候让贝花来上海找我都行。"祝昇蓬是个实诚人，人家对他的好，他总想加倍地回报。更何况面前的是自己亲二哥，更何况自己能有今天也真亏了二哥当初的支持。

　　那次祝昇蓬离开时，仍是拿出一笔钱偷偷塞给二嫂，要留给二哥治病用。但是二嫂也是无论如何都不收，就算祝昇蓬说明这钱不是股份里的，是他自己给二哥治病的，二嫂也坚决不收。她也说，不管钱是谁给的，都留给贝花用，这样就算对得起二哥二嫂了。

　　这样的态度让祝昇蓬知道，贝花就是二哥二嫂的命。所以他必须全力去呵护，比自己孩子更精心地去呵护，否则就对不起二哥二嫂。

　　"傻丫头，怎么了？啥事这么好笑啊？"看到贝花一直捂着嘴笑，祝昇蓬感觉有些莫名其妙。

　　贝花始终不回答祝昇蓬的话，只管自己笑。而这时候那个半大小子的表情也确实比刚才更好笑了，因为他发现刚才用来吓唬贝花的官差竟然和接她的人是认识的，好像对接这个小姑娘的人还挺客气挺恭敬的，于是表情一下紧张得有些怪异。

"走了走了，不傻笑了，回家了。"祝昇蓬牵过贝花的手，而蔡壬鑫和那个亲戚也已经把行李都拿了起来。

"哎呀，祝老板和蔡老板亲自来接人也就算了，还自己拿行李，就没带两个伙计过来？要不这样吧，我叫两个兄弟帮忙把行李送回去。"陈二尾客气着。

"谢谢二爷了，不用，雇了车来的，就在门外等着呢。就是还要麻烦二爷给开开路，不然这搞七念三地怎么挤得出去。"蔡壬鑫倒是提出个实际困难，也是陈二尾不费力就能办到的事情。

"好嘞，你们都跟着我走。"陈二尾晃着膀子领着几个人往候船室外走去。

贝花走了几步，回头看那半大小子一眼，然后突然挣脱祝昇蓬的手跑了回去，来到那小子面前大声说道："那牌子上写的不是不准吃鸡蛋果子，是带货超重要补票。咯咯咯。"说完，贝花连声笑着跑回祝昇蓬身边。

那个半大小子先是一愣，那年头女孩子上学认字的不多，像这么小年纪的就更少了。可他怎么能想到这女孩的父亲就是教书的，从小就开始教她了。等贝花消失在人群后，那小子歪歪嘴巴，耸耸鼻子，恢复一副满不在乎的样子，快速地低头摘帽，顺势让两颗茶叶蛋落在帽子里，然后得意地晃着脚把蛋剥了吃了。

昇鑫馆这天晚上有点乱，生意意外得好是一个原因，前面柜台上没有人管着是另一个原因。祝昇蓬和蔡壬鑫今天去码头把祝昇蓬的侄女祝贝花接了回来，然后两家子人都聚在祝昇蓬住处那边给贝花接风洗尘。本来是邀了许知味一起过去的，但是许知味觉得自己再一走，前台后厨全没人管着，生意就不好做了，所以只说等这边忙得差不多了再过去。

从昇鑫馆开业以来，祝昇蓬、蔡壬鑫这两人每天至少会有一人在柜台上，正常时是两人都在。今天可能是唯一一次例外，可见他们对贝花的重视程度，两家人都拿她当宝一样。不过许知味听说他们两个人当初到上海来是得到贝花父亲资助的，这昇鑫馆其实也有着贝花的股份在。从这一点上论，大家对贝花好那也是应该的，也正说明了祝昇蓬、蔡壬鑫两个是知恩图报的实在人。

不过这贝花也真像是个宝似的，最近大环境不好，各行各业都不景气，没钱挣，下馆子的人也就少了。即便昇鑫馆这么大的名气，每天生意也是不温不火的。不过今天特别，贝花一来，昇鑫馆很难得的来了个爆满，一张多余空位都没有。

"厨头，外面有人找你。"一个伙计拨开出菜门的门帘朝厨房里喊了一声。

"是老熟客吗？有座就先给领个座，没座打个招呼先安排柜台前喝茶。告诉人家我这边正忙着，手上这道菜好了马上出来。"

"不是老客，是个男孩儿，像是乡下来的。"

"乡下来的？谁会找我？"许知味嘀咕一声。当时乡下来的有两层意思，一个是指外地来的，还有是指老家来的。

一直到手中的一道菜完美出锅，许知味才擦擦手出去看是谁来找他。这是一个优秀厨者的素质，一道菜不会做一半锅离火，一旦离火这道菜也就废了，必须重新做。

昇鑫馆门旁边蹲着一个半大小子，不停伸头缩脑地往里面看，见许知味挑帘子出来了，立刻站了起来往前走两步。

许知味只看了那小子一眼，就知道来的是谁了。因为从来人的目光神情中能看出和范阿大很像的油气和无赖相来，这让许知味不由得就从心底生出一种厌恶和提防。算算时间也快十年了，该来的终究还是来了。

"我是五儿，大名叫范五宝，过年就十六岁，你答应过我爹……"

"带他去后面待着，店里人自己吃饭时一块儿叫上他，吃完先安排在帮工的房里住下。"许知味吩咐旁边一个伙计，却始终没有和五宝说一句话，对五宝说的也像是完全没听见。

范五宝这天晚上进了昇鑫馆的门，许知味对他这种态度他并不感到意外，就像一个逃债逃了很多年的人突然见到债主也会是这样的态度。

昇鑫馆后厨安排给自己人吃的饭菜其实有可能是范五宝这辈子吃过最好吃的饭菜了，但他偏偏没有表现出平时那种狼吞虎咽抢着吃的样子，而是很克制很适量地吃完了这顿饭。这是一种在坚忍中收敛本性的态度，也是一种为了目的而刻意改变自己的态度。一般像他这个年纪的人很难做到，而范五宝却能做得很好。

范五宝进了昇鑫馆，对于许知味来说却是遇上了个大难题。他从来都没有想过自己会收五宝做徒弟，教他做菜，那都是范阿大一厢情愿强逼着自己答应的。而且五宝从小就专干奸猾欺诈的事情，这是做厨的大忌。所以不管是维护自己名誉还是维护昇鑫馆这块招牌，他都不愿意收范五宝为徒。但是现在人已经来了，自己当初也确实承诺了，那么不管怎么都应该给他一个安排作为交代。而且要让他觉得不比学厨做菜差，那么自己也就算是兑现承诺了。

一直过了好几天，许知味才找到机会和祝昇蓬、蔡壬鑫商量安置五宝的事情。这是因为祝昇蓬他们刚刚接到贝花，亲热劲儿还没过，就接到宁波的来信，信里告知贝花的父亲去世了。贝花离开父亲来上海，竟然成了一场隔世的永别。想到再也见不到疼爱自己的父亲了，贝花伤心欲绝，整天都把自己关在屋子里独自悲戚。祝昇蓬和蔡壬鑫怎么劝都没用，只能是让茗贞和水仙找机会去陪着，慢慢地开导劝慰。

许知味把自己当初的承诺告诉了祝昇蓬和蔡壬鑫他们两个，并且特别说明了一下："你们两个千万不要多心，和你们说这个不是想改变我之前的决定，想要再收徒弟。我只是觉得能不能在店里给他安排个事情做，或者把他安排在和我们有生意往来的其他店铺做个学徒，比如干货店、粮油店什么的都可以，这样也算我对他和他爹有个交待了。"

"许师傅你这话说的，你要真想收徒弟我们哪有拦着的道理。不过你要不愿意收，又想给他个好交待的话，我觉得最好还是留在我们店里，就给我们柜上当学徒，学做生意。"既然许知味说了这事，祝昇蓬怎么可能驳他的面子，不仅不能驳面子还要给足面子。人肯定是要留下的，虽然是许知味家乡来的人，具体也不知道他们之间的关系。但许知味既然能够坚持之前的决定不再收徒弟，那么自己也该把事情做得漂亮，把他要安排的人放在柜上自己亲自带了做学徒。这样是让许知味好交待，也是自己给许知味一个好的交待。

祝昇蓬见到范五宝时觉得他有点眼熟，但是怎么都想不起来在哪里见过。这也难怪，当时在候船室时人多嘈杂，而且祝昇蓬的心思全放在了贝花身上，旁边人都没咋注意。而范五宝也是一样，一时也没把祝昇蓬和蔡壬鑫认出来，因为当时他被陈二尾给吓住了。不仅因为他正在骗贝花的茶叶蛋，而且他戴的那顶新帽子也是刚刚顺手牵羊捞来的。

苦学徒

范五宝当上了两个老板的学徒，这听起来真是一件值得高兴的事情。五宝虽然一直表现得隐忍收敛，但面对这样的安排心里其实也是有些按捺不住的喜悦。他觉得自己成了老板的学徒，以后这店里除了老板就是自己最大了。

但是事情真不是五宝想的那样，过去当学徒是最苦的，连打杂的都不如。打杂的还有固定的工作范围，学徒却是什么事情都要做。不仅店里的事情都要做，就连老板家里的事情也要做，包括帮老板洗衣服、替老板娘倒马桶这些事情。而五宝是两个老板的徒弟，所以做的事情就更多了。

祝昇蓬那边还好一些，偶尔有事才会招呼五宝去跑个腿、出个力。所以五宝虽然去过家里几次，但都没能见到把自己关在屋子里的贝花。

蔡壬鑫家的水仙可不同，她打小就生在生意人家里，怎么调教学徒的一套全都懂。再加上她一天到晚也是闲着无聊，而五宝又是许知味带来的人，徒弟不收了又往店里拉学徒，这让水仙心里总有些不舒坦。所以她就可着劲儿地使唤五宝，尽量不让五宝接触到店里的事情，而且暗自希望最好五宝受不了苦自己溜回老家去。

可劲的使唤也就罢了，水仙这人还又挑剔又啰唆。这女人使唤的事情本就是学徒很难做得好的，更何况五宝是从穷乡僻壤出来的，没见过世面，所以啥事情都没法做得让水仙满意。水仙不满意便会啰里啰唆地数叨，虽然并不恶声恶语地骂点啥，但这数叨比骂几句更难挨，是可以摧毁别人意志的。所以艰难承受了几个月之后，在水仙又一次长时间的数叨攻击下，五宝终于爆发了。

爆发有时候是沉默的，沉默的爆发往往更具危险性。范五宝决定给水仙一点教训，给别人一点教训对于他来说是一件简单而快乐的事情。这种快乐不仅是可以看到他所恨的人痛苦，而且还有一种冒险的刺激。教训要做到像是自然发生的意外，不会怀疑到是他所为。再有就算怀疑到他头上，也难以启口来问罪于他。

天气已经很热了，让人心情烦躁，这应该也是让五宝爆发的原因之一。也是因为天很热了，所以院外的树上已经有洋辣子^[1]开始蠕爬了。五宝只抓了一只洋辣子，是那种颜色红绿相间的大个儿洋辣子，然后用纸折的盒子装了来到水仙家的院子里。

这一次没人叫他来，是他自己来的。天气这么热，几乎每天都有衣服要

---

[1]　即毛毛虫。

洗。但是今天水仙没有叫他来给蔡老板洗衣服，那肯定是有水仙自己的换洗衣物在。而女人衣服可是不能随便给别人洗的，特别是男人。

五宝进院子时，水仙洗好的衣服已经晾晒了起来，而她自己进到里屋给孩子喂饭去了。五宝知道水仙的儿子磨磨蹭蹭吃饭慢，而水仙唠唠叨叨话又多，一时半会儿是出不来的。所以很大胆地悄悄溜进院子，认准晾晒衣物中水仙的贴身内衣裤，然后把纸盒里的洋辣子捏出来，抬手要把洋辣子的毛刺弄在那些衣物对应私密处的部位上。

这洋辣子身上的毛刺要是弄到身上，会又刺又痒又红肿，非常难受，更不要说是在敏感的私处了。这种难受的感觉没有什么有效的消除方法，得好几天才能自然消除。而私密处出现这种状况，又是没法对人说的。就算怀疑是被人做了手脚，都不好意思去追查。五宝采用这个阴损招儿，就是要让水仙有苦都说不出。

"你要干嘛？呀，怎么是你！"就在五宝的手快要碰到内衣裤时，院门口突然传来一个女孩的声音。

五宝被吓得魂飞魄散，一下被定在了那里。

这时候房门一响，水仙也出来了："呦喂，我的个天哪，是贝花呀！你可是出来走动了。好好，交关好[1]、交关好，你要再闷在屋子里，水仙婶都要去屋里把你拖出来了。"水仙有些激动地急走几步，过去一把拉住贝花的手。

"水仙婶，这些日子你老陪着我，我是特地过来谢谢你的。"

"你这孩子，真懂事，和婶婶还有啥好谢的。"就在此时，水仙突然发现手抬在那里的范五宝，"你做啥？没人叫你谁让你来的？"

五宝很是紧张，他抬着的手慢慢往回收，同时手指转动，把洋辣子和纸盒悄悄捏成一团。

但是眼尖心细的水仙还是发现到他手里有东西："你个贼骨头手里拿着啥

---

[1]　上海话，非常好的意思。

东西呢？是什么纸？快拿出来给我看。"

"水仙婶、水仙婶，是我让他陪我来的。我看到晾的衣服没晾好，要掉的样子，所以让他给挂好的。我个子矮够不到。"

"傻丫头，女人贴身的东西怎么能让男人随便动的。"水仙小声对贝花说。

"对的，我就是怕他弄脏了，所以给他张干净的纸让他隔着纸把衣服挂好的。"贝花眨巴着眼睛说。

"你这丫头啥都不懂，不是脏不脏的事，来屋里，婶婶和你细说。"水仙拉着贝花往屋里走，快进门时回头对五宝说了声："你可以走了，贝花不要你管了。"

五宝听到水仙的话后赶紧快步溜回前面的店堂里去了，吓出的一身虚汗已经把单褂湿透，一双脚仿佛虚脱了一样无力。也直到这个时候他才想起来，刚才那个贝花就是之前在码头上被骗茶叶蛋的女孩，而两位老板就是那天到码头接她的人。

五宝真的很后怕，一是根本没有想到自己做那事情时贝花会出现，而且水仙也正好出来。再一个他没想到水仙会这么细心，竟然发现自己手里握着的纸盒。今天要不是有贝花打掩护，自己就算得逞了也可能会被水仙看穿。那样的话怎么都不可能再让自己留在昇鑫馆了，被暴打一顿再送官都有可能。所以五宝始终惴惴不安，生怕过后水仙回过味来追究这件事。

下午的时候，有人喊五宝去老板家做事。当时他的心不由得一阵狂跳，以为是水仙又要追究上午的事情。但后来听清了，是祝老板家那边有事，让他出去帮着买两只茶叶蛋。这时他才长舒口气，已然知道是谁在支派自己了。

从这天开始，五宝到祝昇蓬家去的次数多了，而且大多是贝花有事叫他过去做的。贝花的身份在昇鑫馆比较特殊，她不仅是祝昇蓬的侄女，还是昇鑫馆的股东。另外她父亲还算得上祝昇蓬和蔡壬鑫的恩人，没有她父亲的支持，连昇鑫馆都不可能有。而且贝花还是个刚刚没了父亲的可怜孩子，独自一人在远离家乡的地方跟着叔叔婶婶过日子，所以几家大人都对她特别地宠爱、迁就。

而祝昇蓬他们也看出来了，贝花毕竟还是个孩子，很多事情并不是长辈们能劝导过来的。但是和其他玩得来的孩子在一起时，她却可以很快遗忘一些痛苦的事情。范五宝就是这样一个和她玩得来的孩子，贝花每当和他在一起时总显得很开心、很快乐。

祝昇蓬他们认为贝花能够开心是非常重要的事，所以店里原来很多应该五宝做的活儿都转给了其他伙计，就连水仙要没什么特别的事情也使唤不到五宝。从这之后五宝的学徒生涯再没吃什么苦头，即便有时候店里很忙很缺少人手，贝花都有可能来店里直接把他给拉走。

五宝和贝花两个都是远离家乡、失去父亲的孩子，两人之间多少有那么一点同病相怜的意思。之后在不断的接触中，他们两个都觉得挺开心、挺放松的，所以关系反倒比其他人更加亲近随意，真可以说是两小无猜、相互依靠，特别是贝花，对五宝是绝对的信任。而她却并不知道，是狼，总有一天会暴露出狼性。

时光穿梭，很快就又两年多过去了。五宝不仅完全适应了昇鑫馆中学徒的生活，也开始熟悉柜台上迎来送往的生意套路，而且昇鑫馆的好伙食将他养得很是挺拔俊朗。

年龄大了，男女间来往忌讳便多了。贝花再不能随意地召唤五宝到家里来陪她，也不能两个人跑外面瞎疯。这对于五宝而言其实也是一种失落，他往常只有和贝花在一块时，才是最轻松自在的，在昇鑫馆其他人面前他始终表现得隐忍而收敛，但在贝花面前却可以将所有顽劣的性格肆意展现。而贝花就是在五宝这种性格的带动和影响下，才很快从失去父亲的哀怜和进入陌生环境的畏缩中走出来。

虽然五宝只在贝花面前展现出自己的真实性格，但有一个人却是知道他的本性的。而且就算他再隐忍、再收敛，这人都觉得他本性难移，那就是许知味。

　　就算没有承诺自己再不收徒了，许知味也没打算教五宝厨技，所以才安排他在柜台上当学徒。但这还不是他的最终目的，他最希望的是五宝吃不了苦自己离开。这个目的其实和水仙倒是一致的，只是因为贝花的出现没能成功。再一个他希望可以抓住五宝什么大的错处，那么就可以名正言顺地给些钱将他打发走。但是五宝到了昇鑫馆后始终表现得很谨慎很规矩，根本找不到什么大的错处。

　　而五宝却并不完全明白学徒是怎么回事，他始终以为当了老板的学徒，就更有资格去学习厨技了。只是现在还没到时候，要先把柜台上、门市上的一套先学会、做好。

　　这天下午，贝花自己跑到昇鑫馆里来了。屋里不能让五宝随便去了，又不能两个人到外边疯，那么她自己跑到昇鑫馆里来倒还算是合适的。

　　来上海这么长时间，贝花开始是将自己关在房间里好几个月，后来虽然出来走动了，但也只是在祝昇蓬的住处和蔡壬鑫的住处之间走动，其他地方再没去过。再后来就是和五宝全上海地跑，反倒是昇鑫馆还没有真正地来过，至少后面厨房是从来没有进过的。

　　今天贝花突然跑到昇鑫馆里来，并不仅仅是为了找范五宝，而且还想多了解一下许知味。虽然之前她也见过许知味几次，但都是在家里，看着他也就是个年华渐逝的普通人，没有什么特别的。但是关于许知味的故事常常会有人在她耳边提起，而且传说得一次比一次神奇，所以她想找机会好好看看这许知味到底是怎样一个传奇的厨头。

　　但是很不巧，许知味这天刚好出去和别人谈一件外请做席的事情，不在昇鑫馆里，所以贝花没能见识到。不过这并未让贝花兴致全消，昇鑫馆那么大的厨房，那么多的灶头、案台，悬挂着的各种厨具，架子上各式各样的食材和辅料，让贝花看得眼花缭乱的，感觉又新奇又好玩。

"这就是我们昇鑫馆的厨房，最好的厨房，做出的菜也是最好的。"范五宝见贝花一脸惊异的样子，便主动显摆起来。

"是呀，我听婶子说过，全上海没几家店铺的菜能有我们昇鑫馆的好吃。不过最主要是靠厨头许爷的本事，听说他是宫里出来的御厨，给皇帝做过菜。在霸街斗菜时一路斗过来，无人能敌。"贝花说话时带着一种崇拜的神情。

"是呀是呀。"范五宝随口附和着。其实许知味怎么回事他可能知道得还没有贝花多，只是知道他以前是御厨很会烧菜而已。至于许知味到上海后一系列的事情，根本没有人和他说过。不过贝花的神情让他感触很大，到这个时候他才有些明白父亲为何一定要让自己到上海来跟许知味学厨艺。这不仅是一种赚钱生活的手段，而且还可以让自己成为别人仰视、尊敬的不凡人物。

"那你会做菜吗？"贝花在问五宝。

"我，我吗？当然会了。我来上海就是专门跟着许叔学厨技的。他和我家是邻居，和我阿爹是从小到大的朋友，所以答应我阿爹让我跟他学厨艺的。"

"那你烧个菜给我尝尝。"贝花提出要求。

"这个……我以前都是在野地里挖灶煮菜烤鱼啥的，到上海后还没开始学烧菜。要不，要不我给你炒个青蚕豆吧。"五宝转头在厨房里看了一圈，发现自己能弄熟的只有青蚕豆。

"好啊！"贝花倒不挑剔。

五宝在灶台上好一阵忙碌，弄得满脸油黑、炭黑，终于是把一盘葱炒蚕豆给做好了。

"挺好吃的，就是咸了点，还有太烂了点，嚼着有点不像新鲜蚕豆了，而像烂豆 [1]。"

五宝知道贝花说挺好吃是在安慰自己，后面补充的三个缺点其实已经说明了这个炒蚕豆完全不是那么回事。

---

[1]　老蚕豆浸泡焖煮的一种小菜。

"我现在是不行，但是只要我在店里好好做事，等许叔教我厨技了，到那时你再来尝我做的菜，肯定也是全上海最好吃的。"五宝拍着胸脯。

"我信我信，不过你不是前柜学徒吗？那是学做生意的，不是学做菜的。而且我听说许厨头不再收徒弟了。"贝花前段时间天天和水仙在一块儿，听说的和学到的东西还真不少。

"是吗？可是很多年前许叔亲口答应我阿爹会教我厨技的。"五宝一脸茫然，他也不清楚这到底是怎么回事。只是心中暗暗决定，等有合适的机会一定要找许知味问清楚。

◆ 烧野灶 ◆

许知味是在一个午餐客流高峰过后被范五宝拦住的。但他真的不太愿意搭理范五宝，就连看他一眼都觉得有种膈应人的感觉。所以还没等五宝说话，他就绕过挡在面前的五宝继续往前走，就像面对的是一个没有生命的障碍物一样，出现任何接触都只会显得自己愚蠢。

"你答应过教我做菜本事的，我什么时候可以开始学做菜？"五宝问这句话时，许知味已经从他身边走过，而且连一点停下的迹象都没有，就好像这话根本不是问他的，或者此刻他耳朵突然失聪，完全没有听到这话。

这种态度让五宝感觉是一种羞辱，于是朝着许知味离去的背影不忿地喊了一声："有什么了不起的，要不是阿爹硬要我来，我才不愿意跑上海来找你呢。"

"你可以走，走的话我给你盘缠和安家费用。"许知味终于站住，淡淡地回了一句。

"我不走！不管你教不教我，我都不会走！我阿爹临死前一定要我长大后

来上海找你，我答应了。我不会对死去的阿爹说谎，你不教我，我这辈子都
会像阴魂一样缠着你！"范五宝终于无法再坚持自己的隐忍和收敛，最后一
句更是将继承的范阿大的无赖劲头暴露无遗。

"你爹死了？"这个信息让许知味忽略了范五宝的无赖表现。从五宝进昇
鑫馆到现在，算算差不年多也两年的时间了，许知味竟然没有和范五宝正式
交谈过一次，更没有问一下他家里现在是怎样的情况。

"死了，好几年之前就死了，被你家塌倒的老房子砸死的。"五宝话里有
幽幽的怨恨。

许知味顿时纠结了。他可以对一个无赖失信，但是却无法对一个死人失
信。况且五宝还只是个孩子，他都知道不能对死去的父亲说谎，只身来到无
亲无故的陌生城市，投靠一个无视于他甚至仇视于他的人，而自己难道连个
孩子都不如吗？但是要许知味真的去教这么个孽种做厨，他也实在是没有那
种可以平静面对的心胸。所以这件事可能还是需要时间来慢慢消化，或许再
过些日子自己就能接受这个也算可怜守信的孽种，敷衍着教他些可以糊口的
做厨本事。

"你现在给老板在当学徒，本本分分地把柜台上的活儿做好，把怎么做生
意学好，等到合适的时候，我会考虑教你一些做厨的手艺的。"

许知味这句模棱两可的话给了范五宝希望，他激动地连连朝许知味的背
影作揖鞠躬，直到许知味走得看不见了。

虽然许知味给范五宝的是一个模糊的希望，但范五宝却当真了。所以在
之后的日子里，他加倍勤奋地在前面客堂里干活。而他天生就有着一个见机
行事的脑子，有着能把死的说活了的嘴巴，更重要的是他还有张无底限讨好
奉承的脸皮。所以前面柜台上迎来送往、推销讨账这些事情，没人能做得比
他好，包括祝昇蓬和蔡壬鑫。所以就连祝昇蓬、蔡壬鑫都经常会在许知味面
前夸赞范五宝，说这个学徒真的是个天生做生意的料，八面玲珑还勤快肯干，
将来昇鑫馆的前柜全交给他都没问题。

　　夸得多了，许知味的心结也就有些松动了。倒不是觉得范五宝聪明灵巧是个学厨的材料，而是觉得他的表现还算勤奋规矩。或许真的可以教他一些做厨的本事，既是一种奖励，也算自己兑现了对范阿大的承诺。

　　而不久之后一场吴淞江滩"龙入水"仪式上做"入水席"的惊险经历，是许知味对范五宝看法的一个转折，那一次他是真的觉出五宝是有些做厨天赋的。要是能够好好打造，他会比自己之前收的所有徒弟都要优秀，甚至将来的造诣还可能在自己之上。五宝能让许知味有这样的感觉，全是因为他在吴淞江滩上配合许知味巧妙地烧了三把火。这三把火不仅保住了昇鑫馆差点毁于一旦的好名头，而且还保住了整个上海餐食厨行的脸面。

　　当时上海的菜馆酒楼，除了正常做店铺里宴席、点餐以及外卖的生意外，大多还会接一些外席。外席是厨行中的坎子话，就是指店里厨师带着厨具出去做家宴、府宴、祭宴等宴席。这是因为家宴和府宴是在人家家里或府上，而祭宴是某些仪式上用的宴席，也必须在特定的地方操办。

　　这种外席分两种形式，一种是厨师只带厨具，所用食材都是事先开好单子由主家自己购买，这种外席只能挣点手工费和主家另赏的红包。还有一种是食材也由店里代购，这个赚头要比第一种多许多，但相比店里的菜价还是很低很划算的。

　　不过做外席挣钱倒是其次，有时不赚钱赔工钱也会有人做，因为做外席其实是给自己店里提升档次打出名气的一种途径。能请人做外席的都不是一般的人，要么有钱要么有势要么有声名地位。所以能做到这样人家的外席本身就是一种可以拿来吹牛皮、贴金面儿宣传自己的资本。而且这种外席上的客人也都是身份地位特殊的，有的还是远道而来，所以外席要是做好了的话，名气就可以传播得更高更远。所以有时候在得知参加宴席的是极为尊贵的客人时，有的店铺不仅不想着挣钱，甚至还会往里倒贴高档的食材辅料。

　　昇鑫馆这一回接的"入水席"是陈二尾介绍的。他现在在码头上当差头，认识不少船主和船厂老板，所以给昇鑫馆介绍这种"入水席"就一点不奇怪了。

　　"入水席"是"龙入水"仪式上的宴席。"龙入水"是一种民间的祈福仪式，一般是选春末的某个良辰吉日，在靠近江滩的龙王庙前，将周围几家船厂新造的大小渔船聚集到此处，举行一个集体的祈福仪式。而这一次请昇鑫馆参加的仪式是在吴淞镇外的淞西江滩，距离昇鑫馆其实还是很远的。不过这个仪式上会有很多乡绅名流和本地的某些大人物参加，另外还会有从外地远道来的达官贵人。因为这些新船的船主很多是有背景的，经营的船队也有特别人物入的暗股。

　　参加"龙入水"仪式的所有新船船主和船厂老板都会各自摆一桌"入水席"。"入水席"首先必须上十道冷菜，用这十道冷菜加水果糕点祭奉龙王。因为传说神鬼都用寒食，更何况是水中龙王。祭拜完了之后，每桌只在龙王位前留下两道冷菜和水果糕点。然后从所有船主和老板的"入水席"中挑出一桌最好的冷菜做头席主桌，请最重要的、最有身份的来宾入座，其余的桌席也会按照好坏依次安排宾客。

　　由于每个船主、老板请的酒店厨师不一样，这种排席方式其实已经是一种菜品优劣的比拼。接下来的热菜也各不相同，要能玩出花样的话说不定就能在这仪式上一举成名。所以有好多名头不大的酒家饭铺都削尖了脑袋要来做"入水席"，因为这是个可以让酒店饭铺一下就名头响亮的捷径。但是船主和船厂老板们却不会贪便宜找没名头的酒楼菜馆，因为"入水席"的好坏也关系着他们的面子。

　　昇鑫馆在上海的名气已经挺大了，其实去不去做"入水席"都无所谓。不过陈二尾介绍这单生意时明说了，对方那个新船船主是有背景有势力的，自己又是好面子的人，所以给出一个承诺，保证昇鑫馆的冷菜席可以放在头席，这就相当于白给了个声名远播的机会。而昇鑫馆以后还有往较远位置开分店的打算，所以许知味决定跑个远路去做一次"入水席"。

不过做"入水席"有一个特别的地方，就是没有灶台。光秃秃的江滩上，就一个孤零零的小庙，平时连个人影都看不见。所以要烧热菜的话，需要自搭简易土灶、砖灶，自己准备锅和柴火，甚至连搭灶的砖块都要自己带，否则江滩上找不到砖头石块的话，就只能地上刨坑烧坑灶了。

虽然许知味自信不管什么灶他都能将火候控好，把菜烧好，但是他以前只垒过家灶、糊过筒炉，像这种野外的砖灶、土灶还真没有搞过，所以要去的话首先得找个会搞这种野灶的人。

谁都没有想到，整个昇鑫馆里只有范五宝毛遂自荐去搭野灶、烧野灶。

"没问题，我从小就挖坑做灶烧野鸡麻雀，烤小鱼湖虾，但凡能吃的我几乎都用野灶煮过。所以其他本事不敢吹，做野灶烧野灶是绝对没问题的。保证能够要什么样搭什么样，要什么火烧什么火。"范五宝拍着胸脯说道。他难得有一个在许知味面前表现的机会，而且又正好是自己所擅长的，怎么都不会轻易放过。所以几天后的一个大清早，蔡壬鑫给雇了一辆骡车，载着许知味和范五宝以及需要的厨具和材料，前往了吴淞镇。

刀剪铺的掌柜刘重圭每天都要起来打个拳踢个腿的，所以也起得特别早，正好看到许知味他们乘车往北去了。等他打完拳回店时，又碰巧遇到蔡壬鑫带着伙计往店里拉今天订购的鱼肉蔬菜。

"蔡老板买菜呀，今天许厨头那么一大早是去哪里呀？"刘重圭打个招呼。

"去做外席。原来这里巡街的陈二爷给约了个外席在吴淞镇，所以要一大早赶过去才来得及。"蔡壬鑫抬头扬声回道，因为做外席是一件挺荣耀的事情。

"是什么入水席吗？我那天在四海茶社好像听到水闩头在和陈二尾嘀咕这事情。水闩头那货可不地道，现在又在给东洋人做事，你们可别老远的路跑了去吃人家个闷亏啊。"

"刘老板你真的听到水闸头和陈二尾嘀咕这事了？搞七念三的，别真是他给我们家下了个套。刘老板你帮帮忙，陪着我也赶一趟吴淞镇，那水闸头只有你能镇得住他。"蔡壬鑫现在也是经过许多事、冲过几重浪的人了，一听刘重圭的话就觉得其中肯定有问题。

"蔡老板，这事我还真不能陪你去。不是我不仗义，更不是怕那水闸头。大家都知道我命中缺土，所以名字中才会用个'圭'字。当初给我算命的先生还特别说了，我这辈子不能近大水面，不能去龙王庙，否则会相冲出事的。"也不知道刘老板说的这话是真是假，但他不会游泳倒是真的，后来遭人暗算就是淹死在黄浦江里的。

蔡壬鑫听这话后扫把头一阵乱摇，然后也不管伙计和那些菜了，一路快跑着赶回店里，去找祝昇蓬商量对策。而祝昇蓬一听这事情，马上就让找车，和蔡壬鑫一同往吴淞镇赶去。

吴淞镇外的淞西江滩今天特别热闹。滩头龙王庙前搭起了一片布凉棚，沿江面架着一长排即将入水的新船。只要"龙入水"的仪式一结束，就会撤架推船入水，然后就开"入水席"。

而在凉棚西边的那片江滩上，就是各家店铺或搭或挖的野灶。雇用的车辆也停在这片江滩上，这样不仅车子上的东西用起来方便，不用跑来跑去地拿，而且车子还可以当作操作案台。车夫停好车子后，就卸下牲口到堤岸上吃草去了。

五宝果然不吹牛，很快就在江滩上半挖半搭做好一个野灶，并且一次试火成功。他们的旁边是碧潭亭饭店搭的灶，但是那灶试火后却不行，风口、膛口两边冒黑烟。这冒烟熏到人还在其次，问题是烧起菜来会道道都带烟火味。

碧潭亭饭店许知味是知道的，就在小东门附近。这饭店对外宣传最拿手的就是烧上海本地菜。许知味去试吃过，确实有几道上海田菜做得非常地道，但其余都是外地菜混搭了些上海菜的噱头和名称。

碧潭亭这次来做"入水席"的是一个叫曹景全的师傅，他看带的伙计无法搞定野灶不由急得满头大汗，拍着大腿连声训斥那个伙计。而伙计越被训斥就越是慌乱，完全蒙了，不知怎么办才好。

许知味问范五宝："他那灶你能搞定吗？"

"没问题，其实只要将风口堵死，再将膛口开大些就行。"

"那你去帮帮他。"

范五宝听了许知味的吩咐，跑水边抓点湿泥和上沙子，往旁边那野灶的风口上一拍，然后在将膛口处的砖拿掉两块，下面的泥沙再挖掉两铲子，再试火就冒火不冒烟了。

曹景全连连对范五宝表示感谢，却不知道这其实是出于许知味的好心，否则范五宝才懒得去帮他们呢。

"龙入水"仪式开始，陈二尾介绍的船主果然兑现了承诺。在冷菜敬龙王之后，昇鑫馆的八道冷菜被定在头席。能在这么多有背景的船主之中提前承诺菜放头席，而且真就放在头席，可见这船主的势力手段不同凡响。但许知味并不知道，他从这个时候开始已经进入了一个局，人家安排他的冷菜上头席其实正是设局的一个环节，目的就是要昇鑫馆的名头栽在这头席主桌上。

这个局真的是水闩头做的，不过他也是借着日本人要做的事情顺带着报复一下昇鑫馆。在这一次的"龙入水"仪式上还有福冈商行做的一个局，一个利用头席上菜品失误从而展现自己、宣传自己日本料理店的局。而昇鑫馆就被水闩头设定为出现失误的被利用者，所以他们陷入的是一个"局中局"。

直到"入水席"热菜做到一半了，许知味都没觉察到自己的处境距离危机越来越近。他还在烧菜的同时兼顾着看了看旁边曹景全的手艺，发现曹景全倒真是个极好的本地菜厨师。只是碧潭亭饭店虽然以上海本地菜为特色，但真正到馆子里吃老式上海田菜的人并不多，所以曹景全没有什么展示的机会，平时只让他做些辅助的事情，或者是要求他做些变换得有些乱七八糟的菜品。但是今天用野灶烧菜，有些菜品却是用原始田菜技法烧煮最为合适的。所以曹景全的十个菜里几乎有大半都是田菜特色，而他的田菜特色却是许知味以往未能发现的又一种层次，比他自己改良过的田菜更具奥妙和神奇。

许知味觉得自己要想开创本帮菜系，肯定需要这样的本地菜高手加入才行。所以昇鑫馆招聘多个菜系厨师的计划如果能够继续进行的话，必须将这个曹景全给拉过来。

三把火

许知味边烧菜边暗中酝酿着一些想法，但这些想法很快就被打断了。他是在准备炒最后一个热菜"蛤肉小青菜"时突然发现不对的。因为旁边曹景全准备的食材还有不少，至少还能烧两个菜，而自己就只剩最后一道清汤的三丝了。于是他带着疑惑又到附近其他几个简易灶台转了下，这才知道自己差了两个菜。

而当曹景全听说这边昇鑫馆的灶上少了两个菜，出于刚才给他改野灶的感谢，主动过来将少了两个菜的严重性如实相告。听了曹景全所说，许知味当时就蒙在了那里，知道自己可能是落进人家设计好的圈套里了。

"入水席"在船主聘请店铺时就会定下菜单，昇鑫馆也一样，陈二尾邀定的时候就把菜单给了许知味。那菜单上是十个冷盘八个热菜再加一个汤，这其实并不符合一般宴席的正常规格。但是许知味觉得有两道冷菜是要敬龙王的，算下来实际是八冷八热，这还是合乎规格的，所以也就没有细问。但他并不知道，"入水席"上不管冷热，都是要有十个的，为的就是取这个"十"

字。因为"十"同"实",也同"食"。船入水,就是为了求食,而且希望最终能平安回到实地。水闩头给许知味下的套就在这儿,头席主桌上,最终会少两道菜。破了这个"十"字彩头,那就是破了整个仪式的顺遂,不仅会名声扫地,而且还会惹来很多怨恨。

福冈本人倒是没有指定利用哪一家店铺、哪一个厨师,只要自己的目的能够达成,利用哪一家店铺都可以。而只要这个店铺入了局完不成头席上的菜品,那么他就会在这个关键时候闪亮推出他们的福冈料理。这不仅可以在形式上、口彩上来个漂亮的亮相,而且是对其他所有参加"龙入水"的店家、厨师的一次打压,也是对中国菜的打压,并借此扩大影响,为他们下一步在上海推出多家连锁的福冈日本料理店铺平道路。

为了达到这个目的,他们提前做好了充分准备。首先就是要选个做头席的店铺,并且设计好要让他们最终做不全头席。然后用专门制作的木雕龙舟为盛菜器皿,在其中整齐码置了各种生鱼片、虾贝刺身,还有各色寿司。满满当当一龙舟,有鱼有米。且不管味道和吃法在座的人们能不能适应,就这漂亮气派的形式样子,那也是极好的兆头和寓意。最后就在头席主桌上的十道菜不能上齐的关头,将龙舟盛放的料理送上桌去,肯定可以给人们留下了很深刻的印象和极好的口碑。

福冈是个极有心计的人,否则霸街斗菜时他也不会想到找店铺故意输掉斗菜然后从外围赌场赢钱的法子。这一次他为了推出自己福冈料理的效果能足够好,首先唆使各家船主做"入水席"请的都是上海有名的酒楼菜馆,另外还通过一些关系请了《上海新报》的人,让他们报道此次"龙王宴"。报道他的日本料理如何闪亮登场,如何夺了所有中国菜的风光,占了上海那么多有名菜馆酒楼的上风。这样一来他的福冈料理就能名声大噪,一举占据上海的餐饮市场。

而水闩头是这个局的主要参与人之一,所以他觉得这是个报复昇鑫馆的大好机会。许知味、祝昇蓬等人都是外地人,难得做这种本地特殊仪式的外席，估计他们肯定不知道主席冷热十道菜的规矩。所以退一步说，不管报复不报复，选定昇鑫馆去做上不全菜品的头席也是最为合适的。到时候破了人家的好彩头、好兆头，昇鑫馆当场就会名誉扫地。而这个不祥不吉的缺正好让日本人的龙舟料理给补上，不仅能漂亮地推出福冈料理的招牌，而且还是对昇鑫馆的又一重打击。

陈二尾倒是没有和水闩头联手来陷害许知味，他是听水闩头说自己和昇鑫馆有过节，抹不开面子去请昇鑫馆做外席，所以给点好处央托陈二尾替他去昇鑫馆牵线。而陈二尾觉得这是对谁都有好处的事情，自己又两边都能做好人、得好处，于是就很积极地从中周旋了一下。

但是不管别人好心还是歹心，有意还是无意，许知味都已经陷入了一个双重陷阱，根本没有逃出生天的机会。

都说巧妇难为无米之炊，而现在的许知味不仅无米，连火也没有。他查看了一下车上和灶下，食材肯定是少了两道菜的，另外准备的柴火也不够。因为是要携带好多东西走很远的路跑到吴淞江滩上来，所以来烧"入水席"的厨师都是把食材、柴火准备得刚刚好。而许知味也是一样，现在脚边只剩两根劈柴两把草了，也就只够烧个蛤肉小青菜和三丝清汤了。

许知味脊梁上的汗一下就冒了出来。当其他桌的十道菜全部上完后，他的汗一下又全干了，很冷很冷地贴住背心小褂，那粗棉布料就像长在身上。

有管事的人从棚子里出来高声吆喝，催促主桌剩下的三菜一汤赶紧上。但是还没等许知味回复一个字，那边福冈商行安排的人突然鱼贯而出，捧着木雕龙舟进了凉棚，给每桌加了一道龙舟料理。龙舟料理上有鱼有米，色彩斑斓。不仅很是惊艳，而且正合做船行的好口彩，真是占尽风头。

捧着龙舟的人就从许知味不远处走过，所以他看得真真切切。于是不由得长叹一声，昇鑫馆今天可是面儿栽到坑里了。自己连头席上的菜都上不齐，坏了规矩、破了彩头，而倭子们却突然亮出龙舟料理大展风光。这事再要被"入水席"上的所有宾客和《上海新报》往外一传，不仅昇鑫馆的招牌抹了黑，而且连整个上海厨行都会没面子。估计从此再不会有人找昇鑫馆做外席了，怕触霉头。

"许叔，赶紧想办法呀，再不上菜，那边的席都要散了。你还有一菜一汤的料，能不能分成三菜一汤来烧？"范五宝也急了。

许知味的目光微微一闪："三菜一汤不行，分两菜一汤也许可以。"

"那就先把有的烧了送上去呀，最后实在不行哪怕划拉点江里水草当一道菜也要把菜数凑齐了，那样我们就不算坏规矩了。"范五宝也是急了，不由得将无赖的本性暴露出来。

五宝这句话说完，许知味眼中彩光闪烁。他急步跑到车把下挂着的网兜中翻了一下，拿出个纸包来。回头看一眼自己所剩的作料，再望一眼不远处热闹的凉棚。这一刻他脑子在飞快地转动着，以往的各种经历、各种人、各种菜不停地闪过，学厨、做厨、宫里、宫外，有菜在翻腾，有火在燃烧，有人在吆喝……

"这里还有蔡二老板给我们路上充饥的刀切馒头，加上它三菜一汤就齐了。先炒一个小青菜，然后熬红糖做个红糖馒头片，然后滑溜蛤肉，三丝汤的三丝做搭头配料，最后留一点滑溜的蛤肉加水做汤。但要炒熟青菜、熬化红糖、急炒蛤肉、煮开文汤，你这点柴火能够吗？"

五宝皱了下眉，再低头看看野灶的灶膛，然后果断说了句："够了！做吧，要快！"

灶膛里加了一把草一根柴，炒出了青菜。还有两菜一汤，却只剩一把草、一根柴了。

"下面三个菜要连着做，不要停。"五宝告诉许知味。

许知味虽然不知道五宝会怎样保证自己需要的火头，但他却知道连着做是什么意思。这是要自己持续的、不间断地烧下面的菜和汤，不能冷锅，而许知味配这几个菜和汤时其实已经考虑到不冷锅的问题了。

油和红糖下锅后，五宝在灶膛里放入了最后一根劈柴。不过这劈柴他是用炉叉撑住了竖着在烧，熬糖汁只需要锅底一小块受热，所以只需要劈柴竖着的一朵火苗就够了。熬红糖汁的时候，许知味已经将馒头都切了片。红糖汁熬了出来，浇在切好的馒头片上。

"清锅加油，滑溜蛤肉。"说完这句后，范五宝把最后一把草也填进了炉膛，连同未烧尽的最后一根柴旺旺地烧起来。

海参丝、肉丝都热水焯过，蛋皮丝本身就是熟的，而蛤肉也只需要在热油中走一下，这样才能保持形状不干瘪、味汁不流失。所以灶膛中火苗还在跳动时，黑色海参丝、红色肉丝、黄色蛋皮丝缠绕着一片片晶白蛤肉的滑溜蛤肉就已经出锅了。

不过许知味并没有把所有的蛤肉和三丝盛出，而是留了一点，然后在锅里加入了清水。水到锅里，锅上的余温和一点点余火只是让水温热了却无法烧开，而此时已经再没有一根柴一根草了。

但就在这时，范五宝出人意料地拿起挖灶出灰的铲子，伸进灶膛。将灶膛中的江滩沙土连带炉灰铲起一块，整个贴在了锅底上。刚灭的炉灰还很烫，烧了这么久的江滩沙土也很烫，于是锅里的水渐渐冒泡了，慢慢沸腾了。

许知味没有加盐，只是勾了点芡水洒在锅里，然后又洒入一点麻油，便盛汤出锅。

最后的两菜一汤是连着烧出的，也是一起呈上去的，而且是许知味亲自上的。因为他看到日本人上的龙舟料理了，这是压前面所有中国菜的一个狠招，自己必须给扳回来。蓝小意说过，吃菜要讲究个意境。色香味形这几样首先是指菜品本身的因素，只有做好了、融汇了才能成为某种意境。但是除了这四样之外还有一样，只有做好了、融汇了，它才可以成为菜品的一部分，而这一样就是"声"。许知味在宫里待过，听说过也见识过各种仪式，知道那些太监和执事都是怎么发声吆喝以示声威的。

"头席上菜！"许知味刚走到棚口就先吆喝了一声，引起大家注意。这一声让很多人都不由得一愣，上了这么多菜，这时候吆喝起来，这头席最后的菜有什么特别吗？

"白面馒头浇红糖，金银财宝往家扛！"上第一道菜时许知味喊了这么一句。

刚喊完，范五宝在旁边和了一声"好！"。

这一喊一和惊动了所有席上的宾客，大家都静了下来，转头看怎么回事。所有对龙舟料理的关注和议论全部停止。

"千帆入水彩云绕，处处都是好吉兆！"第二道菜蛤肉形如船帆，三丝形如彩云，许知味这一声喊又是应菜应景。

"好！"这一回旁边和好的不仅有范五宝，还有曹景全和其他厨师。

"不颠不摇一稳汤，佛光普照多平安。"最后的汤有滑溜文蛤留底，所以汤汁色呈浓白。再加上许知味勾过一点薄芡，所以看着如同凝结，稳稳当当，而上面点点香油更是如同金光般流溢闪烁。

许知味这一声喊过后，几乎全场人都和了一声"好！"，包括刚巧急赶到这里来的祝昇蓬和蔡壬鑫。

很多人都以为"入水席"上的精彩只是在许知味和范五宝用巧妙方法把一菜一汤做成了三菜一汤，用三把火烧熟了本来没法烧熟的三菜一汤，用三句激动人心的好口彩和全场人的兴奋压制了福冈料理。但是主桌上几个品尝到这三道菜的人，他们认为真正的精彩是他们一辈子都无法忘记的这三道菜的味道。

酒席接近尾声，吃菜的人嘴里味道已经很杂，但鲜、香、咸、酸、辣，偏偏缺个甜。另外喝酒的口中泛苦，腹中也胃气上涌。所以这时候上红糖馒头片是恰到好处的，不仅补足欠缺的那一味道，而且还可以掩口苦压胃气。

三丝滑溜蛤肉，是在红糖馒头片之后。此时口中无苦，胃气平复，口齿舌底杂味扫尽。所以这道菜中蛤肉的鲜美、海参的鲜美，以及肉香、蛋香此时可以尽数发挥出来，被品尝人的味觉充分体会。

最后一道稳汤，是用最慢的火将滑溜蛤肉剩余汤汁煨浓。没放盐，因为前面这么多道菜，食者味蕾已经吸收很多盐分。再放盐便会觉得咸，仅仅文蛤汤汁中的一点盐分就已经足够。而另加上茭粉勾茭、香油提味，入口滑爽，浓淡相宜，于是在宴席最后将最恰到好处的鲜香留在食客的味觉里、记忆中。

厨技之道博大精深，而"龙入水"上的三把火三道菜却是占足了厨技之道的三个字：一个变，一个顺，一个巧。而其实在厨技之外，许知味还用到一个"以声夺势"。

当然，也幸好是福冈商行的龙舟料理抓住许知味出不了菜的时机送上了桌，吸引了大家注意力，拖延了时间，让很多人还未曾到等不及后面几道菜的地步。所以水闩头本来是想借机会毁掉昇鑫馆招牌名头，却没想到搬起石头砸了自己的脚，将许知味招惹来反摆自己一道，扳回龙舟料理的压制，打破了福冈布好的局。

也正因为许知味这一番灵思妙招的反转，福冈的日本料理并未能产生什么影响。最终也就只能改变原来计划，在大法路东西路口开了两家不大的店铺，平时也就只有少量日本侨民过去消费。

从吴淞镇回来的路上，祝昇蓬、蔡壬鑫感叹庆幸不已，不停称赞许知味灵机一动、神来之作，挽回了昇鑫馆名头。许知味却摇摇头告诉他们两个，今天自己真的到了黔驴技穷的地步，幸好是有范五宝的提醒，还有他烧的三把火。这三把火其实每一把都是暗合厨技之道的，火候都恰到好处。特别是最后烧开清汤的那一铲子炉灰和沙土，没有特别的灵性、悟性是绝对想不到的。

"那么我是不是可以开始学做厨了？许叔。"范五宝的灵性悟性不仅是在烧野灶上，其他方面也是一样。所以立刻抓住时机，当着两个老板的面问了这么一句。

"是的。"许知味这时候也只能这么回答，"不过你也看明白了，这一趟是倭子故意做下的局要害我们。我就一直说倭子是绝不会安什么好心的，上一回霸街斗菜幸亏没有和他们合作，要不现在都没有昇鑫馆了。所以你要学厨我可以应承你，但你也一定要应承我一件事，就是决不能和倭子搅和在一起。他们来中国的目的就是要祸害中国人、搜刮中国银子，你要和他们搅和一处，不是帮凶就是棋子，要么被中国人恨要么被倭子耍。"

"我记住了许叔，你放心，我以后就算哪天被逼到死路上了，都不会去拉一把倭子的裤腿。"五宝十分坚定地回答道。

第六章

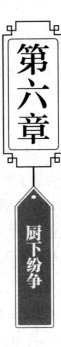

厨下纷争

范五宝有点后悔，他万万没有想到，许知味对一道菜的制作方法会这么较真，会直接以此为由将自己赶出厨房。那现在自己该怎么办？许知味绝不可能再教自己厨艺了。

范五宝眼珠转了转，嘴角撇了撇，很快就有一个主意冒了出来。

辨蟹经

　　吴淞江滩"入水席"之后，许知味对范五宝的看法虽然有了极大转变，但是由于心中依然有着解不开的疙瘩，所以并没有马上教他厨艺。但也不像以往那样对他不理不睬，时不时还是会和他说两句话关心一下他在前面柜台上做得怎么样。而这让范五宝看到了希望，更加信心满满、充满动力地去做好柜台学徒要做的一切事情。

　　也是到了这个时候，许知味觉得大环境有所好转，可以按原计划招收一些其他菜系的厨师来充实昇鑫馆后厨实力，丰富可供应的菜品，而更重要的是可以进行借鉴和融合，更好更快地开创推广本帮菜系。

　　许知味要招的人肯定不是一般的厨师，那都必须是能够独当一面的。这样的高手才能对自己所创的本帮菜系有所帮助，也只有这样的高手才能让祝昇蓬、蔡壬鑫他们更加放心。即便自己因为什么意外离开，这些人也是可以将整个昇鑫馆的生意撑起来的。

　　这些高手中许知味第一个就把碧潭亭的曹景全给挖了过来。那次江滩上做菜，许知味不仅看出曹景全精通本地田菜的制作，更重要的是他在处理食材上有非常独特的招术。这两点对于许知味以后开创本帮菜系都是有极大帮助的。

　　另外淮扬菜的师傅请的是扬州食府的陆扬，这是个专做淮扬菜的高手。霸街斗菜时徐德坊路的扬州食府被人家砸勺淘汰，厨头陆扬只能从头灶师傅变成三厨到另一家明月桥厅做活。许知味打听清楚他的手艺后让祝昇蓬将他挖了过来。徽菜的师傅叫朱子恒，原来在大关水碗酒店做过。但他擅长的不仅仅是徽菜中水碗这种地方特色，而是整套的徽菜，所以早就想找个可以发挥自己才能的地方了。浙菜师傅请的是原来小西湖的"醋鱼王"，他在霸街斗菜中被川南厨师用砸勺技法坏了一道绝美的西湖醋鱼而淘汰，但他浙菜的本事许知味是早就听说的，所以专门把他也请了过来。

　　配齐这些厨师之后，昇鑫馆的厨房规矩也进行了一些改革。就是头灶师傅不一定就是厨头，也不具体规定是哪一个。谁的菜卖得最多最热门，谁就是厨房的头灶师傅。所有副厨、厨工都必须围着他转、听他指派，在高峰时段就算是厨头都不能影响他的操作和安排。而工钱和奖励也根据能不能站头灶做相应调整。这其实是实行了能者多劳、多劳多得的工作奖罚制度，而且还关联了荣誉和地位，从而最大限度地提高每个厨师的工作积极性，挖掘他们的才能和潜力。

　　需要的厨师配齐，有关的规矩也得到所有人认可，此时其实比许知味更加开心且放心的是祝昇蓬、蔡壬鑫。这不仅将昇鑫馆的基石牢牢夯实了，而且是很稳妥地踩在自己的脚下。

　　完成这一切的时候恰逢金秋，所以在众多师傅都聚齐上工的第一天，祝昇蓬让蔡壬鑫准备些中秋的特色菜品给各位师傅"开味头"[1]。

　　不过像这种"开味头"的酒席新来的厨师不会只是为了吃，厨房里做厨的啥好吃的没有品过。他们会借此机会在席上展现一下自己的见识，让店里的人知道自己的斤两。

　　这一次开味头的酒席有些特别，不仅有几位新来的厨师，还有一个新老板，就是贝花。其实贝花这些日子经常会跑到昇鑫馆里转一转，去找范五宝是一个原因，另外她自己也确实对那个可以烧出各种美味的大厨房感到好奇。所以昇鑫馆的所有人都知道她是老板的侄女，和她熟络的程度远远超过两个老板娘。

　　贝花除了对厨房中的一切感到好奇外，她还好热闹，所以听说店里有"开味头"的酒席，怎么着都要来参加。

---

[1]　厨行坎子话，算是一种仪式，请新到的师傅吃顿上好酒菜，寓意是让他们把味觉舒展，才能做出最美的佳肴。

　　本来按老规矩"开味头"这种场合是不让内眷参加的，但是一则贝花很坚持，一来祝昇蓬觉得贝花也来上海有好几个年头了，是该明确一下她的身份才对。索性借着这次"开味头"的机会对大家讲明贝花也是昇鑫馆有股份的老板，这样一来她就不算内眷了，而是股东，不仅可以参加这种仪式性的酒宴，以后出入昇鑫馆也会方便许多。

　　因为正值秋凉，所以这一次"开味头"的重头菜是螃蟹。稻草串扎起来的毛脚青背大螃蟹准备了有二十几串，然后有厨工清洗好后重新用细麻绳扎好放在大笼屉上一起蒸了。上桌时用方托盘垒起红彤彤几座螃蟹金字塔，端到桌上又好看又喜庆。

　　"这清水蟹湖蟹最好，江蟹其次，塘蟹再其次，河蟹最差。湖蟹净而肥，江蟹净，塘蟹肥，河蟹不净不肥。均与水流、底泥、草芦等条件有关。""醋鱼王"开始拿蟹说事，显示自己的见识，"今天的蟹应该是塘蟹，虽肥却偏腥，所以加葱姜酒盐入水煮味道才是最佳。"

　　"莫说塘蟹，其实凡蟹都该水煮。这样做出的蟹才会无腥而不失咸鲜味，蒸制终究是在味道上差了。全是靠了之后蘸食的姜醋在提味。"徽菜师傅朱子恒也开口了。

　　"这话说得有点歪了，水煮是会将蟹的鲜味煮到水里。而且水煮会让蟹的钳脚脱落，失去完整状，看着也不美观。所以蒸制才是保证蟹味、蟹形最佳的制作方法。"曹景全却有着不同意见。

　　"那也不一定，蒸出来的蟹往往上色不够均匀，颜色深浅不一，不像煮的那样通体彤红。所以要论形的话，煮蟹还占着一个色好。""醋鱼王"马上反驳。

　　"水煮对于螃蟹还有一个极大弊端，就是蟹油蟹黄的流失。蟹之美，七分是在油和黄。但是水煮的话，是会在过程中让部分油和黄随逐渐沸腾的水从绽开的蟹壳缝隙中流出的。而蒸制却不会出现这种状况，即便有流出也是极少极少。"淮扬厨师陆扬也是站在曹景全这一边的。

　　"醋鱼王"放下酒碗，很笃定地反驳道："你们都应该听说过《随园食单》，那里面所提制作螃蟹的方法便是煮。'蟹易独食，不宜搭配他物。最好以淡盐汤煮熟，自剥自食为妙。蒸者味虽全，而失之太淡。'这食单可是从官家雅客中总结出来的，都是精致且上佳的做法。"《随园食单》记录的是江浙一带食物的制作方法，作者袁枚是钱塘人氏，乾隆年间的文学家、美食家。所以"醋鱼王"拿这个引以为傲的家乡前辈出来说话，那是带着毋庸置疑的得意。

　　"袁枚的《随园食单》也不免一家之说，而且涵盖也很局限，我瞧其中就没有说到和上海菜有关的制作方法。再说了，蒸蟹之说也是有名人依据的，明末清初的文人大家李渔就说'凡食蟹者，只合全其故体，蒸而熟之'，可见主张蒸的做法远在《随园食单》之前。所以有些菜的制作是有长久传统的，而且至今都被人们所遵循，蒸蟹就是如此。这不是一个人、一个见解就能推翻的，就算一些独到见解暂时被承认，但是随着时间推移、地域变化、人群分合，最终还是会有变化的。"曹景全果然不简单，他对厨技之道有自己坚持的观点，不会轻易被某个权威的人或理论所左右。

　　"都别争了，我们听听许厨头怎么说，他可是霸街斗菜上一场不输打过通关的，我们这里没一个能和他比。"陆扬眨巴着眼睛，很狡猾地把争执的焦点推给了许知味，而且故意将他抬高，让其他人都心中不服。其实就是想借此机会掂量一下许知味，看他到底是名不虚传还是名不符实。

　　许知味没有马上说话，而是喝了一大口碗里的米白酒，然后缓缓咽下。他喜欢这酒的感觉，和无锡的米酒很像，有家乡的味道。

　　旁边桌上的范五宝看许知味的酒碗一下浅了许多，都快见底了，立刻拎个酒壶跑过去又给满上。

　　"其实吧，蒸也好煮也好，重要的是把蟹的美味全体现出来，有可能的话，还要把其他的味道加入到螃蟹之中。所以这螃蟹最正确的做法应该是先煮一下，让螃蟹着色吸味，断生以后迅速捞起，然后再去蒸。"许知味眯着眼睛，说话的时候就像还沉浸在刚才那一大口酒的回味之中。

"煮的目的一是使蟹壳均匀着色，二是让蟹体去腥并让需要的外味进入蟹肉，三是让膏和黄迅速凝结成形。煮得红彤彤的螃蟹捞起后，再把它们摆在蒸笼里旺火急蒸。发挥蒸的长处，一气呵成，使得蟹体内外熟透且味道不流失。"

其实许知味所说的螃蟹做法是他在宫里时从其他御厨那里学来的。那些御厨不仅在蒸蟹之前会用葱姜水煮，有时还会加糖、加酱，有时又会加麻辣、加辛香，各种味道都有。这样蒸出的螃蟹除了可以正常蘸姜醋吃，还可以直接吃，因为其中已经包含了各种味道，不需另外蘸料。

但是其他几个厨师听到许知味这话后，都觉得他老奸巨猾，投机取巧地将两种方法结合起来敷衍大家。只是他这种结合确实很有道理，别人还真找不出破绽来，可以说是比较完美的烹制方法，而且后来昇鑫馆以及一些上档次的酒楼菜馆都是用这种方法蒸煮螃蟹的。

允授技

"呵呵，许厨头这见识就是高，就这做螃蟹的方法都是集众家之长。我是从心底服了，其他几位兄弟我想也是不得不服的。"陆扬这话哪里是表明自己服了，其实是将其他人心中的不服都挑动起来，"就我们这点手艺，应该都是在许厨头的随意摆弄间。可能也就是些谁都不专长的菜品，才有可能和许厨头有接近的可能。"这又是陆扬一个狡猾的招数，是在暗示别人和许知味比试谁都不太熟悉的菜种菜品。

"说到谁都不专长的菜，这桌上就有呀，你们看看哪一个是有问题的。"许知味知道这些厨师刚来，肯定一个不服一个。自己要是敷衍回避，以后肯定难管。但是"开味头"是要开好味、开好头，又不宜做比斗之事，所以拿桌上二厨三厨做的菜说事倒是最为合适的。

没人说话，因为桌上那些菜可以说都没问题又都有问题。配料制作没有任何差错是没有问题，火候调味控制不到最佳程度是有问题，但这种问题必须是品出来而不是看出来的。

见没人做声，许知味便拿筷子点了一下面前的回锅肉："这回锅肉的主料选错了，你们都没有发现吗？"回锅肉虽然常见，却属川菜，不是他们几个大厨的专长。

有人愣在了那里，有人暗自嘀咕，有人仍是糊涂，还有人马上表示不认同。

"主料选错了？回锅肉难道不取猪肉而是取羊肉、牛肉吗？或者应该取块腌猪肉才对，哈哈哈。"不认同的是曹景全。

"是猪肉没错，但不该是五花肉。这是江浙沪一带的习惯，都觉得五花肥瘦相间、韧糯搭配，吃口更好。但五花肉并非适合所有菜品的制作，做回锅肉不是做炒肉，取五花肉就错了。最正宗的回锅肉应该是取坐板肉，而且要靠近黄瓜条[1]的后臀二刀坐板肉。此处肉肥四瘦六宽三指，太肥显腻，太瘦易焦，太宽太窄都难成型。"

说到这里许知味又喝口米酒，慢慢咽下后继续说道："再一个这肉是切好后水中略煮然后下油锅炒。这是酒楼菜馆中常用的方法，为了出菜快。正宗回锅肉是取拳头块[2]入水，六分熟为宜，切开来六分白四分红的色泽。因为还要炒的，煮得太熟精肉会发柴，肥肉会发韧。"

说到这里后，许知味再不说话，而是专心喝酒。而那几个厨师也都不再说什么，都是高手，只需撩拨几句便都知道深浅了。

那范五宝在一旁听了许知味的一番说道，又钦佩又兴奋。自己也不吃喝

---

[1] 厨行取料行话，猪后臀与盖板肉连接的一块。
[2] 拳头大小的肉块。

了，就拎个酒壶站在许知味旁边专门给他倒酒。

贝花虽然没有完全听懂许知味说的话，但她却记住了所说的每一个字。其实贝花记住许知味的话远不止这几句，许知味传授徒弟烧菜时说的话，以及一些菜品的流程、手法、用料，她也都记在了心里。

贝花到上海后因为父亲去世的消息在家里闷了小半年，幸亏是有五宝经常陪伴游玩，这才渐渐恢复。恢复之后她婶婶茗贞总想收敛住贝花的性子，让她好好学点女红以后好嫁个好人家。但是贝花小的时候被爹妈宠惯了，到上海后又被两家大人给惯坏了，怎么都不肯好好学。再一个贝花挺喜欢水仙的性格，经常跑她那边聊天说话，所以处世态度上受水仙的影响比较多。再加上五宝的影响，所以这丫头没事就往昇鑫馆里跑，店堂、厨房哪儿都去，和谁都聊得熟，啥样的场面都能安稳自在。

不过昇鑫馆里最让贝花感兴趣的是许知味。许知味烧菜时没人敢打扰，但只要许知味烧菜她就站得远远地看。渐渐地，锅中油火爆起发出的独特焦香让她闻上了瘾。长此以往，不爱脂粉香只爱厨房味的贝花，不知不觉间已经完成了学厨的最初级阶段"染味"[1]，还有"识料"、"取料"。理论上已经具备了很好的做厨基础。许知味教导其他徒弟用刀用勺选料用火的技巧，她也全都记在了心里，很多菜谱她都倒背如流。现在的贝花虽然不能实际地拿刀拿勺颠锅站灶，不过在她的心里、脑子里却已经可以制作出一道道极至美味的菜品来。这其实也是一种本事，是心中有味、心中烹菜的本事。有了这本事，一般厨师绝对无法糊弄她这个女老板一丝一毫。

此刻贝花背后的一张桌子上坐着许知味的徒弟灯笼头和小通州，这两人正在小声地嘀咕着什么。

"你看那小子，老在师傅旁边献殷勤。"小通州说。

"就是，一看那副嘴脸就是奸诈不厚道的。原来师傅酒喝多了时说过，肯

---

[1]　厨行坎子话，其实就是通过做各种杂活，训练嗅觉，适应怪异味道，辨别不同味道。

定不会收他做徒弟的。不过'入水席'上那小子烧了三把好火，让师傅有些回心转意了，好像有传他手艺的意思。"灯笼头是许知味的大徒弟，了解得更多些。

"这小子人前人话、鬼前鬼话的，他要是也跟着师傅学手艺，那么我们几个可不都得给他挤兑得没处去。"小通州的担心不无道理。

"师傅还没最后决定，我们可以再敲敲边鼓，把那小子的真实嘴脸在师傅面前曝曝伏[1]，打消师傅传他手艺的打算。"

贝花听到这两人的话，扭头朝他们狠狠地瞪了一眼。但她也就只能瞪瞪眼而已，而且别人根本都没注意到她的表情，只管自己继续嘀咕着。他们现在还没有太在意这个才十几岁的小小女老板，更没有想到贝花和五宝的关系会那么铁。

不过贝花在"开味头"结束后把那师兄弟说的话马上告诉了范五宝。范五宝听了后知道自己应该赶紧让许知味应承下教自己厨技这件事，以免夜长梦多。所以第二天一早趁着许知味刚刚起来，四肢舒坦、心情愉悦的最佳时候，他泡了壶好茶给许知味端上，然后像是很随意地说出自己昨晚对许知味的钦佩之情，最终捎带一句也想学这样高超的厨技。

许知味马上明白范五宝泡茶说好话是为了最后的目的，但这也不能说他是在耍手段。过去拜师傅学艺都是要表现得迫切、虔诚、尊敬，范五宝的这些做法应该算正常。再说了，自己以前确实对范阿大有过承诺，淞西江滩的"入水席"之后也对范五宝松口应承过，所以再拒绝反倒显得自己人品不佳、做事不诚了。

"五宝，是这样的，之前我和两位老板有过约定，近期暂不再收徒弟。这是为了店里的安稳，免得以为我拉了很多人要控制住厨房。"许知味实话实说。

---

[1] 原指夏天将秋冬衣服暴晒了祛湿祛霉，这里是曝光的意思。

"我明白我明白，许叔的意思我完全明白。"范五宝和其他人不一样，不仅脑子好，而且是在柜台上做的学徒，所以店里的一些关系、利益冲突啥的都在脑子里盘算过。

许知味没有想到范五宝会如此体谅自己的难处，这样一来就更加不好说太绝的话了："你现在还是柜台学徒，柜台上做生意的路数你首先要学好。然后在柜台上没有事情的时候，可以到厨房里来帮忙。从最基础的厨活做起，慢慢熟悉。等有了一定基础之后，我就教你怎么做菜。哪怕仍是不能收你为徒，我先把本事教会你就是了。"

"明白明白，谢谢许叔、谢谢许叔！您坐好了，我给您磕一个。我这也不算是拜师，就算是给长辈敬个意。"范五宝现在真的不大一样了。原来他只是狡猾顽劣，但是做了柜台上的学徒以后，还学会了说话和办事，其实也可以说更加狡猾、更有心计。他磕这一个头的说法圆滑且合理，许知味根本无法拒绝。但是这个头一旦磕了下去，那么就相当于落了定、按了契，许知味前面的话就再无法反悔了。

许知味在凳子上坐下，范五宝急急地跪下磕了一个头。不知道为什么，当这个头磕下的一刹那，许知味心中有些许寒意闪过。

虽然范五宝仍是柜台上的学徒，但是现在柜台上的那些事情他已经应付得游刃有余，所以可以抽出不少空闲到厨房里去开始"染味"。另外再加上有贝花照应，五宝也再不用给两个老板家里做事情了，客堂的一些杂活也都由其他伙计分摊了，所以他可以有更多的精力都放在厨房里。

五宝性格上无赖、狡狯了些，但他还算是勤快肯干的。每天从开生 [1]、洗菜、打荷 [2]，到给厨房里的师傅们泡茶、磨刀、刮板、搓汗巾，什么事情都做，而且什么事情都做得比别人快、比别人好，所以很讨大家欢心。

---

[1] 杀鸡杀鱼。
[2] 厨房杂务。

　　虽然五宝表现如此积极，但许知味仍没有马上传授他厨技。非但自己不教，而且还交待其他几个大厨都不许传五宝厨技。这时不教倒是真为范五宝好，因为他虽然会烧野灶，有不一般的灵性和悟性，但是要想做成一个好厨子光靠这个还是不行的。而且正因为有灵性和悟性，所以更要好好磨炼基本功，万万不能让他直接接触到厨道技巧。一旦让他先接触到感兴趣的阶段，获得了成功的快感，就再不会安心地从最基础、最根本的训练开始了。

　　其他大厨都是能听从许知味的交待，唯独曹景全有着私己的想法。他不仅看出范五宝是个人才，而且还看出他和贝花的关系非同一般，很有些两小无猜的默契。这贝花不仅是祝老板的侄女，而且在这昇鑫馆中还占着股份。再过几年如果五宝真和贝花搭合在一块儿了，那他在这个店里的地位就不一样了。凭着他的聪明和悟性，将来这昇鑫馆说不定就得交给他来一手操持。

　　另外他也是不服许知味，但是在这昇鑫馆的厨房里，许知味不仅技艺和地位都高人一等，而且身后还跟着一群徒弟给守关站阵。所以自己要想跟许知味争个高下的话，不断提升技艺研烧出自己的绝招菜品是一方面，再有就是也要找到可以帮衬自己的人，而范五宝应该是非常合适的一个。

急欲成

　　曹景全知道，眼下还没到和许知味明着争高下的时候，所以有些事情还是需要暗地里来，不能很明显地表露出自己的意图。所以他找了个借口说五宝手脚勤快利索，让他前面客堂里没事的时候就到厨房来帮自己处理食材。曹景全的这个要求许知味不好意思反对，因为他并没有表明五宝是自己的徒弟，现在只是在有空的时候到厨房帮大家做点事情而已。再说五宝本就做些开生、打荷的事情，给谁做都是做。有人专门带着做其实可以更好地学习到厨房的一些窍门，懂得怎样正确地对食材进行处理。

而五宝因为有了专门处理食材这个活儿，便名正言顺地成了厨房里的一员。过去厨师传艺基本都是靠的口传手教，五宝在厨房里待着，耳濡目染，即便学不到厨道真髓，但见识方面却是突飞猛进，特别是处理食材这方面的技巧。

每个厨师的拿手菜对于食材都有特别的要求，所以在处理食材时一般也都有独到之处，就像砸勺技法一样是秘不外传的。某种菜烧制的方法、火候、作料在高手品尝过后都是可以辨别出来的，而且马上就能模仿着做。但是处理食材的方法却是无法从菜里品出来的，所以很多店里的特色菜之所以无法模仿，是因为这道菜的美妙关键就是在食材处理上。

曹景全所擅长的除了田菜就是食材处理。为了拉拢五宝，曹景全教了他很多处理食材的经验和技巧，而且其中很多都是不传之秘。比如鳞下泛红的鱼活不长，杀甲鱼时要留着胆，活杀的黄鳝须留三分血，猪肚和猪肠要用大量的盐和生粉擦去黏液，砧板边上钉一圈鲜猪皮可防开裂，等等。而五宝不仅一学就会，而且能举一反三，从中又想出更多小伎俩来。但他毕竟还没有真正学习厨艺，不知道很多食材处理的方法都是为最终的菜品所服务的，所以想出的那些小伎俩都是从省工、省料、省时这些方面考虑的。虽然对厨房内的操作确实可以起到节省快捷的作用，但其实对菜品的完美却是有所破坏的。

比如许知味根据上海田菜中炒鳝糊改良而成的响油鳝糊在市面上流行之后，每天都会有大量的点单，就算是预定的宴席也都少不了这道菜。这样一来每天都需要处理大量的鳝鱼，特别是烫鳝鱼这一过程尤为精细考究。

响油鳝糊的妙处首先就是要活烫鳝鱼至六成熟，然后竹片划丝。如果生杀再炒那就不对味了，活肉成死肉。但如果烫过头了，鱼肉变得过熟，再炒的话不仅口感松弛，而且容易出现碎散。烫得不够，鳝鱼表层黏液不能尽除，土腥气难消，炒出的鳝糊色焦味冲回味腥浑。

　　为了能够一下处理大量鳝鱼，减少人力和麻烦，同时又尽量保证鱼肉的鲜美，范五宝想出个流水烫鳝的方法，并且还专门设计了一个烫鳝鱼的木桶。木桶有些像喜桶，上方有半开活盖，下方有抽板出水口。整筐黄鳝倒入桶中，用网面封住，然后倒入烧开的葱姜水加盖烫黄鳝。由于黄鳝很多，葱姜水很快就会冷却，那么从下方出水后放出烫过一遍的开水，然后再次从上面加葱姜水再烫。这样不仅可以一次处理很多黄鳝，而且流水分次烫，可以保证六分熟的火候。

　　曹景全对五宝的想法大加赞赏，他觉得这不仅可以一次处理大量鳝鱼，而且烫的程度上下均衡。虽然达不到味道的极致，但就大众菜品而言已经是非常好的了。

　　祝和蔡也对五宝大加赞许，他们是老板，对这种省工快捷又不失其味的方法当然是推崇备至。

　　但是许知味却觉得这只是个耍小聪明的伎俩，只能用于大量的大众化菜品制作。真正要将响油鳝糊的味道做到极致，还是应该采用传统技法，用布包裹少量鳝鱼在烧好的葱姜热水盆里滚动着烫。这样划出的鳝丝才是真正的活肉。

　　再比如铰肉筒，这是五宝从联盟俱乐部里洋风扇联想出的，并找刀剪铺的刘老板一起设计、制作，最终做出个用三角刀片铰肉的铰肉筒来替代刀剁肉糜，这铰肉筒估计算得上中国最早的绞肉机了。

　　这个神奇的东西不但被曹景全还有祝昇蓬、蔡壬鑫他们大加赞赏，厨房里大部分人也都觉得好，因为这将他们从挥臂剁肉馅的劳累中解脱出来。特别那几个时不时被许知味拉着练刀功的徒弟，再不用因为一双膀子酸痛躺床上睡不着了。

　　不过许知味和少数厨师仍觉得这东西不可取，因为传统的剁肉方式是先将肥肉取下，细细地切成丁，然后将精肉切小后用刀均匀地剁成肉糜，最后将之前的肥肉和肉糜混合。这样做出的肉圆也好，馅料也好，不仅细腻，而且多汁肥糯有嚼头。这是因为肉的鲜汁是包含在肉纤维之间的，用刀剁的过程中肉质纤维是有忍让的，这样就能保留下很多饱含鲜汁的颗粒，而肥肉用刀切丁也是这样的目的。

但铰肉筒铰出的肉却是硬生生将肉质纤维全部切割挤压碎了，彻底损坏了肉质结构，使得鲜美汁水大量流失。这样做出的肉糜肯定没有刀剁出的肉糜鲜香，制作过程中还会析出大量油汁，口感更是差了很多。

对于这件铰肉筒，许知味直接提出不得使用，因为这会很大程度影响到昇鑫馆菜品的质量。但是他这话大家只是表面上答应，暗中还是偷偷使用。因为别人做厨只是为了挣钱养家，当然是越轻松越好。没有谁会像他一样是要将厨道推到极致，开创新的菜系。这其实就像蓝小意说的厨家品菜和吃家品菜一样，差别是少了一层意境。

也正是因为五宝这些别出心裁的想法做法，许知味看出他很是急功近利，于是不断提醒他的同时，加重了他一些基本功的训练，想将他这种浮躁的性子给磨掉。然后按部就班进入系统的厨技学习，踏踏实实地把厨技学好。

但是许知味忽略了一点，他渐渐忘记了自己记忆中一直都认为五宝是个奸滑无赖的孽种。人本性中有些东西是磨灭不了的，奸猾的人总难脚踏实地地去做事，就好像不讨个巧、耍个滑自己就吃亏了似的。更何况许知味这边努力在往正道上带，那边却有人把他往歪路上拉。

当劝也劝得艰难，练也练得草率时，许知味开始后悔自己答应教五宝厨艺了。但是到这个时候再要反悔可就显得没德行了，只能是尽可能地灌输他些正确的厨道理论，然后再加大他基本功的训练量，让他无暇去搞那些歪门邪道。

又过了一年多的样子，改换皇帝的阴影终于过去，上海的生机全然恢复了。更多的洋人进入上海，而且不惜投入全部身家要在上海捞一笔。出现这种情况的原因很多，两宫太后垂帘听政之后的政策已经基本明朗，清政府表现出对洋人的怯懦也越发明显。所以那些洋人都把上海当作一个敢冒险就有大收获的地方，有人甚至预测不久之后，整个上海不再是清政府的领土，而是洋人们到中国来掠夺财富的一个独立的基地。

当时全国大范围的状况并不太好，越来越多的财富都直接被宫里收取和挥霍。百姓生存状况越来越糟糕，年景稍有不好，就得背井离乡求活路。所以上海除了大量洋人进入外，还有更多的外来人员涌入。这就导致了原来的城市范围之外形成了许多聚集居住区，这其实是将上海的城市范围外延扩大了。

这天许知味正在厨房带着大家准备晚上人家定的酒宴，范五宝忽然跑进来说有个说是他老朋友的人要找他，已经进了甲字一号包间，在那里等他。

许知味听说来人在昇鑫馆最大最豪华的包间里等他，眼珠一转便估计是唐世棋回上海了。他认识的人里只有唐世棋这么摆阔派也摆得起阔的，于是擦一擦手赶紧跑去甲字一号包间。

许知味预料得没错，来的果然是唐世棋。他是从扬州乘船顺流而下，昨天刚刚到上海。但他这次来却不是常驻上海做生意，而是来和江南制造局将最后的货款都结了，然后去京城另找其他生意门路。

"我这是偷偷跟你说，目前这局势可是越来越不好。两宫执掌朝政，军费收缩，国力衰退。国库的地方税银收入逐年减少，大批的银两都被洋人赚走了。而且那些洋人贪得无厌，吞吃起来没个够，你瞧好了，不久之后肯定要起争端的。那制造总局看似大兴洋务、仿造洋器，实际上费用经常不能为继，相比之下两宫太后更在乎自己的脂粉钱。我与他们的生意不好做了，而京里的翁先生日子也不好过。"唐世棋悄声和许知味说。

"这样看来，我们昇鑫馆可能也该想想后路，有可能的话还是得尽量多地存留现金现银。说不定哪天局势不好，也有个回旋的余地。"许知味觉得连唐世棋都不好混的世道，自己这样的小老百姓更要未雨绸缪。

"那倒不至于。你们和我不同，我是靠官家做生意赚钱的，你们是靠本事和别人需要赚钱的。各种生意中最不受局势影响的就是餐食行当，谁坐龙椅谁统江山都得吃饭，还得吃好的。所以许师傅你不必担这份心。"

"唐先生此去何时还能再来上海？"许知味问道。

"需要来时自然来。"

"那唐先生这趟除了和制造局结账外，还有其他需要吗？"许知味又问。

"有，两个。就在来此之前，刚刚收到翁先生一封信。你先莫心中暗自为难，这信并非要我邀你前去京城的，而是另有一事相求。翁先生在京中贪好家乡菜味，便重金招聘新家厨，希望能找到一位手艺能与许师傅相近的厨师。前后几十天试菜挑选，终于是找到一位颇有厨技天份的年轻人，而且与他是同乡。虽然那年轻人的厨艺技法和许师傅还相去甚远，但翁先生将许师傅所留菜谱转借与他研究，现在那年轻人已经可以烧出和许师傅几乎一样的江南菜品了。"

"那是极好之事呀，此事已妥，是还有什么需要？"许知味觉得奇怪。

"哈哈，你那菜谱中可是没有'霓虹盖金梁'啊。所以现在有两个需要，一个是能不能写张'霓虹盖金梁'的菜谱让我带到京里，让翁先生的家厨能够学做这道菜。翁先生信里说了，这件事情绝不强求，因为是你研创的秘方，要你情愿才能相授。再一个却是必须强求的，我自此离开不知何时才回上海，你必须再给我做个双份的'霓虹盖金梁'，吃过后我才能安心离去。哈哈哈！"

"这都不是强求之事。翁先生救我性命，要没他现在我都化作一抔黄土了，还谈什么秘方。菜谱我马上就可以写给你，只是那年轻家厨要好好研究，这道菜的烹饪单靠菜谱是不成的，还要有感觉、有悟道，否则微末之处便会成为无法突破的障碍，永远都无法达到口顺心顺的境界。唐先生您也是于我有恩的，要没有你就没有现在的昇鑫馆。所以不要说吃双份的'霓虹盖金梁'，你就是天天来，我都天天给你做。"其实许知味正是希望唐世棋能说出些什么自己能做到的需求，这样才能聊表自己报恩之情。

"哈哈，天天吃？那我不跟同治帝一样了吗？不要不要，偶味才能知味，知味才能长味。我宁愿留着最好的印象在记忆里，也不要一时口腹之欲坏了一种绝妙境界。"唐世棋的话表明他绝对是一个好吃家。

撕破面

唐世棋不仅是个好吃家，而且是个好的生意人，还是个仗义的朋友。好的生意人一般都思维缜密，如果恰好又是个仗义的朋友，他会把一些能够帮到朋友的事情尽量考虑周全了。所以在逗留上海的这短短几天里，他假座昇鑫馆宴请上海的朋友和合作伙伴，这其中有华东商会、苏北商会的商界人士，还有江南制造局、道台府、守备府、沪海关、驻沪军营的一些官员。名义上说是辞别之际表达往日谢意，实际是在酒宴上为许知味、祝昇蓬他们加以引荐，对昇鑫馆倍加推荐。

唐世棋这样做是有用意的，倒不是为昇鑫馆拉生意，而是希望这些重要人物都能记住昇鑫馆。往后再要有什么艰难困境时，能够看在自己的面子上拉扶一把。否则自己离开之后，再要有类似霸街斗菜的事情发生，就算昇鑫馆做得再好，也不一定就能保证在上海存留下来。

随着时间的推移，接下来发生的一系列大事证明了唐世棋真的是有大见识的，他预见到的争端真的发生了。随着国际关系的日益微妙，法国和中国关系渐起争端，山雨欲来风满楼，战争一触即发。而中法之间的战争还未真正开始，许知味和范五宝的战争就已经爆发。由于五宝投机取巧、颠覆传统厨技、降低菜品味道的做法越来越多，许知味多次劝说未果，终于在又一个触及许知味底线的做法出现后，许知味一怒之下勒令范五宝再不准进入厨房，不得做任何与食材、菜品有关的事情，因为这又一别出心裁的做法已经违背了诚信做菜的原则了。

其实对于五宝以往一系列的表现，许知味不仅及时提出自己的不同意见，而且还详加解释、说清原因，警告五宝这不是做厨正途，最终是成不了真正优秀的厨者的。不过此刻五宝有曹景全的支持，所想出的器具又很得两个老板的赏识，所以对许知味的严斥并不以为然。另外他也是从这方面逐渐尝到了成功的滋味，让别人赞赏和钦佩的滋味。所以虽然嘴上胡乱地应承着许知味，心里却是很不爽的。他觉得许知味对自己仍有着很深的偏见，只是抹不开面子赖掉承诺才答应教他做厨本事，但始终都是让自己做厨房中的粗活、下手活，而且在自己有所创新时还总是想方设法压制自己。

还有一个对许知味不以为然的人是曹景全，他的不以为然其实是故意和许知味较劲。当然，较劲是为了自己的目的，一个是拉拢以后可能会在昇鑫馆占到重要位置的范五宝，还有就是要在昇鑫馆里压过许知味一头。所以就算有时候明明知道五宝的一些方式方法是错误的，却不加阻止反而怂恿。甚至在五宝还没有将基本功练到一定阶段时，就暗中教他上灶烹制一些菜品了。

都说厨行技法上手容易上心难，范五宝经过许知味一些基础训练和理论灌输，实际操作中又有曹景全这个高手点拨，所以上灶之后做出的菜也真算不错，连他自己都感到非常意外，觉得自己真就是个做厨的天才。而这样一来，他便再无心基础技法的修习，只想着上灶做菜，因为太有满足感和成就感了。

许知味敏锐地觉察出了范五宝的变化，所以他当机立断停止传授范五宝的厨艺。但是这已经阻止不了范五宝跨越式的学厨脚步，他不教自然会有别人教。

本来事情到这种地步五宝就应该意识到问题的严重性，可是不知为什么，在面对许知味时，他却很难做到在柜台上迎来送往的那种圆滑。虽然也有隐忍和收敛，却很是生硬。就像"开味头"宴席上给许知味斟酒一样，让别人一眼就看出是在讨好，而且是很不高明的讨好。这其实是他内心一些真实想法和目的在涌动着，而且随着自己能力的增加，这种涌动会越来越强烈。

所以事情发展就像理所当然似的，已经学会烹制不少菜品的范五宝用一个歪门邪道的做法彻底激怒了许知味。

范五宝当时提出这个做法时还是洋洋得意的，而且还用自己已经制作的几次经验来证明这个做法的可行性。他觉得这一招应该可以得到大家的赞赏，包括许知味。

"我们店里制作的菜品有一种是很耗时间和柴火的，那就是蒸菜。其实这类菜根本不用真的全程上笼去蒸，可以先在水中氽熟，然后码盘放作料、配料上笼，只要作料配料都加热了，那就能直接上桌了。这样做菜熟得快，用火少，客人等得也不心焦。我已经试过好几次了，前几天齐茂绸布庄老板的三桌宴请，清蒸带鱼我就是这样做的。还有昨天有两桌点了茨菰蒸鸡块的，我也是这么做的，他们根本都吃不出来。"

许知味听了这话后，当时就气得身体直抖，指着五宝跺着脚说："你这不是做厨，你这是糊弄人！清蒸就是为了保持食材的原味原鲜。你在水中氽熟，食材中的鲜味和本味都氽水里去了，再加作料和配料假蒸，最后出来的菜都是吃的作料味。这种法子要能行早就有人做了，还能轮到你？我告诉你，不要说吃出来了，吃家只要看下菜形就能看出不是蒸的。还有人看都不用看，只要心里估算下点菜的时间，就能知道这菜不是蒸的，甚至会以为是之前蒸的剩菜加热下又上了桌。"

"来吃饭的不都是行家，很多都是瞎吃的吃货，胡吃海塞暴殄天物。只要把菜做出个样子他们就满意了，很少会有人懂得细品的。我在前面柜台上做得久，这点我比你要清楚。"五宝强加辩驳。

"那你就滚回你的前柜去，再不许踏进厨房一步。如果觉得昇鑫馆也放不下你这个大金身，你还可以滚回无锡去。"许知味真的发怒了，从学厨以来这是他第二次发怒，而两次都和范五宝有关。上次是知道了他这个孽种是范阿大的，自己一直被范阿大蒙骗利用，而这一次是因为他用糊弄的方法做菜给客人吃。

"我为什么要走，我有权力留在厨房里学做菜，这个你心里有数！"五宝针锋相对，虽然没有说明自己到底为什么有权力，却一句话戳中了许知味的心。

"那好！你有权力你留下，我走！我走还不成吗？"许知味这话已经是有你没我的绝户话了。

许知味当然不会走，事情一闹，祝昇蓬、蔡壬鑫都赶紧过来。情况都不问清，立刻就对范五宝一顿训斥。然后按照许知味的意思，立下规矩再不许他进厨房。虽然曹景全在一旁说了不少好话，甚至说许知味不带五宝他可以带五宝，但仍不能改变两个老板和许知味的决定。

范五宝的学厨经历暂时告一段落了，但是五宝和许知味的战争可以说真正拉开了帷幕。而这时主动加入战争的还有曹景全，五宝被赶出厨房在他看来是砍去了他的臂膀。而且从许知味的决定连两个老板都不敢随便改变可以看出，许知味在昇鑫馆的权威不仅仅局限于厨房，而是整个店。一个厨师能做到这个份上那真是太值了，但同时这也是给别人提供了一条捷径。只要战胜这样一个厨师，自己的身价就会比他更高，可以更具权威。这就像武林里约战、挑馆一样，战胜高强的对手，就可以成就自己一世威名。

所以曹景全暗下功夫，偷偷将一道绝妙的菜品研烧出来，而且他没有让任何人知道这道菜品，因为这道菜是要留在关键时候战胜许知味的奇招。

虽然许知味已经和范五宝撕破脸了，再不会给他学厨机会，但范五宝那死皮赖脸的性格是绝不会就此愤然离开昇鑫馆的，更何况他很久之前就埋在心底的目的还没有达到。另外他已经从昇鑫馆中嗅到了自己的美味前程，这样的机会不是哪儿都有，他绝不会就此放弃。所以五宝不仅仍留在前堂柜台上做事，而且更加勤奋努力。不仅很快从柜台学徒出师，成了正式的柜台伙计，而且还成为前堂柜台最不可或缺的一员。

相比厨房，前堂柜台这地方其实更能展现范五宝的特长和才能：讨喜面、嘴巴甜、手脚勤、反应快，而且见什么人说什么话。所以五宝很快成为昇鑫馆里最被食客赞誉的伙计，平时得的小费也是最多的。

另外他的脑子也真是好使，竟然能记住所有熟客的口味习惯，熟客来了不用吩咐就能安排得很好。他还能从生客装束、口音、外貌上大概猜出其来历、层次，看出消费水平和喜好，然后投其所好介绍菜品。再有他还能完全靠脑子记住每张桌子上单子的内容和价格，客人结账时不用到账台，他就能直接报出钱数。

除此之外，他做人方面也很有一套。知道拉拢关系，为人也慷慨大方。所以不管是店里的人还是周围的街坊邻居，都和他关系很好。这条街上别人办不到的事情，他出面人家多少都会让个步、给个面儿。

祝昇蓬和蔡壬鑫也越来越看重五宝，觉得他是个人才。他们两个在上海苦熬了有十几年了，现在又有家小拖累，所以希望能有个得力的人帮助自己把店守住，自己可以放松些做个自在老板。所以两人适时地增加了五宝的月酬，希望能将他长久留在店里。昇鑫馆里收款做账什么的都是祝昇蓬和蔡壬鑫这两个老板兼顾着做的，没有专门的账房和主事职务。所以范五宝的收入就成了前堂所有伙计雇工里最高的，再加上多得的小费，很快就有了一笔不小的积蓄。

蔡壬鑫还开始带着五宝去市场购菜蔬鲜货，而五宝在市场上再次显现出不一般的才能。他父亲范阿大原来就是收菜贩菜的，所以他也继承了这方面的特长，不但能说会道懂忽悠，而且能准确抓住对方货品的不足压价钱。即便人家没有不足之处，他都能玩点小伎俩。这些伎俩其实十几年前都是祝昇蓬、蔡壬鑫在镇海场里不愿意用的，但这么多年的商场挣扎之后，他们竟然都默许了这样的做法。这或许是误会了"诚做菜品奸做商"的原意了。

　　几趟早市一跑，范五宝还很快和市场上青帮的这些人打成一片。他这人懂得用小恩小惠拉拢人，时不时会带些昇鑫馆的爆鱼、卤肉给管市场的那些青帮门徒，或者带些真味观赠送试品的新酒。而那些青帮成员一则也的确是喜欢些小恩小惠，再一个觉得能时常送些东西是对他们的尊重。所以范五宝要有什么事情求到他们，他们也是很仗义的帮忙。这样一来二去，那些市场上卖菜的都知道他和青帮的人关系好，再要议价都用不上费口舌了，直接都是最低的价格。

　　蔡壬鑫看范五宝是真的能干，于是再给五宝加了点工钱，把每天起早买鲜货的事情也交给了五宝，自己乐得每天抱着水仙睡早觉。这也难怪，他也是十几年如一日未曾睡过早觉了。五宝当然不会拒绝做这事情，现金采购，过手不穷，这其中捞到的好处是远远超过工钱的。

　　菜馆前台的生意打理得游刃有余，市场上的采购也做得如鱼得水，再加上自己的积蓄有了快速的增长，这些条件让范五宝已经开始涌动的思想有了更为阴狠的转变，一直隐忍、收敛的本性彻底释放了。

　　他最初来到上海找许知味，是因为幼小的心里一直埋着颗误会的种子。当初许知味住在他家，然后突然离去并和范阿大发生冲突，这让他始终觉得是许知味欠了他爹什么耍赖逃走的。包括范阿大被砸死，他也觉得应该归罪于许知味，因为是他家荒弃的房子坍倒才砸死自己父亲的。所以他原来千方百计想着跟许知味学做厨，目的是要学会许知味的本事再战胜许知味，那会是对许知味最残酷的报复。而现在他又想到了一个更加残酷的报复方法，只是要实现也必须先学会许知味做菜的本事。所以现在不管怎么样，学到许知味的厨艺仍是他首先要做的事情。

　　范五宝有点后悔，他原来觉得自己有许知味对自己父亲的承诺，然后又应承了自己磕下的那个头，就算有些菜品制作上的冲突也不会反悔不教自己厨艺的。但他万万没有想到，许知味对一道菜的制作方法会这么较真，会直接以此为由将自己赶出厨房。他并不知道，许知味为的其实不是一道菜的做法，而且是通过这做法重新看清楚他的本性。

那现在自己该怎么办？许知味绝不可能再教自己厨艺了。范五宝眼珠转了转，嘴角撇了撇，很快就有一个主意冒了出来。

讲着衣

榆树的叶冠很大，遮掩了天上的月光，也遮住了小河反射的月光。榆树的嫩叶散发出淡淡的青涩香味，同样地将一片飘然而至的淡淡胰皂味道遮掩了。

"五宝哥，你找我？"贝花是等家里人都睡下后才偷偷溜出来的。现在她这年纪，再明目张胆和男子单独相会已经很不合适了。

一直来回徘徊的五宝见到贝花后，一把拉住她的手："贝花呀，可等到你了，有件事情求你帮忙，你可千万不能回绝我。"

贝花没有挣脱五宝的手，不过脸上倒是一下红晕飞起，这是以往他们一起玩耍时从没发生过的现象。

"五宝哥，你大半夜心急火燎地有啥事情要求我呀？有些事情单求我是没用的，还得去求我叔叔婶婶才行。"贝花虽然脸上泛红，但是性子却依旧是直爽的，特别是和五宝说话更是根本没有顾忌。

"这件事情求你叔叔婶婶也没用，必须求你。"五宝说。

贝花眨巴眨巴眼睛："你不会是求我跟你私奔吧？那倒是只能求我，千万不能去跟我叔叔婶婶说，他们会打断你双腿的。咯咯咯！"贝花也是冰雪聪明，五宝前面的话一说，她就知道五宝的目的和自己想的不是一回事，于是索性半开玩笑半当真地刺激一下五宝。

"你先坐下听我说，"五宝把贝花拉到榆树下的一块方石上坐下，"你知道前段时间许厨头把我赶出厨房了吧？"

"知道呀，这事情谁都知道。你又要学厨又不听师傅的话，不顺着师傅，完全是个拎不清的猪脑子，要我的话我也赶你。"贝花话里有话，但是五宝这时却没细想，他今天是直奔自己想好的计划来的。

"其实你并不知道其中内情，许厨头当年有事亏欠了我阿爹，我阿爹要他教我做菜作为补偿的。但他很不情愿，被迫无奈才承诺下来。后来我到上海找到他，他只是让我当柜上学徒，并且试图逼我走，就是不愿教我做菜的本事。最后被我缠得没办法了，这才让我进厨房做些杂活，而且还百般挑剔，并嘱咐其他厨师不准教我做菜。"

"不教就不教呗，你把前面柜台上的生意做好了，一样可以出人头地的。"

"不是这样说的。我阿爹临死前我答应他一定要来上海跟许厨头学做厨，把他的本事全学到，我不能对死去的阿爹失信。现在他这样对我，我更要学好，并且要在做厨的本事上超过他，那才显得我是真男人，有着真能耐。"

"你这人也是纠结，现在人家不愿意教你，你还偏偏要跟人家学，那怎么个学法呀？总不能把许厨头绑了票、上了刑逼着他教你吧？"贝花皱眉乜他一眼。

"嘿嘿，"五宝腆着脸皮笑笑，然后咂吧着嘴说道，"绑票上刑倒不必，用点小计策那是必须的。所以我才来求你的呀，办成这事非你莫属。"

"说吧说吧，你要我怎么糊弄许厨头去？"

"怎么能是糊弄呢，我的意思是你去跟许厨头拜师学厨艺，这个他肯定不好意思拒绝的。而且你叔叔还有你蔡叔虽然忌讳许厨头再收徒弟，但收你做徒弟他们也不会加以阻拦。而且应该会替你说好话让许厨头收你，因为你要是学会了厨艺对以后昇鑫馆的发展是大有好处的。"

"然后呢？"贝花知道这不是最终目的。

"然后你再把学会的教给我。其实你学得会学不会都无所谓，只要把怎么做的记住，再转述给我听就行了。"

"就是利用我偷艺呗。"贝花不置可否。

"算不上偷、算不上偷，只是转教而已。贝花，求求你了、求求你了，你一定要帮我完成这个心愿，我以后才能在阿爹坟前有个交待。你要不帮我就没人帮我了，我好可怜的。"五宝那无赖加可怜的表情和语气让贝花很难拒绝。再说了，她自己也确实一直都对许知味的厨技很感兴趣，这件事情可以说是一举两得。

"其实你想回厨房有一个更简单的办法。"贝花柔柔地说一句。

"什么办法？"五宝急忙问。

"就是你去求我叔叔，让他把我嫁给你。那样你就也是昇鑫馆老板了，谁都不能挡你进厨房。"

听到这话，五宝心中不由得一荡。情不自禁将贝花双手握住，两个身影渐渐靠近。但是就在即将接触的刹那，五宝一个激灵醒悟过来。自己的计划如果要付诸实施，那就不能急着成为昇鑫馆的什么人，那样就可能会失去对许知味的打击，至少也是大大削弱了打击力。所以现在一定不能接受贝花，就算心里再愿意和她在一起，也要等到计划最终实施之后。要让许知味从心底去痛苦、去追悔莫及，然后自己才能考虑和贝花的关系。

"不行的，贝花。许厨头的性子我是知道的，那样做的话他肯定会千方百计阻挠我俩的事情。如果实在无法阻止，那他肯定会自己主动离开昇鑫馆。这样一来不仅我没法学得他的本事，以后昇鑫馆的生意还要受影响。"五宝说得似乎挺合情理，而且是为昇鑫馆着想。

"那好吧，就按你说的，我替你去学，然后再教你。"贝花最终还是迁就了五宝的主意。她现在本能地希望五宝开心，五宝开心了，她也就幸福了。另外贝花也是觉得这件事情很容易办到，自己已经偷偷记住了许知味那么多菜品的制作方法，就算不去学也够教五宝一段时间的了。

两人不再说话，周围非常安静。榆树树影遮掩间，两个身影也随着树影轻轻摇晃着，并且终究还是靠在了一起。

第二天午后，中午的客流高峰终于过去了，厨房里的厨师们都在清理自己面前几尺见方的天地。灯笼头他们师兄弟几个年轻手脚快，清理得差不多就都往门口走了。许知味拿茶壶喝了口茶又轻轻扭头说了句："灯笼头，你们师兄弟几个留下。"

许知味的几个徒弟一听这话，就知道中午这一餐中自己师兄弟中肯定有人出问题了，而且是被师傅发现了，所以要留下他们几个再次详加指导，把关键点强调一番。

"今天中午的问题不是出在哪一个人身上，而是几乎都有出现，看来挂糊上浆这一招我得重新和你们讲一讲才行。今天中午的干炸里脊、抓炒鱼块、清瓜溜虾肉这几道菜都有问题，主料要么拖糊要么起糊渣，这都是水粉糊没挂好的原因，所以趁着现在没活儿，我把怎么调挂水粉糊再给你们演示一下。"许知味说着话挽一挽袖子，取料准备给大家做一道干炸里脊做示范。

"啊！你们都还在这儿没走啊，是在偷偷传授秘籍吗？"贝花突然出现在门口，而且大模大样地走到许知味操作的台案对面。

没人说话，大家眼睛都盯着许知味。要在平时的话大家肯定纷纷和贝花搭上话了，但这时候许知味已经开始动手，他做菜时是不准随便打扰的。更何况现在是在传授厨艺，走个神就可能错过什么关键的步骤。

"啊！取里脊，调水粉糊，是要做干炸里脊呀。我知道了，肯定是你们挂糊上浆做得不好，所以许爷示范个干炸里脊给你们看。"贝花一下就看透了许多情况，就像事先知道的一样。

听了贝花的话，许知味手里缓了缓，抬头看了贝花一眼。贝花今天有些不一样，穿了收腕收腰的短衣，油布小前襟。头发束盘，用一块红色长绸巾缠了两道，首尾系个蝶花在额前。这装束是很标准的厨娘装束，但是很少能看到如此年轻、如此漂亮的厨娘。

"挂糊上浆是厨行做菜常用的一种技法，坎子话又称'着衣'，过程就像是将经过刀工处理的食材表面挂上一层外衣一样的粉糊。因为食材过油时的温度较高，粉糊受热后会立即凝成包裹层，使食材不直接和高温油接触。这样就可以保持食材的水分和鲜味不会流失，以达到菜品松、嫩、香、脆的目的。增加形与色的美观度，也增加菜品的好口感。挂糊上浆的种类很多，有蛋清糊，也叫蛋白糊，是鸡蛋清和水淀粉调制而成，一般适用于软炸。有蛋泡糊，也叫高丽糊或雪衣糊，一般用于特殊的松炸。另外还有蛋黄糊、水粉糊、拍粉拖糊、发粉糊、脆糊，等等。"

贝花爆豆子般地说出关于挂糊上浆的一些知识，连个辗转停顿都没有。许知味那几个徒弟再也忍不住了，短暂而热烈地鼓了几下掌。而许知味也再次抬头看了贝花一眼，并没有要责怪她打扰自己做示范的意思。

"要做干炸里脊，一般用水粉糊最好。水粉糊就是用生粉和水，制作方法简单方便，但是难度其实也是最大。原因有二，一个是调制的厚度，既要包裹浑然，又不能厚结有糊块。另一个是油温火候，水粉糊不起泡无发滑，状况不好容易粘锅，还容易老硬……"

许知味始终没有说话，只是持续做着自己的演示，因为他不需要说话，贝花已经像是在给他做全程讲解。也不知道是贝花跟随着许知味动作，还是许知味跟随着贝花的语言，这两个人一个说一个做，竟然比一个人还要默契。

其实贝花讲解的这些都是许知味曾经说过的，而且几乎不差几个字。但是贝花讲解得应该更加吸引人，就像一道好菜品首先有了色和香，并非要吃到嘴里才知道如何的美味。所以几个徒弟更容易记住和接受，脑子里的情景一直都在许知味、贝花之间交替着。

"你很不错，这些都是从哪里学来的？"许知味做完最后一个动作时终于开口问了一句，感觉有些迫不及待。

"都是跟您学的呀，您以往做菜教徒的时候，我在旁边看着记下的。"贝花回道。

"记得这些是不错，但单是记得没有用，凭这些是不能把菜做好的。"许知味说。

"我知道呀，不做光听，纸上谈兵。所以我今天来是想跟着您动手学做菜的。您可别因为我是女的拒绝我，也别说要我叔叔同意才答应教我，这是我自己的喜好，我自己说了算。"贝花上来就把许知味可能的话头全堵死了。

"为什么是女的就要拒绝？女孩子心思比男孩子更细，手也更巧，要将菜品做到极致，女孩子更有优势。"许知味说的是实话，蓝小意、"一盏秀"、保二十都是女的，她们都有着男人无法比拟的绝妙技艺。所以厨道绝非男人的天下，男女在体格、性格上各逞所长。

"许爷答应教我了！那我这儿先谢过师傅，师傅受我一拜。"贝花马上打蛇顺杆上，隔着台案就给许知味跪下连磕三个头，许知味想拦都没法拦。

"师傅、师傅，我给您泡茶，对对，您喜欢喝老米酒的，我过会儿就去给您打酒。"贝花满满的热情略带着撒娇，许知味就算想拒绝都张不开口。

"好吧，既然你真是喜好这门手艺，那我就再多收你一个徒弟。"许知味出人意料地答应了贝花，竟然没有一点勉强。

◆◇ 收女徒 ◇◆

说实话，能收这样一个聪明的女徒弟许知味打心底是开心的。因为自己要想成就本帮菜系，真就需要有这样心思更加缜密、做事更加细致的女徒弟。都说南方人性格细腻、生活考究，喜欢追求细节完美，这些在上海人身上表现得尤为突出。即便是物质生活水平不高的人家，都会想尽办法把自己的日子过得惬意而体面，所以也就决定了上海后来出现小资族群的必然性。另外上海的外来人员要么是洋人，要么是达官贵人和有钱商人。就算那些跑到上海来混世界的底层人群，也都是有些本事和见识的。所以本帮菜系要想得到人们的认可，除了立足上海原有的传统味道，融和其他菜系的各种长处，还有非常重要的一点就是一定要把菜做精做细做得别出心裁。即便是那些大众菜、流行菜，也要当意境菜来做，以便吊住人舌、扣住人心。而这些方面女厨师是更有优势的。

再有贝花和其他人不一样。别人学厨首先是为了养家糊口，然后才能想到做其他更有意思也更有意义的事情。但贝花不是，她可能纯粹是依着自己喜好，而怀着这样纯粹目的才有兴致去把菜品钻研得更深更妙更绝的。不过这一点许知味只想对了一半，贝花自己虽然喜好做厨，但前来拜师学厨的目的，却是为了五宝偷学厨技。

除了这一点，另外还有一点许知味也想错了。他本来以为自己破例多收的一个女徒弟是祝昇蓬的侄女，这对昇鑫馆以后的发展以及店铺的运营和控制都是有百利而无一害的，所以即便自己没有事先和祝昇蓬、蔡壬鑫商量，他们两个也都不会有什么意见的。但事实上恰恰相反，祝昇蓬知道这件事情后心中很是不快，虽然当面没好意思说些什么，背后却是摔杯砸碗地很是抱怨了许知味一通。

祝昇蓬从宁波出来，多亏了二哥的资助，这才有自己今天的这份产业。而二哥抱病时将贝花托付自己的切切之情，他始终铭记在心中无法抹去，所以平时对贝花比对自己亲生的女儿还要疼爱，也希望她将来嫁个富贵人家、享尽各种荣华，幸福平安地过上一辈子。

但是贝花现在竟然跑去跟着许知味学做菜，那就一下变成个做粗活服侍人的厨娘，说出去都会感觉低人一等。门庭高有身份的人家是不会接受这样的女孩嫁入自己家的，这就相当于掐断了贝花很多大好姻缘的机会。而祝昇蓬觉得这件事情不管是贝花的主意还是许知味的想法，这许知味都太不懂人情也太不会办事了。就算他自己没有儿女不知道该如何为儿女的将来打算，那至少也该和自己商量一下才对。

不过如今的祝昇蓬不仅已经成长为一个老生意精了，而且也成长为一个父亲了。所以现在出来阻挡肯定会两头不讨好，不仅不能阻挡，连对许知味的抱怨都必须避开贝花，否则反而可能出现逆反的现象，让贝花更死心塌地地去学做厨。目前唯一的解决办法就是等，等到贝花的兴奋劲儿过去了，感觉做厨这件事情并非那么有趣而是要付出很多艰辛后，自己再给降降温，把学厨这件事权当一次才摆好棋子的棋局给搅了盘就是了。

许知味、贝花、祝昇蓬都有着各自的想法，都盘算着自己心里的小九九，却不知道他们其实已经是摆在范五宝棋盘上的棋子，最终都会因为五宝的计划和目的去痛苦、去挣扎、去愤怒、去绝望。

许知味真的很用心地开始传授贝花厨技，花费的工夫和精力是其他徒弟的几倍。为了弥补女子做厨臂力、腕力不足的缺陷，他还专门设计了一种小型的开生刀，请刀剪铺的刘重圭刘掌柜专门制作。这种开生刀小巧锋利，前尖后宽，是结合了多种刀具的优点，然后刀的材料也用了很好的钢材，不仅可以切、削、划、片、剖、挖，而且同样可以剁劈一些食材。更重要的是许知味按照刀型专门设计了一套用刀方法，可以将很多专用厨刀的单一功能和技法都在这一把刀上实现。

而贝花也真的开始很用心地学习厨技，同时也很用心地暗地里传授五宝厨技。贝花学厨这件事情大家都知道，而暗中转教五宝却是没一人知道。

水仙倒是偶尔有两回正好看到贝花偷偷溜进五宝屋里去，但她全没想到是去教五宝厨艺，而是觉得贝花好像自己当年一样，女儿怀春难自禁，自己当初不也没事就想着往蔡壬鑫屋里钻吗？只是当初没有现在这么放得开，自己也没有贝花这么勇敢。现如今不一样了，上海洋人越来越多，世道变化越来越快。早晚这男男女女的都会像洋人那样勾肩搭背地在大街上走都不会害羞。

光绪九年（1883 年），中法战争正式爆发，全国上下都人心惶惶。特别是上海，因为早在 1849 年上海就建立了法租界，所以他们都觉得法国人要想在中国立足并扩大地盘，肯定还是从上海开始。这样一来，战争虽然才刚开始，输赢结果还未可知，有些有钱人便已经开始变卖房产囤金储银，更有人准备举家离开上海往内地搬迁。

这样一来，上海一时间出现大量变卖的房产，而价格却是难以想象的低。因为唐世棋说过，做生意最不受局势影响的就是饮食行当，甭管天下谁做主，那都得吃饭，而且还要吃好的。所以祝昇蓬和蔡壬鑫不仅未曾想过要离开上海，而且打算在上海置下家业从此扎根，而眼下的局势对他们两个是机会，趁着低价购买了房产双双搬了新家。

许知味也有昇鑫馆的干股，算算这些年挣下的也不少了。不过他倒没有像祝昇蓬和蔡壬鑫那样购置房产，只是在昇鑫馆后面巷子里长租了两间房子，单独居住。说是自己一个人，这么一把年纪了以后也再不可能成家了，购置房产没有必要。但他这样的做法在祝昇蓬和蔡壬鑫看来却是有想法的，这让他们觉得许知味随时有可能抽出股份拍屁股走人。

祝昇蓬搬新家那天，他们家两口子和蔡壬鑫家两口子又说起贝花的事情。祝昇蓬提起这个心中就恼火，连连说许知味是要毁了贝花。这样下去就算能做个最好的厨娘，那也嫁不到个好人家、没个好着落。

"大哥，我们贝花为什么一定要嫁呢？"水仙转转眼珠说话了。

"不嫁？"祝昇蓬眉头皱紧了看着水仙。

"对呀，大哥你听我说，昇鑫馆里是有贝花的一份股头。如果贝花嫁人，这股头就要变现给她置办嫁妆。她这份股一撤，那么昇鑫馆肯定要受不少影响，至少开分店的念头暂时是别想了。如果她不嫁人，那这股头就一直放在昇鑫馆，让她一直吃红利，而且学了许厨头的厨技还能为店里出力。"水仙的嘴巴像说快板的。

"女孩子家怎么可能不嫁人呢？不管昇鑫馆怎样，要遇到好的人家，肯定是要把这份股撤出，风风光光地把贝花嫁出去。"祝昇蓬说这话时心里很有些不快。

"你别搞七念三地瞎叨叨，贝花嫁人是大哥家的大事。不对，是我们昇鑫馆的一等大事，肯定要办而且肯定要办好的。"蔡壬鑫试图阻止水仙继续说话。

水仙笑了笑，白色伶牙继续在红唇间快速闪动："大哥你听我把话说完。我说不嫁，是想最好能给贝花招个女婿。你想想，现在我们两家儿女虽然都还小，但我看一看、排一排没有一个是做菜做生意的材料，反是贝花在跟着许厨头学手艺。以后昇鑫馆要想遍地开花、做得长久，可能还真就要靠她呢。如果再招个会做生意的女婿回来，一个管着后厨，一个管着柜上和账目，那才是珠联璧合。而且股头还不用动，他们可以继续吃红利。等将来你们两个老了做不动了，店就全交给他们操持，我们再反过来吃红利。"

"被你搞七念三地一说，贝花学厨倒未必不是好事。"蔡壬鑫赶紧给自己老婆托一句。

祝昇蓬沉默了许久，然后才轻叹口气说道："水仙呀，你是拿自己说事就天下都是好事。招个女婿，还要会做生意的女婿，哪那么容易。"祝昇蓬的担心不是没有道理，那种无后为大的封建年代，招女婿真不是容易的事情。水仙招到蔡壬鑫一则真是运气好，另外当时也有利益利用的成分在。

"容易呀，现成的就有，而且两个小的关系不错，说合下肯定成。"水仙笑着说，却不说出名字，想卖个关子。

祝昇蓬、蔡壬鑫都不是傻子，脑筋一转就猜到了是谁。

"你是说范五宝？这孩子倒还真成，脑子灵光，啥事都玩得转，做生意就像吃饴糖那么便当。就是在厨房里和许爷叔搞七念三地闹了些矛盾，不过要我看的话他其实也没啥错。"蔡壬鑫直接说出范五宝来，多少有点扫水仙的兴。

"所以呀，手边这么好的料子千万别给弄跑了，跑了再要找就得走遍天下了。我看这事情要马上办，先给五宝安个柜上主事的名头。不对，现在不兴叫主事，是叫经理对吧？先让他当柜上经理，用甜头钓住他，然后我去和他说招赘的事情。"水仙都两个孩子的妈了，性子还是急火火的。

"这事情还是从长计议、从长计议，我得先征得贝花的同意。"祝昇蓬的想法和做法要比水仙稳重得多，"不过，那柜上经理倒是可以让五宝先做起来的，他有这能耐。"祝昇蓬很快又补一句。

屋里说话的人根本没有发现贝花就在门口。她也不是要偷听，只是跑门口刚好听到里在说自己的事情。所以当听完里面的对话后，她开心得马上跑到范五宝的住处。不过女儿该有的矜持让她没好意思告诉五宝招赘的事情，只是把自己叔叔要让五宝当经理的事情告诉了他，让他也提前欢喜一下。

五宝听到这个消息后也真的很欢喜，但是第二天他便知道自己的欢喜成了空欢喜。

许知味坚决反对让五宝当经理，他的理由是五宝性子奸猾，可以做事但不能掌事。但是祝昇蓬他们问到底怎样奸猾，许知味又无法说得很详细。自己多年前被才五六岁的五宝欺诈，这事情说出来很是丢脸，不能说。五宝是继承了他父亲范阿大的无赖奸诈，而范阿大如何欺辱自己，那就更不能说了。

各种不能说，却又要阻止别人的决定，所以最终许知味只能还用要挟这一招。如果范五宝做昇鑫馆的经理，他就只能离开昇鑫馆。

这一场争端又是许知味赢的，而这只能更激起范五宝的仇恨，积攒更大的反击力。但是他现在不会像之前那样和许知味直接碰撞了，因为他觉得自己可以筹划个周密计划给予许知味最沉重的打击，所以不能节外生枝。再一个就算要采取其他的反击，他觉得也是要做得人不知鬼不觉。

双寻菜

也就在五宝当经理被阻之后不久，中法战争进入到第二阶段。

法国船从福建、浙江沿东部海岸线一路北上，估计是想在沿海找到一个突破口，建立他们可立足的基地。而上海的港口天然条件好，黄浦江水深江阔，长江又是由此入海，如果以此为立足点，再要进军，可用战船由横贯中国大陆的长江直接进入腹地。

清政府的兵部决策层预测到法军的目的，于是增派水陆官兵坚守上海，分别在吴淞和宝山设下水军军营。除原有驻扎上海的军舰外，又增加了开济、开胜两艘军舰。同时李鸿章推荐聂缉椝任上海道台，兼江南制造局总办，赶制各种大威力火炮火枪，增强吴淞炮台防御实力。吴淞营、宝山营水路官兵火力也同时得到提升，严阵以待坚守长江口和黄浦江口。

聂缉椝为曾国藩的小女婿，本就有着很好的官场根基，又是李鸿章推荐，所以到任之后各方面的关系都能打开，需要的资金和材料也能到位。各种仿制洋人的武器及时制造并送至军营，所以各营官兵极为拥戴，一下子就建立了很高的威信和好口碑。

不久之后，军中哨船和渔民小船都发现长江口果然有法国船只出现了，这一下便印证了兵部决策的正确。但是后来各种历史文献上都未曾记载中法战争时法国战船进入长江口并试图进攻过上海，所以当时见到的可能仍是撤出上海比较迟缓的法国商船，或是在海上飘荡许久不了解中法战事的法国船只。即便真是法国战船，那也只可能是与大队走散的零星船只误走到此。因为当时法国的所有战船并没有攻打上海的计划。

不过清政府却不管那些到底是什么法国船，既然战事已起，敌船已至，官府漕运立刻无限期停运。这是为了避免长江入海段遭遇到法国战船导致损失。而民间的内河水运也都大幅减少，特别是要过江的。在这种战祸年月里，刀口舔蜜冒险求财是很不明智的做法。

虽然清政府很久之前就停止了粮食漕运，但其他物资主要还是依靠漕运调配供给的。漕运无限期停运，外地正常供应上海的各种物资就进不来了。而本地产的和通过陆路运来的物资数量极少，即便价格涨到很好，那也是才到市场就立刻被抢光。而这些物资中鲜货尤为稀缺，因为本身就是利润小挣钱少的货物品种，运输过程中还有较大损耗。现在水运要冒险，陆地运输成本又高，贩运这类货品就有些得不偿失了。

外地鲜货不足，居民为了保障日常生活又进行抢购，这样一来供应酒楼菜馆的鲜货就更加紧张了。当年霸街斗菜逼迫许多店铺关门，而现在很多店铺都难以为继索性主动暂停了营业。于是上海街面上变得一片萧条，店铺关门，难见行人。偶有行人上街，那也都是惶惶而行。

繁华热闹的上海一下变成了荒镇废城一般，基础生活条件都无法得到保障。这样一来那些地方上的名流乡绅和商会团体便坐不住了，特别是漕帮。他们虽然也算是官家所属，但是其中成员却绝大部分不是官家人，要有货运才有饭吃。就像之前官府取消掉粮食漕运一样，一下就逼得很多漕帮的人上岸另找活路，投靠了青帮和其他帮派。所以要是漕运长久停止的话，这漕帮说不定就此散了，之后就算恢复了漕运都不一定能把人再聚拢了。

于是在一些德高望重的乡绅名流建议下，他们联名向守备府递了民愿书，请求出兵驱走法国军舰，尽早恢复上海原有状态。

这份民愿书没能递进守备府，府里直接传出一句话来，让他们去道台府找聂缉椝。本来官兵对敌防御的事情就该由驻沪守备负责的，但是现在却推给了道台。可以看出，聂缉椝威信和口碑的提高，让有些官员心存妒忌，同时也有了推卸责任的对象。

聂缉椝能在这个时候到上海来，就是想要有一番大作为的。再加上他的为官之道没少受老丈人曾国藩的指导和训诫，所以不仅未计较民愿书推卸给自己的做法，反而觉得这会是自己再获民心、树立更高威信的一次机会。

接到民愿书后，他绕过守备府，直接派人请来了吴淞营参将徐传隆、宝山营管带盛任等几位军中官员。上海道台即苏淞太道，为正四品官职。而驻沪守备只是正五品官职，所以聂缉椝直接找军中官员也算合乎规矩。

聂缉椝和几位武官都换了便服，在几位德高望重的地方乡绅和名士陪同下，一起视察了下上海现在市场、店铺的状况。他这样做是要用实景向这些武官表明民生现状的艰难，赶走法国人的战船迫在眉睫。

上海街上转一转很快就到了中午，乡绅们诚心诚意地想请几位大人吃个饭，于是安排下人赶到前面预先定一家好的馆子。但是街上那些馆子要么关着门，要么就是不敢接这单生意。他们倒不是见到大官和乡绅们害怕服侍不好被怪罪，而是店里实在拿不出什么像样的菜品来。

几位乡绅听到这情况后也是心中着急，道台大人和几位军中大人为了上海民生的大事亲自上街巡察，自己这些人总不能连顿饭都不能请好吧。

就在这时吴淞营参将徐传隆说话了："聂大人，您的意图我们已经清楚，回去后自当鼓舞士卒、调配船只武器与法国人一战，驱蛮离疆。今日既然和聂大人走到此处了，又到了午间时分。这样，我邀大人到附近的一个菜馆小聚，权当向大人立志誓师。"

"好好好，徐大人有此壮志雄心，我当奉酒相敬才对。你说哪家菜馆，由我做东一表心意。"聂缉椝倒也是个豪情之人。

"对对，徐大人只管说哪家菜馆，我们马上去安排。"旁边的乡绅肯定不会真的让聂缉椝掏钱做东的。

"这附近有一家昇鑫馆，原来京中帝师翁御史介绍的朋友唐世棋曾邀我们去过，是极好的一处菜馆。"徐传隆说道。

聂缉椝轻击下掌："好，我们就去那里！"

鲜货紧缺便没有好的食材，没有好食材，再好的厨师都难做出好菜来，所以这个时候便更加显出了昇鑫馆的与众不同。其他店铺缺少菜品生意难以为继，但是昇鑫馆却是正常营业而且菜品并不见少，只是种类有些变化。

如今的昇鑫馆能够做到与众不同，是因为店里有两个人与众不同。一个许知味，一个范五宝，他们能够用与众不同的方式保证到昇鑫馆里的菜品能够正常供应。但是这两个人采取的方式却又是有些冲突的，许知味是利用到有限的食材和可以购买到的食材尽量多翻花样，以各种创新的烹饪方法来满足食客的品味需求。再有就是采用替代食材，以素代荤，以多代稀，以此味代彼味。而范五宝则是尽可能地在紧缺状况下想办法买到新鲜的食材，而且都是别人一般想不到的偏门途径。所以这一场战争造成的食材短缺，也间接形成了许知味和范五宝间的战争。只是他们的战争进行得悄无声息，是在暗中较着劲。

只要昇鑫馆还开着，许知味就绝不会让店里出现来了客人拿不出菜来的窘境。外地运来的鲜货抢购不到，那么许知味就和徒弟利用本地种类很少且价格很贵的食材研制新菜，在其中尽量加入一些干货，比如说水泡的笋块，干香菇干木耳，然后利用巧妙的烹制方法和调料的搭配，做出美味的菜品来。另外就是咸肉、火腿这些食材，也是可以制作出许多种菜品的。

除了尽量使用干货外，还有就是做替菜。螃蟹买不到，许知味就用比螃蟹容易买到的鸡蛋，合理加入姜、醋来做赛蟹黄。鲜肉紧缺，就用凉粉代替鲜肉，然后加入笋丁、面粉做霸王狮子头。还有炸鱼饼，那鱼饼其实是用豆腐做成的……替菜不仅是要做得形似，更要味似，这其中许知味融合了很多素斋的厨道技法。

除了买不到鲜货的问题外，还有就是买到鲜货后的保存问题。市场上难得能买到鲜货，但是偶尔一批运输车辆结伴进了上海，是可以一次性买到大量外来鲜货的。特别是海鲜海货，那是有潮汛规律的。不捕捞就错过了，捕捞了不赶紧销售也会坏掉。所以即便各种水运停运，一旦潮汛到了，还是会有大量渔船开进上海周边的码头卸货。这时候海货是充足的，但是买多了却很难保存。

祝昇蓬和蔡壬鑫原本就是贩卖海货的，知道很多保存方法，比如晒干、腌制等等。但这样制作的海货虽然保存长久，味道上却是大打折扣。只能在冷菜中少量使用，热菜中作为主食材的菜品很少，作为配料的话如果大量使用也是会影响到整个菜品味道的。

那天贝花又买来米酒讨好师傅，许知味喝着米酒突然间灵机一动。很多菜系菜品中都有醉菜，特别是沿海区域的菜系中，醉虾、醉蟹尤是一绝。醉菜保存时间长，特别像醉蟹、醉泥螺，要想醉得入味首先就需要一段时间，然后带酒料保存，封好后放个几十天都没问题。所以在有新鲜海货的时候，可以多采购虾蟹一类的做醉菜。

接着许知味又想到，利用酒做菜除了保存时间长一些外，是不是可以让食材或菜品的原味原鲜不会有太大流失。另外酒味的加入和长时间的泡制、腌渍，或许还可以让食材或菜品变得更加美味。于是许知味和几个徒弟一起商量并试做。贝花做出了坛子绍酒醉闸蟹，这道菜虽然美味，腌渍和保存的时间也足够长，但是用料太多也太奢侈。现在能运进上海的绍酒也不多，本地闸蟹则更少，而且有季节性限制，所以这道菜只能是在以后食材充足时作为一道美味推出。

小通州倒是想到一个保存鲜海鱼的好方法，不是用酒，而是用酒糟。这个方法在他家乡江北的南通州本就有人偶尔使用。杀好洗净晾干的海鱼用酒糟和调料腌渍封好，要吃时直接拿出或蒸或煮都是极佳的美味。鱼鲜不失，酒香四溢。

小通州的酒糟腌鱼给了许知味提示，他想到一个更加保鲜也更加美味的制作菜品的方法。这方法虽然保存的时间会比较短，但它不仅仅是保存的方法，还是制作美味菜品的烹制技法。那就是制作糟卤，做糟卤菜。这种清新淡爽却又不失鲜美的菜品制作方法非常适合上海人的口味，并且最终发展成本帮菜系中一个极为重要的特色。

许知味做糟卤菜时都是自己制作的糟卤，是从真味观酒厂讨要的干糟，再加上黄酒、各种香辛料、调味料制作而成。不仅有着浓郁的酒香，而且鲜咸适宜，提气开胃。这种糟卤其实和现在科学方法提取糟汁再制作而成的现成糟卤差距还是挺大的，味道还不算非常的正，糟卤也比较浑浊没有那么清爽，但这样的味道已经是给人们极大的惊喜和惊奇了。至于后来很多酱料作坊、调味厂专门制作的现成糟卤，准确说应该是糟卤水，这是让糟卤菜成为简便家常菜品的一种调料。而这种调料是昇鑫馆和本帮菜的一个重要传人所创，此人也是本书的一个重要人物，后面书中会出现。

再有一个许知味刚刚做成糟卤时，制作菜品的方式也是比较单一的，主要是加热浸泡制作糟味冷菜。因为最初的目的就是为了菜品的保存，其他最多也是蒸菜中会偶尔用到。而用于糟溜、煲汤、炒菜这些烹饪形式，则是后来人加以拓展才有的。但是现在很少有人知道，这糟卤最初是因为食材缺少才出现的。

就在许知味运用智慧用各种招数应对新鲜食材缺乏，尽量保证昇鑫馆的生意能够正常运作的同时，范五宝也连续出招，从不可思议的途径搞到一些鲜货的持续供应渠道，保证了昇鑫馆始终能够正常运营和菜品的尽量齐全。

市场上真的是很难拿到鲜货了，就算和管市场的青帮门徒关系好也没用。这些青帮门徒既是最凶悍的强匪，又是最讲仁义的好汉。所以当市场上的鲜货供应影响到老百姓过日子时，帮中有身份的人就发话了，要尽量保证老百姓的吃喝。这样一来，店铺拿菜只能是等老百姓们拿剩的，而事实上很少会有剩的。所以范五宝当机立断，不能再把精力放在市场上了，而是应该绕过青帮和市场，直接从本地郊区人那里拿鲜货。

范五宝的第一招就是赠送泔水。酒楼菜馆的泔水都是猪倌拉去喂猪的，猪倌拉泔水一般会给店里一点小费用，或者是给些农产品来抵费用。战争开始后，饭店不能为继，泔水也都成了紧缺货。但是范五宝并没有趁着这机会多要泔水钱，反而不要钱送给拉泔水的猪倌。他的要求就是猪倌卖猪杀肉时必须匀一些鲜肉给昇鑫馆，而昇鑫馆保证以不低于市场的价格购买，让猪倌只会多赚不亏。如果猪出栏比较晚的话，也可以帮他们从乡下人家里收购一些禽蛋。乡下人家里总会养几只鸡鸭的，生了蛋自己又不舍得吃，聚多了卖吧，前面生的有可能会坏。但是拖泔水的每天来的时候都替昇鑫馆去收，人家一两个也要，四五个也要，这样一聚就多了，而且都是最新鲜的。

这样一来，范五宝便以泔水为媒介，稳定地拿到一点本地猪肉和禽蛋。

昇鑫馆开业之后，钱贺子曾经利用关系不让粪车从昇鑫馆门口走。而现在范五宝的第二招却正是要拉拢倒粪的车夫。他每天早上让店里准备些刀切馒头，然后包好抱着就去街上找拉粪车的车夫给他们送早饭。这样一来二往人家也是过意不去，再提什么要求能帮忙的就肯定不会推辞。

拉粪车收的粪便最后都是送到郊外给当地菜农当菜肥的，他们平时是最直接与本地菜农打交道的。菜农的菜要长得好，多少还得依赖他们。所以范五宝通过拉粪车的车夫与本地菜农建立上关系，得到比较稳定的本地蔬菜供应。

漕运停止之后，范五宝凭着自己的能力，保证了昇鑫馆基本食材的供应，这对昇鑫馆能够持续正常地运营是至关重要的。而这样一来，也展现出他自己的能力和重要性，提升了他在昇鑫馆的地位。

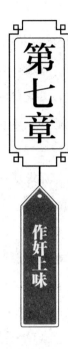

第七章

作奸上味

平心而论，他许知味这辈子遇到不少坏人，也遇到不少贵人。但是今天这个局面，其他厨师都是各顾各，不落井下石已是仗义。所以不会再有人来帮他，他只能依靠自己摆脱绝境。

上味榜

聂缉椝一行人来到昇鑫馆，许知味听说是乡绅名流们招待打法国舰船的武官们，立刻带领一帮厨师，抖擞精神，弄出一桌特色菜肴。

这一桌菜有三种特色是以往宴席很难见到的，也是因为这场战争和鲜货短缺而造就的特色。

首先是醉菜。醉菜其实算是传统菜，所以如果上来的都是传统的醉虾、醉蟹、醉泥螺那就不叫特色了。许知味给聂缉椝、徐传隆他们上的醉菜有长醉和短醉两种。长醉的是醉蟹钳，蟹钳坚硬，要想醉透需要三四天才成的，而且时间越长，酒味和作料味才能进得更透，味道也更浓更美。短醉的是醉蛤肉，蛤肉嫩滑，就算是蛤肉干也只需要稍稍水泡就能发开。短醉本该鲜蛤肉最好，鲜美多汁，酒的浓烈与蛤肉的醇鲜可尽情交融，但弊处是醉不透或食客肠胃不适便会废了这道菜。而且眼下这状况要搞到鲜蛤肉还是很困难的，所以许知味用的是蛤肉干。蛤肉干水发六成即可醉呛，余下四成便由酒和作料来填补。这短醉的蛤肉干虽然不如醉鲜蛤肉那么多鲜汁，但是酒味和作料替代了鲜汁，味道却是更加浓郁厚重。

第二种是糟菜。糟菜上的是糟黄豆、糟鱼、糟鸡翅。有荤有素，有水里的有地上的。这种制作方法是在座几个人都没有吃过的。精心配置的糟卤清淡、香爽却不失余味回香。食材本味在糟卤中的糟汁味、黄酒味、香料味等多种调料混合而成的滋味巧妙衬托下，去腥留美，去浊留清，真的是别有风味。而且一道糟味，便能成就荤素鱼肉各种味道，堪称奇妙。

第三种是替菜。所谓替菜就是用常见食材做出稀少食材的味道来。替菜许知味上了赛蟹黄、凉粉狮子头、豆干腊肉。这些都是用其他食材代替了主材，但味道上却另有一番境界。似是而非间，各种材料、调料搭配后模拟的是原来菜品味道的精华。口感上虽然难免有着较大差异，但是给食者的意外和惊奇往往都能将这差异给弥补了。

除了这三种特色，许知味还将一些家常菜做出了不一样的味道。比如青菜炒年糕，青葱溜香菇，那都是源于家常而高于家常的菜品。这些菜品因为有以往的比较，所以得到更多夸赞。

聂缉椝平时都是家厨烹制，难得到市井酒楼吃饭，所以许知味这些既美味又新奇的菜品让他称道不已。而徐传隆、盛任平时都在兵营或舰上，难得吃到如此细致的菜肴，所以更是不假客气，放开腮帮子大快朵颐。

一帮乡绅名士见几位大人吃得开心，于是由上海有名的侯氏宗族族长代表大家承诺，一旦法国人的战船被击退离开吴淞口，漕运得以恢复，他们将组织上海各大菜馆酒楼举行一个劳军海席，让各家的名厨都拿出最拿手的菜品来，请各位大人连品三天美味。

也不知道是运气好，还是之前的情报有误，逼近吴淞口的法国船并没有采取什么行动。也有可能那些根本就不是战船，而是时机选择不对而靠近上海的商船。所以吴淞营的徐传隆和宝山营的盛任回去后，只是往吴淞口水面打了几天炮，那些法国船只就全不见了。

然后在聂缉椝的操作下，先是火速向朝廷上报吴淞口大捷，之后论战功求赏。接着漕运恢复，上海很快再现繁华兴旺。而这时候徐传隆也接到指令，将会齐南洋水师其他舰艇与法国人决战。所以聂缉椝主动找来乡绅们，让他们履行诺言，举办劳军海席，犒劳吴淞营官兵，同时也算是为徐传隆送行。

三天的劳军海席，本来只需要乡绅出面，商会、富商们出钱，然后邀请一些店铺集体做外席，把菜品花样尽量搞多些，数量也搞大些，让官兵们连吃三天快意大餐就行了。但是那些乡绅名流偏偏多事，故作风雅，搞出了一个"上味榜"。所谓"上味"有两重意思，一重是上等的味道，还有一重是上海的味道。三日海席过程中，由参加宴席的官员和乡绅代表做出评判，将所有的菜品按大家推崇喜爱的程度依次排上这个"上味榜"。

其实搞"上味榜"还有一个意图，就是要让参加海席的店家都拿出最好的菜品来。因为上不了榜就会损名头，上了榜一下就能把招牌打响。所以这次外席也不需要每家店拿出整桌的菜品来，只要出三道菜，而且最好是不同厨师的拿手菜。这样一来，三天的海席，基本就能将上海餐饮行当所有一流厨师的拿手菜品尝个遍。

但是乡绅们打的这如意算盘，其实是将劳军海席变成了各家店铺、厨师比试菜品的擂台了，而且还是个混战擂台，远不如霸街斗菜那样有规则、有规矩。这个做法不仅会有店铺和店铺之间比拼，而且还有厨师和厨师之间比拼。更重要的是厨师与厨师间的比拼并不局限于不同店铺间的，同一家店铺的厨师也会出现比拼。只要菜做出来了、呈上去了，排名次的人才不管是哪个店铺出的菜，更不会管是这个店铺里哪个厨师做的菜。

这样一来劳军海席的举办便出现了一些尴尬现象。生意好的、名头大的店铺根本就不愿意参与到这种无来的比拼当中，因为做好了也就那么回事，对自己没有太大的实际用处。但是稍不小心做砸了却会有损名头，"上味榜"上无名对于他们这些老字号、金字招牌会是很丢脸的事情。

一些有名气的厨师也是这种想法，厨行之中本来就是忌讳斗菜的。再说自己已经扬名立万，没有必要再与那些没名头的去比拼，那只会莫名其妙地给人家机会，自己白白替别人搭了个梯子而已。而且还有一点是很让他们担心的，就是最终对菜品做出评判的不是真正的行家和吃家。特别是席上那些官员，来自各个不同省份，口味喜好差距更大，所以估计很难做出准确的评判。

而很大一部分没名头的店铺和厨师也是不愿意参加这种比拼的，一是自己确实实力不够，去了也是给人家垫脚跟，辛辛苦苦做了菜最后落不到个好，还不如不去。另外越是没实力的人越怀疑这种比拼中藏着猫腻，自己什么关系都没有，去了就是给别人摆布着玩，落不到好也就算了，还有可能遇到受气憋屈的事情，所以这活儿上佳的处理方式就是躲掉。

所以这个劳军海席只有少数一些想借此机会扬名立万、打响招牌的店铺和厨师应承下来，其他请的都婉言谢绝，只推说自己店里还未能够恢复元气，厨师、伙计还没回店到位。而积极参与的厨师则更多是同一个店里的，因为和其他店里的厨师比拼意义其实并不大，但是要压过了自己店里的厨师，那么在厨房中的地位就大不一样了。平常挑衅厨头、头灶师傅来斗菜是厨行大忌，而这样的场合面子上大家都说不是斗菜，其实只要参与其中，不斗也要斗。最后的结果是要上榜明摆开的，承认不承认都确定了胜负。

昇鑫馆也很尴尬，从他们自己的意愿来说，肯定是不愿意参与这样一个擂台一样的劳军海席的。特别是许知味，他是个最不愿意争斗的人。当年他在宫中参加"喜帝宴"，其实是在和其他御厨、进菜的太监、奉菜的宫女斗，那一回差点就丢掉性命。后来回无锡和厨党斗，结果被逼离了家乡。再后来是霸街斗菜，要不是有唐世棋帮忙，他很可能就会丢掉这些年亲手创立的一切。

但是谁都可以推脱不去，偏偏昇鑫馆是逃不掉的，因为几位大人点明是要昇鑫馆出厨、出菜的。这要是悖了几位大人的意思扫了他们的兴致，那会比得罪餐食公会的后果更加严重。

可如果参加了这次海席，上菜榜上没有昇鑫馆的菜品，那么对昇鑫馆的名头肯定是会有影响的。再有许知味也隐隐觉得自己身边有暗劲盘旋，有些人似乎憋足了劲要对付自己。这也难怪，人怕出名猪怕壮，别人要是能有个机会压自己一头，那名头还真就能在上海厨行中一下打响。

许知味不是傻子，他和祝昇蓬、蔡壬鑫商量之后，觉得最合适的方式是店斗人不斗。昇鑫馆是指定的菜馆，肯定是要去的。但是许知味可以不去，而是让其他厨师去。最终即便上味榜上没有昇鑫馆菜品，他们完全可以推说许知味没有出手，那样对昇鑫馆的招牌和许知味的名头都是没有折损的。

所以经过认真考虑和准备之后，许知味最终决定让自己的大徒弟灯笼头和曹景全、醋鱼王三人代表昇鑫馆去海席出菜。他相信他们出的三道菜就算不能在各大菜馆名厨中拨尖，在上味榜上整体排下来肯定也不会输给任何一个菜馆。

曹景全本来是不大愿意去的，他的目标是许知味，憋足了劲就是要寻找一个机会一举击败许知味。但再想想决定还是去，因为自己想要击败许知味，这一次的海席也算是一次试探和衡量。如果海席上自己连灯笼头都胜不了，那要想斗败许知味则完全是自取其辱。

不仅许知味没有去参加劳军海席，就连祝昇蓬和蔡壬鑫两人都没一个去露个面，而是安排范五宝到现场做管事，负责各方面的联络和交涉。当然，管事的还有个任务就是代表昇鑫馆说些场面上的恭维话和祝福话，这方面范五宝应该比两个老板更加擅长。另外就是呈菜上桌也是要管事的做的，厨师自己是不能送菜上席的。而这端盘送碗的事情，五宝肯定也是比两个老板做得要好的。

劳军海席设在新校场演武厅。高梁大殿的厅堂，两旁还有相连的廊房。正门外面是可以跑马跑车的操练场，很是宽敞空旷，做海席是最为合适的。在离演武厅比较近的位置还有个一人高的砖台，那是操练时的指挥台，也是榜示军文通告的榜台，上面挂了一幅红绸布，这回正好用作"上味榜"的榜示台。

这场海席说是用来劳军的，其实真正能参与这种宴席的肯定不会是普通兵卒。除了乡绅代表，全是上海各府各营级别够得上的官员。那上海守备王卫简虽然当初请愿书不接，推给聂缉椝，但这种作秀摆谱的活动他却肯定是要身先士卒的，这劳军席放在新校场就是王卫简主动提出的。所以海席上反而是守备府的人最多了，然后才是江南制造局和道台府，吴淞营、宝山营和吴淞炮台反而是没来几个人。这样一来虽然叫海席，其实加上乡绅名流的代表们，也就三十来桌的样子，数量不算非常多。

劳军海席从中午就开始了，一直不间断地做到晚上。演武厅的外面一溜排开三十多个筒灶，然后各家店铺按抽签顺序轮流做菜。上菜不要抽签，谁做好了谁就上。由管事的或者专门呈菜的伙计端上去，首先呈到主桌。管事的或呈菜伙计要报上店名、菜名，最好还能简单地介绍一下菜品。如果是让主桌客人感兴趣的，那就把菜留在桌上。不感兴趣的就再往后面的桌上送，直到被哪一桌感兴趣了给留在桌上。

所以从总的桌数以及上菜的形式来看，这个劳军海席更像是流水席而不像海席。

不过一溜排开三十几个筒灶一起起锅，炉中火苗齐蹿，锅勺叮当乱响，倒也蔚为壮观。而且随着一道道菜品出来，整个大厅里到处都有人端着菜在走动，到处都有人在大声介绍自己的菜品。也有人在大声呼唤着自己想要的菜品，还有人在大声评价着所吃到的菜品。更有人完全不顾什么好吃不好吃，只要有菜有酒便猜拳行令狂欢起来。从这喧嚣和热闹的程度上看，又真算得上是海席。

·〈 肉未留 〉·

虽然人来人往、菜来菜往，但是大家心里其实都很清楚。呈上去的菜要是前三桌不留，后面桌上留了也很难登上"上味榜"，因为能有资格评点菜品的人都在主桌和两个次桌上。主桌上坐的是聂缉椝、王卫简、徐传隆等几个主要官员，然后还有两个德高望重的乡绅代表相陪，其中就有侯家族长。两个次桌有一桌坐的是二级官员和一些心腹，还有一桌则是几位夫人和公子。这种场合能有夫人参加是很不容易的，一个是能将夫人公子带到任职地来的官员并不多，再一个也说明几位大人亲民随和。但其实一般有身份的正室夫人是不会出席这种场合的，比如聂缉椝的夫人，能抛头露面的大都是偏房小妾。不过公子倒是正室长子，这是有规矩的。

再往后的桌子在排列上便已经没有依次顺序，席上的人色也有些杂乱。有的菜是呈到桌前给留下的，有的菜是桌上人自己走过来选中拿到自己桌上去的，都不用呈菜的挨个桌子走过。所以后面桌上的些人首先是不会吃瞎吃，另外吃了也不懂怎么评判。就算有少数懂吃懂评的，但是没有足够的身份地位，吃到再好的菜品也只能私下称赞而已。所以呈菜时如何做精彩介绍吸引住前面三桌人是很重要的，错过这三桌，也就意味着和上味榜无缘了。

昇鑫馆抽的号是在第一天劳军席的傍晚时分。这个时间不是太好，因为海席从中午开始，一直延续到晚上结束。这个时间前面大部分的店铺已经上过菜品了，席上品吃的人味觉也已经疲劳了。再有劳军席这才是第一天，人们对后面的菜品还心存更大期盼。所以这个时间兴头已经转移，不会非常注意之后上的些菜品。

昇鑫馆上的第一道菜是"醋鱼王"的桂花糖醋鱼块，这菜制作工艺不复杂，所以最先出菜。但是这样制作简单的菜品往往都是最容易被淘汰到后面桌子上去的，因为席上坐着的虽然不是行家、吃家，却都是有大见识的，制作简单的菜很难引起他们的兴趣。

"醋鱼王"自己心中也很是忐忑，到了新校场看到这么一种上菜方式，他就觉得自己这道菜可能选错了。其实他是觉得这道菜品工艺虽然简单，制作技巧上却是有着别出心裁的奥妙。但如果厨者没有机会当面说清这奥妙所在，就算品尝者吃到嘴里也不一定会意识到。

现在已经是到了这个份上，改菜来不及不说，他也没有多准备其他食材。所以只能用托盘把桂花糖醋鱼块的菜盘端了递给范五宝，然后抓紧时间对五宝说了几句自己这鱼块的特色特点。这是指望五宝在上菜时可以将这道菜的精彩处替自己讲出来。

"昇鑫馆上菜。"范五宝先亮了个声，提醒下大家。很明显，这是在吴淞江滩上跟许知味学来的一套。

"哦，是昇鑫馆的菜呀。"聂缉椝听说是昇鑫馆的菜马上来了兴趣。

"是的，大人。这是我们馆子浙菜师傅也是上海最好的浙菜师傅"醋鱼王"给大人们定制的一道绝味，桂花糖醋鱼块。这鱼块用的是鲜活草鱼，去头去尾去腥线，切块、腌渍、过油、烧煮而成。调料糖醋为重，但不失鲜美。而这桂花一说，却并非真的加入桂花，而是糖醋味加鱼香、油香、葱香、酒香融合而成一种淡淡的、类似桂花的香味，这也是此鱼最绝妙之所在。鱼肉绵糯，入口而化。随之而化的有沁入喉壁的酸甜和萦绕脑海的桂花香。偏偏这酸甜和桂香化而不散，由舌到喉，由喉到心，由心再四散到每一处毛孔。留下的不仅仅是怡人的味道，更有遍体舒爽的感觉。"范五宝不仅能说会道，更重要的是他也会烧菜，所以只要"醋鱼王"把关键的特色特点跟他一说，他就知道怎么去吹嘘这道菜。

"我们这道菜还有一说，叫'桂花香随鱼入海，贵人去把宝珠采'，以此恭祝徐大人带'开济舰'出江入海，南下驱寇，举手之间便摘了头筹、取了头功。"五宝这一套送吉祥的说辞虽然没有完全学到许知味的程度，但是他却可以用直截了当的马屁加以补充。

"好好好，且不管这鱼好不好，就冲你说得么好，把这道菜留主桌吧。"聂缉椝说话的同时用湿布巾擦擦手，已经是在准备动手品菜了。

于是这道桂花糖醋鱼块在昇鑫馆名头和范五宝说辞的双重作用下幸运地留在了主桌上，由此可见祝昇蓬他们让范五宝前来做管事的是极为正确的。其实这种场合下范五宝能说会道还在其次，胆子大、心理素质好才是更重要的。试想站在这样一群平常根本见不到的大官面前，还能镇定自若地吹嘘菜品、讨好拍马，那可真不是一般人能做到的。有些店铺的管事和伙计跑到主桌前面就马上不由自主地腿发软、嘴发僵，什么都说不出来。还有一些即便端的菜品很是不错，但也不敢说得太好，怕老爷们吃后反应不是太好会怪罪他撒谎吹牛。而范五宝从小就坑蒙拐骗占全了，而且这些几乎成了他天生具有的特质，所以根本没有这方面的顾忌，不管什么场合什么人都敢随意忽悠。

另外五宝在昇鑫馆做学徒的这段时间还练了另外一项本事，天南海北的客人接触多了，两句话一听就知道哪里口音哪里人。这一点其实有点像霸街斗菜时苏北酒店请的"油神李"。"油神李"不仅会听而且会说，因为当初他要在市场上和各地菜贩子讨价还价，而范五宝做伙计只要会听，听出对方哪里人就知道人家的口味习惯，这样才好推荐合适的菜品。

而五宝呈上桂花糖醋鱼块的短暂过程中，从聂缉槼的口音中听出他是湖南人，知道他的口味应该偏重偏辣。虽然聂缉槼现在身居高位，尝过天下各种美食，口味上有了更多选择和喜好，但是这种最初的偏好和习惯却是根深蒂固无法改变的。所以范五宝脑子里突然闪过一种想法，但也只是想法，实施的话已经不大可能了。不过知道一个信息便意味着多出一个机会，有过一种想法便意味着多出一条路径。不怕无法实施，就怕没有想法，这世界总给有想法的人留着门呢。

昇鑫馆上的第二道菜是灯笼头烧的上海红烧肉。灯笼头是许知味的大徒弟，为人忠厚诚恳，只是有些循规蹈矩。所以这红烧肉的烹制完全是按照许知味所传授的方法，一丝不苟不差分毫。因为许知味霸街斗菜最后一场群斗就是用的上海红烧肉，所以灯笼头觉得自己在劳军海席上也用这道菜应该不会出太大差错。

"这肉烧得不错啊，要不给你个机会亲自上去见见各位大人，把你这红烧肉的妙处仔细说说。"范五宝没有马上接灯笼头的托盘，而是说了两句酸溜溜的话。他知道灯笼头为人憨厚不懂交际，见个生人说话都会憋得满脸通红，就像个红灯笼，更不要说到海席主桌上跟那些大人们介绍菜品了。

"我、我这个不行的。"灯笼头的脸一下就憋得通红。他虽然不擅交际，但是不笨，五宝这话一说他就知道是在故意难为自己。

"那就我给你呈上去呗，不过说好说坏你别怪我，能不能留在席上也别怪我。"

"随便。"灯笼头很简单的回道。他不想和范五宝多说什么，那只会让他更加得意，就好像自己落到了他手里一样。

五宝微微一笑，接过托盘："都是我们昇鑫馆出的菜品，为了昇鑫馆的名声我怎么可能不往好里说？你别担心，呈菜是我的职责，我只会尽量做好。只是你这菜要是不讨喜我也实在没办法。"

灯笼头这次没有说话，只是点点头。但随即又觉得这话不对，他为了昇鑫馆的名声肯定尽量往好里说，要是菜不讨喜那不就是自己本事不济折损了昇鑫馆的名声吗？

五宝端菜进了演武厅，灯笼头皱了皱眉头也跟在背后走过去。说实话，他真的不放心范五宝。这不仅是因为受许知味态度的影响，也是他平时里积攒起来的感觉。所以他一直跟到演武厅的门柱旁边，这位置可以听到呈菜人在主桌前说了些什么。五宝应该知道灯笼头跟在自己身后，所以进到厅里后回头看了一眼灯笼头，并狡狯地对他笑笑。

"昇鑫馆上菜。这道菜叫上海红烧肉，是昇鑫馆特色之一。肥糯口感有些像东坡肉，鲜甜味道有些像苏帮焖肉，油红色泽有些像本地炒肉……"

"那就算了，这道菜就让给其他桌上享口福吧。"范五宝的话没有说完，聂缉椝便挥手说道。

"遵大人吩咐，赏其他桌了。"五宝马上转到次桌。也是这么几句话，也是没有等说完，便被打发到后面桌上了。但是才过前面三桌，后面有人耳边才听个昇鑫馆的红烧肉，便马上给抢走了。

灯笼头眉头皱皱，一脸沮丧。他觉得自己这道菜是得到师父真传的，就算主桌不留，两个次席也应该给留下，可结果前三桌没有一桌看中的。而范五宝的介绍也没什么错的，是将这道上海红烧肉的各种特点都说出来了，竟然没说完就被打断拒绝了。

其实灯笼头没有想到，之所以没能在前三桌留下正是因为范五宝介绍时给他这道上海红烧肉下了套。海席从中午就开始了，且不说各种肉食已经上过许多，其中还有很多重复的，就算前面三席都没有品吃过肉食，但其他那么多道菜品尝过之后，也已经口喉油腻，腹中饱胀。肉类菜品很难再吊起他们的胃口、勾起他们的食欲。而范五宝在介绍时偏偏故意将红烧肉的特色与其他各种肉进行关联，突出肥糯、鲜甜、油红的特点。这样一来更是让人没吃就感到夠腻，所以不等介绍完就赶紧让菜品往后面传。

范五宝表面上冠冕堂皇说是为昇鑫馆的名声，其实其他不管谁的菜他都可能尽量想办法留在前三席，和许知味有关的菜品他却是尽量想办法不让它留在前三席。所以并非灯笼头的上海红烧肉有什么问题，问题的关键是因为他是许知味的徒弟，而上海红烧肉是许知味所创。

曹景全的菜出来得最晚，因为他的菜需要的时间确实要长一些。他今天做的是一道"鸿运占鳌头"，说白了就是砂锅冰糖炖甲鱼。砂锅甲鱼是上海田菜原本就有的，但是那菜味道偏淡，甲鱼要是处理得不好还有腥气。所以曹景全将其稍加改良，加入生抽、冰糖慢炖。配料则选择了萝卜块，这萝卜块不仅可以吸收甲鱼的浓鲜，而且清爽的特质可以中和冰糖浓汁的厚腻。所以"鸿运占鳌头"这道菜有两种好处，食者口喉不腻时可吃甲鱼，腻了，那萝卜便是佳品。

"……浓淡两宜，滑而不腻，嫩而不烂。可佐酒，可下饭。酒席将息之时上此菜最好，冰糖可去前面众多菜品盐分积攒导致的口苦，甲鱼留下众味之后又一重境界的鲜浓，萝卜清淡之意爽口爽心。而且此菜上今日海席还有一讲，叫'撒下天罗来捉鳖，大败番贼凯旋归'。"

范五宝和曹景全关系不一般，所以他这道菜呈上去后，五宝是卯足了劲给吹嘘着。虽然许知味说吉祥话的一套他没法完全学到，因为那除了随机应变外，还需要有读过书的底子才行。不过五宝从戏文里、评书里硬凑的词儿倒是更应景，特别是对即将出战的徐传隆而言。

但是之前昇鑫馆已经上了一道桂花糖醋鱼块，虽然留在主桌但大家吃了并没有非常好的感觉。而这一道甲鱼味道上也是偏甜的，和前面鱼块味道有相近之处，所以桌上众人很难产生兴趣和食欲。

"要不，这道菜就留下吧。"徐传隆开口了。他其实不是很想吃这道菜，只为图个好口彩。

"行，那就留下吧，你们昇鑫馆还有没有其他菜了？"聂缉槼问道。他也对这道看着就有些甜腻的菜品不是太感兴趣，所以希望有更惊喜的菜品出现。

"没有了，三道菜全上了。"五宝回道。

"哦。"可以听出，聂缉槼的这声"哦"里带着些失望。

巧推脱

第一天的劳军海席结束，昇鑫馆有两道菜上了主桌。但是榜台上悬挂的红色绸布上却没有出现一道菜名，这就说明第一天里没有一道菜品是让众位大人和乡绅代表们惊喜的。同时也意味着这次的上味榜，昇鑫馆不会有一道菜上榜了。

劳军海席第二天继续，仍是中午开始晚上结束。但是才到下午意外情况便出现了。

由于劳军海席设了个上味榜，所以好多上等的酒店菜馆都没有接做外席，还有知道自己来了肯定垫底做炮灰的店家也没接。而霸街斗菜之后，街面上酒店菜馆的数量受到餐食公会的限制。虽然有些店铺改在弄堂里重新开张，但总体数量还是比以前少了许多。这样一来，到第二天下午的时候，剩下还未做菜的店家就已经没几个了，估算一下全部做完都撑不到晚上。

也是因为那些乡绅代表太多，看似他们的手下都在为海席忙碌，但其实人一多反而就少了一个整体主持的人。所以直到看到剩下的店家不多了，上菜的节奏也开始稀稀落落的了，那帮子乡绅代表的手下这才意识到出问题了。

　　获知情况后的那些乡绅代表立马慌了神，马上进进出出安排手下赶紧再去找店家。于是也不管档次水平，能拉来做菜的店家都拉来，把些没资格的小店铺都找来充数了。于是海席上可以很明显地感觉到，菜品越来越不行，有的菜传到最后一桌都没人留下。

　　而且这时候有些桌上的宾客也开始在暗中议论，说这次劳军海席是敷衍了事。一流菜馆出的二流菜，二流菜馆没好菜，三流菜馆来凑菜。这些话被徐传隆的手下转述给徐传隆了，于是徐传隆借着酒劲朝那些乡绅代表拍桌发火。

　　"本官虽受命于朝廷，但最终是为一方平安兴旺在卖命，为百姓请愿而舍命。现在即将再赴沙场，披火冲浪以驱外寇，而你们却是连桌许下的酒菜都舍不得，这是把我等将士的命看贱了呀。"

　　徐传隆其实是心中有火借机发作。他本来受命镇守吴淞，但是因为民众请愿然后卖聂缉椝的面子启舰炮轰长江口。本来也就是做做样子，给聂缉椝和上海民众一个交待。但是没曾想法国船只真的退走，他此举被以辉煌战功报上朝廷。而朝廷虽然是给予了一些赏赐，但同时也认为他骁勇善战，所以才下令他南下参战。所以徐传隆这是没来由地惹来一场战事，心中其实很是懊恼。而现在那些当初信誓旦旦的乡绅代表们虚与委蛇，一个劳军宴搞得雷声大、雨点小，还弄个什么上味榜，不仅没什么好菜能上榜，现在连菜都上不了桌了，所以心中的怨愤便不由得爆发出来。

　　聂缉椝在一旁显得非常尴尬。当初请愿书是他接的，徐传隆他们是他约请的，驱走法国船只、恢复漕运也是他一手推动的。但是现在乡绅们劳军海席搞得不成样子，徐传隆那边甩了脸，两边都是在抹他的面子。偏偏这种状况下他又不便出面过问，为了个宴席，吃得好了坏了的，他这样一个地方大员多问句话都会被人家看笑话的。

　　幸好王卫简也在席上，这是个看得懂状况、理得清场面的家伙。见聂缉槃满脸尴尬，立刻就知道这事情只有自己出面才是最合适的。因为劳军海席放在他的新校场，他王卫简也算是主人。而他又是军中官员，也算得上是客人。

"这菜上得确实有些不像样了，我也注意到了。不过上海辖内的民众都还算富足，绝不会吝啬这吃喝事情，更何况这是给各位将士庆功送行的。这是怎么回事？你们谁给说说。"王卫简哼声哼气地要解释，其实也是在给那些乡绅代表们台阶下。这时候要先把徐传隆的火气给灭了，把场面摆平了。

那些乡绅面面相觑，心中都知道是自己考虑不周、做事有失，可这罪责却没有一个人愿意应承下来。但是现在又必须找个理由才行，不然眼前这一关也是难过，所以这些人一个个转着眼珠在想该往哪方面推卸。

"这缘由我倒是略知一二。"这时候旁边次桌上有人说话，而且是个女的。

这女的是坐在夫人公子的那一桌。但她不是哪家的夫人，而是专门来陪那些夫人的，也算得是乡绅名流代表。让这个女人来陪那些夫人，是因为很多夫人都认识她。就算不认识她，也可能用过她的绣品，她便是上海的刺绣名家薛舫。

"各位大人有些是到任时间不长，有些是平时很难获知市井间的杂事，所以并不十分清楚上海餐饮行当的情况。而这情况几位族长、老爷又是不方便说的，得罪了道上的人，以后做事做生意都可能会有不便。不过这事情我一个妇人说了却不打紧，权当茶余饭后闲聊，谁和我计较了也就没了脸面。"

"是薛绣师啊，你但说无妨，谁要和你计较我先给他个没脸面。"那王卫简竟然也认识薛舫。

"是这样的，前几年上海成立了一个餐食公会，具体组成并不清楚，更非餐食行当自发自愿成立。此餐食公会明暗势力都很大，他们规定了上海每条街面上能够留存的菜馆酒楼数量，用霸街斗菜的形式淘汰了大部分的店铺。说是让能吃的吃饱，让不能吃的索性死掉，免得店铺太多恶性竞争，到最后谁都生存不下去。所以这样一来上海现存菜馆酒楼的数量就很是有限，而有资格被邀请来做海席的店家更是有限。这就难免出现店家不够、所奉菜品不够的情况，只能临时再拉一些本不够资格的店家前来做海席。"薛舫很巧妙地将罪责推给了餐食公会，这是谁都没有想到的。而餐食公会背后撑腰的本就有很多官员，所以这罪责他们是有足够能力化解的，至少比那些乡绅代表有能力。

"这事情呀，我倒是略有耳闻，当时也是为了上海餐食行当的良性发展，才有霸街斗菜、优胜劣汰这一出的。"王卫简赶紧说话，单这一句便能看出他和这餐食公会也是有关系的。

"但是现在上海的状况非过去可比，百业俱兴，商贾云集，再要限制餐食行当的数量就很不合适了。而且做生意嘛，竞争淘汰都难免，但应该合理竞争、自然淘汰，强行用一些规则逼迫大批店铺关门停业终究是不合适的。这样，师爷你且记下，明日发一文，上海所有行业店铺都不得设置数量限制，有实力者便可开设，无能力者自行关闭，任何人不得干预和强迫。"聂缉椝这个决定是明智的，事实证明有了他这种放开式的保护条文，上海的餐饮业得到极大发展，也对本帮菜系的形成起到很大的推动作用。

"但问题是现在该怎么办？今天且不谈了，明天还有一天海席，怎么都要给各位大人一个满意才行啊。"王卫简其实是想把话头岔开。

"这样吧，我来出个主意。"薛舫又说话了，"既然海席是为了犒劳徐大人、盛大人等立功将士的，何不让众将士提出想吃上海哪家馆子的菜品，然后我们现在就去准备，邀请将士们钟意的那些馆子明天来做海席。我觉得这样大人们才能真正的满意，而我们也才能真正表达出自己的诚意。"薛舫这主意真的很好，不仅过了眼前的难关，而且明天的海席也有了着落。有这些将士、官员指定的馆子，他们再去邀请，谁还敢拒绝？

"好，这样好，就这么办。"聂缉椝没等其他人说话就敲定了。他是怕有人节外生枝、再提苛求，搞得大家都下不来台。

海席做成这样，乡绅代表中脸色最不好看的就是漕帮的人。驱走法国船，恢复漕运，他们是受益最大的。而现在搞成这么个不上台面的海席，他们也是最没面子的。所以再次发出邀请的同时，被邀请到的酒家店铺都还顺带收到漕帮的一句话："如果哪家不给这次劳军海席面子，不做外席或者敷衍了事，以后便再难拿到一样漕运过来的货物。"这是一句很有分量的话，等同于"铺子别想再开了"。

既然指定馆子做海席，那昇鑫馆肯定是跑不了的。不仅是昇鑫馆，其他一些有名菜馆酒楼也都逃不掉。这一回再无法拒绝，徐传隆在劳军席上发火的事情已经传出，漕帮也已经发话，要是再拒绝那就相当于和官府、和漕帮对杠了。而且不仅不能拒绝，还要拿出最好的菜品才行。因为情况变化有些突然，道台府已经发文不得限定行当店铺数量。那么接下来可能短时间内涌出很多新开的菜馆酒楼，新的市场局面打开，新一轮竞争又将开始。所以劳军海席的"上味榜"成了市场转换的一个标志，也是所有店铺巩固基础和打响招牌的机会。

不过许知味详细询问了一下灯笼头海席现场的情况，知道这次海席由于采取了一店三厨、一厨一菜的形式后，整体状况非常混乱。菜式的冷热荤素种类很混乱，每桌上的菜品搭配很混乱，上菜的顺序也很混乱。因为是由桌上宾客选择留下什么菜的，所以同一个菜馆的三道菜都不会在同一个桌子上。就算有机会在一个桌子上，顺序也是无法控制的。

再有各家厨师不管情愿还是不情愿参与这个海席，那都必然是有着想法的，没人不想让自己的菜品登上"上味榜"。这样一来相互间就会掩藏，做什么菜尽量不对别人透露，就连同店铺的厨师之间都可能不沟通。这样一来无论是谁，都无法知道自己菜品会上到哪张桌，前面后面又是什么菜，完全没有借味的可能。

再一个这海席和斗菜还不一样。斗菜不管单斗还是群斗，每个评判都是会尝到厨者制作的菜品的。而在这个海席上，是要桌上重要宾客选中的菜才能留在桌上，特别是前三桌。要是选不中的话连上桌的机会都没有，更不要说上榜了。而留在了桌上也不一定就会都加以品尝，特别是桌上的主要人物，如聂缉榘、徐传隆，他们要是没吃、没赞，估计其他人再说好也很难上榜。

许知味暗自觉得这情形倒是有些像当年宫里的"喜帝宴"。只不过上菜的形式和"喜帝宴"不同，是流水式的，每道菜都能从主桌前过。但是人多菜多场面喧哗，要想将菜品留在主桌，就必须一下吸引住主桌上的人，勾住他们的鼻子和味蕾。也就是说，既然无法借味，那就索性盖味。所以许知味觉得菜品的味道必须做得浓郁、鲜香、刺激，让人们未见菜形已闻菜味，既品菜味便忘他味。这样的菜品味道是全覆盖式的，从嗅觉到味觉再到感觉，以强劲的味势压倒其他所有未留桌的、已留桌的、尝吃过的菜品。不过能做到这样的菜品并不多，但"霓虹盖金梁"肯定是可以的。

许知味决定亲自去参加第三天的劳军海席，而且准备做"霓虹盖金梁"。却不知这道曾经差点让他飞黄腾达也差点让他丢掉性命的菜品，这回带来的又会是福还是祸呢？

听说许知味要亲自去参加第三天的劳军海席，曹景全想都不想，竟然争抢似的也说要去。这样异常的表现别人很难知道真相，只有曹景全自己清楚这对于他来说是一个非常难得的机会，战胜许知味的机会。他为这个机会已经准备许久，自己研创后一直暗藏不露的那道绝菜终于可以惊艳亮相，给许知味一个突袭。

一店三厨、一厨一菜，昇鑫馆现在已经有两个了。而且许知味想好了，如果再没什么人主动要求参与，他将在海席上做两道菜。其实按许知味自己的心愿，他恨不得三道菜都让他做。没有办法借味其他家的菜品，自己的三道菜却是可以相互推动、烘托的。就好比做了一个小型的和菜，这样至少可以保证有一到两道菜可以上榜。

"我也去做一道凑数吧，既然端了昇鑫馆的饭碗，到出力的时候往后缩就不仁义了。"徽菜师傅朱子恒也主动请缨。

"行了，三个人齐了。海席中午开始，明天上午一定要把食材、配料都准备好。然后我让伙计用青柳筐子[1]装了一起拉过去。"祝昇蓬安排着。

"管事呈菜还是让我去吧。"范五宝也主动要求再去，"那里的情形我比较熟悉，什么规矩路数都已经知道了。"范五宝也觉得这是一个机会，反击许知味阻止他当昇鑫馆经理的机会。自己筹划的计划会在一定的时候给予许知味最大重击，但不断地反击不仅能让计划更加顺利地进行，而且会让最终的效果更加完美。

"对，还让五宝去，他呈菜的一套灵光的，主桌上的大人也都瞧他顺眼。"曹景全在旁边帮腔，他心里着实是希望五宝去。

"好的，那就还是五宝去。"祝昇蓬做出这个决定时其实心中挺欣慰的。现在虽然他还没有对水仙的建议松口，同意贝花和五宝的事情，但是看到五宝做得越来越好，不断被别人赞赏推崇，他心中还是非常高兴的，就像看到昇鑫馆持续兴旺美好的未来。

连环害

这一天的夜里，月色黯淡。灯火全熄的昇鑫馆厨房里摸进一个黑影，这个黑影只点亮了一支细烛。借着烛光和挑开后的炉火，尽量小声地在台案和灶炉前忙碌了一阵，谨慎而细微。最后重新将一切都收拾干净，把炉灶加炭封好，这才捧着一个用布包着的罐子溜出了厨房。

---

[1] 过去一种装鲜货的筐子，用刚折的带皮带叶柳枝穿扎。筐子扁塌塌松松软软，虽然很粗糙却可以起到适度的保鲜作用。

由于范五宝中午要去参加劳军海席，所以这天早上是蔡壬鑫去的市场。今天要采购的其他菜都是次要的，重要的是许知味、曹景全、朱子恒开单子要的那些食材和配料。

食材和配料买回来后，马上就要做一些初加工。海席那边虽然一溜三十几个筒灶，但是能给每个厨师使用的肯定只有一个。所以像许知味用来焯仔排的大骨汤只能提前炖好，然后带过去。否则一来时间太长，再者没有专门的炖汤灶口，炖出的大骨汤很难达到火候。提前炖好，现场加热焯仔排，做出的"霓虹盖金梁"肯定是要差些味道。不过这毕竟不是"喜帝宴"，不需要用骨香、肉香、酸甜香一下把距离很远的人吸引住。

所有东西都准备好了，范五宝站在车子旁，看着伙计们把东西一件件往外面的拖车上搬。他今天的身份特殊而重要，已经不需要和伙计一起干这些粗活了。而且这次海席做得好的话，他可能有绝好的机会从此以后都不用再做这些活儿。

许知味的小徒弟小通州把装了仔排的青柳筐子和一篮子调料拿出来放在了车子上。许知味做厨活一般是不放心别人动他东西的，特别是那些伙计。所以大多时候都是自己亲自动手，让徒弟替自己做也是近两年才允许的。这是因为徒弟们的厨技突飞猛进，准备材料这些小事没有理由不放心他们去做。

小通州放好筐子和篮子之后转身又往屋里去了，还有大骨汤的罐子、锅勺厨具等一些东西要拿。而就在小通州刚刚进到门里，站在那里的范五宝突然间快速行动起来。

他三两步跑到门背后提出一个青柳筐子来，然后将车上许知味装仔排的青柳筐子换了。正好旁边一个拉货的骡车经过，便将装仔排的筐子随手放在那骡车上，让许知味准备好的仔排从此不知去向。

小通州再次出来时，范五宝仍是原来样子站在车旁，就像动都没动过。不过看到小通州抱着的大骨汤罐子挺沉的，他马上过来帮忙搭了把手，将罐子稳妥地放置在车上，并且很关心地打开罐子瓷盖看了一下："这汤不能太满，要不路上车一颠晃就全泼出来了。"

"没事，泼一点也没事。哎！你快把盖子盖好，师傅说了，多些少些没关系，就怕进去异味。"小通州一边让五宝把瓷盖盖好，一边又转身往里面去拿其他要带的东西。

"好格、好格，盖好、盖好。"五宝很听话地将瓷盖盖好。但是没人看到，他盖盖子的同时，袖子里有一个纸团滚进了罐子。

中午之前，所有东西所有人都到了新校场，随后在门口开始抽签，确定做菜次序。排在前面的直接到演武厅前面去做准备，排在后面的，运东西的车子可以直接推进校场里面依次排放好，人可以到校场边的连廊里去休息等候。这连廊平时就是给操练后累乏的军士们休息的，有现成的廊座和长凳。

昇鑫馆抽的签排得挺靠后，就算前面其他店的菜品做得简单做得快，估计也要到下晚时分才轮到他们。不过许知味没有马上去连廊里等候，而是跟着车子到里面停好，然后又检查了一下自己准备的东西。这时候要是发现什么问题的话，还有时间可以补救的，忘了什么、少了什么就算再回去拿都来得及。

不知道为什么，许知味这个时候心里总有种隐隐的不安萦绕不去，就好像周围有着什么邪性的东西，正暗中盯着他，随时都可能扑出来给他致命一击。但是许知味往周围扫视了几遍，始终没发现这感觉来自哪里，最终只能安慰自己这地方平时是动刀兵的凶处，所以自己下意识有些胆寒。

正是因为感觉不太好，所以许知味检查准备的东西很仔细。厨具调料一件件看过，都是齐全的。陶罐子打开，大半罐子的大骨汤也没一点泼溅，汤水清爽，汤面上覆盖一层厚厚油花散发着骨香、髓香和猪油香。

三个装了主食材的青柳筐子叠在一起，所以许知味没有一一翻开来看。他觉得其他什么都可能出现遗漏，主食材却肯定不会错的。而且三个筐子确实都在，这至少说明主食材不少。另外这车子是放在露天的校场上，太阳直晒。这时候要是把青柳筐子给翻开了，食材很容易晒坏的。

不过许知味虽然没有翻开看，却是用凑过去闻了一下。三只青柳筐子里有肉味有鱼味，那肉应该就是自己准备的仔排。鱼味不止一种，其中有一种鱼的腥气比较特别。根据他以往的经验判断，这腥气应该是鮰鱼的。而且是长江下游的江口鮰，大小在一尺半以上。这江口鮰最为肥硕，味道上仅次于长江石首鮰，但肉质口感上却是胜过石首鮰的。

这鮰鱼上海人又叫鮰老鼠，四川人叫江团，还有一些地方叫肥鱼王。此鱼无鳞肉厚多油，很是肥嫩。只是烧制过程中去腥是关键，因为鮰鱼的腥气虽然不像海鱼那么大，但是腥味的组成比较杂。除了鱼腥味外，还有些许土腥味和油腥味。

许知味心中有些奇怪，如果今天是"醋鱼王"来的话，选择烹饪鮰鱼那还在情理之中，曹景全和朱子恒两个好像都没有听说过有什么做鱼绝招。那朱子恒倒是会做徽帮特色菜臭鳜鱼，但也是遵循的传统做法，自己没有什么特别的发挥，并不比其他徽菜师傅更加高明。而曹景全擅长的田菜中鱼的做法更加简单，而且没有和鮰鱼有关的特别技法。

"难道是他们私下研烧了什么好技法瞒着自己？"许知味想，"可是也不对呀，就算做鱼的话，那也该选其他鱼才对。选择鮰鱼是相当冒险的，因为腥味的复杂，从杀鱼、洗鱼到烧鱼，再从调料、配料到炭料，稍有一点差池整个菜就会废掉。"

虽然心里感到蹊跷，但是许知味却没有多问什么。他觉得别人在这种场合选用的食材，肯定是经过深思熟虑的，而且是有一定把握出彩的。甚至可能就是要利用这次机会展现自己某个不为人知的绝技，让一道创新的美味就此面世。所以自己提前询问，要么会让人家感到无趣，要么就是自己自讨没趣。

午席才刚刚开始，就已经可以看出今天的海席和前两天大大的不同。首先来的全是上海一流的酒楼菜馆和一流的厨师，而且每个厨师都拿出了自己最看家的菜品。所以才两轮呈菜过去，榜示台上的红绸布就已经开始陆陆续续有些菜名被写上。写上菜名只是第一步，先将认定的好菜上榜。等到了最后，再由聂缉槷他们圈定排序，那样高低胜负就出来了。

时间料算得差不多，轮到昇鑫馆做菜时，日头正好转到了西边，还没往下落。这时间比第一天昇鑫馆抽到的时间要好一些，提前了将近一个时辰。这样席上品菜的人相对而言还没到吃足且腻味的时候，对菜品的接受程度更宽松些。不过这也是要抓紧时间的，如果一道菜做人家几道菜的时间，排在后面的其他店铺先上了菜，那么就连这点优势都没有了。

所以报到了名号，许知味他们就赶紧带着伙计们过去，将车子拉到演武厅前面。在安排给昇鑫馆的筒灶和案台前停好后，便各自带着各自的帮手铺摆厨具、取料开始忙碌起来。

"你们谁把料给拿错了？"小通州在喊，一边喊还一边跑到曹景全和朱子恒那边的案台去看。

听到小通州的这声喊，许知味心中猛地"咯噔"一下。一直提悬着的不安，这一刻就像衙门大堂上老爷掷下的令签，宣布了一些不该发生的事情终于开始了。

小通州急得直冒汗，显然他没有找到自己想找的东西，而其他人看着小通州的样子都觉得很茫然，根本不知道到底发生了什么。

"小通州，怎么回事？"许知味在问。

"装仔排的青柳筐子不见了，可我明明亲手放在车上的呀。"小通州急得眼泪都要出来了。

"不急不急，再找找。"许知味嘴里说不急，心中其实很着急。要是连仔排都不见了，那还拿什么做"霓虹盖金梁"？

"都找过了，三个青柳筐子，就是没有我们装仔排的那一只。"

"三只，那应该有一只剩下。剩下一只是什么？"许知味问道。

"剩下的一只里装了条鲔鱼，但我问了曹师傅和朱师傅，他们的料都在，这鲴鱼不是他们准备的。可是我明明没有拿错啊，在店里往车上拿时我还看了下。而且今天店里就三只带来做海席的材料打了青柳筐子，除此之外再没有其他筐子。"

　　许知味眉头一皱，他能肯定小通州说的话是实话。自己的徒弟自己了解，当初这都是经过多番考验才收下做徒弟的。但如果小通州发现的情况是真的，那也就说明是有人在故意害自己。不仅是将自己准备好的仔排换成腥味复杂的鲴鱼，而且对自己之前做的其他准备也是有了解的。用来做"霓虹盖金梁"的各种调料配料和做鱼对不上路，就连基本去腥的材料都不能满足。这样即便自己有这么一条鱼可以烹制，但做成的菜品味道肯定是要差了好几阶，根本没有可能上榜。

　　另外还可以看出，这个害自己的人是有过周密盘算的。所以他并不偷掉仔排，也不用变质货代替仔排，而是用一条新鲜肥美但制作要求很高的鲴鱼把仔排换掉。因为这个人知道自己很细心，随时会检查所带食材和配料，要是把仔排筐子偷掉的话，一眼就能发现。换上变质货的话，都不需要看，闻一闻就能发现。所以这样做肯定是行不通的，许知味完全有机会加以补救。但是用一条质量、分量都极好的鲴鱼换了仔排，那么就算许知味发现到了，也很容易误会成别人准备的食材，根本不会想到那竟然是自己仔排的替换品。

　　"师傅，现在怎么办？"小通州在问。

　　许知味没有马上回答，他在思索，思维中许多条线在所带的各种配料、调料和器具中穿梭联系，以便找出一个最好的方案。随着脑子里不停的辗转，许知味慢慢转过头来，盯住装大骨汤的陶罐。

　　"看来是有人故意做了手脚，不过还好，做手脚的人没有赶尽杀绝。虽然没了仔排，但我们还有大骨汤，还给我们留了一条肥美的江口鲴。小通州，过来，先把骨汤入锅熬浓熬白，骨香、髓香是可以冲淡土腥味和鱼腥味的，而猪油香又是可以中和覆盖油腥味的。我们可以做一道髓汁骨香鲴鱼。"许知味说着话就去提装汤的陶罐。

"师傅，我来我来。"小通州听了许知味的话后缓过劲来，赶紧抢着拎陶罐，"师傅，我觉得要真是什么人故意做了手脚的话，那他并非不想赶尽杀绝，而是不知道师傅的本事。根本没想到我们还有大骨汤，可以将他换了的鲫鱼也做出非常鲜美的一道菜品来。"

许知味没有回答小通州的话，而是在一旁搭着手，小心翼翼地把陶罐拿到筒炉边。要做髓汁骨香鲫鱼，全得靠这罐骨汤了。要是不小心把这骨汤再打洒，那就彻底没戏唱了。

炉口开了，锅洗好抹干放到炉上。许知味这才打开罐盖，和小通州一起捧起陶罐往锅里倒骨汤。

但是罐子里的骨汤才倒出一碗多的样子，许知味突然说声："不对！"并且立刻把陶罐放了下来。而这一倒一放之后，就连小通州也马上看出了问题，因为罐里骨汤的颜色变成了混浊的酱红色。

原来准备好的大骨汤是用来焯仔排的，所以是大火急炖。汤色并不浓白，而是略显浑浊，如果不是面上油厚，还会有些许透明。但是现在不是了，罐子朝锅里倾倒，一团酱红一下就从浅下一侧的罐底翻起。而当罐子重新放下来后，那汤色整个地都翻红了，就像从罐底涌上的污血。

·〈 赐双名 〉·

"怎么回事？怎么会这样？"小通州不仅是慌乱，而且被吓到了。

许知味拿勺子罐子里一搅一捞，再提起看一眼，立刻明白怎么回事了。

"是厚面酱，用毛纸包好后丢入罐中。毛纸被浸泡之后散开，面酱也随之散开。但是酱比汤厚重，即便散开了也都是沉在罐底，看不出也闻不出。直到将骨汤倒出时，才会泛上来。"

"谁这么歹毒呀，这是铁了心不让我们做成'霓虹盖金梁'呀。"小通州咬牙切齿，这时候要是让他知道是谁暗中作的奸，他能把那人的肉给咬下来。

"不对，要想不让我们做成'霓虹盖金梁'，把仔排换走已经可以了，根本没有必要再在大骨汤里做手脚。看来换走仔排的不仅是个厨行的行家，而且对我的技艺非常熟悉。他已经预料到了，当我发现仔排被换之后可能会利用鲴鱼和骨汤制作髓汁骨香鲴鱼，所以将这条路也给断了。"

许知味说这话时用眼睛扫看了一下曹景全和朱子恒，按理说这两个人应该是最有理由害自己的。但是他们并不十分了解自己的技艺特点，特别是"霓虹盖金梁"的做法，昇鑫馆里都没什么人知道。知道的也就是自己的几个徒弟，而他们都把这当成秘技绝不会外传的。那么会是谁这么了解自己？不仅给"霓虹盖金梁"做了手脚，而且知道"霓虹盖金梁"配料可利用的后手招法，索性连可以改做的髓汁骨香鲴鱼也给下了死套，完全断了自己的路数。

这时候朱子恒做的菜已经出锅了。他虽然精通各式徽帮大菜，但这一回做的却是看似非常简单其实颇有厨道玄妙的桐城水碗。这桐城水碗是桐城大关镇名食，只不过很有区域喜好的局限，传播不广，接受的人不多。但这种水碗类型的系列菜品有汤有菜，浓淡相宜。放在膏厚脂肥集中的宴席上，其实是有着另外一番风味的。而朱子恒就是想讨这么个巧，所以才做了这一道桐城水碗。

桐城水碗整体做法看似简单，其实有些品种的步骤并不简单，而今天朱子恒用的主料更不简单。他今天做的是鱼丸水碗，主料乌青鱼丸是他自己当场做的。海席上做水碗是讨巧，但水碗中用的乌青鱼丸自己做而且当场做，那就完全是在显示实力了。

乌青鱼是家里杀好的，朱子恒只取了两块鱼块带过来。在这里他将鱼块去骨去皮，然后双刀剁馅儿。这时候体现了他的刀功，快！非常快！只人家抽个三四窝水烟的工夫，他就把馅儿剁好。剁好后的鱼馅儿要甩浮[1]，而朱子恒在这过程中显示了一把厨行中的绝技"十把甩"，也就是十把之中就将馅料甩浮成功。十把甩、三把鸡、一刀鲜这类绝技现在已经失传，因为这些绝技中不仅有着特别的诀窍，其实还有着厨者自身的天分，或者特殊环境逼迫的下意识训练。

但是朱子恒的快刀剁馅和十把甩绝技都是无法从菜品上看出来的。这就需要呈菜的能够将其中的妙处和绝处给精彩地说出来，那样才能引起别人兴趣。而朱子恒做这鱼丸水碗除了讨巧外，其实还把可能上榜的希望寄托在范五宝的身上了，他觉得凭着范五宝口吐莲花的说道应该可以将自己此菜的绝妙展现得淋漓尽致。

水碗送了进去后，不过并没能留在主桌上，倒是被第二桌给留下了。这也还算是幸运的，至少没有完全失去登上"上味榜"的机会。

而范五宝呈完朱子恒的桐城水碗出来后，却显得格外的兴奋，这其实是有些反常的。刚到上海时的五宝就已经很懂得隐忍和收敛，这么几年过去后，每天各种客人面前察言观色、陪笑奉承，只会让他城府修炼得更加深。就进去呈个菜，而且主桌还没留下，怎么可能喜形于色成这样？难道还有其他什么大好事只有他范五宝自己知道？

五宝真是遇到个大好事，不对，应该是他自己捞个大好事。刚才进去呈送朱子恒的水碗时，他其实在主桌上并没有介绍这道乌青鱼丸水碗制作过程中的绝妙处，反是将自己带的一个小瓷罐子拿出来。

"聂大人，你一定要尝尝这个。这个是我自己做的辣酱，但是又和川味的辣酱不同，是从江浙沪一带常见的炒甜豆酱上演变过来的。既有本地的咸甜特点，又有湘蜀的香辣余味。我知道大人是湖南人，所以专门做了这道菜来

---

[1]　厨行坎子话，将剁成馅的食材翻甩，让空气充入其中，直到放在水里能直接浮起，这样才能保持成品的松弹嫩滑。

孝敬大人。"五宝放下托盘，直接走到聂缉椝身旁，将自己偷偷做成、偷偷带来的辣酱罐子送到他的面前。

那天范五宝从口音中发现聂缉椝是湖南人，便想着如果自己做一道投其所好的重味菜品呈给他，肯定会有意外收获。原本以为这只是想想而已，昇鑫馆三道菜都呈过了再没有机会，却没料到第三天的劳军海席突然临时发生变化，昇鑫馆又有了一次海席做菜的邀请，而这也就给了范五宝机会。于是他将想法付诸了实施，半夜溜进厨房做好一道自己认为至少可以吸引聂缉椝的菜品。

"这道辣酱是以厚面酱为底，然后我加入了辣椒、糖、葱炒制，做成炒酱。然后再将鸡脯、鸭肫、猪腿肉、开洋、香菇炒熟炒香，加入之前炒酱做成这道炒辣酱。此酱咸中带甜、甜中有辣、辣不失鲜、鲜上添香。可算作菜品，也可算作小食，还可算作蘸料、佐料、拌料、盖浇。这道菜不代表我们昇鑫馆，只代表我个人，是我为聂大人专门制作的。"

聂缉椝听到个辣字，一下就提起了兴趣，于是拿过来连尝几筷子，感觉确实不错。与那些色香味面面俱到的大菜相比，别有一种风味。

在这种展示自己、争夺名头的海席上，一般不会有大厨会做这种小菜、简菜呈上去的。朱子恒倒是想到了这样讨巧的方式，但是他的水碗现在被撤在一边，讨巧的机会被范五宝的炒辣酱抢了。另外这道炒辣酱也确实是投了聂缉椝所好，相当于是将江浙风味与湘川风味加以结合。既让聂缉椝尝到家乡味道，又让见多识广的他依旧可以体会到各种菜系的众味杂陈，既亲切又新奇。

"你这菜叫什么名字？"聂缉椝问道。

"还未有名字，请大人赐名。"五宝赶紧做个揖。

"那你叫什么名字？"聂缉椝又问。

"小的叫范五宝，现在昇鑫馆柜上做经理。"五宝撒了个谎，说自己是柜上经理。这不仅是想抬高自己身份，也是有着其他用意。

"五宝，好，这辣酱中你加了五种料，那就叫做五宝辣酱吧。"

"太贴切了，以后这道菜就叫五宝辣酱。"范五宝这不是拍马屁，而是由衷佩服。聂缉椝这道菜名起得真的非常合他心意，既应了他的名字又显出菜的特色。

"不过这道菜名抢了你自己名字，而你的名字像是小名不像大名，总不能到一把年纪了再让人家五宝、五宝地叫着吧。你自己可以换个合适的大名。"聂缉椝反倒觉得自己把人家一个大名放菜名上好像有点调侃的味道，于是让五宝换名。

"也请大人赐名。"这一回范五宝跪下了。

"烹小鲜如治大国，握柄要顺。只不过烹者握的是刀柄、勺柄，治国者握的是权柄、财柄。这样，你既是柜上经理，又会精致烹饪，那么就改名柄顺好了。"

聂缉椝欣然又给五宝赐了一个新名字。三天海席，要聊的话题即便再多也都聊完了。而范五宝中间突然插入这样一段，就好像是给席上人带来个娱乐节目。

范五宝做的菜得到赏识，自己又得到一个新赐名，更重要的是有过这样一出，传出去后在别人眼里他和聂缉椝的关系就会显得很不一般。所以他很兴奋，无法抑制的兴奋，这对于他下一步的计划会有很大的作用。

因为五宝的这一出，朱子恒的乌青鱼丸水碗根本就没在主桌上介绍，直接就端到次席上并留在了次席。而五宝呈菜出来后，兴高采烈的他正好看到许知味做出了第二次决断。

"髓汁骨香鮰鱼做不成了，那我们就改作酒蒸鮰鱼。原来我在宫里见人做过酒蒸熊掌，利用了酒香和熊掌的肥厚胶质，做出的菜品味道是别有特色的。鮰鱼的皮也有肥厚胶质，肉质中油脂又多。以鮰鱼替代熊掌来酒蒸，肯定可以出奇制胜，上榜应该没问题。"许知味很自信。

范五宝听到许知味说的话，他怎么都没想到自己下了一个连环套依旧不能把许知味陷入绝境。

　　小通州赶紧动手杀鱼。鲴鱼无鳞，只需破肚去腮。但是鲴鱼皮多胶质，身体表面很滑溜，处理起来并不太容易。

　　范五宝绕过前面的一排筒炉，慢慢往许知味他们的位置靠近。当他看着小通州剖开鱼肚，准备掏鱼肚肠时，他突然加快脚步。而就在小通州准备将鱼肚肠掏出的瞬间，他猛然推了一下小通州的手臂，同时大喝一声："怎么？你们菜到现在都没下锅？"

　　"啊！"小通州被这突如其来的一推一喝吓了一跳，并随着这一推猛地一把将鱼肚肠都拉了出来。刚刚掏出鱼肚肠时，小通州就意识到不对，因为他看到了一抹黑绿色。

　　"不好，苦糊了，这鱼苦糊了！"小通州的声音已经带了哭腔。

　　厨行坎子话将杀鱼弄破鱼胆叫"苦糊"，是苦味糊上鱼了、苦味将菜搞糊了的意思。这在做鱼技法中是大忌，因为鱼胆苦味沾染之后很难消除，怎么清洗都会有苦尾子。所以学厨者的基本功训练就有杀鱼，而且师父都会事先详细教会掏鱼腹的稳妥手法。但是今天小通州掏鱼腹时的手法被范五宝一撞之后变形了，所以一下将鱼胆捅破了。因为五宝也学过同样手法，知道怎样的状态下给予怎样的撞击最容易将鱼胆捅破。

　　许知味正在低头配置蒸鱼的调料，听到小通州喊声后猛地回头。他首先看到的是范五宝脸上一闪而过的狡黠和得意，然后才是鱼身上的黑绿苦胆汁。相比之下，许知味觉得五宝的表情要比那苦胆汁更让他感到憎恶。

　　"苦胆破了，赶紧拿去洗一洗，洗一洗或许还能吃的。"五宝样子很关切地在给出主意。

　　不知所措的小通州刚想照着五宝说的去做，却听到许知味发出一声断喝："别听他的！"

　　这声断喝之后，随之而来的是刀风。许知味箭步冲到面前，手中挥舞着锋利的开生刀果断剁下。刀不仅剁下，而且不止一下，是非常快速的横竖好几下。

·〈 再破局 〉·

一阵刀光晃闪之后，台案上的鲴鱼被剁成了好多小块。然后许知味刀头挑动，所有粘附了黑绿苦胆汁的小块被挑到一旁的废料盆里。

但是许知味出刀虽然极快，别人的动作却也不慢。就在他将鱼剁成几块的同时，范五宝已经将一瓢水泼出，泼在已经被剁成鱼块的鲴鱼上。正好是在许知味将粘附了黑绿苦胆汁的小块鱼挑掉之前。

许知味愣了一下，把刀放下。然后看了五宝一眼，再把目光转向小通州，语气沉重地说道："鱼的苦胆破了之后，千万不能洗，一洗只会把苦味扩散到更大面积的鱼身上。而且就算清洗得再干净，还是会留下苦尾的，烹制之后完全破坏原定味道。特别是蒸鱼，是取其清淡本味，所以苦味会更加明显。只能是将粘附了苦胆汁的部分割弃，这才不会影响好的部位。"

"那现在……"小通州从许知味的语气中听出了极大的不妥。

"现在虽然没有洗，但那一瓢水泼下，还是会将苦味淡淡地冲散开。一般人或许尝不出，但行家和吃家还是可以从余味中咂摸出一丝异常的。"许知味的语气很是无奈。

"这样啊！我不知道呀，错了错了，好心做错事了。可是这剁成一块块的鱼，而且不完整，就算我不泼水也是没法蒸喽。"范五宝在旁边阴阳怪气地接话，听起来更像是幸灾乐祸。

"师父，我不是故意的。我从学厨开始杀鱼就没弄破过苦胆，今天不知怎么地，像撞到鬼一样。"小通州其实这时候已经有点蒙了，发生的这一连串事情，让他心里真的有些难以承受。所以再次出现意外时，竟然没意识这其实是和范五宝有着很大的关系。

"我知道我知道，你别急，师父再想办法。"许知味安慰这小通州。但他的眼睛却是一直盯着范五宝。也是到这个时候许知味才意识到，范五宝是比曹景全、朱子恒更有可能害自己的人。而且从他以往的卑劣品性来看，他也是最做得出这种龌龊行径来的。

但是有两点却是奇怪的，如果是范五宝用鲴鱼换了仔排那是很正常的，他是可以想得如此周全而不是简单地把仔排偷走。可骨汤里的面酱是怎么回事？五宝并没有真正学到自己的厨技。他又是如何猜到自己没有仔排之后会转作髓汁骨香鲴鱼，然后在大骨汤中提前放入厚面酱，给自己做了一个连环套。还有鱼胆破了之后剁块挑出沾染部分的技法，如果抢在之前泼水冲散苦味就会再次破味，这也是只有厨行高手才懂的，范五宝早就不再学厨了，如果说这是他故意所为，他又是如何知道的，而且手法能抢得恰到好处？

许知味想不明白，但他很快也就不想了。这个时候想明白这个问题没有太大意义，重要的是想明白自己下一步该怎么办。仔排没了，"霓虹盖金梁"做不成。大骨汤被毁了，髓汁骨香鲴鱼做不成。现在鲴鱼沾染了苦胆汁，酒蒸鲴鱼也做不成了。连续的变故已经将许知味逼进了一条死路，有人就是要许知味在今天的海席上做不出任何像样的菜品出来，甚至是根本就做不出菜来。

"不管怎么样，这菜都得做呀，而且不能做差了。漕帮昨天可是发狠话了，都说阎王好过小鬼难缠。要是少个菜或者出个劣等菜，那些大人或许不会计较。但要是得罪了漕帮，以后昇鑫馆的生意可就不好做了。"范五宝已经不是幸灾乐祸，而是步步紧逼，所有路子都给自己断了，现在就剩把许知味往悬崖上逼了。

许知味陷入过多次绝境。在宫里，他差点丢掉性命，是翁先生救了他。上海寻出路，最终祝昇蓬、蔡壬鑫留下他。霸街斗菜中他被设计成个牺牲品，幸亏唐世棋出手帮了忙。平心而论，他许知味这辈子遇到不少坏人，也遇到不少贵人。但是今天这个局面，其他厨师都是各顾各，不落井下石已是仗义。所以不会再有人来帮他，他只能依靠自己摆脱绝境。而且在这过程中还要提防害他的人再次出手。

"师父，都怪我没用。你要觉得我身上哪块肉好用，就割下来做个红烧肉呈进去吧。"小通州知道不能怪自己，他这样说也是为了安慰许知味。

"红烧肉、'霓虹盖金梁'、酒蒸鲴鱼、髓汁骨香鲴鱼……粉红石首仍无骨，雪白河豚不药人。鲴鱼是好东西呀，就看怎么做。皮韧厚，落口弹，久煮不糊。我们还有炸排骨的油，还有酱、糖。"许知味脑子里先是混沌一团，各种信息、条件全搅和在一起，但是很快就厘清楚了，条理起来，梳理成束，编搓成线。

"把剩下的鱼块洗净沥干，我们开始做菜。"许知味吩咐小通州时，重重呼出口。然后环视一下周围，大有傲视群雄的气势。

鱼块洗净沥干，许知味开油锅，油热过鱼块。他边做边和小通州说着："第一步我们就把这鲴鱼往'霓虹盖金梁'的样子上去做。鲴鱼皮韧肉厚，过油可去掉它自身的鱼油腥味，同时封住切面，含住鲜汁。"

鱼块过油之后，许知味将锅中留少许油，放入鱼块，加酒、酱、姜、蒜轻轻翻煮："这第二步我们既要当它红烧肉一样做，又要当它酒蒸鲴鱼一样做。酒、酱加足，姜、蒜不少，这样就能将鱼腥气逼出。"

接着许知味在锅中加入一点被面酱浑浊了的大骨汤，以及糖和胡椒粉，封炉口改小火焖制："第三步我们就拿它当髓汁骨香鲴鱼来做，小火焖制，熬出鱼皮胶质，让鱼肉口感肥腴软糯。再加骨汤掩掉鱼肉中的土腥气，此时汤中多点酱味非但没有关系，而且还多出些甜酱酱香。同时加重糖来掩盖鱼胆汁可能留下的苦尾，让胶汁更加浓稠浓郁。这样最终的咸鲜香甜全都发挥到极致，不仅裹住鱼块，而且还能渗入鱼块。出锅时再勾薄芡淋熟油，让整道菜浑然一体，殷红如珀。"

说到最后时，锅里的鲴鱼已经勾芡出锅，盛入原来准备做"霓虹盖金梁"的青釉密瓷大盖碗里。这个时候依旧使用带盖的器皿，并不是像"霓虹盖金梁"那样有烹饪上的需要，而是防备再被人害。霸街斗菜时见识到的那些匪夷所思的砸勺技法是完全有可能让一道已经烧好的菜品变成废品，所以许知味决定，菜不到桌绝不开盖。那害自己的人再厉害，总不能将盖子下的鲥鱼给变走吧。

为了防止再次被害，这菜也是不能再由人转手的。范五宝虽然嬉皮笑脸着颠颠地主动跑过来呈菜，却是被许知味勺子一顶挡住了："我的菜我自己呈，你歇着。"

范五宝没有坚持，虽然他心中很是不甘。但从许知味的态度可以看出，这是已经怀疑自己、对自己有防备了，所以这时候越是坚持越不会被接受。不过五宝心中还是非常好奇的，他很想知道许知味用剩下那些鱼块到底做出了一道怎样的菜。刚才他觉得许知味已经被逼入死路无回旋余地了，所以就去看曹景全做的菜，没看到许知味的一番忙碌。

"昇鑫馆上菜！"许知味在演武厅门口就发出一声喊，就像他在吴淞江滩做入水席一样。

"菜红汁浓情义真，百转千回定乾坤！小的以一道红烧鲥鱼祝驱虏将士平安顺利、马到成功，红顶加级、得胜回还！"

"啊！好、好！昇鑫馆的许厨头亲自上菜了，留下，那这道好彩头的红烧鲥鱼留下。"徐传隆认识许知味，所以都没等聂缉椠开口，就抢先发话让把红烧鲥鱼留在主桌。

"许厨头的上海红烧肉霸街斗菜时独占一绝，不知这红烧鲥鱼在今日的劳军海席上可否也占一绝。"王卫简也阴阳怪气地说话了，只这一句，便透露了他与霸街斗菜的事情是有密切关系的。

"这道红烧鲥鱼是新创菜品，也是灵机一动为劳军海席专做的菜品。在这菜品中，结合了上海红烧肉、蜜汁排骨、酒蒸鲥鱼、髓汁骨香鲥鱼四种菜的制作技法，能不能占到一绝，还得各位大人品过之后加以评判。"许知味没有提"霓虹盖金梁"，而是说成蜜汁排骨，是怕桌上有人是知道"喜帝宴"的再节外生枝惹出事来。

"打开打开，这菜盖着怎么品？"徐传隆着急了。这也怪许知味一直说着红烧鲴鱼的妙处，连盖碗的盖子都忘记掀开了。

碗盖一掀，一道亮艳殷红的色泽顿时在桌上散荡开来，随即油香、骨香、鱼香翻滚而起，混合了鱼鲜、酱鲜、甜鲜的浓厚味道扑面而来，瞬间抓拿住人们的味蕾、食欲……

许知味刚刚走出演武厅，红烧鲴鱼的菜名就已经写上了榜示台的红绸布。但是知道这道红烧鲴鱼是怎么回事的人并不多，而且许知味在这之后也再未烧过红烧鲴鱼。因为他觉得这是自己被人家逼进死路后的挣扎，是一个不想重复的记忆。

不过当时许知味烧制红烧鲴鱼时小通州一直都在场，他记住了烹饪的全过程。后来小通州被邀请到吴淞镇合盛馆当主厨，这道红烧鲴鱼便成了吸引食客的招牌菜，并且永久地成为本帮菜中的一道名菜。

昇鑫馆的三道菜，曹景全做的那一道是最后才上的。不仅是昇鑫馆三道的最后一个，而且是拖到整个海席的最后。他烧的菜品用了很长时间，但其实是一个很平常的菜品。食材平常，就是肉丝和黄豆。种类平常，就是一碗汤。但是这碗肉丝黄豆汤的做法却不平常，所用的火候不平常，呈菜的时机也不平常。

这道肉丝黄豆汤烧成之后鲜香扑鼻，周围最后剩下几家店铺的厨师都被吸引过去，就连许知味也都注意到曹景全的这道汤菜。

黄豆本就是天成的鲜美之物，在素菜馆里，黄豆与黄豆芽都是用来吊"素高汤"[1] 的主料。但是黄豆的特征之一是不易烂，一旦黄豆煮烂了，它的鲜美就会彻底释放，所以民间有"烂透黄豆鲜透天"的说法。

广西南宁有"美味黄豆"，山东泰安有"黄豆焖牛肉"，江浙民间有"油

---

[1]　素高汤里还有竹笋根、香菇蒂、蚕豆瓣等物。

余黄豆""卤黄豆""五香烂黄豆"，这些都是以黄豆为主食材的地方名吃。而之所以能够成为名吃，最主要的就是首先抓住了黄豆天然鲜美的特点，在烧煮过程中将这一特点尽数发挥出来。

曹景全的肉丝黄豆汤其实还不能完全算传统的上海田菜，它是从上海郊区一些外来居民偶尔制作的"肉炖豆"演变而来，而肉炖豆本身的制作，其实已经有着外来菜品制作方法和田菜制作方法的混合。不过曹景全的肉丝黄豆汤正是抓住了"烂透黄豆鲜透天"的窍门，小锅慢火连泡带炖，将黄豆的鲜味都逼出来。再加上肉丝些许的荤肥，中和了黄豆的素寡，这才能把这道菜做得如此美味诱人。

炖透炖烂的黄豆肉丝汤趁热端上去，鲜味飘散，香味衬托，就像许知味的"霓虹盖金梁"一样，味抢先声，先声夺人。

另外这道菜拖到最后才上，时机也恰到好处。因为是汤菜，本就该最后上才合适。前面众多美食让宾客口中的各种味道成分已呈饱和状态，这时候上一道鲜汤，涤浊扬清，可以更显鲜美。这就相当于借味，和朱子恒做乌青鱼丸水碗的目的一样。

但是许知味的"霓虹盖金梁"没有做成，朱子恒的乌青鱼丸水碗呈菜时成了范五宝的牺牲品。这样一来，昇鑫馆派出的三个厨师中，只有曹景全的黄豆肉丝汤是完全达到自己目的的。

留硬缺

黄豆肉丝汤呈了上去，但曹景全特意盛了一小碗留下，然后端了递给许知味。

"许厨头，你尝尝，多给提建议。这汤比你做的菜可能是要差着几筹，但就我这档次的厨师能烧出这样的味道还是挺满足的。"曹景全表面很是谦恭，骨子里却带着挑衅。

"不错不错，这黄豆汤绝对称得上是一手绝活。黄豆和肉丝的荤素搭配，豆香与肉香完全的融合，形成一种独特的鲜香味道。而更难得的是抓住了黄豆素鲜特点，并且用准确的火候把豆中鲜味全都逼煮出来。你这是用平常食材做的非常味道，太了不起了。"许知味品尝之后赞不绝口。这是因为曹景全这道菜不仅是绝对美味，而且与许知味做菜宗旨是一致的，不以稀贵求一悦，但用寻常供众需。

"但是……"许知味本来还有但是要说，话到嘴边又硬生生地憋回去，不在别人得意之时泼凉水也是一种德行。

"哈哈哈，能让许厨头说好那真是不易，不过许厨头说好或不好，好又好到什么程度那都是不算的。最终咱们还是要看海席上的大人、老爷们评判。上味榜上排到前面才是真的好。呵呵。"曹景全听到许知味的赞赏后不由得得意忘形，觉得许知味已经知道比不过自己这道菜，主动示弱了，所以谦恭的表象再难掩饰骨子里的狂妄和自得。

一旁老人和、一家春、荣顺堂几家的厨师们从话音里听出了火药味，都慢慢凑近过来，想看看许知味如何应对。

许知味硬生生地将"但是"后面的话止住。现在这个时候说但是曹景全肯定听不进去，而且在外人面前暴露他菜品的弱点也会大大地抹黑他的面子，说不定当场就会和自己起冲突。所以许知味只是皱了皱眉头，然后再不说一个字，由着曹景全和其他店的那些厨师吹嘘去。

小通州悄悄走到许知味旁边："师父，曹师傅那菜是真的好吗？比我们做的红烧鲴鱼还好？"

"是真的好，不仅好，他选择的菜型和上菜时机还很讨巧。如果单以两道菜给大家品评，红烧鲴鱼虽然是仓促而作，却不一定会输给他的黄豆汤。但是全席的菜混杂了品评，特别还是没有规矩路数的呈菜方式，那么他的这道汤是可以在众味中拔尖的。"许知味说的是实话。

"那我也过去向曹师傅请教请教,让他给我漏点做这汤的窍门。"小通州没有多想,说着话就朝曹景全跑去。但是很快小通州就又蔫头蔫脑地回来了,看样子肯定是被曹景全毫不客气地赶回来的。

"你这孩子也真是的,人家又不是你师傅,自己的拿手菜品怎么可能教你。其实厨行中就算是亲师徒,也未必会将所有秘诀都传授下来。师傅的手艺学五分,别人家做菜时的技巧看三分,然后自己还要琢磨出两分。学熟了、看会了、琢磨透了,你才有十分的本事。"

许知味说到这儿本已经准备打住的,但看看小通州委屈难消的表情,就又接着说道:"其实这道肉丝黄豆汤不学也罢,它的味道确实鲜美,技巧独特,而且最为难得的是从常见食材中提取出的美味。但是这道菜并不完美,可以说是小姐的身段丫鬟的命,终究难以成为一道能够流传下去的好菜品,甚至刚刚推上市面就会自行撤掉。"

"师傅,你的意思是说这道菜里有很严重的缺陷?"小通州追问道。

许知味没有再说话,只是点了点头。

很快,曹景全的黄豆肉丝汤也写上了红色绸布。也就在这道菜名写上后不久,一群人拥着聂缉椝、徐传隆他们出来了,走上了演武厅前的高台。

在台上几个人作了一番谦让推辞,最终还是将蘸了金粉的羊毫笔递给了聂缉椝。聂缉椝拿着笔在红绸布前站定一会儿,将所有菜名都看过,然后开始依次圈定菜名,并且标上序号。

大人们出来了,校场上的人们不敢造次,全都静下声来。但是当看到聂缉椝在排序菜名时,演武厅门口剩下的那些厨师伙计还是带着些骚乱拥挤过去。还有些菜品上榜后在两边连廊里等着没离开的厨师伙计,也都涌了出来朝高台这边聚集过来。

这时候天色已经黑了,榜示台上的大火盏没有点,就靠几只灯笼并不能完全看清聂缉椝在红绸布上圈划了些什么。但是人们还是充满期待地往前挤着，就像看科举的放榜，即便看不到结果也都在乱糟糟地议论着、猜测着。

聂缉椝圈了几个菜品之后，突然想到什么。于是从旁边要过一支蘸墨的笔，在红绸布的空处又添了一个菜名。然后用金粉笔圈定，写上一个序号。

时间不长，因为聂缉椝只圈定了十几个菜品的名字并写上序号，剩下的都只算上榜但不排高低了。等聂缉椝放下笔和其他人走下榜示台，将红绸布前面的地方空出后，有办事的人在红绸布两旁支起两只大灯笼，这下靠近台前的人都可以看清红绸布上的字样和数字了。

许知味没有往人堆里凑，站在人堆外面一样可以知道榜上的情况。

"一号是黄豆肉丝汤，昇鑫馆曹景全做的。"有人在喊。

"二号呢二号呢？找找看。""在这边，也是昇鑫馆的，许知味做的红烧鮰鱼。""啊呀，这许厨头的头筹让他自家人给拔掉了。"有人在议论。

"咦，奇怪，这八号怎么没写店名。""范柄顺，哪家店的？没听说呀。""什么菜什么菜？做的什么菜？""五宝辣酱，这是什么菜呀？"有人发出疑问。

"这菜名是聂大人最后添上去的，我知道了，就是昇鑫馆那个呈菜的经理。"有其他店当时也在呈菜的主事看到范五宝献辣酱得赐名的那一幕。

"是的，这菜名还有他的大名都是聂大人桌上给赐的。"

当知道曹景全的黄豆肉丝汤排在自己之前时，许知味表情没有一丝变化。这个情况他已经预料到了，自己几番艰难终于能把菜呈上已经不易。而且为了掩住鱼胆苦尾，菜中加了重糖重酱。这要在平时肯定没有任何问题，但在各种美味菜品相继且混乱呈上的过程中，是会让食者觉得有些腻的。

曹景全的菜品不仅有着自己绝妙的独到之处，制作过程以及呈菜时机又完全是在他的算计之中。厨行也讲天时地利人和，这三样今天许知味只占了半个，半个人和。聂缉椝、徐传隆他们都认识许知味，知道他的手艺，所以确实有着半个人和的先机。但是还有半个却是人不和，而是人害，并且是接二连三地。而曹景全今天这三样都占齐了，所以这第一要不是他的那真是天地人都不容了。

但是当听到排在第八的是五宝辣酱，而且是昇鑫馆的经理范柄顺做的，许知味的表情复杂了起来。这些信息让他太感到意外了，范五宝怎么一下变成了范柄顺？他怎么就成了昇鑫馆经理的？又是什么时候学会做辣酱并且私呈给聂大人的？还有，这场海席不仅有人暗中作奸算计自己，更重要的是害自己的人很懂自己的厨技特点。在大骨汤中暗藏厚面酱给自己放了连环套，而范五宝私呈的菜品竟然也是辣酱。还有泼水冲散胆汁苦味，要是个外行这么做那是好心，要是个懂厨技的高手，那就是在故意害自己。

许知味突然把辫子往脖子上一甩，快步跑向演武厅，并径直走向主桌。主桌上的杯盘还没有开始收拾，所以许知味很容易就在聂缉槼做的位置前找到一只小瓷碟，看得出是装过酱类吃食的。

许知味手指在碟子上抹一下，放进嘴巴砸吧几下，记住味道。然后快步走出演武厅，来到自己店里的拖车前，打开陶罐，舀一点被面酱混糊了的骨汤尝了一下。

是同一缸酱！许知味非常肯定。害自己的就是范五宝！许知味同样肯定。再不能把范五宝留在昇鑫馆了！许知味肯定自己会这样做，而且必须这样做，否则这个范五宝或者叫范柄顺将来会成为昇鑫馆的灾难。

上味榜发布的第二天，对于各家店铺来说是很热闹的一天。很多听说了上味榜上菜名店名的食客，开始寻着过来吃了。而且其中很多人并非为吃而吃，而是更想到店里聊一聊，多打听些海席上发生的趣闻。

昇鑫馆应该是个最热闹的店铺，他们店与众不同，竟然是比所有参加海席的店铺多上了一道菜。而且四道菜中有三道上榜，分列于第一、第二、第八，大家赶到昇鑫馆来都是希望一次就能品尝到上味榜上三道最好的菜品。

但是事实很让人失望，昇鑫馆三道上榜的好菜在店里点不到一道。得了第一的曹景全应承着大家的祝贺，但是打着哈哈说自己得第一的那道黄豆肉丝汤还需改进，现在未到真正面市的时候。而其实曹景全心中是打着自己小九九的，这一道菜是自己的私家秘技，不可能没说法的就拿出来给昇鑫馆揽客挣钱的。还有这道菜已经登上"上味榜"头一名，名声已经打出去。现在最合适的做法是捂在手中，等祝昇蓬他们给自己开条件。或者其他哪家店铺要有优越的条件，他也是可以换换地方的。

而许知味首先是不愿意再做那道红烧鲥鱼，这道菜留给他的记忆是艰难和愤怒，这是一道在绝境中硬生生挣扎出来的菜品。另外他也是没有心思做什么菜，就连别人对他道贺都是有一搭没一搭地回应着，因为他正在考虑怎样说服祝昇蓬、蔡壬鑫将范五宝给赶走。昨天晚上他就肯定自己要把范五宝赶出昇鑫馆，但是能不能赶出去他却无法肯定。

范五宝在前面柜台上，这一天应酬的人是最多的，大家给他的道贺也最多。五宝辣酱上榜扬名是值得贺的，聂大人给赐下一个新名字是值得贺的。除此之外，很多熟悉他的食客还会恭贺他荣升了昇鑫馆的经理。因为这信息之前一直没有听说，但是现在是从海席上传出的，而且是从几位官家大人就坐的主桌上传出，那应该不会有错。

无人听

晚上的时候，热闹了一天的昇鑫馆终于安静下来。而一整天失魂落魄样的许知味也终于想好该和祝昇蓬、蔡壬鑫怎么说了。但是就在他收拾收拾要去前堂找祝昇蓬、蔡壬鑫时，他们已经主动到厨房里来找他了。

"许师傅，有件事情可能要悖了你的意思去办了。"祝昇蓬显得很为难的样子，但这样的话说出口其实意味着他已经做好决定了。

"是关于范五宝的事情吧。"许知味已经有预感了。

"没错，就是关于范五宝的。我们也不清楚怎么回事，许师傅昨天也在海席上不知道你清楚不清楚。海席上怎么就传出五宝是我们昇鑫馆经理的说法的，而且据说几位大人都知道。这样一来就像是生米做成熟饭了。要是不让他做上经理，以后哪位大人再到我们店里来知道五宝不是经理，那不有点我们昇鑫馆信口谎言、骗人欺官的意思吗？"祝昇蓬拐着弯儿说话，其实意思很明确，就是要让范五宝当经理。

"你们是来说服我让范五宝当经理的对吧，而且还借了几位大人的由头，因为之前是我一意阻拦他才没做成的。但我也正想说服你们呢，让范五宝离开昇鑫馆。你知道这次海席上我准备的仔排被换了吗？知道我准备的骨汤中被下了酱吗？我告诉你们，都是这范五宝干的。这小子打小我就瞧他没个好，一脸奸邪、一肚子坏水，让他当经理将来是会把昇鑫馆毁掉的。"许知味心中很急，因为现在他和祝昇蓬、蔡壬鑫对他范五宝的态度到了完全对立的地步了。

"许师傅，我其实也听说了一点你在海席上遇到的怪事，也估计是有人作奸加害，否则上味榜的头号菜肯定是你的才对。但是要说这奸人就是范五宝却是无凭无据的，小通州说你尝了主桌剩下辣酱和下了酱的骨汤，确定是同一缸酱。这说法有几人能信？那主桌上剩酱就一定是五宝辣酱？再说了，就算五宝对你有什么不妥做法，我觉得那都是你们之间的私人恩怨。以前你们怎么回事我不知道，近来你赶他出厨房，阻他当经理，他心中积攒下些怨恨也是情理之中。"

"是呀，让五宝当经理是为了昇鑫馆好。现在他得到聂大人肯定，连名字都是大人赐下的。只要聂大人还在苏淞太道任上，方方面面都会给五宝些面子的。许爷叔，你就把私下的恩怨放一放，五宝做了经理对昇鑫馆有好处。而昇鑫馆要是好了，我们大家都好。"蔡壬鑫的劝慰更加直接。

"小蔡说的没错，许师傅你也是靠着昇鑫馆吃饭挣钱的，不要因为个人心里的一些好恶就把大家的财池给扒豁个口。"祝昇蓬是商人，话头转转就转到钱上。

许知味把手中紫砂壶往台案上重重一放，"哐当"的一声都让人误会那壶给摔破了。此刻许知味心中感到一种落寞感觉，祝昇蓬、蔡壬鑫说的话以及说话的语气让他知道自己在他们的心中的分量已经急速下降。也是的，如今除了他，昇鑫馆还有上味榜上第一号的曹景全，还有又能烧菜又会做生意的范五宝，他已经不是太重要的了。

"许爷叔，你不要生气。其实就算你现在不同意五宝当经理，我们也都顺着你的意思。但是等过些日子贝花和五宝成了亲，将他招赘进了祝家，那样昇鑫馆怎么论也都有他一份产业了，到时候经理还得是他当。"蔡壬鑫索性把话挑得更加明朗，贝花招赘五宝祝昇蓬今天已经是松口了。

"什么，你们还要让贝花将范五宝招赘了？不能呀不能呀！这会害了贝花的！"许知味身体颤抖，一下撑住旁边台案。

其实昨晚五宝辣酱取悦聂缉椝登上"上味榜"，范五宝得赐新名范柄顺的事情传出之后，祝昇蓬谨慎的堤坝便彻底垮塌了。现在情形突变，已经不是自己站在高处考虑是否招赘范五宝的问题，而是范五宝愿意不愿意入赘、自己能不能将他留在昇鑫馆的问题。只是在一天之中，人还是那个人，名已经不是那个名了。所以第二天一早祝昇蓬就急慌慌地让水仙出面，和范五宝谈招赘的事情。

听水仙说了招赘的意图，范五宝想都没想就满心欢喜地答应了。所以水仙洋洋得意觉得自己这件事办得圆满漂亮，而祝昇蓬得到满意回复后也松了一口气。但是他们怎么都想不到，五宝如此爽口的答应只是暂时的敷衍，满心的欢喜也是装出来的。他的确喜欢贝花，也打算娶贝花为妻，但他是不愿意入赘的。

范五宝是有很强家族传承意识的，不然他不会因为看到范阿大与许知味有过冲突就一直怀恨心中。他到上海来就是为了继承父亲交代的事情，然后和许知味斗到底。另外他在上海也算混得风生水起的，还想着哪天发达了衣锦还乡、荣归故里呢，入赘到人家家里那怎么还有脸回去？所以祝昇蓬提出招赘这件事情他觉得是对他的一种侮辱。

但是眼下的情形范五宝必须毫不犹豫地答应下来。他的计划要想得以实施，目前还需要昇鑫馆的关系继续夯实基础。还有计划实施中的一些场面交道，以昇鑫馆的名义出面更容易达成。再有一点，也是最重要的一点，如果自己回绝了入赘提议，祝昇蓬他们心中的那杆大秤肯定马上偏向于许知味。那样的话自己不仅做不成昇鑫馆的经理，一旦许知味发现是自己在暗中害他，还有可能将自己赶出昇鑫馆，那么自己报复的计划以及筹划的前景就功亏一篑了。

"小辈儿女间的你情我愿，我们做老人的管不了。再说了，这是我祝家的私事，就不劳许师傅您劳神费心了。"祝昇蓬这话说得已经比较绝情了。而这样做其实正是因为他心中是有情意的，他要对得起自己二哥，一定要给贝花找个好归宿。而把贝花一直留在自己身边、留在昇鑫馆，他觉得应该是最好最稳妥的归宿。

许知味颤抖的手猛地一拍台案："怎么就是你家私事了，贝花不还是我徒弟吗？……"但话只说了一半，许知味便定在了那里。自己这句话让他突然想到了些什么，一些始终没有想明白的事情突然有了答案。

许知味缓缓在就近的一张凳上坐下，再不说一句话，呆木得就像庙里的一尊泥塑。

祝昇蓬、蔡壬鑫走了。有人进了厨房然后又走了，又有人进了厨房再走了。直到炉灶全封，杂物全清，厨房里只剩一盏摇晃烛火，那许知味依然呆呆地坐在那里。

"师父，您怎么还在这里，没有回去休息？"有人在轻声说话。

许知味猛然回转过头去，因为他听出这声音是贝花的。

"贝花，他的厨技是你教的？是不是？"许知味声音很缓和，但表情有些吓人，是一副纠结到极点的苦相。

"是的，师父，我就是为了他才跟你学厨技的。"贝花知道许知味说的他是谁，所以也不否认。其实之前许知味没有问她这个问题，要问的话她也会如实回答。从心底而言她并不喜欢做这样的事情，所以许知味要是早知道了，不再传她厨技，那么对于她和五宝说不定还是一种解脱。而现在五宝已经凭借厨技扬名了，她就更没有必要隐瞒。她觉得许知味知道五宝是转学了他的本事后登上上味榜的，应该心中高兴才是。

"那就没错了，连环套是他做的，是他做的。贝花呀，千万不能和五宝成亲。听师父的，师父不会害你，范五宝却是会害你的。千万不能和他成亲！"

许知味的样子让贝花感到害怕了，她赶紧转身跑了出去。

许知味在背后急追两步，但是刚出厨房后门，就不见了贝花。仿佛刚才贝花的出现就是一个梦一个幻觉。

而其实贝花就在这个院子里，只是她急急地溜进了一间房，范五宝住的那间房。今晚她本就是约好和五宝私会来的，见厨房里仍有烛光，这才过去看了一眼，没想到正好遇上许知味。

不见了贝花踪影，许知味只能抬头望一眼天上残月。然后边口中不停念叨着"不能成亲呀、不能成亲呀"边走出院子，走进昇鑫馆后面弄堂的深处。

残月将他的影子佝偻得很弯很弯，就像一座山压在背上。

初一、十五日，日挂东南时，是最佳的敬神祈福时辰。所以这个时候的城隍庙里香烟缭绕、钟磬声脆。善男信女摩肩接踵，跪拜之势此起彼伏，香火极为旺盛。

上海城隍庙，是标准的南方大式建筑。红墙泥瓦，多重飞檐。庙中大殿正中的城隍爷宝相庄严，神情慈威并重。虽是一方小神，但是神像形态色彩很是夸张，由此可以看出人们心中赋予他的大神通。

　　神座之前的供桌上堆满祭品香烛，专门设置的跪席显得位置太小，要排队轮流叩拜城隍爷。于是很多人等不及了，直接跪在大殿的青砖地上就叩拜，这应该更显得虔诚。这些前来进香的人有些是逢初一、十五必须前来的例行拜祭，这一般都是香一点磕个头就离开了。而有人则是有所愿求专程前来拜城隍爷引导护佑的，那便会跪在席上或地上喋喋半天。

　　祝贝花在席上跪了很久，她双手捧着签筒，嘴唇微动，虔诚地默默祷告。终于，她开始摇抖签筒，几下后一支卜签跳出签筒。贝花赶紧趴地上捡起那支签，紧紧攥着，就像攥着她从此之后的所有命运。

　　"嗯嗯，你求了这支签是要问什么？"解签的庙祝皱眉，看似盯着那签，其实目光却是绕过卜签在看贝花。这是解签人的基本功，似看那签实看那人，看清那人方好说事。

　　"我想问问姻缘。不对，是问一问什么时候才能成亲。"

　　贝花的回答又给解签人透露了一个信息，并非没有姻缘，而是姻已有约却无缘成亲。

　　"从签上看，姻缘还是好的，但总是有意外纠缠、俗事拖累，所以总迟迟不能成亲。唉，而且你这求的还是支中签，中者主左右难定，这成亲日暂时是无法敲定的。"

　　"对对，道长解得真对。婚约是早就定下了，但婚期却一拖再拖，至今没有一个准确的时日。"

　　贝花说到这里心中便升起一团乱草般的烦躁。五宝的确是爽快地应承下入赘之事，对自己也是百般疼爱。但是每到提及成亲事情时，他就找出各种理由往后推。拿他的话来说，自己是要做出些成就来才能与贝花成亲，那样贝花也才会觉得有依靠。可其实现在五宝已经是在昇鑫馆独当一面了，生意上、厨技上都让人佩服。而且昇鑫馆本就有贝花的股份在，成亲之后也就是他五宝的股份，他还想干什么？

"难道你愿意一直赖在叔叔身边？难道你就不想有我们自己的昇鑫馆？"这是五宝最终给出的理由，是反问，很含糊。那意思好像他在筹划着什么自立门户的事情。男人有这样的心胸是好事，但是男人能够自立门户了的话那他还愿意入赘吗？如果他想做的事情一直不能成，那是否就一直不和自己成亲？

贝花没有更多的要求，她只想成亲，然后和五宝一起过日子。哪怕两人一起吃苦受累、流汗打拼她都是愿意的，否则她又怎么会为了五宝勉强自己去学厨。

"道长，你给看看，有没有什么办法能解了我的状况。"贝花知道规矩，说话的同时将一个硬梆梆的红包放在了解签桌上。

庙祝不仅知道规矩，而且很有经验。他从红纸包落在桌上的分量就知道其中不会少于两块银洋，说明面前这个女子不缺钱。他从贝花放下红包时手的色泽、动作、力度看出，这不是个娇气的女人，很会劳作。然后再从贝花的面相上看出，她年岁不小到了正常嫁娶年纪，容貌也不差。最后他从贝花的身材看出，这女子已经没了少女模子，是给了男人的妇人相。

一个女人，有钱有相貌，勤劳能干，而且连自己身子都给了那男人，而男人却仍是拖着不成亲。这种情况具体什么原因造成的虽然无法知道，但要想拴住那个男人，对于这个女子来说剩下的筹码好像只有子嗣了。

于是庙祝装腔作势、摇头晃脑地念算了一番，然后故作神秘地小声告诉贝花："算了下来这姻缘有颇多邪事异物阻碍，不仅难定，搞不好还会一下错过。不过我给你找到一个破解法子，要想早日结成连理，还须先行怀子连心啊。"

贝花从小就跟着父亲读书认字，所以庙祝说的话她一听就懂了，无须细问。而且她也信了，要是自己真的怀上了孩子，那么五宝肯定再没理由拖延了，马上就会和自己成亲。但同时贝花心中也很是忐忑，毕竟在那种封建年代里。即便上海还算开放，贝花性格也不遵世俗，但是让她一个未婚女子下决定先怀上孩子，还是需要很大勇气来做这个决定的，并非一时半会儿之间就能拿定主意的。

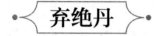

弃绝丹

从城隍庙出来，贝花顺道去了下南芝堂。南芝堂是个中药铺，最拿手的药是绝丹，拿现在的话来说就是避孕药。

最早是水仙带贝花来南芝堂的。水仙虽然是个长辈，但也老不成形。不知怎么就和贝花聊到自己不愿再生孩子，常来南芝堂买绝丹避孕的事，而且有两次来买绝丹时还让贝花陪着。后来她自己要是没空来，就让贝花来替她买绝丹。

其实这都是水仙故意安排的。昇鑫馆里其他事情她不懂，这男男女女的事情都是逃不过她眼睛的。贝花经常和五宝暗地里私会胡混她早就知道了，虽然觉得有些不妥但是这话又是没法说的，告诉祝昇蓬或者劝阻贝花那都是落不着好的，而且人家早晚都是要成亲的，管不管其实也就那么回事。

不过水仙觉得女孩子的名声还是很重要的，就算和五宝早晚会成亲，但成亲时要挺个肚子终归不妥。人家编些什么出来说道，可是会损了昇鑫馆所有人脸面的，所以她才会带贝花去南芝堂，并且还借给她一个帮自己买绝丹的由头。

贝花今天脑子里有事，做事情几乎都是下意识的。所以和平时一样顺路在店里买了绝丹往回走，但是没走多远她就又回过味来了。

解签的庙祝给了个破解的法子，要是照那法子做，那么今天这绝丹就买多余了。可是那法子能照着做吗？一旦做了那可就是在冒险。自己未婚先孕是冒险；违背了五宝原来的心意和计划是冒险；怀孕之后要是婚事不能赶紧张罗成，那对叔叔婶婶的颜面也是冒险；说不定还会影响到昇鑫馆的名声。

手里捏着绝丹的药包，贝花踌踌躇躇、浑浑沌沌，连回家的方向都走错了，不知不觉都走到黄浦江边上了。

"姑娘，离江边远点，别一个不小心滑到江里了。人就活一世，世上好多好事情，错过了那可冤啊！"有个老人见贝花离江边太近了，赶紧喊了两句。

是呀，人就活一世，世上的好事错过了太冤。自己现在不成亲，难道还要等到头发白了再拜堂吗？

想到这里，贝花果断地手臂一扬，把那包绝丹丢进了黄浦江。

快要走到家了，贝花看天色差不多到了开午饭的时间，就又拐弯往昇鑫馆走去。如今祝昇蓬已经另外买了宅子，距离昇鑫馆还是有段距离的。所以平常时贝花也难得去昇鑫馆了，特别是范五宝劳军海席暗算许知味的事情发生后。

那次的经历不仅让许知味知道了范五宝在暗中害他，也知道了贝花跟他学厨的目的只是为了转教范五宝。这之后虽然许知味没有严责贝花，也没将贝花清理出门户，但是贝花自己见到许知味不免尴尬。就算偶然去到昇鑫馆，也只是给许知味行个礼、泡壶茶，然后跟在旁边随便看看。其实就算这样，也都是五宝硬要她去的，否则她绝对没脸面再去面对许知味。拜了师父学了厨技，转教给别人也就算了，最后转教的本事还被用来害师父。这摆在哪儿都是件说不出口的羞愧事情，所以就算偶尔再去昇鑫馆后厨，贝花都不和别人说一句话，包括许知味。

不过范五宝觉得许知味没有将贝花赶走，是碍着祝昇蓬的面子，另外贝花也算是昇鑫馆的股东。所以他不断怂恿、央求甚至是逼迫贝花继续去跟许知味学厨，然后将学到的技艺转教他。贝花虽然面子上抹不开，但抵受不住五宝的软磨硬泡。毕竟自己已经把一切都交给了这个男人，让他高兴了、遂愿了，那么自己也才能真正开心，哪怕为此目的受一些委屈也是划算的。

劳军海席上许知味虽然最终力挽狂澜没有一砸到底，但是受到的打击却是不小。而这打击主要是来自祝昇蓬和贝花那边的，因为他们都不能信任他，仍是把范五宝当个宝一样捧着。而其实他们捧在怀里的是一条毒蛇，随时可能张开毒牙乱咬一气的毒蛇。

劳军海席之后一番纠葛冲突，让许知味病倒了，在床上躺了一个多月。郎中看了说是染上风寒，但只有许知味自己知道，比风寒更严重的是心寒。

许知味的几个徒弟多少知道他病因在哪里，于是都劝说等他身体好了之后可以带着他们离开昇鑫馆另开一家铺子，不必为别人挣大钱还得受憋屈。如今上海的餐饮行当已经不像原来那样了，道台府发公文鼓励百业俱兴、商贾开铺、合法经营、自由竞争。这样一来就相当于公开废掉了餐食公会的规矩，现在谁都可以在上海的各条街上开馆子酒楼了。

但许知味想都没想就拒绝了开店的建议，而且身体稍稍恢复便马上回到昇鑫馆。开店是为了赚钱，而现在赚多少钱对他并没有太大意义，他独自一人花不了多少钱，又没有子嗣继承财产。所以现在他心中最明确的目标是开创本帮菜系，而昇鑫馆具有的影响力和实际条件可以让他更快更好地实现这个目标。另外昇鑫馆这块招牌的成功加注了他很多心血、精力，几乎是把半辈子的命都融入在了这招牌里。所以他希望最终的本帮菜系是在昇鑫馆的招牌下开创推出，这将意味着他人生的一次圆满，也可能是他人生中唯一的一次圆满。

为了自己的目标，为了自己人生的圆满，许知味知道自己必须坚守昇鑫馆的厨房，而整个昇鑫馆他能坚守的也就剩厨房了。范五宝是个危险的元素，随时有可能给昇鑫馆带来灾难。但是只要厨房还在自己的掌控中，坚决不给范五宝任何插手的机会，那么就算昇鑫馆遇到再大的艰难和冲击，都是有缓转机会的。

不过贝花做的事情确实让许知味感到很伤心，不是因为她将学到的厨艺转教给范五宝了，也不是因为转教的厨艺被五宝利用了来害自己，而是因为贝花坚持学厨竟然并非出于自己的痴迷，这让许知味觉得很是可惜。既浪费了贝花的大好灵性和悟性，也浪费了自己真心传授的一番热忱。

在这之后许知味虽然没有对贝花多说什么，更没有表示自己不再教她厨艺。但要是贝花来的话，他和贝花的态度一样不再和她说话，更不刻意教她什么。只和其他徒弟一样统一教授，愿意就在旁边听听看看，不愿意任凭贝花随时离开。

即便这样，许知味心里仍是非常清楚的，自己所有徒弟当中没有一个人做厨的天赋能比贝花好。虽然其他人比贝花早很多年学的厨技，只要贝花坚持这么随便听听看看，但假以时日，其他徒弟的本事都会被她给赶上。

许知味是没有多说什么，但其他徒弟给贝花的脸色却是不好看的。这一点贝花倒是很能理解，所以也不计较。因为想想自己做的事情确实挺伤人心的，而且至今还在没皮没脸地继续做着，别人确实太应该给自己脸色看了。面对这种情况她能做的就是尽量避开，以至于后来很是害怕去昇鑫馆厨房学厨了，只有被五宝催得没办法了才会勉强走一走。

也就在许知味和祝贝花关系尴尬的那段时间里，北京翁府里的夏谷分也很尴尬地表示自己彻底放弃了。虽然唐世棋从上海带来了"霓虹盖金梁"的菜谱，也详细注明了关键窍要，但他仍是无法做出让翁先生满意的"霓虹盖金梁"。不管怎么做，翁先生都说和许知味当年做的不是一个味儿。

羞急之下，夏谷分提出自己要亲自去趟上海，向许知味学做"霓虹盖金梁"。翁先生本来看他这副好学的样子也是欣然同意的，但是后来再想想，还是作罢了。

"谷分呀，许师傅所留菜谱上的菜品你已经做到八九分的意思了。现在也就你的手艺能聊慰我老饕之好，所以暂且还是留在我身边吧。等过几年我再做不动官了，就告老还乡回常熟去。到时你跟着一起回去，然后我亲自修书介绍你去上海找许知味学做'霓虹盖金梁'。对了，到那时你都不用再给我做菜了，我在家乡自然吃得到家乡菜。而你倒是可以也在上海开家馆子，做最好的菜品。"

翁先生不仅仅是给了夏谷分一个承诺，更是给他描绘了一幅美妙前景。唐世棋回到北京后不仅带来了"霓虹盖金梁"的菜谱，而且还叙说了许知味在上海滩的传奇。有跌宕，有辉煌，有惊心动魄，有莫测高深，让夏谷分为之仰慕和向往。于是不知不觉间他就已经将许知味当成了自己的师傅，并在心中坚定了传承许知味厨技、捍卫许知味荣誉的信念。而这样一个情结也是他后来在上海参与招牌大战的主要原因。

夏谷分暂时留下了，继续给翁先生做菜。他在耐心等待翁先生告老还乡的那一天，也是在等待自己铸就辉煌的起点，而那一天肯定是会来的。

北京的夏谷分在耐心等待，上海的范五宝却是加紧了行动。他的计划必须尽快实施，因为自己已经表面上答应了入赘的事情。而那一个计划必须是在成亲之前做成才行，这样才对许知味有足够的打击力，解了自己积攒多年的心头恨。如果是在计划实施之前成亲，那自己计划的一切都会变得无关紧要了，失去了打击力度。更何况范五宝根本就没有真的打算入赘，但也只有他的计划成功了，那么才有资格提出将入赘改迎娶。

所以范五宝准备先找曹景全商议，劝说他与自己合作。曹景全在上味榜上拔了头筹，已经可以成为自己计划中很有分量的筹码。另外范五宝要做的事情是租个房子。不过现在市面上的房子很紧俏，并不好租。所以他想自己或许可以瞅准机会直接盘个店下来，那样自己的计划实施起来就更容易也更划算了。

很快，范五宝便瞄住了一个目标，一个他觉得是老天赐予的好目标。而这目标一旦落入他的手中，昇鑫馆可能会迎来又一次毁灭性的冲击，许知味将会受到比丢掉性命更痛苦的报复。

不过看中这个目标的人却不止他范五宝一个，福冈商行也看中了。在上海和日本人争夺同一个目标是很难有胜算的，偏偏他这争夺必须是在不着痕迹中进行，因为不能让昇鑫馆的人有所觉察。这样一来，整个争夺他就只能一个人独自去面对，没有任何帮手。而日本人那边除了有许多的浪人外，还有水闸头那帮瘪三党。这样比较下来，范五宝只是一枚鸡蛋，人家是一堆石头。

一枚鸡蛋和一堆石头的争斗祝昇蓬、蔡壬鑫毫不知情，许知味更是一无所知，就连祝贝花也都没有觉察出一点点蛛丝马迹。而这一场争斗不管谁输谁赢，都会将他们所有人以及昇鑫馆逼入痛苦而绝望的境地。

贝花在去昇鑫馆的路上买了一坛老米酒和一包碧螺春。许知味没有别的嗜好，就爱喝口老米酒。上海老米酒和无锡米酒很相似，能让他有种回到家乡的感觉。碧螺春倒不是许知味特别喜欢喝的，但是长时间站炉灶的人被油烟火气熏着会外干内燥，而喝绿茶是最好的消解法子。一般菜馆酒店的厨房里都会用大茶缸泡好茶水供大家解渴消燥，只不过大都是用绿茶末或草青茶泡的。讲究喝个茶的大厨则会自己备下好茶叶单泡。

许知味的徒弟多，可以常常喝到徒弟们孝敬的好茶。而孝敬的那些好茶，其中大部分都是贝花拿来的。贝花想想自己也有好长一段时间没去昇鑫馆了，今天就算不怀任何目的过去，那也是应该带点东西孝敬孝敬师父的。更何况她这次去其实是想学到一个特别点的好菜品，这样才能当作和五宝再次私会的借口，也才能让一向谨慎的五宝高兴之下有所疏忽，忘记自己吃没吃绝丹的事情。

但是贝花万万没有想到的是，她这次去不仅没有学到什么特别的好菜品，反是见到了一场非常激烈的冲突。而且冲突双方怒火蔓延之后，连她都被迫卷入其中，左右为难。

古代卜算术常说，意外冲突往往是种预兆，意味着有变故快速来临。而如此绝情、决裂的冲突则意味着变故的可怕，这一回的惊涛骇浪昇鑫馆还能撑得住吗？许知味还能再次力挽狂澜吗？如果再陷死境的话还有没有唐世棋那样的贵人出手相助？

感谢著名美食家、美食评论员周彤先生提供有关本帮菜的资料和信息

感谢本帮菜大厨沈敏先生给予的专业支持

第二部　完

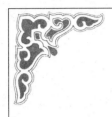

危机四伏的上海滩，让昇鑫馆未来的命运更加波谲云诡，许知味又将如何一一化解这些困局？

敬请关注《最后的御厨》大结局。

图书在版编目（CIP）数据

最后的御厨．风味传奇 / 圆太极著．-- 北京：北京联合出版公司，2019.4
ISBN 978-7-5596-2980-7

Ⅰ．①最… Ⅱ．①圆… Ⅲ．①长篇小说—中国—当代 Ⅳ．① I247.5

中国版本图书馆 CIP 数据核字（2019）第 045428 号

最后的御厨：风味传奇

作　　者：圆太极
选题策划：一未文化
版权统筹：吴凤未
监　　制：魏　童
责任编辑：楼淑敏
封面设计：金牍文化
内文排版：大观世纪

北京联合出版公司出版
（北京市西城区德外大街 83 号楼 9 层　100088）
北京联合天畅文化传播公司发行
天津中印联印务有限公司印刷　新华书店经销
字数 256 千字　710 毫米 ×1000 毫米　1/16　19 印张
2019 年 5 月第 1 版　2019 年 5 月第 1 次印刷
ISBN 978-7-5596-2980-7
定价：48.00 元

版权所有，侵权必究
未经许可，不得以任何方式复制或抄袭本书部分或全部内容
本书若有质量问题，请与本公司图书销售中心联系调换。电话：（010）64243832